永远在路上

李秀萍 著

新疆生产建设兵团出版社

图书在版编目(CIP)数据

永远在路上/李秀萍著.——五家渠:新疆生产建设兵团出版社,2020.11(2024.4重印)

ISBN 978－7－5574－1426－9

Ⅰ.①永… Ⅱ.①李… Ⅲ.①新闻—作品集—中国—当代 Ⅳ.①I253

中国版本图书馆CIP数据核字(2020)第195038号

责任编辑:刘虹利
责任校对:胡健婷
封面设计:杨　静

永远在路上

出版发行	新疆生产建设兵团出版社
地　　址	新疆五家渠市迎宾路619号
邮　　编	831300
电　　话	0994—5677185
发　　行	0994—5677116
传　　真	0994—5677519
印　　刷	永清县晔盛亚胶印有限公司
开　　本	787毫米×1092毫米　16开
印　　张	22
字　　数	250千字
版　　次	2020年11月第1版
印　　次	2024年4月第3次印刷
书　　号	ISBN 978－7－5574－1426－9
定　　价	88.00元

兵团举办"2012绿洲现代农业发展战略高峰论坛"期间,采访国家级节水专家

2013年10月20日,在一师幸福农场枣园采访

2013年11月8日,在自治区记协召开的记者节颁奖会上

2014年2月16日,在7.0级地震灾区于田县阿羌乡红十字救助点采访

2014年春,在十四师一牧场二连采访

2017年,采访老红军姚云松

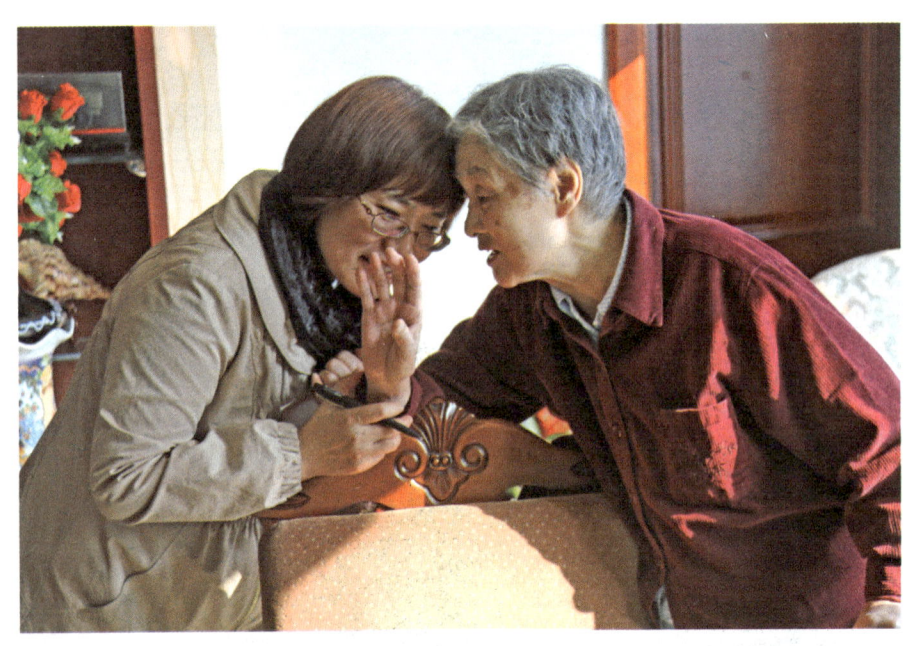

2017年3月,采访兵团老军垦

2018年8月,向结对亲戚宣传党的政策

序
铁肩担道义

可以说，认识李秀萍很久了，是通过阅读她的作品认识的，十多年前，李秀萍的新闻作品已经频见报端。这些作品，在朴实的报道中透露出她对兵团的深厚情感和深刻理解，准确洗练的语言洋溢着厚积薄发的才华。后来听人介绍，知道李秀萍是一位机灵、聪慧、能干的记者。

她从业30年，大半时间奋斗在采编一线，编辑和撰写了近百万字的新闻作品；她勤于钻研业务，采写或编辑的作品获得各类奖项60多项，其中中国新闻奖2项，新疆新闻奖一等奖7项，兵团新闻奖特别奖及一等奖、全国老报协好新闻评比一等奖共计16项，是兵团新闻界名副其实的"获奖大户"；她撰写的内参得到兵团领导批示，撰写的稿件得到中宣部阅评。可以说，她是一名资深新闻工作者，为兵团新闻事业作出了贡献。后来，我到报社工作，对李秀萍了解更多了。

李秀萍是一位把职业与理想完美结合在一起、有着丰富职业生涯的新闻能手。作为兵团第二代，

永远在路上

李秀萍1989年大学毕业后，立志要用一生书写兵团。一路走来，无论在哪个单位任职，她都用手中的笔和自己的满腔真情，详尽、丰富地展现兵团波澜壮阔的经济社会生活，为兵团事业添彩助力。从国有企业宣传干事到师报、再到省级党报、党刊记者，她一步一个脚印地行走在新闻之路上。她用笔杆描写现实生活，用汗水浸润职业辉煌。她曾任兵团日报社首席记者、生活晚报社副总编辑，现任当代兵团杂志社总编辑，享受国务院特殊津贴，入选全国新闻出版行业领军人才，获得自治区"十佳"新闻工作者荣誉称号。她承担了于田7.0级地震抗震救灾、全国两会、自治区亚欧博览会等急难险重的报道任务，是兵团新闻战线一名敢打硬仗、能打硬仗，干练、泼辣的女将。

李秀萍是一位具有很强的新闻敏感性和精品意识的新闻专家。她在多年的新闻工作中练就了一双"火眼金睛"，能在一堆繁杂的事实中，拎出"干货"，写出角度新颖、具有较高新闻价值的精品稿件，尤其在消息写作方面颇有建树，她的获奖作品大多是消息题材。本书收录的消息《10万亩棉花成为世界高纬度样板田》和《兵团节水技术辐射我国北方主要旱区》获得中国新闻奖二等奖。2007年，在编辑岗位工作的李秀萍偶然听说新疆农垦科学院的专家在北纬46度种出了皮棉单产100多公斤的高产田，敏感地意识到这是个好素材，因为平日里的积累告诉她，兵团在20世纪50年代打破了外国专家不能在北纬42度种植棉花的断言。因此这次在北纬46度种出了高产田，肯定又是一次重大突破。经查新和多方咨询求证，果然是兵团创造了世界高纬度植棉史上的奇迹。她利用休息时间赴十师一八四团采写的消息《10万亩棉花成为世界高纬度样板田》获得第十八届中国新闻奖二等奖。

李秀萍是一位具有强烈职业精神和职业担当的新闻战士。她用事实书写历史，用勤劳缔造传奇。由于常年做记者和编辑工作，李秀萍得了严重的肩周炎和腰椎间盘突出，手腿经常麻木。医生多次让她住院治疗，她都没有住，总以为不是大病可以坚持。后来她感觉右手麻木程度严重了，去医院拍片检查后，才被迫住院。但是她没有把自己当病人，每天治疗完后又坚持去上班，与平时一样采访写稿。为了讲究时度效，她不顾身患感冒，一边治疗一边采访，差点虚脱在路上；为了尽快到达于田报道7.0级强震,她和其他记者冒着生命危险穿越南疆暴恐分子猖獗地带,在村子里采访时差点被从卡车上扔下来的救灾物资砸伤……

优秀的品格收获了精品力作。

这是李秀萍的一本个人新闻作品集,收录的近百篇作品都是李秀萍从发表的新闻作品中精选出来的,分消息、深度分析、人物、主要获奖作品4个部分。

李秀萍围绕兵团肩负的职责使命和兵团党委中心工作,深入兵团这片热土,敏锐地捕捉发展变化中的新闻事实,采用多种形式尽情地展现在时代大潮中兵团干部群众敢于作为、大胆创新、不忘初心、牢记使命的感人故事,以新闻的形式弘扬兵团精神、胡杨精神、老兵精神,以新闻的视角赞美兵团、讴歌兵团人。这本书凝结了一名长期奔波在一线的新闻工作者的心血和汗水。我相信,有心的读者会从这本书中感受到时代脉搏的跳动。

李秀萍还给部分重要获奖作品配发了获奖感言,寥寥数语,但道出真谛,相信有志于新闻事业的广大年轻记者和通讯员是会从中受益的。

细品这本书,或令人拍案称奇,或使人击节叫绝。它虽非鸿篇巨著,可它蕴蓄的,是兵团发展史上最为壮伟的一段风云历程,它所展示的,是兵团维稳戍边史册上不朽的业绩,字里行间透露出李秀萍对新闻事业的热爱,对兵团这片热土深厚的感情,对兵团维稳戍边事业未来的憧憬。这些作品历经时间洗涤,依然留存着岁月的温度,闪耀着思想的光芒。

如果我以上这些话能够起到一个导游作用的话,那么,书中所展现的水秀山明、如花似锦的境界,就得请读者自己去领略了。

2020年6月13日

(作者系兵团日报社原党委书记、总编辑)

目 录

序:铁肩担道义 ··· 1

★ 轻骑兵 ★

陋室里办公不觉窘　倾真情为民赢口碑
六十四团再三缓建办公楼 ·· 3
北疆滴灌小麦麦后免耕复播技术试验成功
"一年两熟"促进兵团种植结构调整 ··· 5
牢记神圣使命　祖国在我心中
边境线上,一六一团连连飘扬五星红旗 ···································· 7
兵团产业结构发生历史性变化
二产比重近30年首次稳定超过一产 ·· 8
粮食作物亩均增产15%以上,节水30%以上
兵团滴灌节水技术在三省区试验示范 ······································ 10
高效节水技术得到广泛应用
兵团滴灌小麦连续三年增产 ··· 12
彭心宇团队创新肝包虫病诊疗方法被誉为"世界上最理想手术方式" ······ 13
谁当连支书,党员说了算
农十师实施"公推直选"扩大党内基层民主 ································ 14

从扶犁拉耙到设市建镇

兵团赋予屯垦戍边新内涵 ……………………………………………………16

兵团棉花产业向现代农业目标迈进

今年植棉830万亩,占总播面积近一半,预计皮棉单产166公斤、总产138万吨 …18

"六个坚持"助推节水事业科学前行

兵团模式引领全国节水灌溉健康发展 ……………………………………19

皮山农场职工教育特色凸显

广播响起来红旗飘起来 ……………………………………………………21

天业滴灌水稻再创新纪录

试验田实测单产836.9公斤,节水70% ……………………………………22

兵团城镇化进入品质提升转型期

城镇化率达58%,高出全国6个百分点 ……………………………………23

三会合一　清风拂面

兵团节俭办会受好评 ………………………………………………………25

技术给力　重点突破

兵团林果业从规模扩张向提质增效转变 …………………………………26

兵团全社会科技进步贡献率不断提高

2012年农业科技贡献率达57.89%,居全国前列 …………………………28

兵团小康社会实现程度居西北之首

排名全国第19位 ……………………………………………………………29

兵团棉花协会提醒:

今年棉花越白越值钱 ………………………………………………………31

应对复杂形势　创新群众工作

"访惠聚"活动成为兵团发挥特殊作用的重要举措 ………………………33

兵团经济社会实现快速发展

四个主要指标增速均高于全国平均水平 …………………………………35

兵团首起污染环境案宣判

因私炼废旧电池，六人获刑 ·················· 37

★ 全景录 ★

北疆红提的启示 ·································· 41

寻求发展的突破口

——兵团提高水资源利用率实现可持续发展的思考 ········· 44

滴灌，现代农业的支点

——从滴灌技术成就看兵团节水灌溉发展前景 ············· 47

机遇大于挑战

——对兵团发展棉纺织业的分析与展望 ··················· 50

开拓思路天地新

——冠农股份成功转型的启示 ·························· 53

无声的转变

——从前十八届乌洽会看兵团人观念的变化 ··············· 56

铸就品质创辉煌

——新疆伊力特实业股份有限公司发展纪实（上） ········· 59

共谋发展谱新篇

——新疆伊力特实业股份有限公司发展纪实（下） ········· 63

追寻三五九旅的足迹

——农四师七十二团走笔 ······························ 67

兵团，推开这扇窗户看世界

——首届中国—亚欧博览会带来的启示 ··················· 73

丰收了，看看机采棉的三本账 ························ 77

机采棉不仅仅是采棉机的事
　　——从一四九团看如何实现棉花采收全程机械化 …… 82
由农一师红枣滞销引发的思考 …… 86
撑起旱区一片天
　　——兵团节水技术走出去系列报道之一 …… 89
走出国门显实力
　　——兵团节水技术走出去系列报道之二 …… 92
决胜于大漠戈壁
　　——兵团节水技术走出去系列报道之三 …… 95
乘风破浪会有时
　　——兵团节水技术走出去系列报道之四 …… 99
"老兵村"的变迁
　　——四十七团经济社会发展纪实 …… 102
全国政协委员把脉兵团发展 …… 106
16%的增速是如何实现的 …… 109
红枣产业升级时不我待 …… 114
棉花丰产了,如何能丰收?
　　——2012年度兵团棉花市场分析与预测 …… 117
R&D经费"短板"补齐刻不容缓
　　——详解兵团全面建成小康社会之创新指标 …… 121
兵团节水技术走向全国的路有多宽? …… 125
兵团距离全面建成小康社会还有多远? …… 130
皮墨垦区:南疆发展现代农业的样板 …… 135
兵团枣业:大风大浪往前闯 …… 139
纺织业,亟待破茧化蝶
　　——对提高兵团农产品加工产值与农业产值之比的分析 …… 144

科技创新,软实力有了硬指标
　　——专家解读《兵团党委、兵团关于深化科技体制改革加快兵团创新体系建设的意见》……………………………………………………………147
两个翻番目标能否如期实现?………………………………………152
新疆白酒,未来的路如何走?………………………………………156
民生,永远唱"主角"
　　——从兵团重点项目开工看如何坚持民生优先 ………………159
释放民间资本创富活力
　　——从兵团重点项目开工看如何挖掘民间资本潜力 …………162
为老人建起温暖的家
　　——探析兵团养老机构发展系列报道之一 ……………………165
多元化投资是方向
　　——探析兵团养老机构发展系列报道之二 ……………………168
不经风雨怎见彩虹
　　——探析兵团养老机构发展系列报道之三 ……………………171
在探索中加速前行
　　——探析兵团养老机构发展系列报道之四 ……………………174

★ 兵团情 ★

"我要做个好人"
　　——热心的哥李树红的故事 ……………………………………179
"如果让我重新选择,我还选择昆仑山"
　　——记大学生蔡武基扎根牧场建功立业的事迹 ………………181
可克达拉三姐弟的幸福生活 …………………………………………185
医院里的男护工 ………………………………………………………187

"我愿用毕生心血换来一粒种子"
　　——记新疆农垦科学院作物研究所副研究员李万云 ………………189
"我要做新疆的生态卫士"
　　——援疆干部段华心系兵团生态建设记事 ……………………192
为了大地的丰收
　　——记农业机械工程专家、新疆农垦科学院研究员陈学庚………196
莞香花在昆仑山下绽放
　　——记援疆干部、三师图木舒克市发改委副主任陈俊…………201
当代知识分子的楷模
　　——新当选的中国工程院院士陈学庚成功启示录 ………………205
"兵团给了我创作的灵魂"
　　——访兵团荣誉军垦战士、著名军旅作曲家田歌 ………………215
"兵团精神已经注入我的灵魂"
　　——记援疆干部、兵团党委组织部援疆干部办公室主任吕双旗…………217
昂首踏上援疆路　俯首甘为孺子牛
　　——记援疆干部、新疆农垦科学院副院长宋凤斌 ………………220
老骥伏枥志在农机
　　——访新当选的中国工程院院士陈学庚 …………………………224
一个人一生中,专注做好一件事足矣 ……………………………………229
有平台,才有实现梦想的舞台 ……………………………………………233
总书记的鼓励我终身难忘 …………………………………………………238
做兵团人　说兵团话　办兵团事
　　——记援疆干部、兵团党委组织部副部长郭灵计 ………………239
感谢您,为我提供了广阔的舞台 …………………………………………243
您是我们前行的标杆 ………………………………………………………245

★ 精品汇 ★

新疆第一创举

　　——记新疆第一座私营大桥董事长何泰忠 ···································· 249

决策滞后　建期延长　溶剂厂濒临倒闭　预测超前　快速转产　酒精厂生机盎然

两条信息　两种决策　两种结果 ··· 255

昔日"大战"硝烟弥漫　今日政府协调交售有序

今年伊犁地区甜菜交售无"战事" ··· 257

兵团地方教材《可爱的兵团》付梓

兵团历史首次写入中小学教材 ·· 259

新疆头屯河农场与八钢集团公司共建和谐

立了13年的围墙终于拆除了 ··· 261

兵团依靠科技再次突破植棉禁区

10万亩棉花成为世界高纬度样板田 ··· 263

兵团生物技术研究领域获重大成果 ·· 265

石河子市居民看病纷纷到社区 ·· 267

危楼背后的民生情

　　——走访农四师六十四团土坯楼 ··· 269

兵团节水技术辐射我国北方主要旱区

今年,该技术推广至8个省区,面积达600多万亩 ·································· 273

兵团生产出细度为头发丝十分之一的超细羊毛

与世界上最细羊毛相比仅差0.5微米 ··· 275

兵团成为世界主要机械化采棉区

机采面积占总播面积的60% ·· 277

兵团植棉机械化促成新疆棉花生产两次飞跃
新疆已成为我国最大的优质棉生产基地 ·············· 279
以人为本,提高幸福指数的前提
  ——兵团走内涵式城镇化发展之路系列报道之一 ·············· 281
产城融合,城镇化的重要支撑
  ——兵团走内涵式城镇化发展之路系列报道之二 ·············· 285
融合互动,服务业发展的新契机
  ——兵团走内涵式城镇化发展之路系列报道之三 ·············· 288
转型发展,激发连队活力
  ——兵团走内涵式城镇化发展之路系列报道之四 ·············· 292
横穿大漠创奇迹　屯垦戍边一世情
兵团沙海老兵用一生执行一项使命 ·············· 296
新疆小伙千里寻债主　诚信父子传递正能量 ·············· 298
重塑兵团体制机制　提振维稳戍边信心 ·············· 303
尽锐出战　决战决胜 ·············· 306
不屈不挠　激发动力 ·············· 311
探索创新　永不懈怠 ·············· 316
凝聚力量　无坚不摧 ·············· 321
附表:主要获奖作品目录(含编辑奖) ·············· 326

后记　一生的追求 ·············· 329

轻骑兵

陋室里办公不觉窘　倾真情为民赢口碑
六十四团再三缓建办公楼

本报霍城讯　10月3日，农四师六十四团十九连连长阿不力克木告诉记者："现在团场的条件比以前好多了，可是团机关还在破楼里办公，我们都看不下去了。"据悉，近年，该团将全部资金投入到经济社会建设上，已经三次缓建办公楼。

走进农四师六十四团团部所在地可克达拉（维吾尔语：绿色的草原），只见道路宽阔，芳草如茵，亭台、广场与街道两旁造型别致的楼房遥相呼应，而掩映在林立的红墙白瓦间的机关办公楼却显得破陋不堪。

这座经历了近半个世纪的苏式二层楼，是1959年团场为拍摄大型纪录片《绿色的原野》而修建的，虽几经维修，一楼的地板砖还是因为土地盐碱太大而翘了起来；二楼的木地板已多处朽烂，后来修补的木板看上去像一块块补丁；走廊和一些办公室已开了天窗，抬头就可见蓝天和白云。

近半个世纪前，因为一曲《草原之夜》而闻名遐迩的可克达拉，因为种种原因，经济社会发展并不一帆风顺。到新世纪初，六十四团的经济状况、环境面貌明显滞后于农四师其他团场，没有财力物力修建办公楼。

2001年年初，六十四团新一届领导班子上任后郑重承诺："4年内，如果团场的生产条件没有大的改善，如果职工群众收入没有明显提高，如果团场面貌没有大的变化，就集体引咎辞职。"

在以后的六七年间，团场拿出多方筹措的2亿多元资金用于种植业结构调整、新技术应用、发展少数民族经济、基础设施建设等，而新建办公楼的计划却一再延后。

2003年，团场经济有了好转，便计划投资400多万元，建设职工文化中心兼办公楼。当年，团场在沙漠边缘的三营地区大力推广节水滴灌技术，试验效果非常好,职工积极性也很高,就是推广资金紧张。团场当即决定,缓建办公楼,把资金投入到节水灌溉上。目前,这个团的节水滴灌面积已达到4.5万亩。

3年后,团场再次把兴建办公楼项目列入计划。当年,为开发伊犁河北岸土地而修建的引水工程资金严重不足,团场把资金用于水利工程建设。新建办公楼的计划又一次搁浅。

今年年初,团场计划将团招待所改建成办公楼。可有一次,当团长蒙立明在团中学检查工作时,发现学校食堂面积仅有25平方米、1000多名学生只能分批就餐时,又改变了主意,与团领导班子成员商议后决定,再次缓建办公楼,将资金用于学校餐厅建设。

目前,一座1300平方米的学生餐厅已经竣工。今年,六十四团预计实现生产总值1.58亿元,与2000年相比增长120%;预计实现职均收入1.05万元,与2000年相比增长57%,经济实力进一步提高。

蒙立明对记者说:"对于我们来说,艰苦奋斗,重在奋斗;执政为民,重在为民。办公楼迟早要建,但我们要把有限的资金用在刀刃上。"

(原载2008年10月28日《兵团日报》)

北疆滴灌小麦麦后免耕复播技术试验成功

"一年两熟"促进兵团种植结构调整

本报乌苏讯 在北疆,能边收获冬小麦边复播作物吗?多数人的答案是否定的。而这种不需要腾地、犁地、耙地,就能进行复种的麦后免耕复播技术已经在兵团试验成功。

"这片青贮玉米采用了滴灌小麦麦后免耕复播技术,能实现一年两熟,使团场增效职工增收,促进兵团种植结构调整。"9月23日,在农七师一二四团五连,望着数千亩复播青贮玉米,新疆农垦科学院作物所所长魏建军博士兴奋地对记者说。当天,兵团科技局组织专家对这个连种植的免耕复播青贮玉米进行了测产。测产结果是平均亩株数7542株,平均亩产青贮玉米鲜重4.98吨,最高亩产5.64吨。

10月16日,刚收获226吨青贮玉米的一二四团五连职工杨伟特别高兴,因为他今年种植的55亩免耕复播青贮玉米,可以纯挣2万多元。据该团生产科科长张康林计算,今年全团种植3700多亩免耕复播青贮玉米,平均亩产4.1吨,最高亩产4.9吨。

每亩比常规复播节约成本150元左右,仅此一项,团场节本增效60多万元。

由于受光热、水资源及作物品种、品质的制约,多年来,北疆农业一直是一年一作。

2008年初,新疆农垦科学院专家组织实施了科技支疆项目"北疆地区'一年两熟'高产高效耕作模式及关键技术研究与示范"。今年,围绕兵团党委提出的"减棉、增粮、增畜、增果"的农业结构调整目标,项目组加大了研究力度,在北疆选了6个点进行研究示范。

据介绍,围绕制约复播技术发展的成本和生长期问题,专家们提出了保护性耕作理念,即前茬滴灌小麦收获后,不整地、不犁地直接复播,这样可以提前播期7至9天,延长了后茬作物的生长期,且前茬滴灌带可以二次使用,降低了生产成本。

两年来,经过在2万多亩土地上的研究示范,新疆农垦科学院的专家成功掌握了"一年两熟"耕作模式的核心——北疆滴灌小麦麦后免耕复播技术,并成功探索出滴灌小麦茬后免耕复播青贮玉米的栽培模式。同时,专家们还培育出新玉15号、早青129号等早熟复播专用青贮玉米品种。

据兵团农业局副局长刘景德介绍,"北疆地区'一年两熟'高产高效耕作模式及关键技术研究与示范"项目,在滴灌小麦麦秆粉碎还田后和保持田间原有的滴灌带的基础上,实现了青贮玉米的免耕精量复播,解决了影响北疆"一年两熟"的播期晚、出苗难等主要问题。

(原载2009年10月21日《兵团日报》)

牢记神圣使命　祖国在我心中
边境线上，一六一团连连飘扬五星红旗

本报裕民讯 5月1日，记者在农九师一六一团采访时欣喜地发现，这天，该团所有边境连队都举行了升国旗仪式。在蓝天、白云和远处雪山的映衬下，迎风飘扬的五星红旗显得格外鲜艳。

"我们团地处边境，常年升国旗，为的是增强职工热爱祖国的意识，牢记屯垦戍边使命。在重大节日和重大活动举行升旗仪式时，职工群众都会自觉参加。"一六一团政委陈毅民对记者说。

一六一团是1962年伊犁塔城地区边民外逃事件后组建的，团部设在塔城地区裕民县境内，共有11个连队，绝大多数分布在巴尔鲁克山区。数十年来，一六一团职工在条件极其艰苦的边境地带耕作、放牧，维护着祖国的领土完整。"我家住在路尽头，界碑就在房后头；界河边上种庄稼，边境线旁牧羊牛。"就是该团职工生产生活的真实写照。

在塔斯堤河畔，记者看到一处鲜花簇拥着的纪念碑，碑文清晰地记录着一位女英雄的壮烈故事：1969年6月10日，苏联武装军人入侵我国领土、绑架牧工，怀孕6个月的女牧工孙龙珍为捍卫祖国主权，献出了年仅29岁的宝贵生命。孙龙珍牺牲后长眠在塔斯堤河畔。如今，一座孙龙珍烈士陵园在这里建成。

在闻名遐迩的"小白杨"哨所，一六一团政工办主任李广斌指着哨所边一片近3000亩的土地告诉记者，这是十一连的耕地，旁边被两条河流冲刷出来的"三角地"，曾是孙龙珍等军垦战士与苏军针锋相对的地方。

（与冯俊合作，原载2010年5月8日《兵团日报》）

兵团产业结构发生历史性变化
二产比重近30年首次稳定超过一产

本报乌鲁木齐讯 在日前结束的兵团党委六届三次全委(扩大)会议上,传出振奋人心的消息:2009年,兵团产业结构发生了历史性变化,三次产业结构由2008年的35:32:33调整为33:34:33,二产比重近30年来首次稳定超过一产。兵团政委聂卫国在此次会议上称,这是兵团发展史上具有里程碑意义的事件。

记者从兵团统计局了解到,自兵团组建以来,三次产业结构二产比重最高的年份是1954年,达到63.3%;最低的是1975年,为22.5%。虽然1980年和1983年二产比重曾达到40.2%,但都未超过一产。1998年,兵团二产比重下降到23.7%,以后呈波浪式上升。2005年以后,兵团二产比重上升趋势明显,2008年超过30%,达到31.7%。2009年,二产再次实现突破,比重达到34%,近30年来首次稳定超过一产。

兵团党委高度重视推进新型工业化是二产比重快速增长的保证。自2005年以来,兵团党委先后4次召开工业工作会议,从解放思想找差距、制定措施谋发展到围绕目标加快发展、科学发展,一步步推动工业经济上台阶。尤其是在2009年6月召开的工业工作现场会上,兵团党委提出,"农业产业化、新型工业化是实施经济结构战略性大调整、发展方式战略性大转变的根本途径,优势资源转换战略和大企业大集团战略是大调整大转变的根本保证,市场化取向是大调整大转变的根本动力",极大地促进了工业经济的蓬勃发展。

兵团制定出台一系列政策,促进工业经济快速发展。2005年以来,兵团党委建立常委与企业联系点制度,为企业出谋划策;兵团制定工业发展资本金制度,每年拿出5000余万元用于工业项目贴息和前期工作等,起到了"四两拨千斤"的作用;兵团每年对工业经济发展情况进行考核,对发展较快的师和企业给予奖励;兵团依托园区招商引资,与上海市、驻疆金融机构、中煤集团等签订战略合作协议,引进项目、资金和人才,为工业发展提供支撑。

兵团职能部门发挥优势,大力培养新型工业化人才。"十一五"以来,兵团党委组织部先后在上海市委党校、兵团党委党校和兵团干部培训学院举办了10期新型工业化人才培训班,共培养工业人才近500名;兵团发改委也实施了4期中小企业"银河培训工程",为中小企业培养人才870余名。另外,各师领导班子大多配备了总工程师,充实、增强了工业管理力量。

2009年,面对国际金融危机的重大考验,兵团多次召开会议,研究部署保增长、保民生、保稳定工作,确定了"重点在工业、难点在企业"的工作方向,确保工业快速发展。兵团建立了工业企业协调沟通制度,每月召集工业大师、大企业的负责人一起分析经济运行情况,及时发现解决问题;建立了100家大中型企业统计报表直报制度、40个重点工业建设项目进展情况月报制度;编辑下发《兵团工业简报》,及时向各师和企业提供重要信息和经验。

据了解,兵团工业预计2009年实现增加值148亿元,比2008年增长21%;预计完成工业投资150亿元,占兵团固定资产投资的50%。

(原载2010年1月6日《兵团日报》)

粮食作物亩均增产15%以上，节水30%以上
兵团滴灌节水技术在三省区试验示范

本报乌鲁木齐讯 "滴灌技术真是太神奇了！我种的春小麦每亩地增产100公斤、增收250元。"12月5日，甘肃省农垦农业研究院啤酒大麦原种基地种植户王兴平，通过电话高兴地告诉记者。

王兴平种植的24亩春小麦，单产从去年的380公斤提高到今年的480公斤，主要得益于兵团滴灌技术的推广应用。

据了解，今年初，国家农业部农垦局在河北、甘肃、宁夏三省区安排总面积为238.2亩的滴灌小麦、大麦、玉米试验示范工作，并委托新疆农垦科学院作为技术依托单位，旨在将兵团滴灌节水技术推向我国干旱半干旱粮食产区，达到节水增效、保证粮食安全的目的。

滴灌是当前世界公认的先进节水灌溉方式。20世纪末，兵团组织多方力量，开展滴灌及相关技术的攻关，在滴灌器材及技术上获得了突破性成果，并迅速大面积推广应用。近年，兵团在粮食生产中运用滴灌技术，大幅提高了产量。

2009年10月，新疆农垦科学院相关专家分别赴河北、甘肃、宁夏实地考察，收集了相关基础资料，并对当地技术人员及农户进行了滴灌技术培训，而后与当地专家共同探讨，制订了相关农作物滴灌技术实施方案。今年，该院专家又多次前往三省区，在各试验示范点进行全方位的技术指导和服务。

据介绍，滴灌小麦在河北、甘肃、宁夏三省区试验示范的表现基本一致，与常规灌溉相比，普遍长势均匀、健壮，单穗粒数和千粒重都有所增加，试验示范的7个点中有5个点亩均增产超过100公斤；河北试验示范麦后复播20亩滴灌玉米，平均亩增籽粒317公斤；各试验示范点滴灌小麦、玉米增产幅度均在15%以上，亩均节水30%以上。

试验示范点的专家普遍认为,滴灌技术节水、节肥、增产效果明显。如果将这一技术进一步完善,在较大规模条件下,小麦可增产20%以上,玉米可增产30%以上。滴灌技术可能成为未来提高粮食单产的最有效措施。

国家农业部有关负责人认为,兵团滴灌技术在北方灌区粮食产地示范推广非常必要。2011年,国家将加大力度支持这一技术在北方粮食产区的试验示范,使其面积上规模、技术更完善。

(原载2010年12月8日《兵团日报》)

高效节水技术得到广泛应用
兵团滴灌小麦连续三年增产

本报乌鲁木齐讯 记者从兵团科技局获悉,今年兵团种植的46.3万亩滴灌小麦,预计平均单产较常规灌溉小麦高出20%。

据了解,兵团滴灌小麦已经连续3年获得增产。

从20世纪90年代起,兵团开始组织联合攻关,试验将滴灌节水技术应用于大田生产。"九五"末,兵团滴灌节水技术和装备攻关取得关键性突破。目前,滴灌技术已大面积应用于棉花、番茄、小麦、玉米、大豆、甜菜、水稻、马铃薯、葡萄等30多种作物和果蔬,并在全疆累计推广1500多万亩,经济效益、社会效益和生态效益明显。

兵团科技局还组织新疆农垦科学院等单位实施小麦滴灌高产栽培技术、北疆地区滴灌小麦麦后复播"一年两熟"等攻关试验与示范。2008年,滴灌小麦试验,平均单产500公斤以上,麦后免耕复播青贮玉米单产达5吨左右。

2009年,滴灌小麦种植技术在兵团迅速推广应用,当年种植滴灌小麦46.56万亩,平均单产570公斤,较常规灌溉小麦增产120公斤至170公斤,个别条田亩产实收达806公斤,远远超过之前兵团小麦高产纪录。

高效节水滴灌技术在小麦种植中的应用,大大提高了水、肥利用效率,每亩可节省机力费10元至15元,改变了小麦传统的生产模式,发挥了土地的增产潜力,提高了劳动生产率,为推进粮食生产跨越式发展和兵团农业结构调整探索出了一条新路。

(原载2010年10月15日《兵团日报》)

彭心宇团队创新肝包虫病诊疗方法
被誉为"世界上最理想手术方式"

本报石河子讯 尽管距离手术成功已经大半年了,可是江苏省苏州市市民俞建香一提起为她主刀的石河子大学医学院第一附属医院院长彭心宇,总要连声夸赞。

据悉,彭心宇是采用"肝包虫外膜内外囊完整剥除术",治好了俞建香的肝包虫病。2006年10月,在肯尼亚首都内罗毕召开的第二十一届国际包虫病大会上,当彭心宇上台介绍他的团队的研究成果后,国际包虫病协会主席希尔瓦称赞道,"肝包虫外膜内外囊完整剥除术"是目前世界上治疗肝包虫病最理想的手术方式。

2007年4月,国家卫生部发布的全国人体重要寄生虫病调查结果显示,仅在新疆、青海、甘肃三省区牧区,就有35万名包虫病患者,其中大多数是肝包虫病患者。

由于肝包虫外面的囊壁很厚,药效难及,医学界一般实行"肝包虫囊肿内摘除术"进行外科治疗。由于手术保留了包虫囊的外囊,不可避免地会留下一个残腔,术后很容易发生感染,也易使包虫"卷土重来"。

彭心宇在多年的肝包虫病手术治疗中发现,在肝包虫外囊与肝实质间还存在着一层新的膜样纤维结构——"外膜",外囊与"外膜"间有潜在可分离间隙,沿此间隙可完整摘除外囊,从而从根本上解决包虫病复发和残腔并发症的问题。

经过30多年临床实践和对术后100多名患者的跟踪回访,彭心宇发现采用这一手术方法,患者术后恢复快且复发、并发症发生率能控制在1%以内。目前,彭心宇采用新方法已成功做了300多例肝包虫手术。

目前,"肝包虫外膜内外囊完整剥除术"已被国家卫生部列为中央补助地方包虫病外科治疗项目,并被列为包虫病免费救治项目外科治疗首选方式。

(原载2011年7月15日《兵团日报》)

谁当连支书，党员说了算

农十师实施"公推直选"扩大党内基层民主

本报北屯讯 农十师一八一团十四连职工王兴革不经意间成为大家关注的焦点。4月20日，他以84%的得票率当选为连队党支部书记。王兴革之所以被关注，是因为他当选并不是由上级党委直接任命，而是他所在连队全体党员"直选"的结果。在这个师，和他一样由党员"直选"的连队党支部书记有15人、副书记有16人、委员有58人。

党的十七大报告明确提出要"逐步扩大基层党组织领导班子直接选举范围，探索扩大党内基层民主多种实现形式"。为此，农十师着力改进和完善连队选举办法，在探索"公推直选"方面作出了尝试。

今年，该师在全师8个团场的15个连队实施"公推直选"试点，即由全体党员和职工代表先"公推"候选人，然后由全体党员以直接选举方式选出支部书记、副书记等。

为确保"公推直选"公平、公正，不走过场，把党员、群众真正信任的人选出来，该师制定了《党支部委员会公推直选暂行办法》，各团成立了"公推直选"领导小组，制定了实施方案。

据介绍，该师连队党支部书记、副书记、委员会其他成员候选人的产生程序为：由全连党员和职工投票推荐党支部委员会成员候选人初步人选—团党委组织考察并对候选人进行公示—提交全体党员酝酿讨论，确定为正式候选人—召开党员大会，候选人发表竞职演讲，并回答党员和职工代表的提问，进行差额选举—依次选举产生党支部书记、副书记、委员。

据了解，该师共有151人报名参加"公推直选"，参加选举的党员有259人。

不久前，刚从会计岗位当选一八七团三连党支部书记的杨继虎对记者说："作为以'公推直选'方式选举产生的支部书记,我感到荣幸的同时,更感到肩上的责任更重了。只有扎实努力工作,才能不辜负大家的期望。"

"'公推直选'充分尊重党员的主体地位,切实保障了党员的民主权利,极大地调动了党员的参与热情。通过'公推直选',能使更多想干事、能干事、群众公认、年富力强的党员进入领导班子。"农十师政委张成隆说。

据张成隆介绍,待时机成熟后,该师将全面推行"公推直选"工作,扎实推进基层民主建设。

(原载2011年4月29日《兵团日报》)

从扶犁拉耙到设市建镇
兵团赋予屯垦戍边新内涵

本报乌鲁木齐讯 "以前住楼房的事想都不敢想,现在建镇了,咱的日子越来越美了。"66岁的刘桂秀,在五家渠市蔡家湖建镇挂牌当天,脚蹬三轮车,从4公里外的农六师一〇三团六连赶到团部,她要见证这激动人心的一刻。

近60年来,因戍边需要,兵团很多职工群众散居在边境一线、沙漠边缘,以农业生产为主。2010年,兵团经过认真调研后提出,要转变发展方式,丰富屯垦戍边内涵,推进城镇化、新型工业化、农业现代化"三化"建设。

2011年年底至今,兵团管辖的建制城镇从5座增加到8座。"一年间,北屯市、梧桐镇、蔡家湖镇相继挂牌,速度之快超出人们的预料。"兵团建设局局长钟波说。

农十师一八五团与哈萨克斯坦仅一河之隔,11个农业连队自北向南沿阿拉克别克界河分布,职工的承包地就在界河边。城镇化建设加快后,这个团变美了,人心安定了。

钟波说,2008年至今,兵团共建设保障性住房46万套,百万名职工住进了宽敞明亮的新楼房,生活方式发生很大变化。

城镇化建设促进产业发展。今年10月,总投资65亿元的新疆梅花氨基酸有限责任公司在五家渠市建成投产。公司看中的是这里的投资环境。五家渠市招商局副局长赵志清说:"过去我们出去招商,现在客商主动来投资,城市聚集产业的作用日趋显现。"据悉,6年间五家渠市招商引资额增加25倍。

据悉,目前兵团各类园区入驻了千余家企业,实现工业增加值占全兵团工业增加值的70%以上,兵团三次产业结构从过去的一产独大,发展为三次产业协调发展。

年底了,兵团统计局局长孙法臣最关注的是5个城市经济总量占兵团经济总量的比重。"今年肯定比去年多,去年底挂牌的北屯市要纳入统计范围了。"7年前,兵团所属的石河子、五家渠、阿拉尔和图木舒克4个城市生产总值仅为98亿元(当年价),去年大幅增加,占兵团生产总值35%。

以城镇化为载体的"三化"建设促进了兵团经济发展,2011年,兵团生产总值增长16%,比全国高出近7个百分点。

中国社会科学院新疆发展研究中心主任马大正认为,城镇化赋予屯垦戍边新形式新内涵,为实现新疆跨越式发展和长治久安奠定了基础。

目前,兵团城镇化率为55%。兵团的目标是,到2015年城镇化率达到65%,让更多像刘桂秀这样的兵团人过上现代文明生活。

(原载2012年12月22日《兵团日报》)

永远在路上

兵团棉花产业向现代农业目标迈进

今年植棉830万亩,占总播面积近一半,预计皮棉单产166公斤、总产138万吨

本报乌鲁木齐讯 近期兵团棉花生产喜讯不断:据国家棉花产业技术体系栽培功能室专家实地测产,农一师十六团50亩试验田,创造出籽棉单产838.31公斤的世界高产纪录;据兵团农业局预计,兵团830万亩棉花获得皮棉单产166公斤、总产138万吨的好成绩,有望创造兵团历史新纪录。

国内权威机构调查显示,此前皮棉大面积单产130公斤以上的高产纪录未见报道。中国工程院院士、中国农业科学院棉花研究所所长喻树迅说,兵团棉花大面积单产达到世界领先水平。

兵团棉花生产始于20世纪50年代。多年来,在国家发展优质棉基地产业政策的支持下,兵团根据新疆气候条件和棉花生长特性大力发展棉花经济,加大对棉花产业的投入,棉花单产、总产逐年提高,棉花成为兵团的支柱产业。兵团成为我国重要的优质棉生产基地和出口基地。

据悉,科学的技术路线是兵团棉花增产的重要保证。由于新疆光照资源丰富,热量资源相对不足,兵团科技人员通过试验研究,先后培育出新陆早33号、42号、45号等早熟品种,先后推广以增温、保墒为核心的覆膜技术,以增加密度为核心的"矮、密、早"栽培技术,以精准灌溉为核心的"六大精准"技术。

20世纪90年代后半期,兵团棉花各项农业技术取得单项突破,2000年以后开始了多项技术之间的连接、组装、配套,向技术体系的优化集成转变,初步形成了具有兵团特色的现代农业技术体系。近年,棉花技术体系已经成熟,兵团棉花产业向现代农业目标迈进步伐加快。

2012年,兵团共种植棉花830万亩,占总播面积的近一半。由于兵团继续贯彻国家植棉政策、上下高度重视棉花产业发展,加之良好的气候条件,今年棉花单产、总产在连续多年攀升的基础上再次获得丰产,总产占全国的比重有望从六分之一提高到五分之一。

(原载2012年11月27日《兵团日报》)

"六个坚持"助推节水事业科学前行
兵团模式引领全国节水灌溉健康发展

本报乌鲁木齐讯 在35摄氏度的高温下,棉花地、水稻地、葡萄架下却不见一条毛渠,只有一根根黑色管子通往作物根部,给庄稼打"点滴"。日前,前来参加全国高效节水灌溉技术现场会的16个省区市的代表,在农八师石河子总场目睹了膜下滴灌节水技术的奇妙。

此次会议首次提出兵团节水灌溉模式的概念。国家水利部农水司副司长闫冠宇说,兵团节水灌溉模式引领全国节水灌溉事业健康发展。

据了解,以科技支撑、技术集成、体系配套、多元投入为主要内容的兵团节水灌溉模式,在农业节水、节肥、省地、省人工、省机力和增产增效等方面效果显著,已累计在新疆推广1770万亩,在疆外推广数百万亩,在13个国家和地区推广4万余亩。

兵团农业节水灌溉技术经历了从大水漫灌到沟畦灌,从喷灌到膜下滴灌2个阶段。经过10多年发展,兵团现已建成喷、微灌面积1100万亩,占兵团有效灌溉面积的64%,节水灌溉技术成功应用于棉花、加工番茄、辣椒、葡萄等30多种作物,并在小麦、水稻等粮食作物生产上得到应用。兵团灌溉系数由2000年的0.40提高到2011年的0.53,灌溉定额由过去的每亩1000立方米下降到如今的每亩500至700立方米,形成了独具特色的兵团节水灌溉模式。

兵团发改委副主任闫海燕介绍,兵团节水灌溉模式之所以能取得成功,关键是始终做到"六个坚持"。

坚持科学规划、政策引导、项目支撑。自1999年起,兵团先后出台《关于大力发展节水灌溉的决定》和"十一五"节水灌溉发展规划》,制定了《400万亩现代化节水灌溉工程规划》和《100万亩节水灌溉可研报告》,细化了节水灌溉实施步骤和技术路线。

坚持以科技创新为动力，充分运用技术集成，提高节水灌溉效益。兵团研究创造了膜下滴灌技术，先后进行了"棉花膜下滴灌试验""西红柿灌溉制度研究"等60多项课题研究，集成灌溉、农机、农艺和田间管理等技术，使膜下滴灌技术发挥出综合效益。

坚持以企业为主体，将关键技术国产化，生产职工群众用得起的节水产品。天业公司、新疆农垦科学院等企业和科研院所通力合作，引进国外技术和产品，自主研发性能可靠、使用方便、价格低廉的节水产品。

坚持示范带动推广，使职工获得实际效益。职工关注的不仅是节水，还有增效。兵团注重如何以节水技术为平台促进农业增效职工增收。这样，国家节水战略和职工增收的愿望有机结合，实现了双赢。

坚持行政引导，多方资金支持。兵团通过统筹整合农业综合开发、优质棉基地建设、土地整理、扶贫等各类国家资金，利用银行贷款、职工筹资等多种形式形成合力，推动节水技术发展。10年来，兵团累计投入80多亿元推广节水技术。

坚持各部门协调，龙头带动，推进服务体系建设。兵团、师、团三级都成立了负责节水技术推广和管理服务的组织机构，确立了以国家（新疆）节水灌溉工程技术研究中心、新疆农垦科学院、石河子大学、天业集团为龙头的产学研相结合的体系，确保了节水事业健康发展。

（原载2012年8月25日《兵团日报》）

皮山农场职工教育特色凸显
广播响起来红旗飘起来

本报皮山讯 9月24日,星期一。一大早,农十四师皮山农场机关和各连队军号声声,接着广播响起来,约9时,一面面鲜艳的五星红旗冉冉升起。

位于皮山县的皮山农场四周毗邻沙漠,人均耕地仅1.8亩,2.5万人口中少数民族人口占99%。

为进一步增强干部职工爱党爱国意识,今年2月,该场党委决定开展以"军号吹起来、广播响起来、红旗飘起来、红歌唱起来"为主要内容的职工教育活动,要求各连队每天清晨放军号,中午和晚上放广播,星期一升国旗。

该场为每个连队和社区安装了扩音器,配备了国旗,在每个居民点安装了调频广播,场广播站坚持早晚吹军号,各连队每周一举行升国旗仪式。农场还组织各连队开展红歌、场歌大家唱活动。

该场二连指导员买买提艾力·阿不都艾力尼告诉记者,每个星期一,连队干部、职工、党员,包括孩子都集中在连部,统一参加升旗仪式。党支部也借此机会组织大家学习,让大家了解农场、农十四师和兵团的大事,统一大家的思想。

职工买买提·阿不拉说,听到雄壮的军号声,看到国旗升起来,很激动,有一种很神圣的感觉。

(原载2012年10月2日《兵团日报》)

天业滴灌水稻再创新纪录

试验田实测单产836.9公斤,节水70%

本报石河子讯 9月26日,兵团科技局组织专家对新疆天业(集团)公司主持的国家863项目"农业高效用水精量控制技术与产品"的子课题膜下滴灌水稻示范基地进行了产量测定。测产面积为20亩,实测单产836.9公斤,比去年增加108公斤;比传统方法种植水稻节水70%。

著名水稻生理研究专家、扬州大学教授杨建昌说,滴灌水稻的创新之处在于实现了播种、覆膜一体化及水肥一体化,解决了世界上干旱地区水稻难以实现高产高效的难题,在我国山区丘陵和干旱、半干旱地区具有重大推广价值。

2004年,天业公司农业研究所开始进行水稻膜下滴灌技术研究。经过多年的艰难探索,2011年试验田单产达728.9公斤。

天业公司从300多个品种中筛选出适合滴灌,具有抗旱、高产特点的水稻品种;与其他公司合作,开发出水稻膜下直播播种机;找出滴灌水稻水肥需求规律,筛选出适合滴灌水稻应用的除草剂。目前,该公司已经编写出《水稻膜下滴灌技术栽培规程》,申报的"膜下滴灌水稻栽培方法"获得国家专利。

2012年,天业公司加大研发力度,综合集成运用高效滴灌节水技术、覆膜栽培技术、无线远程控制技术等多项先进技术,使滴灌水稻具有很强的抗倒伏能力。

(原载2012年9月30日《兵团日报》)

兵团城镇化进入品质提升转型期

城镇化率达58%,高出全国6个百分点

本报乌鲁木齐讯 每天清晨和傍晚,家住八师一四九团的退休职工豆秀英都要到离家不远的植物园里散步,享受碧水蓝天绿树带来的惬意。一四九团植物园是兵团城镇化、服务业暨扶贫开发现场推进会的观摩点之一,也是兵团城镇化进入从规模扩张到品质提升转型的一个缩影。

近年,兵团城镇化建设快速推进,目前兵团城镇化率已经达到58%,高出全国6个百分点。在城镇化推进过程中,兵团从最初的外延式扩张逐步转变为内涵式发展,内在品质逐年提高。

更加注重城镇规划。各师、团场在城镇建设中,将规划放在首要位置,坚持高起点、高标准、高品位。五师在设市工作中,坚持高标准规划,师、团场领导亲自参与规划编制,做到项目实施必依规划、工作督查必查规划,形成了规划引领、项目带动、统筹布局、协调发展的城乡发展推进新模式。

更加注重产城融合。如今,通过培育产业激发城镇活力、支撑产业发展已经成为共识。七师依托周边丰富的煤炭、石油、盐等资源,重新规划天北新区,着力打造煤化工、石油化工、盐化工三大化工产业基地,目前签约企业已达10余家。八师按照"工业园区化、园区产业化、产业集聚化"目标,将工业向园区集中,目前园区已经成为城镇的新功能区。

更加注重加大投入力度。各师、团场充分利用国家廉租房、棚户区改造、农村危旧住房改造等政策,整合建设社区服务中心、养老设施、文化体育设施等,加快居民区公共服务设施建设。

今年截至目前,兵团共落实国家补助资金90.14亿元,建设规模和补助资金为历年之最。

更加注重人性化。各师、团场在城镇化建设中,将人性化放在了首位。四师七十三团提出"生态、宜居、宜业、特色"的理念,利用公租房和特困房政策解决困难职工的住房问题,并建立了连社合一、功能完善的一站式服务中心,受到职工群众好评。五师、七师、八师等打造的宜居宜业小区不但功能齐全、造型美观、设施配套齐全,还引入了水系、园林、雕塑等元素,改善了职工群众的居住环境。

(与马林合作,原载2013年9月10日《兵团日报》)

三会合一 清风拂面
兵团节俭办会受好评

本报奎屯讯 连日来,几辆大客车密集穿梭在兵团北疆部分师团城镇的街道社区、工厂车间、园区建设工地,客车上的160多名参加兵团城镇化推进会及服务业和扶贫开发工作会议的代表,通过看现场、看服务,取到了真经。此次兵团三会合一节俭办会,转变了作风,接近了地气,受到与会代表和基层群众的好评。

今年下半年,根据工作需要,兵团计划召开兵团城镇化推进会及服务业和扶贫开发工作会议。按原计划,这3个会议要分别召开。后来,兵团经过研究,决定三会合一,将城镇化推进会以先分组后会合的方式召开,会期从原计划的7天缩短至5天;将服务业和扶贫开发工作会议在召开城镇化推进会的晚上套开,以实际行动贯彻执行中央八项规定,践行党的群众路线。

会议期间,会务组安排会议代表一律乘坐大客车,从伊犁垦区和哈密垦区赶到石河子垦区汇合,代表也全部乘坐火车或客车;会议代表就餐均安排自助餐,不允许安排参加宴请活动。

尽管白天参观晚上开会,代表们感到很疲惫,但是这种清新的会风,让他们倍感亲切,实实在在感受到了开展党的群众路线教育实践活动带来的变化。十四师二二四团团长刘惠明说:"这样开会效率高效果好。"

(与马林合作,原载2013年8月23日《兵团日报》)

技术给力　重点突破
兵团林果业从规模扩张向提质增效转变

本报乌鲁木齐讯　2012年,二师二十四团园二连职工李祖英承包的20亩克瑞森无核葡萄亩产达710公斤,比2011年增长178%;十四师二二四团一连职工孙小磊承包的枣园亩产干枣450公斤,同比增长125%。两人虽栽种的果树不同,却都是因为应用了关键高新技术而实现大幅增产。

据悉,随着林果业的快速发展,兵团果树栽种面积迅速从2005年的105万亩,扩大到2012年的300万亩左右。

2012年,兵团果品总量达150万吨,比2011年增长17.55%,品质明显提升,一、二级果达60%,经济效益明显提高。

在林果业发展中,葡萄、红枣等主要果树关键技术突破是提质增效的关键,沙棘等新树种的产业化成为兵团林果业发展的新亮点。兵团科研人员紧紧围绕林果业发展重点,在红枣、葡萄、沙棘等产业研究上实现突破,促进了林果业标准园建设和"高产、优质、高效、生态、安全"生产目标的实现。

2009年至2011年,新疆农垦科学院林园研究所在二师三十六团、二二三团实施了兵团科技攻关项目"新疆特色林果业优势树种高效灌溉施肥技术研究与集成应用",通过3年的试验,掌握了干旱区戈壁地红枣、克瑞森葡萄需水需肥规律,滴灌条件下戈壁地红枣、葡萄水盐运移规律,及果园水肥一体化技术、果园绿色调控技术、果园树体简化整形管理技术等。

2010年,二师三十三团十八连职工盛佳伟承包的40亩枣园应用水肥一体化技术,红枣亩产达800公斤,取得了显著经济效益。2012年,五师八十六团示范区运用新技术生产的克瑞森无核葡萄比2011年平均亩增产45%,实现经济效益600多万元。

兵团科研人员还积极寻找耐干旱、抗严寒,既能发挥生态功能又能产生经济效益的树种。沙棘抗严寒、耐干旱、耐瘠薄、适宜冷凉气候的生长特性受到专家的青睐。2009年,新疆农垦科学院林园研究所、农机所、特产所联合九师一七〇团、新疆通汇生物饮品有限公司共同申报的"沙棘产业化关键技术研究与示范"项目启动。2012年10月该项目完成,共引进、筛选、审定3个沙棘优良品种,2项沙棘品种繁育技术获发明专利,制定出沙棘育苗及造林技术规程,还成功研制沙棘采摘机。

大面积发展沙棘林,为改善生态环境和发展经济开辟了广阔前景。一七〇团有10余万亩荒漠戈壁,过去寸草不生,自从栽种了沙棘,现在这里生机盎然。该团栽种的2.4万亩沙棘林阻挡了风沙,成为优质牧场。据测算,到大面积结果达产时,该团沙棘林每年可获千万元以上收益。

(原载2013年1月12日《兵团日报》)

永远在路上

兵团全社会科技进步贡献率不断提高

2012年农业科技贡献率达57.89%，居全国前列

本报乌鲁木齐讯 记者从近日召开的兵团科技创新大会上获悉，近年来，兵团全社会科技进步贡献率不断提高，2012年达53.9%，其中农业科技贡献率达57.89%，比全国高出3.39个百分点，居全国前列。

目前，兵团已经形成了一支比较稳定的科技人才队伍，现有各类专业技术人才12.57万人，从事科技活动人员总数9800多人，科研创新团队由"十五"末的15个增加到47个，拥有博士学位的科技人员从58人增加到400多人，有41名优秀专家荣获"兵团科技进步突出贡献奖""兵团科技合作奖""兵团青年科技奖"等荣誉。

"十一五"以来，兵团共获得国家科技进步二等奖5项，申请国家专利2118项、授权920项。目前，兵团共建有各类重点实验室11个，省级以上企业技术中心31个，有3家企业进入国家创新企业行列，融研发、技术推广、科技管理与服务、产业集群于一体的较为完善的科技创新体系已初步建立。

自2006年以来，兵团培育新品种149个，开发国家重点新产品26个，培育国家级高新技术企业19家、国家及兵团创新型（试点）企业44家，强优势杂交棉、棉花精量铺膜播种机、干旱区节水农业技术、半导体碳化硅材料、大型热电机组烟气脱硫技术等一批标志性成果得到应用示范，有力地支撑了兵团"三化"建设。

近年来，科技援疆成为兵团发展的新的活力源泉。2008年以来，兵团科技援疆专项累计投入9000多万元，组织实施科技援疆项目149个。同时，兵团还与30多个国家开展了国际科技合作与交流，与中国科学院、中国工程院、清华大学等科研院校的产学研合作也取得了明显成效。

（原载2013年6月5日《兵团日报》）

兵团小康社会实现程度居西北之首

排名全国第19位

本报乌鲁木齐讯 记者从兵团统计局获悉,兵团2011年小康社会总体实现程度达到78.6%,位居西北之首,在全国排名第19位。预计2012年,兵团小康社会总体实现程度将达到81.5%。

据悉,我国从2003年开始研究建立全面建设小康社会统计监测指标体系,2007年形成了一套比较成熟和完善的体系——《全面建设小康社会监测方案》。其内容包括6个方面23项指标。从2008年开始,国家统计局在全国31个省区市和兵团开展全面建设小康社会监测工作。

自开始监测全面建设小康社会指标以来,兵团全面建设小康社会总体进程稳步提速,2011年总体实现程度是78.6%,比2000年提高21.6个百分点,年均增长2.0个百分点;最快的是2008年至2011年,年均增长3.0个百分点。

在被纳入监测范围的6项指标中,兵团社会和谐、生活质量和民主法治3项指标实现程度均超出总体水平,成为兵团全面建设小康社会的重要推动力;与2000年相比,经济指标实现程度增长最快,但未达到总体水平。在23项监测指标中,兵团有13项实现程度超过90%,接近实现小康目标,分别是城镇人口比重、失业率(城镇)、基尼系数、城乡居民收入比、地区经济发展差异系数等;有2项指标实现程度高于总体水平,分别是基本社会保险覆盖率、人均住房使用面积。

据悉,2002年至2011年的10年间,是兵团推进全面建设小康社会总体进程的关键时期。这10年,兵团经济增速加快,屯垦戍边实力迅速壮大,"三化"建设迅猛推进,经济年均增长13.1%,连续10年保持两位数增长;城镇化率达到53%,高于全国平均水平;人均生产总值达37113元,位居西北地区前列;综合实力跨上新台阶;固定资产投资累计完成2521亿元,是2002年之前10年的5.4倍,年均增长

18.7%;中央投资累计到位414亿元;三次产业结构由2001年的33∶29∶38调整为2011年的34∶38∶28;城镇居民人均可支配收入达16625元,增长了1.4倍;农牧工家庭人均纯收入首次迈上万元台阶,增长了1.6倍;连续6年为职工群众办"十件实事",累计投入358亿元,实施危旧房改造和保障性住房建设工程,帮助120多万人喜迁新居,广大职工群众住房、饮水、交通、文化、教育、卫生等生产生活条件得到极大改善,城镇职工生产生活方式、生活环境发生巨大变化,为兵团全面建成小康社会打下了坚实基础。

(与马钧禹合作,原载2013年1月28日《兵团日报》)

兵团棉花协会提醒：

今年棉花越白越值钱

本报乌鲁木齐讯 记者从兵团棉花协会获悉,去年国家正式颁布的棉花新国家标准《棉花细绒棉锯齿加工》和《棉花细绒棉皮辊加工》,将于今年9月1日正式施行。由于兵团棉花70%以上都是锯齿棉,因而,广大植棉职工要关注新标准与原标准的区别,树立棉花越白越值钱的质量观。

据介绍,新标准执行的是根据棉花颜色分级检验标准,这标志着使用了40年的棉花品级检验方法将成为历史。

新标准修订的内容包括19个方面,与原标准相比,主要有4个方面的不同:一是检验主体不同。原标准的显著特点是感官检验,以人工检验为基础;而新标准采用指标检验,是仪器化检验。二是质量体系不同。原标准质量是通过等级反映的,质量就是等级,包含等级、长度、马克隆值3个方面内容;新标准的质量通过颜色级、马克隆值、断裂比强度、轧花质量等指标综合反映。三是评价体系不同。原标准是直观的、一维的平面实物概念;新标准的棉花质量评价体系,由反射率和黄度形成一个二维坐标来标定棉花颜色级。四是标识不同。以标准级为例,原标准的标识是328B,反映出来的信息是3级28长度马克隆值B级,新标准的标识是3128B,反映出来的信息是白棉3级1类28长度马克隆值B级。

新标准根据棉花的黄色深度和明暗程度,将原标准中的1种类型7个级分成白棉、淡点污棉、淡黄染棉和黄染棉4种类型13级,还增加了轧工质量和断裂比强度分档指标,并明确规定颜色级相关条款为强制性条款。

兵团棉花协会建议:各棉花收购加工企业要高度重视对新标准的学习,扎实开展培训工作;做好优良棉种的选择和试验,科学确定适宜机采的棉花品种,以便从品种改良上提升棉花质量;根据生长时间、气候条件等因素,适时把握落叶剂最佳喷洒时间,尽量少使用或不使用催熟剂。

兵团棉花协会提醒:棉农应及时采摘棉花,采摘期对棉花颜色有一定的影响,越晚采摘的棉花颜色越深;继续坚持"四分""四白"等制度,减少在采摘、运输、交售、加工过程中混入异性纤维的机会,提高棉花质量和一致性;按级分垛存放和加工,籽棉堆垛不宜太大,降低籽棉垛温度,在一定时间内进行倒垛;调试好加工设备,不要片面赶工期、提速度,要提高棉花加工质量和水平。

(原载2013年8月15日《兵团日报》)

应对复杂形势　创新群众工作

"访惠聚"活动成为兵团发挥特殊作用的重要举措

本报乌鲁木齐讯　这几天,兵团党委老干部局干部杨文渊忙着在十四师四十七团三连一片荒地上架线打井,他要把这片荒地建成精品示范园,解决为连队困难户脱贫"授之以渔"的问题。

入冬以来,尽管气温很低,可是喀什地区麦盖提县克孜勒阿瓦提乡农场村村民古尼沙汗心里却暖暖的:他的"亲戚"——兵团干部梁立新帮他申请了低保,又送来了冬装。

这是兵团驻连(村)工作组的两个缩影。

为改进作风、创新群众工作,今年2月,兵团党委决定用3年时间与自治区同步在南疆重点连和地方村开展"访民情、惠民生、聚民心"活动。

"'访惠聚'活动是维护新疆社会稳定和长治久安,更好发挥兵团特殊作用的重要举措。"兵团党委书记、政委车俊这样总结。

南疆阿克苏、喀什、和田三地州是国家新一轮扶贫主战场。兵团少数民族群众主要集中在地处这3个地州的一师、三师和十四师。

今春,由兵团、师、团场三级2033名机关干部组成的576个工作组入驻南北疆100个连队和34个村,了解职工群众所思所盼,解决难题,凝聚民心。

"驻村以来,我们对全村村民入户走访2遍,梳理归纳群众意见和建议8项,已经形成调研报告上报。"据兵团驻喀什地区麦盖提县克孜勒阿瓦提乡农场村工作组组长梁立新介绍,走访中工作组每名成员都结下了2门农民"亲戚",为他们送去价值8000元的慰问品。

"今年棉花要丰收了!"收获季节,望着田里绽放的棉花,阿克苏地区柯坪县启浪乡博斯坦村村民艾海堤·铁力瓦尔地脸上乐开了花。博斯坦村与一师二团仅一渠之隔,但在农业生产水平上有很大差距。"送技术!用兵团现代农业的理念带动村民增产增收。"兵团驻该村工作组提出了解决方案,并将一片连片地作为示范田。

在三师五十三团三连连部,维吾尔族小伙子莫台力富和伙伴们正在打篮球。他对记者说,以前是土场地,篮球架子也破旧;现在地平了,架子像"镜子"一样明亮。三连党支部书记杨明堂说,兵团驻连工作组来后,在文化引领方面做足了文章,少数民族群众喜欢来连部了,夜校办起来了,文艺队也组建了。

据统计,截至10月底,兵团驻连(村)工作组入户走访20多万人次,化解矛盾纠纷3590件,解决热点难点问题5254个,组建文体队伍2047支。

(原载2014年12月23日《生活晚报》)

兵团经济社会实现快速发展
四个主要指标增速均高于全国平均水平

本报乌鲁木齐讯 记者从兵团统计局获悉,依据评价经济发展的主要指标,以2009年为基期,到2012年,兵团在生产总值、人均生产总值、固定资产投资、农牧工家庭人均纯收入和城乡居民可支配收入等方面增速均高于自治区和全国。

据统计公报,2013年这几项指标增速比2012年更高。

中央新疆工作座谈会召开以来,兵团紧紧抓住大建设、大开放、大发展的历史机遇,以城镇化、新型工业化、农业现代化为路径,推进经济社会驶上快速发展轨道。

经济总量接近翻番。生产总值从2009年的610.69亿元增长到2012年的1197.21亿元。2010年至2012年,兵团生产总值年均增长16.1%,高于全国经济增长平均水平7个百分点。2013年,兵团经济总量达到1480亿元,是2009年的2.4倍,按可比价计算,累计增长84.6%,2014年可实现翻番。经济总量占自治区比重由2009年的14.3%提高到2012年的16%,2013年达到17.4%。

人均生产总值位列西部第二位。兵团人均生产总值从2009年的23734元增长到2012年的45501元,年均增长15.5%,高于全国平均水平6.9个百分点,已超过全国38420元的平均水平,位列西部第二位。

投资强劲增长。2010年至2012年,兵团固定资产投资实现年均48.2%的增长速度,高于全国平均水平25.6个百分点。兵团2013年固定资产投资1509亿元,是2009年的4.7倍,是"十一五"的总和。

城乡居民收入显著提高。兵团农牧职工家庭人均纯收入由2009年的7668元提高到2012年的12106元,高于全国平均水平4.8个百分点,2013年达到14313元,比2009年增加6645元。城镇居民人均可支配收入由2009年的14470元提高到

2012年的19641元,高于全国平均水平5.5个百分点,2013年达到23138元,比2009年增加8668元。

统计数据显示,中央新疆工作座谈会以来的4年是兵团历史上投资规模最大、经济增长最快、基础条件发生巨变、生产条件得到极大改善的4年。

(原载2014年3月19日《兵团日报》)

兵团首起污染环境案宣判

因私炼废旧电池,六人获刑

本报乌鲁木齐讯 进入冬季以来,一起私炼废旧电池污染环境案引起人们高度关注:六师芳草湖垦区人民法院作出一审判决,6名被告人分别被判刑。据悉,这是中央环保督察组重点督察、兵团宣判的首起污染环境案件。

2015年,无业人员王甲得知,利用废旧铅酸蓄电池还原铅生产利润大,收益可观。王甲和刘乙、郑丙、王丁经过谋划,在没有任何手续的情况下,利用废弃厂房办厂,同时雇用人员走街串巷收集废旧铅酸蓄电池。

废旧电池运到厂内后,由工人用砍刀将外壳直接劈开,有电解液的,将电解液倒进院中的土坑。生产过程中,工人直接将废渣铺到院内地面,对地面进行硬化。他们将拆解的蓄电池随意堆放、炼铅设备、废气排放等均未取得任何符合标准的认定和处置,产生的烟道石、烟道灰的销售也只是简单地装袋运走,其生产、存储过程对环境造成严重影响。

2016年11月,接到群众举报后,六师五家渠市环保局对该厂进行查封。检察机关审查后认为,王甲和刘乙、郑丙、王丁联合另外两人,私建炼铅厂,出售铅锭、烟道灰、塑料颗粒1000多吨,其行为已经触犯了《中华人民共和国刑法》,涉嫌污染环境罪,于8月14日向芳草湖垦区人民法院提起公诉。

近日,法院作出一审判决,6人犯犯污染环境罪,被判处不等刑期。其中,王甲、刘乙各判处有期徒刑2年,各处罚金8万元。

据专业人士分析,废旧铅酸蓄电池,因含有重金属,不论是暴露在大气中还是深埋地下,其成分都会随渗液溢出,造成地下水和土壤污染,日积月累还会严重危害人类健康。

芳草湖垦区人民检察院检察长戚兴录告诉记者,党的十九大报告指出,绿水青山就是金山银山。最高司法机关的有关文件明确将环境资源犯罪列入宽严相济的刑事司法适用中"严"的对象,检察院作为法律监督机关,决不允许任何个人及组织肆意破坏生态环境,遇到此类案件决不姑息。

据新疆社会科学院社会学研究所副研究员杨富强介绍,所有废电池都有污染环境的风险。由于电池等有害垃圾处理门槛比较高、专业性强,有的地区没有设置专门收集的地方,而是直接将有害垃圾扔进垃圾焚烧厂、填埋场。有害垃圾分类处理成为我国垃圾回收的短板。

可喜的是,新疆已建成废旧蓄电池收储中心,但现阶段,仍需提高居民对废旧电池危害的认识,使其主动参与废旧电池的回收处理。

(文中王甲、刘乙、郑丙、王丁均使用化名)

(原载2017年12月29日《生活晚报》)

全 景 录

北疆红提的启示

红提,又名红地球,是葡萄家族的一员。20世纪末,红提葡萄从美国漂洋过海来到新疆市场时,1公斤卖到了三四十元,让许多人望"提"兴叹。

现在,不光新疆人能吃上物美价廉的红提,它还远销到广东、福建等沿海市场,出口到东南亚。这一切都得益于农五师北疆红提葡萄产业的发展。

10月底,记者在农五师北疆红提公司葡萄基地采访时了解到,小小红提竟然叩开了兵团特色水果销售的大市场。在兵团调整农业结构、大力发展特色园艺业的今天,农五师红提产业的大发展无疑可以给予我们许多有益的启示。

启示之一:改革栽培模式,实行"五统一"销售

在北疆红提公司,一切管理围绕市场和效益展开。

20世纪末,市场上棉花价格像过山车一样起伏不定,使农五师农业风险陡然加大。这个师的决策者通过深入考察市场,决定发展红提葡萄种植,在戈壁滩、山沟里,尝试种上了200多亩红提,北疆红提公司也在一片质疑声中组建了。随着一年三四千吨红提葡萄的顺利出售,公司坚定了发展红提产业的信心,职工也看到了稳定增收的希望。

可是,依照传统园艺栽培模式,红提种植要5年才能明显见效。对此,北疆红提公司组建了红提研究所,试图研究新的栽培模式,实现一年种植、两年见果、三年见效。试验中,公司指导农户将一枝双蔓改为一枝一蔓,将葡萄藤间距从1米缩小到70厘米,种植模式的改变和密度的增大,果然使得红提葡萄的单产和质量有了很大提高。

紧接着是销售。刚开始,公司发动销售人员挨家挨户推销,他们自嘲地称此为

"挨"家模式。就这样,经过几年的摸索发展,公司也渐渐地培育了一批客户。

怎样的销售模式才是科学高效的?公司决策者始终在思考。2004年,公司决定实行红提产业"五统一"的发展模式,即统一管理、统一质量、统一品牌、统一包装、统一销售。后来的事实证明,"五统一"模式是农五师红提产业形成竞争力的重要保障。红提公司董事长吴亮认为,没有产地市场的统一和规范,就没有终端市场的统一和规范。"五统一"管理是优化红提葡萄资源的重要保障,也是农业产业化良性发展的需要。

启示之二:培育核心客户,扩大销售半径

农五师能否做大红提产业?许多相关人士从半信半疑逐步到信心满怀,销售客户也像大浪淘沙,慢慢积淀出一支"精锐"队伍。

2003年,公司销售的主导思想是"探路稳进,广交朋友,少量多点,扩大影响";2004年变成了"统一销售,短储快销,抓四节,带中间";2005年则是"铁路客户优先,大客户优先,讲信誉客户优先,长期客户优先";2006年推行市场信誉保障金制度;2007年尝试市场销售经营权买断制度,建立了销售市场巡视员制度……一年比一年成熟的销售策略,使公司培育了一批核心客户,目前,大客户稳定在八九个。

与此同时,公司改变将60%的产品销往广东、福建市场这种过于集中的销售方式,开始拓展新市场。今年,公司开发和培育了浙江、上海、北京、河南等地市场,扩大了产品销售的辐射范围。

从2007年起,北疆红提公司积极开拓国际市场,先后投资1200余万元,建成3条葡萄预冷包装生产线,注册出口基地1.1万亩。目前,农五师已成为全国红提出口基地注册面积最大的地区。

启示之三:追求无止境,实施质量追溯

尽管10月底红提葡萄已经采摘完毕,可是在八十一团葡萄采摘棚内,记者仍见到了"优质光荣,劣质可耻,生产劣质果就是产业的罪人"这样的标语。北疆红提

公司董事长吴亮说,产品的价值不仅体现在售价上,更是种出来的。

记者采访时听说了这样一些事。

公司规定,坚决杜绝雨后采摘葡萄,以确保产品质量。可是有的职工偏偏在雨后采摘。

对这样采摘来的葡萄,种植团场就会当场没收并就地销毁。八十九团园艺二场还实行"降一级罚10箱"的措施,即一箱葡萄检验不合格,同批次的10箱都视为不合格,每箱还要罚相关责任人10元钱;初检不合格即就地销毁。今年,这个场销毁的没有通过检验的葡萄就有十几吨。

视质量为生命的北疆红提公司,于2008年被国家农业部确定为全国24家农垦农产品质量追溯项目单位之一,使"北疆"红提成为第一个在全国鲜果行业实现质量追溯的产品。随着项目建设的完善,今年,消费者可以通过产品追溯体系了解产品种植团场的情况,明年就可以追溯到种植职工个人。

对于农五师来说,发展红提产业,有力地促进了种植结构调整和职工增收团场增效。目前,这个师种植近6万亩红提葡萄,总产值达1.9亿元,亩利润可达4000元,是种植棉花的8倍。

(原载2009年11月23日《兵团日报》)

寻求发展的突破口
——兵团提高水资源利用率实现可持续发展的思考

当下,在大部分农牧团场,承包职工经过一年的辛劳,满怀丰收的喜悦,开始享受冬闲的时光。然而,农三师小海子垦区的干部职工却愁上眉头。原来,这个垦区3个总库容为7亿立方米的水库,今年才蓄水1.2亿立方米,是往年的21%,除去群众生活用水和自然损耗,实际能用于明年春播的水只有4000万立方米,按每亩棉花春播至少灌水200立方米计算,明年只能播种20万亩,仅占垦区耕地面积的四分之一。

11月初,兵团为此专门召开会议,针对农三师50年不遇的严重旱情提出了应对措施。

与小海子垦区相似,兵团其他垦区当前同样面临旱情。据兵团防汛抗旱总指挥部办公室主任耿民贤介绍,今年兵团总引水量约为100亿立方米,比往年少10多亿立方米,是近5年来最少的。而且,目前有40多座水库已干涸,受旱总面积达500多万亩,约占兵团总播种面积的30%。资料显示,受旱区域主要集中在农二师、农三师、农八师等植棉师。

新疆属于干旱半干旱地区,蒸发量远大于降水量,农田灌溉70%至80%要依靠冰雪融水。对处于风头水尾、沙漠边缘的兵团大多数农牧团场来说,抗旱是永恒的主题。尤其是今年,因为气温持续偏低,致使冰雪融化少,河道来水少,农田旱情尤为严重。

11月初,在农八师最大的水库蘑菇湖水库,记者看到,这座库容为1.8亿立方米的水库,顶多蓄了1000万立方米的水。农八师玛纳斯河流域管理处水利科副科长陈凯书告诉记者,以前蘑菇湖水库是各种鸟类的家园,也是石河子市民秋游的好去处,而今年水库几乎干涸,库底裸露。另外2座水库跃进水库和夹河子水库也空库长达1个月了。

往年,各师水资源的缺口主要由地下水补充,每年大概提取17亿立方米地下水,占总用水量的七分之一到八分之一。近年来,由于部分团场地下水超采严重,致使地下水位严重下降。据兵团水利专家分析,这种靠提取地下水进行农业生产的粗放型发展方式已经不适应现代农业发展的趋势,兵团已明令禁止打井开荒。

水是农业的命脉,也是兵团经济发展的瓶颈。面对河道来水减少和地下水位下降的双重压力,今年兵团党委提出,要实施产业结构的战略性大调整和发展方式的战略性大转变。兵团水利部门呼吁,实施大调整大转变的关键之一,是提高水资源的利用率。

提高水资源利用率,实现兵团经济可持续发展,首先要解决转变观念的问题,改抗旱为防旱。兵团水利专家认为,传统的抗旱思想已经不适应当前经济发展的需要,变被动抗旱为主动防旱,提前采取措施预防旱情的发生,比任何被动的抵御都有效。

其次要以水定地,科学用水。近年来,面对水资源的紧缺,兵团提出有多少水种多少地,建设高产稳产田。这样才能轮休土地,提高亩效益。今年,已经有部分团场做到了以水定地,农二师今年就有10万亩农田休耕。

第三要调整结构,提高水产比。目前,兵团农业万元产值所需水量与工业万元产值所需水量之比约是100∶1。兵团要实现可持续发展,只有调整产业结构,大力发展工业经济,在提高经济效益的同时,减少水资源浪费。今年,兵团积极调整农业种植结构,南疆垦区退棉种枣,北疆垦区退棉种粮,这些措施较好地起到了节约用水、分散用水期、提高作物比较效益的效果。

第四要大力发展节水技术。高新农业节水技术在有效节水的同时还能实现增产。目前,兵团高新节水技术发展较为成熟,今年利用面积已发展到近1000万亩,而且应用品种已从棉花推广到小麦、水稻及大棚作物等。据统计,1000万亩节水灌溉田可节水约12亿立方米。

第五要广辟水源,提高水资源利用率。在旱情严重时,可以利用水库等水利设施将冬闲水存储起来,来年使用;可以将城市生活污水与河水混合起来灌溉农田;

可以将排渠水与河水混合起来浇灌土地。

此外,要不断创新水利设施管理方式。随着节水事业的发展,水利设施的维护成为各团场的大事。近年,一些师尝试将滴灌首部拍卖给职工个人经营,将产权明晰到户,取得了一些经验。

(原载2009年11月27日《兵团日报》)

滴灌,现代农业的支点
——从滴灌技术成就看兵团节水灌溉发展前景

前段时间,国家科技部在兵团召开节水灌溉经验交流会;其后不久,全国农垦农业节水技术培训班也在新疆农垦科学院开班。这两条信息透露出一个信号:兵团的滴灌节水技术走在了全国前列,已经引起国家有关部门的高度重视,有向全国推广之势。

可控的设施灌溉,是国家新农村建设和农业现代化的重要内容。20多年来,兵团开拓性地发展以设施滴灌为核心的旱区节水农业技术,取得了令人瞩目的成绩。目前,兵团节水灌溉技术已广泛应用到棉花、小麦、玉米、蔬菜、果树等作物种植上,推广应用面积近1000万亩,形成了成熟的技术体系与完善的操作规范,实现了灌溉、施肥的可控化。

可以说,兵团已成为我国在大田农业生产中应用节水灌溉技术范围最广、面积最大、发展最快的地区之一,成为全国应用农业节水灌溉技术的样板。

从细流沟灌、膜上灌、自压膜下软管灌到如今的膜下滴灌;从价格昂贵的"贵族滴灌"到职工群众用得起的"平民滴灌";从仅有经济作物能使用到大田作物都能采用……兵团滴灌节水技术的每一次进步,都推动了现代农业的发展,成为现代农业的重要支点。

滴灌节水技术是一个综合系统工程,兵团发展滴灌技术产生了巨大的经济、社会和生态效益,也引发了兵团农业生产节水节能、增产增效多赢的一场"革命"——大幅度提高了灌溉水的利用率。目前,灌溉水有效利用率由2000年的40%提高到51%,毛灌溉定额由每亩787立方米下降到583立方米,兵团在农业灌溉总用水量减少的情况下,灌溉面积已由1996年的1247.1万亩增加到2008年的1603.4万亩,增加了28.57%。

促进了农业增产和职工增收。滴灌技术具有增产、节水、节肥、增效等特点,使作物平均增产达25%以上。以大田春麦为例,采用滴灌技术,平均亩产达583公斤,比常规灌溉增产243公斤,综合计算,每亩纯收益增加436元。

改善了区域生态环境。自2000年推广滴灌技术以来,兵团节水滴灌面积累计达5490万亩,总节水量65.88亿立方米,相当于节约了41个新疆天池的蓄水量。节约下来的水用于团场周边的植被灌溉,使农区周边的生态环境得到明显改善。

加快了兵团农业现代化进程。设施灌溉的发展,管网替代田间渠沟,大大减轻了职工挖沟筑畦的劳动强度,提高了劳动生产率。与常规耕作模式相比,一个棉农的管理定额由过去的25亩至30亩提高到现在的80亩至120亩,劳动生产率提高了近4倍。节水滴灌的发展,还为农业栽培和田间管理技术升级创造了条件,随水施肥技术得到广泛应用。

由于使用了滴灌技术,兵团皮棉平均单产由2000年的90公斤提高到目前的150公斤,高产田达300公斤;玉米大面积平均单产1300公斤,大豆单产超400公斤,加工番茄单产1.3万公斤,特别是2009年示范的40余万亩滴灌春小麦,亩均增产120公斤至150公斤,其中163亩平均单产达到806公斤,创下了我国大面积春小麦高产纪录。

据有关专家介绍,兵团创新的"棉花膜下滴灌技术"和"大田密植作物滴灌技术"不是单一的灌溉节水技术,而是以滴灌节水技术为纽带,集成现代农业的按需配方随水施肥、高产栽培、农业机械化、农田管理信息化、农作物新品种等多项现代农业高新技术,通过滴灌技术组装并发挥其协同增产作用,保障农业生产的高产高效、生态安全。

2006年,温家宝总理作出指示,要求兵团建设全国节水灌溉技术示范基地。

兵团发展节水灌溉事业面临新机遇。

我国是世界20个最缺水的国家之一,虽然年平均降水总量约6.188万亿立方米、水资源总量约2.8万亿立方米,居世界第6位,但人均占有量仅2250立方米,是世界平均水平的四分之一,在世界排第109位。经济用水、安全用水,已经成为我国经济社会发展面临的一个迫切问题。

我国是农业大国,农业是国民经济的基础,农业发展直接关系到人民生活、物价稳定、经济发展和社会安定。

要实现到2030年我国人口达到16亿高峰期时粮食自给的战略目标,形势严峻,任务艰巨。

在我国干旱半干旱地区、季节性和资源性缺水地区、突发性缺水隐患区,发展以兵团滴灌综合技术为主要途径的设施灌溉技术,已经成为缓解我国水资源紧缺矛盾、确保粮食安全的战略选择。

目前,兵团的滴灌节水技术已在我国部分省区及中亚国家试验示范,取得了良好效果。

2009年,国家农业部和兵团共同在甘肃省、河北省、宁夏回族自治区、西藏自治区等地开展小麦、玉米等粮食作物的滴灌试验,小麦单产平均增加100公斤。

兵团节水滴灌技术,是兵团也是国家的宝贵财富,必将为我国农业现代化发展作出积极贡献。

(原载2010年10月12日《兵团日报》)

机遇大于挑战
——对兵团发展棉纺织业的分析与展望

新年伊始，坐落于石河子经济技术开发区的新疆天盛实业有限公司负责人兴奋地告诉记者，到今年4月，公司纺锭规模可以达到100万锭，产业链将从生产棉纱延伸到毛巾、服装等，成为名副其实的西北纺织企业龙头。

与天盛公司一样有着火热生产形势的兵团纺织企业还有很多，他们大多分布在北疆的石河子和南疆的阿拉尔，这两个城市已成为兵团重要的纺织基地。

来自兵团发改委的统计数字显示，兵团"十一五"前4年新增加的纺锭比"十五"末的总和还翻了一番，截至2009年年底，兵团纺锭规模已达225万锭，占新疆棉纺能力的40%以上。

优势无可替代　　瓶颈正在突破

逐渐发展壮大的棉花产业已经成为兵团经济的支柱产业，兵团发展棉纺织业的资源优势明显。但是原料大区不等于工业强区。

2009年，兵团棉花总产已达到112万吨，占全国棉花产量的六分之一，可是，用于深加工的棉花量不到总量的20%，80%是出售原棉。发展棉纺企业、延长棉花产业链、增加附加值是兵团各级需要解决的重点问题。

2009年的最后一天，记者走进具有40多年历史的新疆芳婷针纺织有限公司，只见车间里机器轰鸣，纺纱、织布、印染、缝纫等生产线上的工人非常繁忙。公司总经理汝建华告诉记者，公司的订单已经排到了2010年4月，棉花的储备可以加工到2010年7月。

我们能从芳婷公司身上看到兵团早期创办的一批国有棉纺织企业的影子。

且不说它现在效益如何,单就在市场冲击下能生存下来而言就是个奇迹。汝建华对记者说:"困扰和限制企业发展的最大因素是远离产业聚集区。"

据了解,经过多年的发展,内地沿海地区的纺织业已经相当成熟,产业集中度非常高,纺纱、织布、印染、制衣等生产线分工非常细,各种辅料生产也是分工明细。一件服装从纺纱、织布、选料到成衣,由多个企业协作完成,而非一家独立制作。芳婷公司最苦恼的就是,公司纺纱、织布、印染、针织等程序都得有,缺一道程序就没法做成成衣,而在内地就不存在这种情况。

"我们有原棉优势,随着中亚市场的扩大,随着国际高技术产业逐步向发展中国家转移,东部沿海地区将附加值相对较低的棉纺织业向中西部转移已是大势所趋,只要兵团抓住机遇,从各方面做好承接产业转移的准备,棉纺织产业的大发展将指日可待。"兵团工业局一位领导的话道出了兵团发展纺织业的前景。

形成产业聚集区,必须依靠优惠的政策和良好的产业发展条件,强力吸引内地纺织业大企业大集团来兵团投资建厂。早在2002年12月召开的兵团党委五届四次全委(扩大)会议就明确提出,要把石河子和阿拉尔建成全国最大的纺织城,多年来兵团一直朝这个方向努力着,也符合了国家的产业政策。

机遇前所未有　挑战催人奋进

2009年是纺织企业饱受金融危机危害的一年,同样也是纺织业发展机遇最多的一年。这一年,国家出台了《纺织工业调整和振兴规划》,明确提出鼓励中西部地区发挥资源优势,积极承接产业转移,建设纺织服装加工基地,形成东中西部优势互补的区域布局,加强内地与新疆的合作,建设优质棉纱、棉布和棉纺织品生产基地。

国家还支持大企业大集团将其产业链的一端转移到新疆,构建跨区域的上下游紧密联系协同发展的产业链,把新疆建成依托内地面向中亚乃至欧洲的纺织品出口加工基地和区域性国际商贸中心。

面对千载难逢的发展机遇,兵团立即作出《调整振兴纺织工业的指导意见》,制定了纺织业发展目标和鼓励内地企业来兵团发展的有力举措。兵团提出,到2011年,棉纺锭规模要达到350万锭至400万锭,织机规模达到4000台,针织服装生产能力达到4000万件,棉花转化率达到40%,棉纱转化率达到20%以上。

2009年至2010年期间,企业每新增投产1万锭生产能力,兵团将给予100万元补助,力争在2年内新增100万锭纺纱能力。强有力的举措提振了兵团纺织业的信心指数。

能否引来凤凰,筑巢是关键。入驻石河子经济技术开发区的天盛公司之所以短短6年间在石河子投资18个亿发展棉纺织产业,就是因为有农八师石河子市的大力支持。

师市发改委主任孟宪锋告诉记者,师市对棉纺织业的政策支持是空前的,仅2009年,师市对当地棉纺业税收留用地方部分全部返还,数额达2700多万元,为企业赊销原棉3至6个月,还对企业自用棉实施每吨比市场价优惠200元的特殊政策,投入7000多万元建成了污水处理厂。

农八师石河子市工业局党组书记魏乐强说,落户石河子的棉纺企业逐年增加,2009年师市纺织业规模已达150万锭,每年可以使用棉花30万吨。

(原载2010年2月25日《兵团日报》)

开拓思路天地新
——冠农股份成功转型的启示

近年,冠农股份越来越吸引股民的眼球,特别是它的产业转型成为股民热议的话题。

其实,在经济发展过程中,企业尤其是上市公司的转型无异于"凤凰涅槃,浴火重生"。冠农股份也经历了这一过程。

1999年,由农二师3个团场和2个公司发起的新疆冠农果茸股份公司宣告成立,它承载着农二师20万人太多的希冀,因为这个师将本师最好的农业资源——香梨和马鹿交给了公司,期望它成为带动全师实现大发展的领军企业。当时正逢国家大力推进农业产业化进程、实施优势资源转换战略、鼓励新疆优势资源公司上市的大好时机。2003年6月9日,冠农股份股票在上海证券交易所正式挂牌交易。

2003年底,新疆南疆地区遭遇了一场50年一遇的冰冻灾害,给公司农业种植带来不利影响,加上国际鹿茸市场价格风云突变,公司很多客户被价格低廉的新西兰鹿茸吸引过去。面对不利局面,公司董事会高层敏锐地意识到,虽然公司生产经营的香梨和马鹿都是全国稀有的农产品,但是农业属弱质产业,风险性较大,加之单一的农产品生产型企业经营模式与上市公司的资本市场运作完全不同,企业转型势在必行。

董事会高层果敢地作出决策:利用南疆丰富的农产品特产资源、能源及矿产资源,发展多元化产业,公司经营重点转向农产品深加工和资源、能源产业。

在农二师的大力支持下,冠农股份公司跨出了历史性的三大步:

——收购新疆罗布泊钾盐科技开发有限责任公司51.25%的股权,随后在自治区和兵团的协调下,引进国家开发投资公司增资扩股,冠农股份公司拥有20.3%的股权,成为国投罗钾公司的第二大股东。

——投资中国国电集团公司新疆开都河流域水电开发有限公司,持有25%的股权,成为该公司第二大股东。

——将原有的香梨、马鹿资产与新疆绿原糖业公司的资产进行置换,取得绿原糖业100%的股权。

果敢的决策、坚实的步伐,为冠农股份由单一的农产品生产型向农产品深加工和资源转换型并举转变奠定了基础。

对此,公司董事长李愈说:"随着罗钾公司120万吨项目全部建成投产和新疆开都河流域水电开发有限公司察汗乌苏水电站3台机组全面发电,冠农股份将进入高速成长期。"

转型后的冠农股份又面临资金短缺的难题。公司充分发挥上市公司融资作用,于2008年5月,向5家特定机构投资者定向发行740万股募集资金,公司将募集到的4.09亿元资金主要用于参与参股公司罗钾公司的增资扩股,补充年产120万吨钾肥项目建设的资本金;参与参股公司国电开都河水电公司增资扩股,补充察汗乌苏30万千瓦水电项目的建设资本金;对全资公司新疆绿原糖业公司进行增资和技改扩能。

定向增发的成功实施,确保了参股的国投罗钾和国电开都河水电公司增资款及时到位,保证了公司战略参股地位,巩固了公司获得长期、稳定、丰厚投资收益的基础;同时,公司面临的资金短缺状况发生了根本性改变,为冠农股份二次创业、可持续发展奠定了坚实基础。

目前,冠农股份公司已经形成以果蔬加工、甜菜制糖、棉花加工为主的农业资源开发产业集群和以钾盐开发、开都河水电开发为主的矿产、水电资源开发产业集群,集团化发展的轨迹越来越清晰。

面对新疆核桃、巴旦木、红枣、葡萄干、杏仁、杏核等丰富的农产品特产资源,冠农股份公司决心打造我国最大的农产品深加工龙头企业,将干果业培育成为新的利润增长点。

记者在冠农股份公司果蔬公司库尔勒分公司厂区内了解到,果蔬加工的主要设备都是国外进口的,杏子、番茄、胡萝卜等多种蔬菜果品均可在此加工,而且加工出来的产品全部出口。分公司负责人告诉记者，公司目前经营的干果品种有10多个系列200多个品种。

近年，冠农股份公司已经斥资3.2亿元在库尔勒、英吉沙和莎车3地建设了3个现代化的果蔬加工工业园，果蔬加工能力已达到10万吨，以"斯兰扎克"品牌专卖店和商超终端销售为载体的营销点已经达到近千家。参股国投钾盐开发和国电开都河水电开发成为冠农股份的神来之笔，同时也为公司带来了巨大的利润。

2009年，冠农股份总资产比1999年增加了15亿元，净资产增加了6亿元；总股本比最初上市时增加了2.821亿元，成为兵团带动南疆区域经济发展的"领头羊"。

逆境中求变求新，使冠农股份成功从以农业为主业向以工业为主业转型，为兵团企业发展提供了良好的借鉴。

(与马林合作，原载2010年8月3日《兵团日报》)

无声的转变
——从前十八届乌洽会看兵团人观念的变化

从1992年的乌鲁木齐边境地方经济贸易洽谈会到1996年的乌鲁木齐对外经济贸易洽谈会；从地方政府搭台、国家支持，到由商务部、中国贸促会等14个省部委主办；从以边境贸易和经济合作为主的地方展会，到面向中亚甚至欧洲的国家级展会——18年来，乌洽会每一次升级都与新疆的经济发展和社会进步如影相随。据悉，明年乌洽会将升格为"中国—亚欧博览会"。

18年足以造就一代人，18年足以改变世界。18年来，乌洽会给兵团带来了什么？

"18年来，兵团走出了一条思想开放、观念转变之路。"兵团商务局副局长、兵团乌洽会交易团团长王多生说。从1992年到2009年，18届乌洽会，王多生都是组织者和见证人。

从封闭到开放这几天，农四师商务局局长陈勇格外忙碌。他对记者说，最初，农四师一些企业不太重视乌洽会，把参加乌洽会当作政治任务来完成，而现在不仅企业积极要求参加乌洽会，连团场也要求参加。今年，农四师有14个单位和企业参加乌洽会，团场就占10个。

"只有尝到甜头，有所收获，才能接受并认可这个展会。"王多生道出一条朴素的道理。乌洽会上起主导作用的是市场经济观念。这种观念辐射到乌洽会的角角落落，对人们形成强烈的刺激，只要置身其中，就不可避免地接受这种持续不断的强刺激，即使那些不符合市场经济规律的观念再顽固，也会被这种理念所撼动。

农四师伊帕尔汗香料公司就是一家受益于乌洽会，然后不断发展壮大的企业。2000年，伊帕尔汗香料公司只是做了几份海报和简介就上会了，结果一无所获。当2004年公司再次上会的时候，就摆上了自己的新产品，可是粗糙的产品包装与发达地区的同类产品无法相比。渐渐地，公司把每年的乌洽会当作比拼会，会上让客户找茬挑刺，会后去南方召开新产品、新工艺座谈会，征求合作商的意见建议，然后进行改革创新。此后，公司在每年乌洽会上都有新产品问世，目前已生产出8大系列140个品种，成为全国颇有影响力的香料企业。

陈勇说："乌洽会是我们学习的课堂、展示的舞台、交流的平台，是促进思想解放、观念转变的催化剂，我们不会放过每一次参加乌洽会的良机。"

10年前，如果内地企业来兵团投资，引资方都要首先算算，自己能获利多少，划不划算，然后才考虑对方获利多少，结果常常不欢而散。现如今，引资方都会非常豪爽地说，你投资，我服务。这种变化很大程度来自于思想观念的转变，这与乌洽会密不可分。

兵团商务局外贸处处长高建军告诉记者，乌洽会是一个开放的舞台，人与人之间的交流是平等而务实的。在这里，人们以市场经济的规则、理念处理事物，公平、合作、双赢始终是衡量经济行为的杠杆。

最初几届乌洽会，兵团企业与客商谈判，往往成效甚微。原因在于，兵团企业习惯于自己当老大，考虑自身利益太多，对客商存有戒备心理，客户都被吓跑了。经过不断总结、反思，兵团企业逐步意识到，要想发展必须首先开展合作。观念的转变，为兵团招商引资扫除了障碍。据统计，前18届乌洽会兵团外资总投资额达到22亿美元，内联项目金额达到393亿元人民币，每年的合同履约率在60%以上，外商有2400多人。

"官员就是服务员。"这是石河子经济技术开发区提出的响亮口号。透过这一服务理念，我们看到的是招商引资观念的变化。石河子经济技术开发区负责人对记者说："通过乌洽会，很多客商前来参观园区，取得了初步印象。后面，我们通过亲商、引商、惠商、育商等一系列措施，促使企业与开发区实现双赢。"目前，在石河子经济技术开发区落户的企业已经达到300多家。

走出绿洲，融入世界近半个世纪以来，兵团的绿洲农业取得了巨大成就，城镇化、新型工业化、农业现代化之路越走越宽广。然而，回忆起最初呈现在乌洽会展台上的展品让人汗颜：一壶油、一袋米、一箱梨、一袋面、一瓶酒，综括出兵团全部农产品,加工率极低,附加值极低。

而经过乌洽会的洗礼,兵团农业产业化程度越来越高,以农业为基础的新型工业开始走出绿洲、走向全国、走向世界。新疆冠农果茸股份公司最初是以种植业、养殖业为基础的上市公司,新观念的输入让公司决策者意识到,纯农企业在激烈的市场竞争中没有优势。于是,企业调转航船方向,开始实施以电力和钾盐为主的资源开发。如今,资源开发已成为公司主业。公司董事长李愈说:"是乌洽会开阔了我们的发展思路。"

新中基、天业、伊力特等一批企业,也都是从小公司起家,通过与市场接轨、与国际接轨,逐步发展成为在国内外都小有名气的上市公司。

对于已经举办18届的乌洽会来说,签约金额的多少不再是衡量成绩的唯一标准。随着观念的转变,相信越来越多的参会者,不再单纯追求表面的成交数字,而是更注重深层次思维和理念的碰撞和交融。

授人以鱼,不如授人以渔。我们期待着第十九届乌洽会,更期待着中国—欧盟博览会。

(原载2010年8月30日《兵团日报》)

铸就品质创辉煌
——新疆伊力特实业股份有限公司发展纪实（上）

宽阔的巩乃斯河从两条天山支脉间缓缓淌出，自东向西蜿蜒而去，孕育了富饶而美丽的巩乃斯草原。新疆闻名遐迩的酿酒企业——新疆伊力特实业股份有限公司就坐落在这片充满灵气的土地上。

兔年正月初一，伊力特公司领导来到当年酿制出第一锅伊力特酒的老军垦战士李合金的家里拜年时，兴奋地告诉老人："2010年，公司工业生产总值和销售收入双双突破10亿元！"87岁的李合金听到这一消息，眼角开始湿润，似乎又回忆起那激情燃烧的岁月。

"公司能有今天的成绩，离不开像李合金这样的老军垦战士的无私奉献，也离不开军垦第二代、第三代对兵团精神的传承。""洞悉产业发展规律，把细节做到极致，是伊力特'十一五'期间销售收入年均增长20%的秘诀。"与伊力特公司一起成长起来的董事长徐勇辉和党委书记赖积萍的一番话，不由得让人对这家企业肃然起敬。

细节是制胜的法宝

伊力特人说，质量是生命，是创名牌的基石，是赢得消费者信赖的前提。

伊力特公司领导层认为，科技创新要体现在每一个细节，这是保障伊力特公司健康、稳健发展的法宝。

2月11日，记者走进伊力特酿酒二厂的一座酿酒工房，工人们正在一个横断面为三角形的两面竹夹式晾床上翻粮醅。四班班长王荣胜是有20年工龄的老酿酒工，他告诉记者："以前的晾床是钢板的，考虑到粮醅与钢板接触会影响酒质，2009

年就改为竹夹式晾床了。这一项小小的革新,促进了酒质的提高,我们的收入也跟着提高了。"记者还发现,所有酿酒工房的地面从以前的水泥地面换成了大理石,有些工房墙面上还贴了白色瓷砖。

在酿酒一厂包装车间,记者看到,两道直通到工房顶的玻璃墙将洗瓶、灌装、包装三道工序隔开。"这样工序不会混杂,不会相互传染有害微生物,符合国家要求的洁净生产标准。"一厂党支部书记吴新强说。

在采访中,负责产品质量的伊力特公司总工程师刘新宇,告诉记者两件可以载入公司史册的"砸瓶"事件。

2005年,有1000多箱发到杭州的伊力小酒出现酒瓶渗漏问题。公司当即将产品全部召回,并立即召开质量现场会。员工们含着泪水亲手将自己包装的1.2万瓶伊力小酒砸得粉碎。

2009年,伊力王酒在市场上热销,恰恰此时有一批伊力王酒的瓶子出现色差、重影问题,有些瑕疵其实很微小,消费者很难发现。然而,公司还是将这批价值37万元的伊力王酒瓶全部砸掉,以示警戒。

酒瓶质量问题让公司领导痛下决心:对每批瓶子都进行瓶盖和瓶口的破坏性试验,质量不过关的全部退回。如此一来,公司每年退回材料商的包装材料价值达160多万元,为公司挽回经济损失1000多万元。

刘新宇说:"伊力特公司严抠细节抓质量绝不是一句空话。从原料进厂到产品出厂,设有6道防线、10个关键过程、22个专检点,仅4个酿酒分厂就有专兼职质检人员300多人。"

创新是企业的生命。围绕质量展开的细节创新,在伊力特公司无处不在:使用长窄型人工老窖泥发酵泥池、窖泥实现有机配方、用中高温"包包曲"生产酿造、延长酒醅与窖泥接触发酵时间、以酒调酒、多级储存、分级储存……"追求无止境,第一是个性"。在伊力特公司经营理念的熏陶下,公司决策者描绘出伊力特酒的理想质量目标:不上头、醉得慢、醒得快,消费者对每一瓶酒都满意。

目前,伊力特公司已推出四大系列100多个品种规格的产品,"伊力"品牌2002年被认定为中国驰名商标,"伊力"酒品2008年被国家列入新名酒序列。

纯粮酿造是精髓

业内人士说,离开茅台镇生产不出茅台酒,离开宜宾生产不出五粮液。同样可以说,离开肖尔布拉克生产不出伊力特。

在伊力特公司陈列室里,各种奖杯、牌匾琳琅满目,有一块牌子不太起眼却颇有含金量:"纯粮固态发酵白酒"标志。据介绍,这一认证为"伊力"牌白酒贴上了优质高档酒的标签。

走在各个酿酒分厂厂区,记者看到,每个厂都有数个高耸的不锈钢储粮仓,在蓝天白云的映衬下,高大的粮仓形成一道靓丽的风景。

记者了解到,多年来,伊力特公司已经建立了自己的原料基地,高粱、大米、玉米、小麦、豌豆等5种粮食均来自雨水丰沛、没有污染的伊犁河谷。专门负责检验原粮质量的伊力特公司技术中心化验员李向龙说:"我们坚持按照国家优级标准收购粮食,在入库前除化验原料理化指标外,还要进行感官评定,对酿酒用米、用麦的要求比食用米和面粉的要求还高。"

伊力特公司的专家们形象地说,高粱、大米、玉米、小麦、豌豆等5种粮食是"伊力特之骨""伊力特之魂"。采用"多粮型"工艺,是伊力特公司不断科技创新的成果,是新疆白酒行业独树一帜的工艺特色。

"生香靠发酵,提香靠蒸馏"。得天独厚的地理环境加之纯粮固态发酵,使得"伊力"牌系列白酒以它独特的"香气悠久、口味醇厚、入口甘美、入喉净爽、酒味全面"赢得了消费者的心。

追随市场是永恒的主题

产品只有追随市场才有出路。满足市场不同层次的差异性需求,始终是伊力特人不懈的追求。

我国白酒专家作出预测:白酒主流风味将朝着香柔、细腻、绵甜、净爽方向发展。而新疆绵柔型浓香白酒还是空白。

据中国白酒协会专家分析,"伊力"牌酒具有不同于其他浓香型白酒的独有风格,即:香气优雅宜人,味不暴,香味协调好,且绵甜,后味落口顺喉,略带五粮陈味,饮后不口干不上头,符合市场流行的细腻、绵柔型白酒的特点。

2006年,伊力特公司抓住机遇,组织人员收集市场信息,对全国10个重点省会城市排名前五名的畅销白酒的内在风格和细微差别进行逐一分析鉴赏,并始研发绵柔浓香型白酒。2008年9月,第一批伊力特绵柔浓香型白酒面市。产品一上市就备受消费者青睐,成为公司新的经济增长点。

伊力特公司的专家们告诉记者,目前,公司生产的白酒整体风格在悄然转型,从追求香味浓郁向绵柔、淡雅过渡。

20世纪90年代末,伊力特公司适时提出"沿陇海线建立黄金销售带,以郑州为支点,辐射全国"的市场推进战略。"英雄本色伊力特"的形象迅速享誉神州。随着销售形势的变化,公司不断总结经验,提升理念。

公司副总经理陈志远告诉记者,近年公司实行产品区域化、市场区隔化销售战略,使经销商成为品牌的运营者,使企业成为品牌的管理者,销售方式更加规范和科学。2010年,公司销售收入首次突破10亿元,经济效益再上一个新台阶。

伊力特公司还发挥品牌优势,大力发展野生果、印务、玻璃制品、铁路物流等相关产业。2008年,该公司开始向重工业进军,利用当地丰富的煤炭资源,发展煤化工项目。

"为消费者而生而长",这是伊力特人的信条。秉承这一理念,新疆伊力特实业股份有限公司将在独特的、稳健的发展之路上阔步前行。

(原载2011年3月2日《兵团日报》)

共谋发展谱新篇

——新疆伊力特实业股份有限公司发展纪实（下）

一个占地约三四亩的院子，有两个圈舍，养着上百头牛，每个圈舍旁堆着大堆酒糟。这是新源县塔勒德乡三大队维吾尔族牧民奥达洪的育肥基地。

农历兔年春节刚过完，奥达洪就带着雇工忙碌起来。

"我一年出栏上千头肉牛，要在伊力特公司买2000多吨酒糟。这东西好，牛吃了上膘快。"奥达洪对前来采访的记者说，"我搞育肥30多年了，现在有2套楼房、3辆车，资产150多万元。这得感谢伊力特公司啊，没有伊力特，就没有我今天的好日子。"

像奥达洪这样依靠伊力特公司发家致富的团场职工和地方农牧民有很多，他们居住在伊力特公司所属的各分厂、公司附近，每年从公司直接受益3000多万元。

坐落在巩乃斯河畔的新疆伊力特实业股份有限公司，从20世纪50年代的一口大锅发展到如今，总资产已达16.6亿元，尤其是上市10年来，销售收入从1999年的4.2亿元增长到2010年的10.5亿元（预计），总股本翻了一番，累计实现利润16亿元，缴纳税金15亿元，成为兵团成长性好、带动区域经济发展能力强的工业企业典型。

消除多年隔阂　携手共谋发展

伊力特公司是1988年从农四师七十二团这个"母体"分出来的，彼此有着不可分割的千丝万缕的联系。可是多年来，由于经济实力、管理体制等方面的原因，原先的"母子俩"关系并不和谐。

2008年，和谐发展、互助共赢的理念深深触动了这2个单位决策者。从这一年开始，多年的"冰山"开始消融，双方坐在一起开始研究区域经济发展大计。至今，这2个单位已经召开了3次联席会议，解决了许多关系双方利益的问题。

记者在一份联席会议记录上看到，双方就社会治安、文体活动、就业、干部交流、电视新闻资源共享等达成共识、统筹安排。兔年春节前夕，两家还在一起联合举办了"肖尔布拉克春晚"，许多老军垦感慨道：20多年了，这么融洽不容易啊！

伊力特公司董事长徐勇辉认为："伊力特的发展离不开七十二团，七十二团不发展，伊力特再发展也不算发展。作为龙头企业，一定要反哺农业、反哺团场，带动区域经济发展，这是公司义不容辞的责任。"

提起今天的和谐局面，七十二团领导由衷地说："和气生财、合作共赢，这是人心所向、大势所趋。以后我们要依托红军团红色品牌资源和伊力特龙头企业资源优势，提高经济实力，让生活在这里的人们都过上幸福生活。"

2010年，七十二团为伊力特公司种植了5万多亩高粱、水稻和小麦，占全团总播面积的一半以上；公司则为团场职工补贴高粱种子费用共计75万元。目前，七十二团在伊力特公司就业的工人有200多人，公司煤化工等新项目投产后，伊力特公司在招工时也将向团场倾斜。与此同时，公司还支持七十二团兴建军鹏制盖公司、发展石灰石矿业……

伊力特公司和七十二团携手共进，为肖尔布拉克区域经济加快发展奠定了坚实基础。目前，肖尔布拉克镇楼房林立，有商业餐饮网点250家，运输车辆近300辆，各种小作坊、修理铺近40个，经济发展，社会稳定，一派祥和繁荣的景象。

支持地方财政发展区域经济数据是枯燥的，又是最有说服力的。

今年春节大假过后第一天，新源县党委常委、常务副县长张新民在接受采访时为记者提供了一组数据：2010年，以伊力特为主的兵团规模以上工业增加值达5.2亿元，占全县规模以上工业增加值的31.69%；以伊力特为骨干的白酒行业税收占全县税收总量的33%。

记者注意到，张新民在与记者交流时，一直用的是"我们的伊力特公司"，言语间透露着亲情。

"多年以来,我们的伊力特公司为改善新源县经济结构、促进农牧业发展、提升经济水平发挥了极其重要的作用。伊力特的发展与新源县的发展是同步的,新源县的发展离不开伊力特的支持。"张新民的一番话非常诚恳。

张新民告诉记者,新源县和伊力特公司就像一家人一样,公司在原料、用工、资源等方面,只要有需求,县里都会认真研究、大力支持。新源县领导也经常去公司调研,为企业发展解决问题、出谋划策。

新源县政府还主动为"伊力"牌系列产品申请国家地理标志,经过努力,国家质检总局已经正式批准新源县政府的申请。

兵地间的融合,促进了新源县县域经济的跨越式发展。目前,新源县经济总量在伊犁哈萨克自治州排名第一,白酒产量占全疆的一半,成为新疆名副其实的酒乡。

带动地方就业　共享发展成果

今年35岁的塞地是伊宁县胡地亚于孜乡喀格勒克村农民,2005年进伊力特玻璃制品公司当了一名管道工。在高大、暖和的新房子里,塞地告诉记者,以前他打工每月只有600多元工资,在伊力特玻璃制品公司每个月可以拿到1300多元收入,逢年过节单位还发福利。去年,塞地一家盖起了新房,日子比以前好多了。"能进玻璃制品公司上班,我很自豪,等孩子大了,媳妇也能进公司干活就好了。"塞地说。

伊力特玻璃制品公司是伊力特公司下属企业,坐落在伊宁县经济开发区,四周分布着不少地方乡村,人口以少数民族为主。公司办公室主任樊勇介绍说,公司90%的员工都是周边乡村少数民族村民。公司待遇相对较好,对农牧民很有吸引力。公司多数工人以前骑自行车上班,现在都换成了摩托车,还买了手机,生活质量明显提高。

坐落在伊宁市经济合作区的伊力特印务公司里有一个特殊的群体,他们或有听力残疾或有肢体残疾。徐勇辉说:"伊力特公司发展壮大了,就要无私回报社会。"抱着这个初衷,印务公司招收了57名残疾人进厂务工。

陈伊荣是这57人中的一员,他说:"如果不是进了伊力特公司,我现在的生活不知道会怎样。"现在,陈伊荣热爱生活,辛勤工作,已经成为企业技术能手。

通过采访,记者得知,伊力特印务公司如今已成为伊宁市最大的残疾人福利企业。

大融合形成大思路,大思路促进大发展;发展壮大之后不忘回报社会,与全社会共享发展成果。这就是伊力特人的发展观和价值观。

(原载2011年3月3日《兵团日报》)

追寻三五九旅的足迹
——农四师七十二团走笔

6月的肖尔布拉克水草丰美,矗立在农四师七十二团的军垦纪念碑上的火炬雕塑被雨水冲刷后,显得格外鲜艳、肃穆。

在中国共产党成立90周年之际,记者来到老红军团——七十二团追寻三五九旅的足迹,感受共产党的伟大和坚强,畅想老红军团的美好未来。

一

沿军垦纪念碑往北,记者走进一栋崭新的楼房,拜访一位令人崇敬的老人——李高鹏。

"老伴得小脑萎缩七八年了,都不认识我和孩子了。"李高鹏的老伴谢慧芳告诉我们,子女买了很多帽子,他都不戴,只戴军帽。有人问他是哪个单位的,他会响亮地回答:"我是七一七团的。"他经常半夜喊:"我的枪在哪里?"

那血与火的战争年代的场景,至今深深印在85岁高龄的老革命李高鹏的脑海中,英雄的七一七团已经融入了他的生命。透过老人的目光,我们仿佛看到井冈山上红旗漫卷——李高鹏所在的七一七团,诞生于土地革命时期的湘赣苏区,当时是"中国工农红军第二方面军第六军团";在抗日战争时期,这支参加过南泥湾大生产、曾经南下北返、经过二次长征、被誉为"铁团"的部队叫"八路军三五九旅七一七团";在解放战争时期,这支挺进关中、挥戈陕甘宁青、进军新疆的英雄部队的番号是"中国人民解放军第一野战军第一兵团第二军步兵第五师十三团"。

尽管史料简略,但我们还是能从中捕捉到几帧老红军团的"特写镜头"——在解放军出版社出版的《红军长征》一书中,集纳了很多国民党部队的电文等史料,随意翻阅可以发现,类似"堵截红六军团突围""堵截红六军团抢渡湘江""堵截红六军团与红二军会师"等内容的电文有40余条。这从另一个方面证实,英雄的红六军团为策应红军主力北上长征作出的巨大贡献。

以一个团的兵力战胜一个军的敌人,这就是著名的永丰战役。中国军事博物馆周俊洋研究员说,这次战役是我军历史上著名的以少胜多的战例,已被收入军事教科书。如今,在陕西省蒲城县以东的永丰烈士陵园,长眠着330名七一七团战士的英魂。

对历史颇有研究的团场政工办主任魏建林告诉我们,前不久,老红军团战士刘克桑溘然长逝,可是他的传奇故事让人永世难忘。

在红军过草地时,最大的困难是没有吃的。当时担任班长的刘克桑想给大家搞点吃的,可环顾四周除了草就是水,突然,他的手碰到了腰间的皮带。

他灵机一动,把皮带割下一点放在火上烤,"吱吱"一阵响声后,刮去表面一层黑灰,放在嘴里嚼,还真有点牛肉味。

刘克桑高兴地大叫起来:"来,吃牛肉了,这牛肉能吃。"大家听说有吃的,都来了精神,说:"香,太香了,你还真能想办法!"于是,大家把刘克桑的皮带一截一截烤着吃了。

在七十二团资料室里,有一本名为《独步人生》的书引起了记者的注意,书的封面是一位拄着双拐的老人,他就是曾担任七一七团团长的保尔·柯察金式的独脚英雄——杨一青。

1931年参加红军的杨一青,在18年的战斗生涯中经历过大小战斗100多次,先后负伤4次。在1948年2月的宜瓦战役中,33岁的杨一青失去了一条腿。

杨一青的子女在回忆录中这样写道:父亲因伤致残后,留下了严重的幻肢痛,每次发作都疼痛难忍。有一次,父亲在开一个重要的会议,疼痛突然发作,而随身带的药也吃完了。我们得到消息后赶忙把药送到会场,只见他疼得脸上渗出汗珠,腿不断抽搐。

我们几次想把药送到父亲手里,都被他用目光制止了。我们只好含着眼泪等到会议结束,此时,汗水已经浸透了父亲全身的衣服。

在七十二团团部西侧,有一座革命遗孀福利院,院里住着48户人家,在每户家庭里忙碌的都是两鬓斑白的女人,她们都是七一七团老战士的遗孀。这座院子人称"女人村"。

她们不想回到各自的老家,也不愿意迁到儿女家中,住在这里,仿佛还在丈夫的身边……今年74岁的徐九清时不时拿出丈夫方保元参加抗美援朝时获得的纪念章,以及从朝鲜战场带回来的军衣、皮带、手绢等。她对我们说,看到这些,就仿佛看到了他。

周培英喜欢唱歌,她常常边干活边唱歌,即使2000年丈夫去世后也没停止,因为她知道他喜欢听。2009年9月26日迁入福利院的第一天,她晚上激动得睡不着,起来用南泥湾的调子编了首赞美福利院的歌:来到了福利院,老人变了样,又学习来又唱歌,老人们呀多快乐……从井冈山走出来的这支英雄的部队,诞生了24位将军和2000多名战斗英雄。为纪念他们,团场在团部竖起了军垦纪念碑,还在陕北南泥湾地区的临镇镇和九龙泉镇兴建了"三五九旅七一七团"英雄纪念碑,红军博物馆也即将在团场开工建设。

二

马拉人扛、阔步前行。伫立在七十二团休闲广场的群雕气势磅礴。每到夕阳西下时,雕塑旁总有很多老人驻足,他们仿佛在这里寻找着什么。

1952年,十三团团直和二营从库车移防巩留,与先期剿匪的一营会合。同年,先遣部队进驻肖尔布拉克。从此,这支英雄的部队结束了南征北战、东征西杀的战斗生活,开始了长达近60年的不穿军装、不领军饷,一手拿镐一手拿枪的屯垦戍边生涯,在兵团历史上留下了浓墨重彩的一笔。

60年弹指一挥间。如今,七十二团的干部职工正阔步走上了推进维护社会稳定和长治久安的新征程。

在七十二团采访的几天里,许多职工对记者说:"这两年团场的变化太大了,老红军团终于可以扬眉吐气了。"许多干部对记者说:"这两年干了过去10年的活,越干越有劲。"

无论是在宽阔整洁的街道上,还是在机器轰鸣的生产车间里,记者心中始终有个疑问:这个曾经淡出人们视线的老红军团,为何能在短短几年时间里发生翻天覆地的变化?

"围绕产业结构调整这条主线,依托红色品牌和伊力特龙头企业两种资源,抓好招商引资、工业发展、弃耕地收复三项工作,是我们改革发展的必由之路。"七十二团政委高文生响亮地回答了这个问题。

在团场旁边,有一家凝聚着团场老军垦心血和汗水、与团场打碎骨头还连着筋的新疆知名酿酒企业——新疆伊力特实业股份有限公司。可是,过去20多年的隔阂、误解让双方都失去了融合发展的机会。

面对新形势,新疆伊力特实业股份公司董事长徐勇辉言辞恳切:"没有七十二团,就没有伊力特公司的今天。"

"我们要依托伊力特公司这个龙头企业,实现共同发展。"高文生语气坚定。

激活一子,全盘皆活。

——过去,七十二团是守着"金碗"要饭吃。如今,七十二团给伊力特公司供应70%的原粮。

——过去,团办的煤矿、瓶盖厂等小企业半死不活,现在依托伊力特,不仅稳定生产还扩大了规模。

——过去,两家老死不相往来。如今,两家共享保障性住房、通连公路建设等国家优惠政策,共商招商引资、医疗就业等和谐发展大计。

……"扬排站可是起了大作用了,今年地下水位下降了0.8米至1米,预计今年水稻和高粱单产可以增加100公斤。"在十一连办公室,连长杨宏斌给我们罗列了几条扬排站的好处。

杨宏斌说的扬排站是团场在2009年建立的水利设施。"过去,由于地下水位高,许多耕地被迫撂荒;如今,投资600万元建设排水站和扬水站,使得地下水位大幅降低,仅这两年就收复弃耕地1.8万亩。"七十二团团长杨伊勇高兴地告诉记者,目前团场的水稻已经从8000亩增加至1.8万亩;高粱从1万亩增加至1.8万亩;单产都大幅增加。

从史料上看,七十二团发展工业的意识是很强的,在20世纪80年代大小工业企业就有12家。虽然后来只有酒厂做大了,但是发展工业的基础还存在。

走进位于团部北面的瓶盖厂,公司副经理沈立新告诉我们:"团场以前有一家校办的瓶盖厂,由于市场问题面临倒闭。现在我们和伊力特公司协商后,从山东引资新组建了军鹏制盖有限公司,不仅给伊力特公司供应瓶盖,还从古城酒业等企业拿到了订单。我们的目标是建成新疆最大的瓶盖产业基地。"

我们在七十二团副团长杨润明办公室看到两份《出资合作协议书》,杨润明解释说:"今年团场要新建两个股份制企业宝山石灰厂和金力包装制品公司,马上就要动工了。"

说起发展工业,杨润明很有成就感。自2009年以来,团场已经将煤矿、链条厂等老企业都改制盘活了,还新组建了瓶盖公司、烘干设备公司、康泽大米加工公司等新企业。

到2015年,团场的目标是三次产业之比达到31.4:37.3:31.3。

位占春是1946年参加革命的老干部,他对团场连队的巨变深有感触:"我那时下连队检查工作都得穿高腰胶鞋,否则稀泥让你下不了车。现在多好,柏油路都铺到职工家门口了。"

不仅是连队的变化大,团部的变化更是让人惊喜。一位姓倪的老职工告诉记者,以前纪念碑四周都是破旧不堪的平房。这两年像变戏法似的,楼房"刷刷刷"都起来了。

这个团场的小城镇建设和其他地方相比难度更大——老革命多,老职工多,拆迁难。

可是,没有想到这个天下第一难事,在这里顺利得出奇:2009年一个月内拆迁101户,无一上访;2009年至今拆迁1600户,无一上访。目前,已经有550户职工住上新楼房,城镇基础设施逐渐完善。

高文生案头有一个每天必看的绿色大本子。"我每天都翻翻,看看每个单位的工作进度,距离目标还有多远。"原来,团场给每个单位制定了5年工作目标,每年都有明确的考核指标,如果完不成要受罚,完成了有奖励和晋升机会。

九连是个人多地少的农业连,2010年完成生产总值1229万元,超指标94万元,虽然年底连队得到了数万元奖金,但增速是后三名。今年能否完成得更好呢?6月16日,记者来到九连时,正好看到连长张国新在电脑前算账。他说:"以前完成多少心里没底,不算账也没压力。现在,我买一头牛都要算算能给连队增加多少产值。"

"我们建立了严格的目标责任制度、监督检查制度和奖惩追究制度。这样做的目的在于制度创新,科学管理,充分调动基层干部的积极性。今年底的干部调整就要和业绩考核挂钩,连续两年完成任务在前列的就可以低职高聘。"高文生对团场管理充满自信。

6月12日,团场礼堂内灯火通明,鲜艳的党旗簇拥着党徽,七十二团党委第十六次党代会在这里召开——又一个新起点从这里开始。

无数事实证明,老红军团精神不仅在七十二团得以发扬光大,还在伊犁河谷薪火相传,在兵团绿洲生生不息。

老红军团精神永存!

(原载2011年6月23日《兵团日报》)

兵团,推开这扇窗户看世界
——首届中国—亚欧博览会带来的启示

首届中国—亚欧博览会已经落幕了。人们常说"一日观会,胜于十年所学",从这届博览会上,我们能学到什么?记者将数日来的见闻和思考梳理一番,与读者共享。

理性之光吸引人

发展源于合作,合作始于交流。首届中国—亚欧博览会期间举办了"1+8"论坛、上海合作组织商务日等专题活动。这些高层论坛和活动透露出许多政策和信息,吸引了许多企业家参与聆听。

记者在上海合作组织商务日专场活动现场发现,许多企业对哈萨克斯坦、俄罗斯等国家的项目发布非常感兴趣,往往是一个地区的信息发布还未结束,企业人员就上前递名片,渴望开展进一步的交流合作。

在俄罗斯专场,来自兵团的安佳木业公司总经理崔进全就火车皮审批困难的问题进行了提问,俄罗斯阿尔泰边疆区官员当场给予了答复。当这名官员走出会场时,崔进全又追出去就相关细节进一步咨询。崔进全对记者说,公司在俄罗斯办有分公司,特别需要当地政策方面的信息。中国—亚欧博览会帮了他的大忙,火车皮的问题解决了。

在中外企业家洽谈专场,阿拉尔新农甘草产业有限责任公司董事长卢世林和乌兹别克斯坦的一位客商"接上了头",当即就进口乌兹别克斯坦野生甘草达成意向。卢世林说:"中国—亚欧博览会为公司发展提供了很好的平台,像这样面对面的交流最有效。我很珍惜这样的机会。"

机遇无处不在,高层次的交流,更能彰显中国—亚欧博览会的国际化和无穷魅力。

农业产业化贵在精

首届中国—亚欧博览会客商云集、名企集聚，稍不留神就会碰到一个"世界百强""中国百强"企业的代表。

记者在展馆采访时，无意中看到了北京粮食集团有限公司的展位。这家大型企业集面粉和食品生产、研发、贸易、服务为一体，把粮食加工做到了极致，每年生产能力达150万吨，是北京最大的国有粮食企业，占据了首都大部分市场。

公司品牌事业部部长王建告诉记者，目前粮食产品同质化现象严重，在不可能改变粮食基本属性的前提下，品牌显得尤为重要。公司经过10多年的努力，创出了"古船"和"绿宝"两个品牌，现在北京人很认可这两个牌子。

看看文字介绍，这个公司的专业化和产业化程度让人咋舌：有专用粉、民用粉、营养粉3大类70多个品种。展台上摆出的果蔬面粉、披萨专用粉、专供月饼粉等品种，记者闻所未闻。

王建说："公司最重视的是食品安全问题。你看，我们的包装纸是达到食品级别的环保纸，包装印刷用的是水墨。5年前，我们就不允许在5公斤以下小包装面粉里使用任何添加剂了。"

听说记者来自兵团，王建说："兵团人的无私奉献，全国人民有目共睹。兵团可以考虑统一打响'兵团'这个粮食产品品牌。"

据记者了解，兵团每年粮食总产为140万至150万吨，可是由于政策支持、品牌宣传、精深加工等方面力度不够，兵团粮食产品基本上以粗加工为主，总体上产业化水平低，附加值不高。在这方面，北京粮食集团有限公司为我们提供了学习借鉴的样板。

发展工业要"借船出海"

在首届中国—亚欧博览会上，本地矿产开发企业纷纷展出了各种矿产样品，吸引了众多参展商的眼球。作为一个资源大区,新疆迫切希望更多有实力的合作者共同参与矿产资源的开发。

但新疆宝安新能源矿业有限公司是例外,这家公司展出的是用红柱石生产的蜂窝状产品,可谓独树一帜。展位负责人倪扬告诉记者:"我们不是来招商的,是来销售红柱石精加工产品的。"

原来,宝安新能源矿业有限公司是库尔勒市重点招商引资企业,主营业务就是开采、加工和销售红柱石。公司一期项目已经投入1.2亿元,年开采红柱石原矿15万吨、精矿1万吨,二期工程已经开始建设。

倪扬告诉记者,红柱石是稀有的不需要在使用前进行预烧的天然结晶体。它的精加工产品——红柱石蜂窝陶瓷过滤片能耐1580摄氏度高温,红柱石蜂窝陶瓷蓄热体具有较高的蓄热密度,是很好的工业耐火材料。

兵团的部分区域拥有很好的矿产资源,但是由于技术和人才的缺乏,没有能力开发和深加工。我们应该借鉴库尔勒市的经验,大力招商引资"借船出海",依托他人的技术,开发矿产资源,以"不求所有、但求所在"的心态实现双赢。

文化发展应当产业化

本土的"7坊街",是首届中国—亚欧博览会唯一参展的文化创意产业,其新颖、独特的文化产业开发视角让参观者流连忘返。

在一个有三个门、呈三角状的"屋"内,三面墙上挂满了彩绘葫芦、精美陶瓷、瓷板画等,吸引了很多国内外客商及参观者前来欣赏。来自青岛的金志伟对着这些艺术品不停拍照:"这些作品能代表新疆特色,创意也比较好。像这个哈密瓜是新疆的特产,形态逼真,在内地买不到,可以买回家去揣摩把玩。"一位葫芦雕刻艺术家说:"我把毕生的精力都献给了葫芦雕刻事业,幸亏有'7坊街'这个平台,否则我无法展示自己的才艺。"新疆7坊街创业投资有限公司总经理阮路告诉记者,新疆本身具有很好、很丰富的文化资源,如家喻户晓的阿凡提、泥塑、农民画等,但是长期以来缺乏一个载体将这些元素聚集起来,形成规模。2009年,在自治区的支持下,公司创办了7坊街创业投资公司。目前,公司已经建立了2个园区,汇集了近百位知名艺术家,部分作品在内地省区进行了展出。

文化最终要实现产业化才有出路。"7坊街"的实践,给兵团文化产业的发展提供了一个很好的样板。

兵团在全国具有独特的地位和影响力,其特殊的军垦文化内涵是其他省区无法比拟的。如果我们把兵团的军垦文化元素依托一个强有力的载体进行集中整合,其影响力是深远的,产业发展的潜力也是巨大的。

中国—亚欧博览会是一个平台,更是一座桥梁,人们的思想在这里汇聚,企业的形象在这里展示。愿兵团人能够从中国—亚欧博览会中得到更多收获,在跨越式发展和长治久安的道路上,迈进得更加坚定、有力、自信。

(原载2011年9月8日《兵团日报》)

丰收了,看看机采棉的三本账

引子

"一台采棉机半天就搞定了,省时省力还省钱,真是太神了!"说起2011年的棉花采摘,新湖农场新野社区十二连职工石彦平显得特别高兴。石彦平家今年种植棉花120亩,在往年需要30多名拾花工采摘60多天。如今,在兵团像石彦平这样受益于机采棉的职工正在逐年增多。

进入12月份,兵团棉花采收结束。种植面积和皮棉总产双增长的好形势,让兵团的棉花在国家经济作物种植的大盘子中又增加了几分重量。与以往不同的是,今秋兵团千余台采棉机"齐战"棉海,吸引了区内外不少人惊羡的目光。

采棉机这个现代化的庞然大物,给职工和团场带来了什么?种植机采棉的职工、团场能否如愿获得实惠?兵团又能从机采棉产业中获得多少收益?俗话说"秋后算账",带着这些问题,记者走到田间地头,走进职能部门,想看看兵团各级都是怎么盘算机采棉这笔账的。

"拾花工贵了,还是机采棉划得来"
职工,紧盯现金收入账

11月7日,是二十四节气中的立冬,意味着冬天的脚步渐渐近了。可是,农六师新湖农场一分场六连职工朱月萍还在地里拾着棉花。她见我们到地里,就解释说:"我这40亩地在树荫下,开得晚,打了脱叶剂都不行。这两天天气好,我再拾拾,等下了雪就不好拾了。"

"您家种了多少棉花?有多少机采棉?"记者问。

"今年种了180亩棉花,机采的品种占大部分。40亩手采,140亩机采。"朱月萍说。

"扣除成本,种机采棉划算吗?"记者又问。

朱月萍肯定地说:"划得来,明年要全部种机采棉。"虽然棉花交售款还没有最后兑现,但是朱月萍心里已经有一本账。

"种机采棉和手采棉相比,水费、泵房服务费、土地费、肥料费、平时的人工费、机力费、交运费、卸花费等都差不多,大约是每亩千把块吧,关键还是采收费差别大。"朱月萍说。

"今年拾花费比去年高出五六毛钱,还找不到人。"朱月萍说,"人工拾的40亩地,用了10个拾花工,平均每公斤1.9元,管吃管住,合计也两块钱了,每亩单产390公斤左右,要开销780元。机采倒是很轻松,头遍花每公斤向团场交1元的机采加工费,单产350公斤,才花350元,采棉机帮我每亩地省了400多元钱。"

交到棉花加工厂后,等级怎么算、水杂如何扣呢?

朱月萍说:"手采棉是按衣分率走,38的衣分率是每公斤8.2元,按亩产390公斤算,一亩手采棉可以有3198元的毛收入。机采棉执行的是统一价,每公斤是8.2元。机采棉单产稍低,按每亩350公斤算,每亩机采棉有2870元的毛收入。"

因为还没有最后兑现,准确的账还没有出来,朱月萍粗粗作了对比。手采棉,每亩毛收入3198元,减去成本1000元左右和采收费780元,大概得1400多元;机采棉,每亩毛收入2870元,减去成本1000元左右和采花成本350元,可得1500多元。

从朱月萍算的账里可以看出,1亩机采棉比1亩手采棉多挣100多元。新湖农场负责人介绍,该场还没有实现棉花生产全程机械化,如果实现了,机采的成本会更低,职工增收会更明显。

"劳动力从棉田解脱,有了更多增收渠道"
团场,瞄准综合经济账

记者在机采棉推广率高的团场采访时发现,以人为本的意识、全局意识、现代农业意识已经深深植根于团场决策者的脑海之中。对待机采棉问题,团场领导坚持从全局着眼,将职工群众持续增收放在首位,算的是综合经济账。

新湖农场今年种植了24万亩棉花,实现机采10万亩,有6个棉花加工厂,8条机采棉生产线,机采棉设备还没有完全配套。该场总经济师孟新国给记者算了一笔加工、销售账。

"机采棉大多是三四级花,在销售中综合起来比手采棉每吨少挣1000元左右;由于杂质多,加工中比手采棉多两道工序,纤维损失大,同等级的棉花,机采棉每吨的加工成本要高出200元。"

"场里职工每公斤机采棉交1元的机采加工费,假如单产是350公斤,就交350元。这其中125元是给采棉机机主的,剩下的是团里的加工费和损失费用。"

这样看来,与手采棉相比,加工、销售机采棉受损失的是团场。可孟新国不这样看,他表示,如果算推广机采棉、减轻职工负担的大账呢?

以前,团场职工一年四季都扑在地里,没有时间和精力发展其他产业。这两年,机采棉发展起来了,职工从棉田里解脱出来,团里建设了140多座大棚,被职工们一抢而空。还有的职工冬季搞起牛羊育肥、家禽养殖等,可以挣不少钱。

职工手头活络起来,综合算账,挣的肯定比以前多。

那团里靠什么获得效益呢?

"团场主要靠棉花的加工增值获得收入。今年肯定赶不上去年了,新棉一上市,棉籽就从1.8元降到目前的1.25元,棉短绒也从最初的5.5元降到目前的3.5元,仅这两项,2000多万元就没有了。我们现在要求加快加工速度,降低成本,保证盈利。"面对有些疲软的棉花市场,孟新国说。

说到机采棉给加工企业带来的好处,孟新国依然非常兴奋。

"别的不说,就节本降耗这块就很显著。以前没有机采棉生产线时,机械化程度低,光喂花就得30多人,现在十几个人就够了,今年上了地坑式喂花设备后,一个人就够了,可以节省几十万元。"

"所以,如果综合计算团场经济的大账,推广机采棉就更划算了。"孟新国说。

在农八师一四九团,团里相关人士算了这样一笔账。

2009年,一四九团接雇拾花工1.3万人,支付拾花费1亿多元;2010年,接雇拾花工1000多人,支付拾花费3000多万元;今年,全部实现机采后,没有接雇一名拾花工。

一四九团预计,除去综合费用和降级损失后,今年职工每亩增收290元,合计增收4300万元;团场每亩增收90元,合计增收1300万元。这样,职工和团场一共增收5600万元。

该团相关负责人表示,将拾花节约的资金用来发展机采棉产业,形成良性循环,这是一笔为职工减负、为团场增效的大账。

"提高机械化采棉规模,加快现代农业发展"
兵团,着眼社会效益账

多年来,兵团棉花生产过程中的科技含量和技术含量一直位于全国前列,但是采摘环节上机械化程度较低,主要依赖人工采收。兵团有关部门提供的数据显示,"十一五"期间,300多万拾花工通过劳动从兵团"拾走"了上百亿元。

近年来,由于棉花种植面积不断扩大、收获期相对集中,拾花劳动力紧缺,拾花费用不断上涨,造成棉花生产成本不断增加,局面愈演愈烈。为此,兵团加快了推广机采棉的步伐。

兵团农业专家表示,发展机采棉是突破兵团劳动力制约的有效措施,适应了新时期垦区经济发展的需要。从表象上看,拾花工紧缺是迫使兵团大力推广机采棉的直接原因;从本质看,兵团推广机采棉体现了"科学技术是第一生产力"的规律。

据测算,按照兵团目前的棉花生产技术,受人工采收的制约,平均每个职工只能管理25亩棉花。如果采用机采方式,单台采棉机每日可采收150亩至200亩,相当于600个拾花工的劳动量。在采摘高峰期,一台采棉机日采籽棉超过4万公斤,相当于1000个拾花工的劳动量。照此推算,人均管理棉田可达到200亩以上,而劳动强度却明显降低。

兵团有关部门表示,推广机采棉是提高劳动生产效率,增加经济效益,加快兵团农业现代化进程,推动兵团产业升级的有效路径。

有资料显示,在美国生产50公斤皮棉的平均用工量是0.5个工日,而我国却高达30个至40个工日,兵团的平均用工量是全国的12%至16%,也达到4.8个工日。这些差距导致的结果是,同样等级的皮棉,国产棉每吨进厂价要比进口棉高出2000多元。而对兵团棉产业而言,拾花费用的不断上涨已经成为棉花生产成本不断攀升的重要因素。

因此,大力推广机采棉,降低棉花生产成本,也是参与国际市场竞争的需要。

兵团农业专家表示,机采棉技术的推广和植棉机械化程度的不断提高,不仅为兵团棉产业的规模化、信息化、机械化、产业化、现代化打开了通道,而且能够把广大职工从繁重的体力劳动中解放出来,分流转移到二、三产业中去,这必将对团场的产业结构调整、城镇化建设及农业职工素质的提高产生深远的影响。

当然,目前兵团在机采棉推广过程中还存在一些不完善的地方,兵团机采棉办公室主任李生军说:"机采棉是兵团发展现代化农业的一个方向,兵团规划在今后3年到4年全面推广棉花机械采收,至于当前存在的问题,要用发展的眼光来看待,用加快发展的办法去解决。"

(原载2011年12月15日《兵团日报》)

机采棉不仅仅是采棉机的事

——从一四九团看如何实现棉花采收全程机械化

今年秋收,种植了14万亩棉花的农八师一四九团没有接一名拾花工,棉花地里只有采棉机在轰鸣,打模、拉模、开模、加工……整个生产加工过程秩序井然。9月中旬,中国农业科学院植棉专家喻树迅专程来参观这个团的棉花全程机械采摘过程,他感慨地说,这才是真正的快乐采棉。

从每年秋季长达3个多月的"棉海战役"到快乐采棉,一四九团的棉花采收全程机械化之路能给我们怎样的启迪?

一四九团和其他团场一样,从新世纪初开始试种机采棉,经过10年的磨砺脱颖而出,在全国第一个实现了棉花种植、管理、收获、运输、储存、加工全程机械化,尤其在棉花收获上实现了突破,为兵团棉花实现全程机械化采收提供了借鉴。

一四九团团长张启全告诉记者,党委重视、正确决策、加大投入是实现棉花全程机械化采收的前提。10年来,这个团始终把发展机采棉当作发展农业现代化的必由之路,政委、团长换了,团党委发展棉花采收全程机械化的共识没有变,对棉花采收全程机械化的探索和实践没有变。

这个团党委清醒地意识到,机采棉是一个系统工程,不是购置了采棉机就解决了问题,需要坚强的毅力和雄厚的财力支撑。从2005年到2010年6年间,无论团场经济多么困难、资金多么紧张,这个团对棉花采收全程机械化的投入从来没有停止过。10年间,团场累计投资1.6亿元不断改造、完善、配套打模机、运模机、开模机、籽棉异性纤维清理机、烘干机、加湿系统等一整套机械设备。目前,这个团4个棉花加工车间的8条棉花加工生产线已全部改造成配套完善的机采棉加工生产线,可以满足全团14万亩棉花100%实现机采的加工需要。

记者在植棉团场采访时发现,机采棉生产过程中普遍存在的技术问题阻碍了棉花采收机械化的进程。一四九团是如何解决这个问题的呢?

张启全告诉记者,棉花收获机械化是一个复杂的过程,涉及棉花品种、农艺栽培措施、田间管理、化学脱叶、机械采收、清理加工等诸多环节。

团场之所以能在机采环节实现突破,关键是合理配套了机采棉农艺技术,贯彻了"4"字方针,即严(严格播种质量)、早(早播种、早滴水、早定苗、早脱叶、早采收)、匀(科学运筹肥水,确保棉花长势均匀)、好(品种好、株型好、脱叶效果好);选择了适合机采的品种、科学配置株行距和可以塑造的理想株型。

该团农机科科长李小兵说:"这些农艺措施说起来容易,要做到位却很难。每次遇到关键问题解决不了,团场就召开现场会,每召开一次现场会就距离棉花采收全程机械化近了一步。"

怎样的棉花品种适合机采?这也是许多团场遇到的难题。一四九团经过多年摸索发现,采棉机的采摘头距离地面的高度是18厘米,这就要求棉花的果枝始节高度要大于18厘米;北疆无霜期短,采摘时间集中,必须选择早熟、吐絮集中的优良品种。通过几年的试验示范,这个团筛选出了新陆早26、新陆早36等早熟、吐絮集中的品种。

由于无霜期短,兵团植棉团场要用打脱叶剂的方法实现机采。但是,打了脱叶剂,可能严重影响棉花品质。因此,脱叶技术的高低是提高机采棉采净率和保证加工质量的重要环节。

一四九团的做法是:将喷雾器改造成双层吊挂垂直水平喷头,以解决喷雾均匀和棉花中下部脱叶问题。此外,团场每年根据气温,将使用脱叶剂的时间定为9月5日至20日,在机采前18天至25天进行,最佳温度控制在18摄氏度到20摄氏度;喷施时,要求多数棉株最后一个棉铃的铃期达到45天。

对于机采棉含水杂高的问题,这个团采取了两个关键措施:

——让机采棉有"身份证"。团场给每户职工的机采棉办"身份证",写明承包户姓名、条田地块、机采日期等。在解模机打开棉包轧花时如发现变质、沙土杂物等,按照棉包里的"身份证"查找主人,依据造成损失的3倍至10倍进行处罚。

2010年有一名职工因为往棉花里掺沙子被追溯罚款9万元。

——严把质量关。机采时,在团场安排下,每台采棉机作业时都有一名技术员跟随。技术员身背天平、尺子、测水仪等工具,随时检查机采棉的质量。而且每户机采棉采收后要由机车手、职工、技术员共同签字认可,职工有意见,技术员就现场检测。每户机采棉的质量等级还与技术员的收入挂钩。团场还成立了棉花质量仲裁小组,随时接受职工的投诉。

今年在一四九团,随着拾花成本水涨船高,与之对应的是机采技术的完善和配套,许多职工的态度有了180度的大转弯——从为了不种机采棉而上访,到不让种机采棉要上访——因为他们体会到了机采棉带来的实实在在的好处。

张启全给记者算了一笔账:今年团场收获的棉花总量是6800万吨,按照人工采收每公斤2.2元计算,得花1.4亿元拾花费,这还不包括接拾花工、对拾花工进行社会管理等花费,可是机采,花1800万元成本就够了。

对于人多地少的一四九团来说,机采棉还有一个让张启全津津乐道的好处——解放了劳动力。从大田解放出来的劳动力,尤其是懂农业技术的职工有了走出去的机会。

张启全说,近年一四九团借助改革开放之机,积极努力取得外贸权,向中亚和非洲一些国家输出先进的农业技术和管理经验,将富余技术人员输送出去。目前,该团已经与巴基斯坦、哈萨克斯坦、安哥拉、赞比亚等13个国家建立了合作关系,在4个国家有自己的劳务、技术人员团队,累计输送派出9批次107名技术人员。

兵团是我国优质棉生产基地,自1995年以来,兵团棉花单产、人均占有量、商品率、出口率一直居全国之首。多年来,兵团人为自己的棉花而自豪:兵团是我国重要的商品棉生产基地,以占全国9%的棉花种植面积,生产出占全国16.6%的棉花。只是目前采收环节遇到的瓶颈严重阻碍了兵团棉花的机械化和农业现代化的进程。

从兵团机采棉目前发展形势看,随着棉花采收机械化进度的加快,近年来团场的拾花工每年以减少10万人的速度下降。而今年兵团机采棉种植面积已经达到350万亩,占棉花种植总面积的近一半,兵团已经拥有采棉机1000多台,但是距离兵团党委六届六次全委(扩大)会议提出的"要在三四年内基本实现采棉机械化"的目标还有一段距离。

一四九团实现棉花采收全程机械化的经验告诉我们,只要坚持不懈、只要敢于突破、只要勇于面对困难和克服困难,就一定可以实现棉花生产全程机械化。

(原载2011年11月28日《兵团日报》)

由农一师红枣滞销引发的思考

隆冬时节,南疆气温降到了零摄氏度以下。1月10日,在农一师十六团九连的一个枣园里,职工李永强和妻子在捡拾地上的红枣。"这些烂枣可以卖给养羊的,不能浪费了。"李永强说。

李永强2010年开始种红枣,15.7亩红枣中有骏枣和灰枣,2011年给枣树嫁接,当年骏枣亩产500公斤,灰枣亩产300公斤。按这个产量,效益应该不错,但李永强和妻子却唉声叹气,中间商把价格压得太低了,没挣上钱。

今年年初,记者在农一师采访时发现,像李永强这样的情况很普遍。

当地职工告诉记者,2011年是个丰年,阿克苏地区红枣采摘期却比2010年推迟了20多天,原因是收购红枣的客商不来,即使来了也是转转就走,不出价。眼看挂在树上的枣子干透了,种植职工着急起来,纷纷低价出售。尽管后期红枣价格又涨起来了,可是许多职工早已出手了。等职工们回过味来,才发现是客商联手"教训"了自己一回。

探明原因:中间商联手压级压价

农一师商务局局长张振新告诉记者,2010年,红枣采收时遇到下雨天气,红枣水分大,大部分红枣出现裂口、烂果现象。许多客商由于签了订单,收购的红枣只能降价销售,基本上没赚到钱。

2010年内地红枣产区货源紧张,许多收购商来新疆抢购红枣,新疆当地一批新落成的红枣加工企业也争相收购、囤积红枣,结果将红枣价格"炒"高了,骏枣收购均价每公斤25元左右,灰枣收购均价60元左右。

种植职工挣了个盆满钵溢。

2011年新枣上市，收购商们自然就很谨慎，本地红枣加工厂因为2010年囤积的红枣没有加工完，也不急于收购。

十团林业站职工王继春告诉记者，多年来，他们的红枣基本上都是依赖客商上门收购，再销售到内地终端市场。临近红枣采摘期，客商看上哪家的枣园就给职工交定金，采摘时来收购即可。如果客商联手不出价，吃亏的就是种植红枣的职工；如果市场价格好，客商抢着要，职工就可以大挣一笔。"我们太过于依赖老板了。"王继春说。

农一师相关部门工作人员也承认，目前该师红枣产业还处于地头经济、提篮小卖的阶段，很容易受到中间商的控制。

2011年秋季红枣出现滞销情况后，农一师高度重视，一方面鼓励团场、职工积极开拓市场；另一方面组团赴内地考察市场，查找红枣滞销的原因。

通过考察调研，他们发现国内红枣终端销售情况与2010年持平，主要问题在于中间商联手压级压价。

理性分析：建立市场体系提高产品品质

如何看待南疆红枣市场这两年的变化？业内人士分析，2010年，南疆红枣价格高得离谱是不正常的，而2011年红枣价格是理性回归，要尊重市场规律。

为何这么说？有关专家算了一笔账：从红枣的种植、管理成本看，即使算上农资和人工费用上涨因素，质量上等的灰枣理性收购价格应在每公斤25元至30元之间，骏枣每公斤应在15元至20元之间，而不是动辄每公斤60元至70元的高价。倘若一味追求不切实际的高价位，最终必将失去广大的消费者。目前，在南疆地区，每亩红枣的生产成本一般在1200元至1500元，按每公斤红枣销售价25元计算，如果每亩达到300公斤的中等产量，除去成本，亩均效益也有5000多元。现在不少职工总想着红枣价格越高越好，这是不符合价值规律的。我们应该引导职工正确看待红枣价格的涨落。

从长远看，如何保证红枣产业稳定健康发展，让职工、团场丰产又丰收？

农一师领导认为，当前要解决的根本问题是加快推进红枣产业化，建立产业体系和经营模式，减少对中间商的依赖。可参照棉花销售经营模式，以团场为单位，建立师市统一销售平台，直接面对终端经销商，掌握市场话语权。

2011年，农一师红枣面积达65万亩，占兵团红枣种植面积的一半，总产红枣24万吨；全师有26家红枣加工厂，红枣加工率达40%，还有一些红枣加工厂在建设中。这些加工厂都建成，该师红枣加工率可达到60%。

目前，农一师正着手在疆内外建立红枣销售网点，在阿拉尔市建立红枣批发市场，果业产业化发展考核办法也在积极实施中。

市场很重要，品质更重要。说起2011年红枣收购的事，塔里木大漠枣业公司副总经理冀海英说："2010年，大家都抢购，抢的结果是枣不干，放在库房里霉变，红枣成品率不到30%。2011年虽然收得晚，但是红枣成品率高，可以达到65%。"

"2010年，我们公司买了10台红枣分级设备放在十团各连队，可是职工不习惯分级，喜欢卖通货。"冀海英说，"按照市场规律，品质好的红枣，价格自然会高，只要烘干环节做好了，没必要一定要在短期内销完红枣。"

许多职工也意识到红枣管理粗放，技术缺乏等问题。十六团七连连长龙国华对记者说："我们连队种植红枣起步晚，职工种植红枣大多经验不足。许多职工只重产量不重质量，修枝时舍不得下剪，把所有的花都留下来，影响了枣子的品质；也不懂水肥科学运筹，施什么肥、施多少肥没有章法，该停水时没有停水，造成枣子水分大，易霉变；红枣出现病害时，没有及时采取相应的治疗措施。"

"我们特别需要专家来指导。我有时去别人家的枣园打工，顺带学技术。"七连职工沈光县说。

从2011年农一师红枣滞销现象看，建立红枣市场体系，提高产品品质已势在必行。

（与蒋革、谷水清合作，原载2011年2月1日《兵团日报》）

撑起旱区一片天
——兵团节水技术走出去系列报道之一

7月的石河子垦区骄阳似火。在35摄氏度的高温下,一望无际的棉田、果园里没有一个田埂、一条毛渠,扒开作物根部,才能看到一根根"潜伏"在地膜下的黑色管带在给作物滴水。这是7月6日,全国高效节水灌溉技术推广现场会的代表们在农八师石河子总场看到的情景。

"高效节水大有可为!"国家发改委农经司司长高俊才感叹道。

参加全国高效节水灌溉技术推广现场会的代表们在石河子总场看到的膜下滴灌节水技术是兵团人多年潜心研究、具有多项自主知识产权的科技成果,具有"五省两高"(省地、省水、省肥、省种、省力,高产、高效)的特点。目前,这项技术在兵团、新疆大田作物种植中已经得到广泛应用,在内地的试验示范开始起步。

据有关资料显示,我国水资源总量仅占世界的6%,人均占有水资源量不足世界平均水平的四分之一。国家防汛抗旱总指挥部统计数据显示,新世纪以来,我国内地已经连续7个年份发生大旱,受旱面积累计达10亿亩以上。仅2010年,全国耕地受旱面积就达1.22亿亩。

水资源的严重匮乏和因旱造成的巨大损失直接威胁到我国粮食安全。面对旱魔,国家高层焦虑万分……2006年,胡锦涛总书记来到地处塔克拉玛干沙漠腹地的和田皮墨垦区,兴致勃勃地视察了农十四师二二四团利用大型自压滴灌系统种植的10万亩枣园,并对兵团采用的先进节水技术给予充分肯定。

2007年,温家宝总理在新疆考察工作时,对兵团节水技术寄予厚望,希望兵团建成全国节水灌溉示范基地。

党和国家领导人的亲切关怀,极大地鼓舞了兵团发展现代节水农业的信心。兵团决策者多次指示,一定要总结经验和规律,走产业化路子,把兵团成熟的节水技术推广到内地,为国家分忧,同时报答对口支援省市对兵团的援助。

怀着一份责任,新疆农垦科学院的科研人员开始在甘肃省、宁夏回族自治区等省区小面积试验推广节水技术。

2009年,连续3个多月,华北、黄淮、西北、江淮等地的15个省未见有效降雨。新疆农垦科学院研究员、国内知名水肥专家尹飞虎坐不住了,给温家宝总理写了一封言辞恳切、饱含忧虑的"请战书"。"我以一名普通科技工作者的名义给温家宝总理写信,希望国家能在干旱半干旱地区大力推广节水技术,看到内地连年大旱,我们着急啊!"尹飞虎说。

当年,国务院派出调研组深入兵团调查研究。这年11月11日,温家宝总理在调研组撰写的报告上批示:"推广节水技术是涉及经济和社会可持续发展的一项重大战略任务,新疆的做法和经验值得总结和推广。"

温家宝总理的批示对兵团是莫大的鼓舞和激励。从这年开始,在国家农业部农垦局的安排下,以新疆农垦科学院为首的兵团节水技术团队,开始在内地干旱半干旱区试验示范滴灌、微喷等节水技术。团队首席专家就是尹飞虎。

"起初没有经费,我们就自己垫钱为内地省区服务。""都10月底了,北方天气已经很冷,为了赶在入冬前摸清当地情况,为来年试验作准备,我们冒着寒风实地察看。"尹飞虎说。

2010年,滴灌小麦、大麦、玉米试验示范在甘肃、宁夏、河北三省区展开。各试验示范点滴灌作物亩均节水30%以上、增产15%以上。

2011年,节水试验示范面积迅速扩大到北方8省区,面积达600多万亩,同样取得了喜人的节水、增产效果。

试验示范并不是一帆风顺,但是参与试验的农民实实在在得到了实惠。

新疆农垦科学院专家第一年在河北邯郸做滴灌试验时,见当地农民有顾虑,就承诺:设备费用我们出,如果达不到相邻地平均产量,我们补齐。结果当年小麦和复播玉米都增产20%。第二年春天,农民一见专家就往家里拉,要求运用滴灌技术。

"膜下滴灌惠民工程,周到服务深得民心。"这是内蒙古自治区赤峰市松山区城子乡喇嘛扎子村农民给当地沐禾节水工程设备公司赠送的锦旗上的内容。公司董事长乌力吉说,这锦旗应该送给兵团专家柴付军。

原来,去年,沐禾节水公司承揽了赤峰市一项玉米膜下滴灌工程建设项目,可是由于公司第一年大面积实施膜下滴灌工程,技术力量薄弱,加之对滴灌认识不足,从设计到施工存在许多技术问题。政府着急、农民埋怨,企业束手无策。无奈,公司通过国家微灌工作组聘请新疆农垦科学院专家担任该项目的总指挥。

研究员柴付军受命指导项目建设,很快扭转了被动局面。当年,当地膜下滴灌玉米普遍增产20%左右,丘陵旱地增产30%以上。

河北吴桥县蒋控村农民孙玉良也是滴灌技术的受益者。去年小麦收割时,他试种的滴灌小麦亩产达704.98公斤,刷新了河北省2010年创造的701.9公斤小麦高产纪录。

今年1月8日,新疆农垦科学院主持的农业部行业科技专项"北方旱作农业滴灌节水关键技术研究与示范"项目在石家庄启动。

启动会上,农业部科教司副司长刘燕感慨地说:"刚开始,我并不看好这个项目。了解了滴灌技术的优势后,我下决心今年一定要重点推这个项目。我国过去是'十年九旱',现在都常态化了,将来农业的核心除了耕地就是水的问题,大型水库修了不少,但是还不太关注田间节水,这方面兵团走在了全国的前面。这项技术对确保国家粮食安全有重要意义。"

启动会上,各省项目参与单位热情很高:

"吉林80%农田靠天吃饭,90%的年份都有旱情。我们要好好研究兵团的技术,争取5年内增加1000万亩滴灌面积,再增加几十亿公斤粮食。"

"青海1000万亩耕地中,水浇地不足300万亩。如果兵团节水技术能帮我们再增加200万亩水浇地,全省粮油总产可达15亿公斤,自给率可大幅提高。"

……国家半干旱农业工程技术研究中心主任翟学军算了一笔账:用兵团节水技术,一亩地可以节水100立方米、增产粮食250公斤(两季)。如果全国三分之一的麦田推广这项技术,每年可节水150亿立方米,比南水北调中线工程一年的调水量还多,并且一年新增3000多亿公斤粮食。

(与蒋革合作,原载2012年8月3日《兵团日报》)

走出国门显实力

——兵团节水技术走出去系列报道之二

5月的安哥拉已进入旱季。在兵团援助安哥拉农业开发示范基地——卡代代农场,一片片使用滴灌技术种植的玉米、大豆等作物生长旺盛。安哥拉仅是兵团节水技术输出国之一。

滴灌节水技术最早是兵团从以色列引进的。短短20年时间里,从引进、消化吸收、再创新,到输出国外,兵团实现了农业灌溉技术上的一次跨越。

目前,兵团节水技术已经输出到18个国家和地区,试验示范区总面积达4.67万亩,主要通过科技部国际合作司主办、国家节水灌溉工程技术研究中心(新疆)承办的国际节水培训班走向中亚、非洲等地区和国家。

新疆天业节水灌溉股份有限公司(简称天业节水公司)副总经理、国家节水灌溉工程技术研究中心(新疆)副主任陈林说:"国际节水培训班已经举办9期,培训学员200多名,外国学员报名很踊跃,每次学员名额都一再增加。许多学员表示,自己需要的就是这种能带来实实在在效益的新技术。"

"在中国众多的农业新技术中,朋友给我介绍了这一项。参加了实地培训后,我完全信服了。回国以后我要把这项技术应用到自己的地里,并把这项技术介绍给国家农业部长。"这是津巴布韦前驻华大使克里斯托夫·莫斯万格瓦先生在学员座谈会上的肺腑之言。

如今,克里斯托夫·莫斯万格瓦先生采购的可供400亩地用的天业滴灌器材已经运行3年。

来自哈萨克斯坦的学员热米斯公司总裁卡谢恩先生认为,哈萨克斯坦的气候条件和新疆比较接近,主要种植的作物也差不多,兵团的技术在哈萨克斯坦非常适用,希望能与天业节水公司保持良好的合作关系。目前,天业节水公司通过国际培训班在哈萨克斯坦已经推广了5000余亩地的滴灌器材。

兵团节水技术的应用获得多国高层的关注。

一份信息通报显示,2009年春,乌兹别克斯坦多风雨,种植的棉花大部分受灾重播,而天业节水公司在该国应用滴灌技术种植的200多亩棉花却苗齐苗壮。此事引起了乌兹别克斯坦高官关注。该国决定,将这块地作为国家滴灌示范基地,大力推广节水滴灌技术。目前,该国已经种植滴灌作物1万多亩。

近年来,不仅仅是天业节水公司这样的生产企业向国外推广节水技术,新疆农垦科学院、农八师一四九团等单位也依托国际合作项目,向多个国家派出技术人员,输出节水技术。

新疆农垦科学院计划用遥感技术在吉尔吉斯斯坦建设南北两个特色农业科技示范区。5月2日,新疆农垦科学院研究员周建伟、李海山从吉尔吉斯斯坦风尘仆仆地回到石河子。他俩与吉尔吉斯斯坦有关单位签订了600亩麦后复播鲜食玉米合同。不久,他们就要去国外种植滴灌玉米。

农八师一四九团农业机械化程度提高以后,解放了劳动力。为了让职工增收,团场通过与中信建设、北新国际等跨国公司合作,帮助职工走出国门,向国外传授滴灌节水技术。团长张启全说,我们团的每一位职工都能独立承担作物的种植、管理等任务,并熟练操作田间滴灌节水系统,被外国人称为农业专家。

一四九团十五连技术员智立分别于2009年和2011年赴巴基斯坦和哈萨克斯坦传授农业技术。智立说:"在巴基斯坦,用滴灌技术种植的棉花比当地常规技术种植的棉花单产高出100多公斤,很受当地农场主欢迎,作为兵团人我很自豪。"

目前,这个团累计有100多名职工走出国门,向非洲、中亚等地区的十几个国家传送节水等农业技术。

国家科技部官员称,兵团节水技术已经成为我国面向发展中国家输出技术的亮点。2010年,科技部征集可面向发展中国家输出的适用新技术,新疆农垦科学院的"大田滴灌高效节水灌溉技术"和新疆天业(集团)有限公司的"大田膜下滴灌技术"均被《南南科技合作应对气候变化适用技术手册》收录。该手册于2010年在墨西哥昆坎召开的联合国气候变化大会上发布,受到发展中国家和国际组织的好评。

科技部国际合作司欧亚处处长郑世民认为,兵团利用自身较强的对外合作调动能力和资源整合能力,将节水技术输出国外,在中亚、非洲等国家推广,提高了这些国家的科技创新能力,促进了地区经济发展,有力配合了国家总体外交战略,为国际双边友好合作打下了基础。

(与蒋革合作,原载2012年8月6日《兵团日报》)

决胜于大漠戈壁
——兵团节水技术走出去系列报道之三

兵团节水技术为何受到国内外的青睐？这项技术先进性如何？带着这些问题，记者进行了深入采访。

新疆属于典型的干旱地区。塔克拉玛干大沙漠和古尔班通古特大沙漠盘踞南北疆，年均147毫米的降水量、2000毫米的蒸发量形成了新疆"荒漠绿洲、灌溉农业"的特点。日益突出的用水矛盾严重制约着绿洲经济可持续发展，而分布在各地州"风头水尾、沙漠边"的农牧团场水资源短缺情况就更为严重。

20世纪70年代，以色列的滴灌节水技术风靡世界，但是主要在园艺上应用，而且成本高，人称"贵族农业技术"。如何将这项技术应用到大田，成为兵团科研人员攻关的重点。

20世纪90年代，在农八师一二一团有一个神秘的"五人小组"，他们的任务就是研究如何把以色列滴灌节水技术与大田棉花地膜技术结合起来。

"五人小组"成员之一、今年已经72岁的农八师节水专家吴恩忍，提起当年试验大田膜下滴灌技术的事仍兴奋不已。"那时，农八师非常缺水，就引进了以色列成套滴灌设备作研究。1996年，我们试验了25亩膜下固定滴灌、40亩膜上移动滴灌，结果膜下固定滴灌获得了成功。"吴恩忍说，"当时试验结果引起了轰动，自治区许多专家都来参观。第二年，新疆上了50多个试验点。"

可是，每亩2500元的滴灌工程成本让兵团职工望而却步。新疆天业公司抓住机遇，开展了滴灌器材的国产化研究。短短几年间，天业公司使田间一次性设施投资额降低到进口设备的四分之一，为大田作物应用滴灌技术奠定了基础。

有关专家分析，膜下滴灌技术不单单是节水技术，还是一项综合配套技术，是以滴灌节水技术为纽带,集成随水施肥、高产栽培、农业机械、农田管理信息等多项现代农业高新技术,通过滴灌技术组装并发挥协同增产作用,保障农业生产的高产高效、生态安全的技术。

从1999年开始,兵团组织新疆农垦科学院等单位进行了10多年的联合攻关,对进口滴灌设备、器材进行吸收、消化、改进和创新,研发出加压固定式滴灌、自压固定式滴灌、移动式滴灌等多种滴灌系统,获得国家科技进步二等奖3项,在滴灌器材、机械装备、滴灌肥等领域取得科技成果31项。

对农户来说,能增产增效的技术就是好技术。兵团节水技术能推广到国内外,靠的就是增产增效。

兵团有关专家说,推广滴灌技术的前提是,成本降低了,职工能用得起了。

目前,在兵团新建1亩膜下滴灌地,投入在650元左右,以后每年投入滴灌带成本及折旧费用在100元左右,相当于以色列滴灌价格的八分之一。

其次,经过多年研究,专家发现滴灌技术比常规灌溉省地、省水、省肥、省种、省力,高产、高效。

以膜下滴灌棉花为例,田间不需要修斗、农、毛渠及田埂,土地利用率可提高5%至7%;比常规灌溉节水40%左右,同时缩短灌溉周期5天至10天,水产比达到1:1.5;运用滴灌随水施肥,可使氮肥利用率提高30%以上,磷肥利用率提高18%以上;利用滴灌技术干播湿出,出苗整齐集中,节约了种子;由于滴灌改变了田管方式,减少了锄草、打埂、修毛渠等作业,减轻了劳动强度,节省劳力50%以上。最为关键的是,运用滴灌技术,棉花亩增产30%左右,亩增收350元左右(2009年市场价)。

王永丽是农一师三团科技连职工。5月初,记者见到她时,她正在地里给棉花滴水。只见她轻松地打开阀门,一滴滴水就从黑色滴灌带里滴出,浸润到棉苗根部。

在农八师一四八团九连百亩滴灌苜蓿地,该连连长张端新说:"苜蓿采用滴灌后,从两茬变成了四茬,亩利润可达1700多元。"

多年来，在兵团不仅是棉花、苜蓿用上了滴灌，大田作物如小麦、水稻、番茄、玉米也已广泛使用滴灌，甚至梭梭都用上了滴灌，而且高产喜讯不断：

2009年，农八师一四八团七连职工刘成福种植160亩滴灌春麦，亩产达806公斤，创全国平原地区春麦大面积高产纪录。

2010年，农八师一四八团农业技术推广站职工苏红种植的滴灌大豆，单产达405.89公斤，刷新了该团去年创造的402.5公斤全国大豆高产纪录。

2011年，由新疆天业公司农业研究所和石河子中亚干旱农业环境研究所合作种植的600亩滴灌水稻，最高单产达803公斤。滴灌棉花的全国单产纪录更是年年被兵团人刷新。

兵团滴灌技术产生了较好的社会和经济效益。截至2011年底，兵团灌溉系数由2000年的0.47提高到2011年的0.52，灌溉定额由每亩1000立方米下降到每亩620立方米；年节水12亿立方米以上，相当于7个天池；耕地灌溉面积由1996年的1247.1万亩增加到2008年的1603.4万亩；带动了塑料、化工、机械、电子等相关产业发展。

节水技术促进了生产力的提高。2011年，兵团皮棉单产突破161公斤，较全国平均水平高出66公斤；连续18年实现棉花单产、总产、调出量全国第一；以仅占全国9%的棉花播种面积，生产出了占全国六分之一的棉花产量。

2011年，兵团高新节水滴灌面积达到1100万亩，成为我国在大田农业生产中应用滴灌节水技术范围最广、发展最快的地区；今年，新疆节水滴灌面积将突破3000万亩(含兵团)，成为世界应用滴灌技术面积最大的地区。

"兵团的成功之处在于，将国外主要应用于园艺的滴灌技术在大田里广泛应用，这一点在世界上具有先进性。"日前，兵团节水办主任胡卫东说。胡卫东告诉记者，兵团节水技术已经很成熟，完全可以担当起缓解内地干旱的重任。

针对内地是否适合这项技术的质疑，"北方旱作农业滴灌节水关键技术研究与示范"项目组专家认为，兵团节水技术在内地的应用以补充灌溉、施肥灌溉为主要特征，不仅在北方干旱、半干旱区适用，在季节性干旱的南方也适用，因为滴灌技术可以提高肥料利用率，提高作物产量和品质。另外，通过滴灌平台可以改变当前一家一户的耕作制度，实现规模化、集约化生产。

中国工程院院士、著名节水专家李佩成说，以滴灌节水技术为载体的兵团精准农业技术，将从根本上改变我国传统的农业生产方式，是我国灌溉史上的一次革命。

（与蒋革合作，原载2012年8月7日《兵团日报》）

全景录

乘风破浪会有时
——兵团节水技术走出去系列报道之四

前不久,在石河子垦区甘莫公路旁,记者看到一片膜下滴灌棉花地在阳光下泛着银光,棉苗嫩绿嫩绿的。这是农八师一四九团十一连职工张刚的承包地。

"刚给棉花滴了一遍水,现在浇水省心多了,打开阀门就行了,不用去地里。"在泵房里,张刚笑着说。

今年,这个团投资500多万元,安装了8套自动化滴灌系统,新建了1万亩自动化滴灌地。

"团场从2006年开始试验自动化滴灌,由于多种原因,没有成功。去年,团场与石河子大学、上海远恒公司合作,建设了1万亩自动化滴灌地。等设备完善后,不仅可以实现滴水智能化,还可以完成土壤墒情检测、虫情预报等工作。"一四九团副团长王秀琴说。

像一四九团这样的自动化滴灌系统,目前兵团已经有50多万亩。

兵团资深节水专家说,虽然兵团节水技术在大田应用已经达到国内较高水平,节水农业初具规模,但是距离现代化农业科学发展、可持续发展的要求还有差距。

的确,在石河子垦区,记者明显地感觉到滴灌带厂子较多。知情人说,在农八师,几乎每个团场都有滴灌带厂,仅在一四八团周边就有6个。全疆有几百家滴灌带厂,有3000多条生产线,产出的滴灌带可以把全疆所有耕地铺3遍。

一四八团塑料制品厂是一家国有企业,曾获得迷宫式滴灌带国家实用新型专利证书,产品质量过硬。可是,该厂副厂长张家红向记者叫苦:"厂子太多了,滴灌带市场价1米只卖0.125元,我们不挣钱,但私企挣钱。以旧换新,我们是每米0.1元,私企是每米0.08元。我们竞争不过他们。"

原来,滴灌技术在兵团、新疆广泛应用后,带动了主要管材滴灌带、过滤器等企业发展。生产滴灌带的门槛很低,投入十几万元买几台机器,雇几个人就可以开工生产。私营企业买材料不要发票,回收再利用时添加聚乙烯等新料比例低,导致滴灌带成本低、质量差,往往是4月铺的带子7月就破了。

作为新疆生产滴灌器材的龙头企业——天业节水灌溉股份有限公司对小型滴灌带厂更是头疼不已。在公司研究所,记者看到,这里可以做滴灌带的抗拉、冲击、提伸、爆破、高温、精密度、抗老化等多项检测。仅1台抗老化仪器价值就达3000万元,而私企不可能有这些设备。

"见有利可图,各地都建滴灌带厂,我们的市场份额越来越小。小厂子产品质量差,用他们的产品,吃亏的最后还是老百姓。"提起无序竞争的滴灌带市场,天业节水灌溉股份有限公司副总经理朱嘉冀显得很无奈。

记者了解到,2011年,自治区工商局抽检农资质量,滴灌带市场合格率仅有53%,主要是滴灌带在抗拉、抗老化、出水均匀等方面存在问题,沙眼多,掺废料太多。

兵团节水办曾倡议,在新疆实行节水产品市场准入制、节水产品认证制,与轻工业协会联合成立聚氯乙烯管材廉洁自律委员会,在招标中优先使用经过认证的产品等,结果都行不通或效果不好。

除滴灌带市场的无序竞争,许多团场还提出滴灌技术田间设计等方面存在问题。

节水技术是多年来兵团精准农业发展的成果,是兵团科研工作者智慧的结晶。从2009年至今,兵团已经在国内外试验示范、推广了近900万亩滴灌技术,各省区自主应用面积达数万亩。

兵团有关专家指出,如果对滴灌器材质量缺乏市场监管,对设备生产企业知识产权保护力度不够,企业自主创新力度不够,致使伪劣产品充斥市场,会在很大程度上影响相关科研单位对节水技术的研发热情,致使节水技术的发展和推广受到阻碍。

新疆农垦科学院研究员、国内知名水肥专家尹飞虎建议,整合兵团节水技术资源,成立相应的咨询机构和经营公司,制定技术标准,监控节水器材市场,实行产业化运作,总体把握和支撑兵团节水技术行业的健康发展。

"北方旱作农业滴灌节水关键技术研究与示范"项目组认为,兵团节水技术能否在国内外大面积推广,保持发展后劲和旺盛的生命力,关键看研发团队的实力,看核心技术是否拥有自主知识产权,是否能不断改革创新。

项目组建议,由兵团相关部门组织相关科研院所专家,针对兵团节水技术应用现状进行全方位的调研,总结大面积节水灌溉技术实施以来取得的主要经验,针对发展过程中遇到的新问题,提出合理解决方案,明确今后的发展方向,促进节水技术进一步健康快速发展,使之成为兵团的"金字"招牌。

(与蒋革合作,原载2012年8月8日《兵团日报》)

"老兵村"的变迁
——四十七团经济社会发展纪实

"车政委来信啦！他得知团场的变化特别高兴。""这么快就回信了，政委心里有我们啊！"6月21日，农十四师四十七团老战士争相传阅兵团党委书记、政委车俊的回信，有的老战士激动得流下了热泪。

四十七团的老战士居住在塔克拉玛干大沙漠南缘和田地区墨玉县一个叫夏尔德浪的地方，它是解放和田，徒步横穿大漠，创造了人间奇迹的沙海老兵们建设的家园，人称"老兵村"。

"和田苦，一天要吃二两土。白天吃不够，晚上再来补。"这是当地流传很久的歌谣。如今，"老兵村"的职工群众生活得怎样？中央新疆工作座谈会召开后，这里有了怎样的变化？6月下旬，记者走进"老兵村"，一探究竟。

"现在的变化大啊"

从和田市出发，穿过墨玉县密集的乡村，记者来到四十七团团部。团部不大，但是大建设、大开放、大发展的氛围很浓。横穿团部的主干道已经拓宽，铺上了砂石，等待铺柏油；南边一栋栋色彩鲜艳的新建楼房挺拔矗立，和周边形成鲜明对比；西面，有一座设计美观、典雅的四合院，这是新建的敬老院。办公楼前的健身器材、绿色草坪为周围增添了一份和谐。

最吸引人眼球的当然是矗立在办公楼前的中国人民解放军进军和田纪念碑和屯垦戍边纪念馆。

"您粗糙的大手，铭刻着南泥湾大生产艰辛的记忆；您颤巍的双腿，创造了徒步横穿塔克拉玛干大沙漠的奇迹；你们几十年默默耕耘，让黄沙腾起了绿浪；你们一辈子无怨无悔，把终身献给了边疆……"纪念馆里，这首荡气回肠的《献给老兵的歌》是对老战士辉煌一生的高度概括。

在新建的京昆小区，记者走进老战士杨世福的家。这是一套崭新的楼房，门口贴着大红对联，屋内所有家具都是崭新的。已经80岁的杨世福身穿白衬衣和黄军裤，精神矍铄，耳聪目明，思路清晰。他告诉我们："昨天刚搬的家，团场让我们免费住，真想不到这辈子能住上楼房。"提起过去，杨世福说，刚来到这里时到处是盐碱滩，除了胡杨树什么都没有。以后搭起了地窝子，住上了土块房、砖块房，没想到老了还住上了楼房。

走到户外，老人指着一栋栋拔地而起的楼房兴奋地说："两年前，团里只有一栋办公楼，其他都是小平房，破破烂烂的。你看现在，光楼房都建了十几栋了，还给独身老人盖起了敬老院，现在的变化大啊！"

不仅团部变化大，连队的变化也很大。记者乘车穿过几个乡镇来到二连，眼前不觉一亮：好一片色彩艳丽、设计别具一格的别墅！如果不是周边有绿色的原野，让人误以为来到了城市。

刚刚拿上新房钥匙的二连职工李安生高兴地带我们参观他的新家。这是一套刚装修好的110多平方米的小二楼，有两个卫生间。

连队负责人告诉记者，这个连队是由5个连队合并而成，以前职工都住草把子房。在北京市和兵团的大力支持下，去年连队新建了86套小别墅，职工只需出7万多元即可入住。眼下这是一期，后面还要建二期、三期。

来到十连，在一块展板前，十连副连长杨子仁指着几幅照片说："这是两年前的土坯房子和土大棚，房屋冬不遮风夏不挡雨，土大棚不保温，挣不上钱，大部分职工都外出打工了，最少时连队只剩下两三户人家。现在好了，职工有新房住了，收入提高了，安心在团场生活了。"

在职工孙怀光的大棚里，黄瓜、西红柿等时令蔬菜长势喜人。孙怀光对记者说："以前的土大棚既矮又不保温，一年顶多挣2000多块钱。这个大棚是我去年9月承包的，现在收了两茬，挣了3万多元。"

杨子仁指着远处的鱼塘和正在建设的葡萄长廊说，连队距离墨玉县城只有4公里，以后连队要发展旅游业，建设"京玉军垦文化休闲度假村"。

记者在采访时发现，经过多年调整，红枣产业已成为团场增效、职工致富的支

103

柱产业,并已形成产业化发展格局。在六连红枣园里,职工阿不都热曼正在给红枣喷洒植物调节剂。他告诉记者,他承包了7亩红枣,去年收入5万多元,今年连队统一技术管理,又有红枣加工厂统一收购,收入会更好。

"在这里能发挥作用,得到锻炼,我愿意留在团场"

四十七团的巨大变化令人惊叹,变化的直接效果是拴住了人心,留住了人才。

记者在六连遇见一位军垦第三代名叫郭家洲,他是老战士王传德的外孙,在连队当会计。郭家洲告诉记者,他2008年毕业于浙江嘉兴学院,在内地工作过一段时间。他说:"我姥爷、父母经常给我做思想工作,让我回来。我是在团场长大的,对团场有深厚的感情,现在团场发展很快,变化很大,我也想用自己的所学为团场发展做点事。"

像郭家洲这样出去又回来的职工子女在"老兵村"并不少见。前几年,四连维吾尔族职工子女买买江·吐松大学毕业后毅然回到连队承包枣园。由于土壤盐碱大,苗木成活率低,加之技术措施不到位,红枣病害多。后来,为改良土质,提高苗木成活率,买买江·吐松把家里的牛羊都卖掉,投入红枣生产。现在,他的枣园收入逐年增加。

"老兵村"的发展不仅留住了老职工子女,还吸引了外地大学毕业生、志愿者扎根落户。任刚就是其中的一位。

现任团场项目办副主任的任刚,2005年从四川遂宁考入石河子大学农学院,毕业后应聘来到四十七团工作。"其实,2009年刚来团场时我也动摇过,但是看到兵团在南疆发挥的重要作用,看到在基层比在城市工作拥有更多机遇,看到所学专业在这里有用武之地,我也就安心在团场工作了。现在,我已经结婚,媳妇也是兵团人。"任刚高兴地告诉记者。

任刚说,他已经在团部购买了两套楼房,一套自己住,一套留给父母住,准备把老家的父母接到团场安享晚年。

任刚带记者来到正在建设的北京援建项目——防风固沙实验基地,只见一片片红枣、核桃等苗木在风中摇曳。任刚说,如果今年8月这些苗木成活了,将对改善团场生态环境、发展经济林具有很大的推进作用。

记者在敬老院遇见一名甘肃来的大学生服务西部志愿者董泽成。他告诉记者,他去年来团场,已经在团场买了楼房,打算明年把女朋友和父母都接过来,一家人一起在团场生活。"团场很重视我们,我在这里能发挥作用,得到锻炼,我愿意留在团场。"董泽成说。

团场政工办主任李百宁告诉记者,这两年团场变化很大,条件越来越好,招聘来的大学毕业生和志愿者基本上都留下来了。

四十七团规模小、基础差、自然条件恶劣,职工群众的生活水平远低于兵团平均水平,经济社会发展举步维艰,且少数民族人口所占比例大,与周边乡村犬牙交错,维稳任务较重。

四十七团政委郭耀峰说:"团场能有今天,离不开党中央、自治区党委、兵团党委和对口援疆省市的大力支持。中央新疆工作座谈会召开后,我们面临对口支援的机遇、国家集中连片开发扶贫南疆三地州的机遇以及兵团党委加快少数民族聚集团场发展的机遇。可以说中央的支持、兵团的厚爱、对口援疆省市的帮助使得团场迅猛发展,民生迅速改善。"

自中央新疆工作座谈会召开以来,党中央、自治区党委以及兵团党委给予了农十四师特别的关心和支持。去年"七一"前夕,四十七团老战士应中央领导邀请进京参加了北京市委庆祝建党90周年系列活动;兵团党委书记、政委车俊把四十七团作为自己的挂钩联系点。自来兵团履职以来,车俊先后9次来四十七团调研,每次都带着调研组深入团场、连队、职工家庭、田间地头、山区牧业点了解民情、倾听意见、宣讲政策、解决难题。在去年6月的一次蹲点调研中,车俊在四十七团召开了3次座谈会和情况反馈会,梳理出许多急需解决的问题。

6月6日,四十七团老战士给车俊政委写了一封感谢信,车俊政委不仅在最短时间内回信,还在6月23日赶到团场和老战士一起过端午节。浓浓的喜悦之情、感激之情弥漫在大漠上空。

在各级党委的关心支持下,这两年团场投入大幅增加。2011年,四十七团固定资产投资达1.3亿元,今年预计达到1.8亿元,在团场历史上前所未有。坚持民生优先、安居为要、就业为本,四十七团职工群众的生产生活方式正在发生历史性的改变,这里的明天一定会更加美好。

(原载2012年7月3日《兵团日报》)

全国政协委员把脉兵团发展

全国两会期间,来自全国各界的政协委员汇聚一堂,谈改革、话发展、议民生,为国家发展建言献策。

肩负着屯垦戍边历史使命的兵团在政协委员眼中是什么样?委员们关注兵团的哪些方面?记者随机采访了部分全国政协委员,请他们为兵团经济社会发展建真言、献良策。

关键词:城镇化

于炼(全国政协委员、中国城市建设控股集团有限公司总裁、中国城市发展研究院院长):

兵团走城镇化道路,是经济社会发展的必然。兵团城镇化发展要与其特殊体制相协调,要以稳疆固疆为目的来设计。建议兵团走特色城镇化发展之路,既要有"城"的特色,还要有"兵"的特色,建设"军旅"特色的具有旅游价值的边疆城镇。要突出"三个为本",即以人性化为本,以经济发展为本,以生态持续、长久繁荣为本,努力打造"美丽边疆产业城镇"。

关键词:资产经营

梅兴保(全国政协委员、中国东方资产管理公司总裁、党委副书记):

作为资产管理部门,应该大力支持新疆和兵团搞好资产经营。兵团应该解放思想,加强企业内部管理,吸收内地优秀团队,引进外资和内资,包括民营资本一起发展。发展上要有战略性思路,要建立法人治理架构,引进民营资本,西部地区可能慢一点,但必须走这条路。发展的方向要选择好,资源性企业应该通过资源深加工,提高产品附加值。

关键词:现代农业

陆健健(全国政协委员、华东师范大学河口海岸国家重点实验室博士生导师)、贾幼陵(全国政协委员、原国家首席兽医师)：

兵团在现代农业发展方面走在了全国前列,但是仍有发展空间,要从"一产"向重点发展"四产"转变。生产农业是"一产",加工农业是"二产",贸易农业是"三产",景观和旅游农业是"四产"。要注重农业发展的文化内涵,提升农业附加值。

新疆和兵团畜牧业发展潜力非常大,但是要特别注意保护草原生态。新疆属于季节性放牧,冬草场和夏草场距离特别远,以前新疆和兵团开发水利资源主要为了保障棉花等种植业发展,今后,水利开发要为牧民定居服务,在牧民定居点开发水利资源。

新疆和兵团要树立更加开放的意识,为现代农业相关产业发展提供一站式服务,鼓励相关产业和企业走出国门拓展发展空间,积极发挥连接内地和欧洲市场的中介衔接作用,从而促进新疆和兵团自身跨越式发展。

关键词：高等教育

李晓明(全国政协委员、北京大学校长助理、副教务长、信息科学技术学院教授)：

北京大学响应中央号召对口支援石河子大学,这对石河子大学的发展是个机遇,对北京大学的教师队伍也是一种历练。

大学有4个功能,即培养人才、科学研究、服务社会、文化传承。大学的资源首先要用于培养人才,研究的目的也是为了培养人才,培养出人才了,才能更好地为社会服务。文化传承是个大课题,对石河子大学来说,就是要发扬光大兵团精神。

兵团处于边疆,条件相对内地较差,但是条件差是相对的,关键要强化正确的、现代的教育发展理念。中国需要有一批以培养人、造就人为追求目标的学校,国家也应该重点支持这样的学校加快发展,石河子大学应该把培养人、造就人作为学校建设的第一目标。

关键词：节水技术

张红武(全国政协委员、清华大学水利水电工程系教授)：

兵团农业节水技术的推广,对国家而言意义重大,在此,我们要对兵团表示感谢。我国的水资源分布很不平衡,推广兵团先进的农业节水技术,要充分考虑各地实际,因地制宜。南方是季节性缺水,如云南山大沟深,没有蓄水条件,要搞小型蓄水工程,推广使用移动式滴灌设施。另外,大面积推广滴灌技术,内地也要作出一系列适应性变革,如农村运行体制和组织制度的改变等等。

刘凤之(全国政协委员、中国农业科学院果树研究所所长):

新疆水土光热资源丰富,适宜发展以红枣、葡萄为主的特色林果业。但是,由于支撑园艺业发展的科学技术跟不上,严重制约了产业可持续发展。比如,去年农五师2万多亩红提葡萄遭受冷冻灾害,由于防御能力薄弱,损失很大。我们所这几年和农五师合作,帮助他们发展设施葡萄,通过采取延长采摘期等科技手段,推动园艺产业科学发展。

总的来说,新疆和兵团的园艺业要强化科技支撑,加强规划论证;要加大新品种新技术的引进、研发力度;要抓好标准化生产,提升种植者素质,树立品牌形象;要抓好流通体系建设,规避运输风险。

关键词:特色旅游

何光暐(全国政协常委,国家旅游局原局长):

新疆和兵团旅游资源丰富,是内地很多游客向往的旅游目的地。但是,新疆旅游业发展急需破除瓶颈:一方面是交通不便,游客出行耗在路上的时间太长,航线少航班少;另一方面,景区、景点的开发建设尚有差距,内容简单,旅游纪念品单一。因此,新疆和兵团要大力发展支线机场,同时借鉴内地旅游大省的经验,挖掘景区的文化内涵,促进旅游产品产业化发展。

由于特殊的历史背景,兵团发展红色旅游具有一定条件和优势。但目前兵团旅游产品还较为单一,旅游餐饮不发达,吸引不了高端游客。兵团发展红色旅游业,不仅仅要挖掘丰富的屯垦历史和戍边资源,还要展现团场经济发展成就和职工的幸福生活,从而通过旅游业树立兵团形象。

(原载2012年3月17日《兵团日报》)

16%的增速是如何实现的

"十二五"开局年,兵团经济实现开门红:预计全年实现生产总值966亿元,比上年增长16%,高于全国经济增速近7个百分点。经济发展取得兵团恢复以来最快的增速,这令兵团人倍感振奋。

16%的增速是如何实现的?回望不平凡的2011年,人们在寻找着答案。

"四破四立" 提振精神

2010年5月,历史将兵团推到了一个新的发展起点。中央新疆工作座谈会的召开,为兵团提供了千载难逢的机遇。可是,体制机制不顺、思想不够解放、信心不足、精神不振等问题的存在,使兵团决策者清醒地意识到,不解决这些问题,何发展?

2011年1月5日,在新疆人民会堂举行的兵团党委六届六次全委(扩大)会议上提出:大力破除因循守旧、畏首畏尾、怕担风险的旧观念,树立抢抓机遇、敢想敢干、敢于担当的新精神;大力破除小进即满、小富即安、甘于人后的旧观念,树立争先进位、雷厉风行、敢为人先的新精神;大力破除故步自封、夜郎自大、怨天尤人的旧观念,树立全面开放、主动融入、借势发展的新精神;大力破除不思进取、四平八稳、知难而退的旧观念,树立大胆改革、勇于创新、开拓进取的新精神。

"四破四立"醍醐灌顶般惊醒了兵团人。一时间,兵团上下开始从自身寻找应该破除的陋习,自觉树立符合新时期要求的精神和观念。

2011年的春天是提振精神、创新发展的春天,致力于解决思想不够解放、信心不足、精神不振的问题,"唱响兵团精神"主题教育活动和干部作风建设年活动在绿洲大地迅速展开。

这一年,兵团努力强化维稳戍边功能,制定了实施加强民兵武装力量建设10年规划和加强维护社会稳定力量建设工作方案,开展了全员军事训练活动。

从2011年2月开始,一场20多万干部职工、民兵参与的全员军事训练活动在天山南北展开。

作风就是形象,作风就是力量,作风决定成败。为切实解决干部庸懒散等作风问题,2011年兵团党委决定开展干部作风建设年活动。一时间,下基层、知民情、送服务、解难题成为各级党委转作风、提效率、强服务、增效益的自觉行动。

从这一年的4月起,干部作风建设年活动在全兵团如火如荼地进行。兵团各级机关干部进农家、下农田,和基层职工同吃同住同劳动,为群众排忧解难送温暖,进一步增进了与职工群众的感情。

如今,"到基层一线去,到困难多的地方去,到发展最需要、职工群众最需要的地方去"已成为兵团各级干部的共识。职工群众普遍反映,现在到基层"围着轮子转""隔着玻璃看"的干部少了,带着热情和真诚住在农家、走在田间、解决困难的干部多了。

2011年,兵团各级1.3万名干部人均住连入户3至5天。

改善民生　促进发展

2012年2月6日,是农历正月十五元宵节。这天,车俊如约来到农十二师三坪农场,和迁入新居的职工群众共度佳节。

原来,中央新疆工作座谈会后,农十二师部分团场以连队整合为突破口,以居住集中、人口集中、市场集中为目标,规划建设大型社区。在这一项目实施之初,车俊曾与该师主要领导有个约定:如果在2012年春节前,这个师能顺利完成建设任务,车俊就同农十二师职工群众一起过大年,向他们祝贺乔迁之喜。

去年底,农十二师超额完成了建设任务,春节前已有500余户职工陆续搬进新居。听到了相关汇报后,车俊当即在元宵节这天来到三坪农场,亲切看望基层职工群众,仔细了解他们迁入新居后的生产生活情况。

发展的目的是改善民生,改善民生是促进发展的有效手段。2011年,兵团坚定不移地把发展放在首位,高度重视民生问题的解决,大力推进跨越式发展,为不断改善民生、从根本上改善民生创造雄厚的物质基础。

2011年是兵团名副其实的"民生建设年":

——住房。开工建设保障性安居工程18.6万套,实施游牧民定居工程1950户,完成住房建设投资155亿元;

——"十件实事"全面完成。投资总额175亿元,相当于前4年的总和。边境团场基础设施建设、通连公路建设、中小学校舍安全工程等与职工群众利益相关的实事成为团场职工最盼望、最欢迎的民心工程;

——教育。双语教育加快推进,中等职业教育水平有新提高,义务教育均衡发展规划启动实施;

——文化。1.88万户职工群众收看电视问题得到解决,兵团新闻出版首次列入国家"东风工程";

——养老。52万名企业退休人员养老金待遇得到调整,7.5万名"五七工""家属工"纳入企业养老保险统筹;

……民生连着民心,民心凝聚民力。共享改革发展成果的兵团各族职工群众,无不对兵团实施民心工程满怀感恩,发展致富的决心更加坚定。

短短5年时间,农五师八十三团投资数千万元为所有连队建了文化站,让1500多户职工住上解危解困房和廉租房,改善了团场学校的教学条件;让21个连队的职工饮用上了干净卫生的放心水;建设了19个卫生室;连连都通了柏油路。20世纪60年代来到这个团八连的职工张仕军说:"连队条件越来越好了,我们致富的信心也更足了。"

2011年,兵团用于民生建设的支出共计355亿元,比2010年增加51亿元,占兵团公共预算总支出的81.28%。民生建设力度之大、范围之广、速度之快令人惊叹。

加大投资力度 拉动经济增长

1月1日,青松绿原建化年产百万吨水泥生产线达标达产;3月28日,北屯垦区城镇引水工程奠基;6月2日,天富南热电有限公司热电联产扩建工程开工;农业发展银行放贷217亿元助力农七师;兵团与招商集团签约,设立股权投资基金;兵团与建设银行签订合作协议;……2011年——"十二五"的开局之年,新项目一个接着一个开工建设,内地前来考察、合作的客人一拨接着一拨,合作协议签了一个又一个。中央支持新疆和兵团加快发展的决策部署,给兵团带来了历史性机遇,提供了巨大的发展空间,使兵团呈现出前所未有的发展势头。

兵团发改委主任朱新祥说,2011年,16%的增速是发展的必然。

经济发展的实践表明,在拉动经济增长的投资、消费、出口"三驾马车"中,投资拉动最为显著。

2011年,兵团完成固定资产投资670亿元,比上年增长50%。

朱新祥告诉记者,2011年兵团经济发展最明显的特点是,固定资产投资力度进一步加大,经济结构调整步伐进一步加快。二产增速比生产总值增速高出15个百分点,比重预计提高4个百分点,对经济增长的贡献率居三次产业之首。

有数据表明,截至2011年11月底,兵团实现工业增加值176.7亿元,增长28.1%,预计二产拉动经济增长达10个百分点,其中工业拉动6个百分点左右,建筑业拉动4个百分点左右。而在工业中,重工业对工业经济增长带动明显,截至2011年11月,重工业增加值达到117.3亿元,增长41.3%。

2011年,兵团投资结构发生了很大变化,工业投资达到370亿元,增长62%,占总投资的55.2%,是拉动兵团经济增长的主要力量,在水泥、电力、煤化工等行业形成了一批新的生产能力。投资结构的变化也带动了产业结构发生改变,天业40万吨聚氯乙烯、鸿基焦化焦炉煤气综合利用等一批大项目落地开花结果。

不可忽视的是,全面援疆成为经济发展的助推器。2011年,兵团与内地省市情谊浓浓携手发展:

3月21日,淮安市年内对口援建农七师十项重点项目启动;6月25日,辽宁对口援建农九师项目全部开工;7月,湖北与九十一团农超对接,"天赐良鸡"将直供鄂大型超市;……如果说2010年是对口援疆工作的准备年,2011年就"开锣唱戏"了,援疆领域更宽面更广,产业援疆、科技援疆、人才援疆的势头更猛,全方位多层次的援疆格局已经形成。

"2011年最大的特点是启动产业援疆。"兵团援疆办负责人说,年初各师频频在援疆省市召开项目推介会、经贸洽谈会、招商项目推介会等,签订了一批合作框架协议,彰显出在援疆工作中兵团的主动性更强了,开放性更强了,大发展的积极性更高了。

开放的胸怀带来了累累硕果:浙江、江苏、广东、湖北等8个省市在兵团设立各类产业园区10个,为承接产业转移搭建了平台。国家工信部、国务院国资委、全国工商联分别组织央企和民营企业举办的产业对接会、中央企业产业援疆推介会、民营企业兵团行等活动,带动了对口援疆向深层次、宽领域方向发展。尤其是兵团与12家央企签订了24个合作项目,总投资达851.7亿元,在产业援疆领域书写了浓重的一笔。

过去的一年,兵团对口援疆成果丰硕:163个对口支援项目已开工158个、竣工60个,累计完成投资59.6亿元,有效拉动了兵团经济增长。

东风吹来满眼春,潮起正是扬帆时。回首过去,展望未来,站在历史的新起点上,兵团正跃马扬鞭,朝着更高的目标迈进。

(与蒋革合作,原载2012年2月27日《兵团日报》)

市场宠儿偶遇挫折并不是一件坏事，它提示我们，一个产业要做大做强，必须实现产业升级，建立属于自己的技术体系和市场体系——

红枣产业升级时不我待

市场如战场。农一师红枣销售出现的跌宕起伏给红枣种植者、管理者上了生动的一课，也引起兵团相关部门的思考：蓬勃发展起来的兵团红枣产业应该如何实现科学发展、可持续发展？

专家分析，新疆红枣与内地红枣相比具有明显的资源优势。新疆，尤其是南疆，日照时间长、昼夜温差大，有利于红枣可溶固形物和糖分的积累，加之南疆降水少、气候干燥，十分有利于红枣自然成熟和制干，能生产出单产高、品质好的红枣。而内地大部分红枣主产区降雨多，病虫害比较严重，红枣不易充分成熟，制干条件差。这几年，全国的红枣种植重心逐渐西移。

如何将资源优势转换成经济优势？

兵团早在2001年就提出构建种植业、畜牧业、果蔬园艺业"三足鼎立"格局。

2011年，兵团又提出"稳粮、优棉、增果畜"的农业发展方针，可以说兵团林果业进入了历史上少有的大发展时期。兵团林果总面积、总产量、总产值从2000年的55万亩、28万吨、2.8亿元，增长到2011年预计的300万亩、120万吨、60亿元，其中红枣从过去的5万多亩增加到目前的近200万亩，是林果业中发展最快的品种。

兵团红枣种植主要集中在南疆4个师和东疆的农十三师。而南疆4个师红枣种植面积和产量，占兵团红枣总面积和总产量的93%和99%。可以说，南疆红枣是兵团红枣的晴雨表。2011年，除了农一师红枣滞销外，农三师红枣也滞销，这2个师枣树面积加起来占兵团枣树总面积的一半以上。

对这2个师2011年红枣滞销问题，兵团商务局市场运行调节处处长张友江认为，农产品流通不畅、产销信息不对称和价格预期不准，是兵团农产品价格大起大落，时常出现"卖难"的一个重要因素。当一个产业发展到一定规模，就需要政府出面引导和规范。职工对市场的预测、信息获取渠道及把握信息的准确程度存在一定偏差。如果兵团、各师发挥组织化程度高的优势,建立有效的市场流通体系,进一步加强信息服务和科技指导,红枣产业就会健康发展。

"兵团已经认识到大宗农产品销售存在的问题,近年,兵团商务局每年都要组织各师及兵团企业参与国内七八个专业展会,积极搭建农产品销售平台,与北京、上海、浙江、广东等发达省市的经销商接洽建立兵团农产品交易市场,为农产品走向终端市场搭桥铺路。"张友江说。

可喜的是,由各师筹资组建的兵团果业股份公司已于2011年6月成立,它寄托着各师联合走市场的希望。兵团果业股份公司总经理周晓勇说:"公司目前已经与上海光明集团组建了大漠果香股份公司,与中铁快递成立了物流公司,下一步计划在各地建立冷藏设施,目的在于以光明集团为依托,拓宽兵团果业销售市场,快速实现内部整合,改变目前兵团果业弱、小、散的状况,做大做强兵团果业,实现红枣产业升级的目标。"

兵团农业局园艺处处长张彦君认为,目前,兵团红枣种植已具有一定规模,但缺乏技术体系的支撑。红枣产业要发展壮大,就要立足制干,采取措施保持品质的一致性,加快建设烘干设施,拉长销售期,消除职工恐慌心理。

张彦君呼吁,要实现兵团红枣产业健康发展,当务之急是建立健全兵团园艺产业技术支撑体系,这其中包括标准化生产和质量控制技术,机械化栽培技术,采后处理、加工、冷藏、储运技术;延长产业链、提高附加值、确保农产品安全技术,销售网络建设等。

长期研究红枣产业的新疆农垦科学院林园研究所副研究员陈奇凌认为,目前兵团推广的红枣直播建园技术模式,对于快速扩大红枣种植规模发挥了很大的作用,也总结了一些高产栽培经验,但目前对于密植枣园产量形成机理尚未深入研究,缺乏高产优质高效配套栽培技术,同时针对不同垦区的红枣品种特性、配套高产栽培技术、高效水肥利用、病虫害防治、机械化生产等技术创新和组装配套程度较低,这些不仅直接影响兵团红枣品质、产量和生产的稳定性,而且影响兵团红枣的市场竞争力和综合生产能力,进而影响兵团"十二五"红枣产业发展目标的实现和枣业健康持续发展。

根据兵团林果业"十二五"规划,到2015年,兵团林果面积将达到400万亩,果品总产将稳定在250万吨,实现直接产值200亿元,约占兵团农业总产值的三分之一。

多年的市场宠儿偶遇挫折并不是一件坏事,它提示我们,一个产业要做大做强,必须实现产业升级,建立属于自己的技术体系和市场体系,从而使农产品从低附加值向高附加值升级,从粗放型向集约型升级。

兵团红枣产业升级正当时。

(与蒋革、谷水清合作,原载2012年2月1日《兵团日报》)

棉花丰产了,如何能丰收?

——2012年度兵团棉花市场分析与预测

金秋十月,兵团各植棉垦区被一片片银色的海洋包围。

今年,兵团种植棉花824万亩,接近农作物总播面积的一半。专家预计,今年兵团棉花总产有望创造历史最高水平。可是,由于近年来棉花市场波动较大,棉价如同坐上"过山车",致使植棉团场和职工忐忑不安。

今年棉花市场如何?棉花丰产能否实现丰收?入秋以来,这些问题成为兵团职工群众最关注的内容。

棉花市场形势严峻

9月24日,一年一度的兵团棉花购销形势分析会召开,兵团有关方面负责人透露了棉花市场相关信息。

从今年市场形势看,国际国内棉花市场供大于求,预计全球供求过剩棉花超过100万吨,期末库存将超过1500万吨,创历史新高;国内棉花(含进口棉)供求过剩将超过90万吨,期末库存将达700万吨,预计收储结束后国内储备棉将达到600万吨以上,对2012年度国内棉价形成压制,市场在短期内难以消化这2年的库存,棉花市场很可能进入一个较长的低迷期。

棉价呈下跌趋势,纺织行业需求拉动减弱,国内棉花销售困难。今年,全国、全疆和兵团纺织行业生产总体下滑,企业订单不足、经营困难、普遍亏损,有订单的企业也难以承受国产棉价,有些企业不使用或减少使用国产棉,有的改用化纤等替代原料进行生产,对国产棉特别是新疆棉花的需求大幅减少。

从兵团内部看,近几年大力推进棉花机采,降低了采棉成本,提高了采收效率,但由于适宜品种、配套设施和管理没有完全到位,对棉花质量造成一定影响,棉花销售难度进一步加大。

从国家收储政策看,2012年度中储棉将收储标准定为4级以上棉花,对棉花生产和加工的质量要求更高,单包棉花质量、回潮率、异性纤维含量、棉包重量、打包质量、包装材料等不合格的,将整批次拒收。按照这一入储标准,预计今年兵团将有20%左右的棉花不能交储。如果在收购加工环节再不严格质量标准,将有更多的棉花达不到入储条件。

从发展情况看,全球经济运行状况短期内难以改善,国内市场棉花库存短期内难以消化,国内外棉价差拉大的趋势短期内难以改变,国内市场阶段性供过于求的矛盾仍将存在,国产棉市场价格仍将持续走低,兵团棉花产业市场风险仍然较大。

采取措施保障棉花购销

记者从兵团发改委获悉,为推进兵团棉花与纺织企业产销衔接,兵团棉麻公司与全国棉花交易市场协商,自9月24日起,在全国棉花交易市场推出兵团地方储备棉花竞卖交易专场。本次专场拟竞卖兵团地方储备棉花资源5万吨以上。竞卖底价以交易市场竞卖交易系统标示的价格为准,买方在竞拍底价的基础上自主加价,每次加价幅度为每吨10元的整数倍。截至9月29日,兵团棉花竞卖累计成交6137.904吨。

在国家支持下,兵团已发展成为全国较大的优质棉生产基地,皮棉总产突破120万吨,种植面积占全国的十分之一,产量占全国的六分之一。国家和兵团对棉花购销工作历来十分重视,2010年,兵团专门下发了《关于切实加强棉花产品管理的通知》,明确了兵团、师两级棉麻公司是兵团棉花的销售主体,形成兵团、师棉麻公司负责销售,团场负责加工,连队负责生产的具有兵团特色的棉花生产销售模式。

今年3月,国家出台《2012年度国家棉花临时收储预案》,将标准级棉花收储价格提高到每吨2.04万元,比2011年度收储价格每吨高出600元,比当前兵团棉花市场销售均价每吨1.88万元高出1600元左右。

"2012年度兵团力争实现交储100万吨棉花的目标。在当前的市场形势下,交国储仍将是2012年度棉花销售的主渠道,也是实现棉花效益最大化的最佳方案,要杜绝观望心理,积极交储,应交尽交。"兵团发改委相关负责人给出建议。

兵团发改委、供销社等部门积极与国家发改委、中储棉总公司、全国棉花交易市场等有关部门和单位加强汇报衔接,争取国家继续对兵团棉花交储开辟绿色通道,实行大单入储,提高交储效率。兵团质量技术监督部门主动与地方棉花质量监督管理机构加强联系,做好新年度棉花仪器化公证检验服务工作,以公检数据反馈指导轧花厂生产加工,提高交储棉花合格率。各植棉师团和棉麻公司、轧花厂认真研究2012年度国家棉花收储的实施办法,熟悉掌握棉花收储交易的程序和规则,使棉花生产、加工等各环节满足收储要求。

来自多方的意见和建议

8月23日至24日,由国家发改委、中国纤维检验局、中华全国供销合作总社、中储棉管理总公司组成的国家棉花联合调研组来兵团考察。

在兵团情况汇报会上,兵团发改委相关负责人向国家棉花联合调研组汇报了兵团棉花市场运行、棉纺织企业生产和出口、棉花质量检验体制改革,及2011年度棉花临时收储政策落实等情况,并围绕支持棉花产业持续健康发展,向调研组提出了继续对兵团棉花交储开辟绿色通道、提高棉花种植补贴、给予机采棉轧花厂技术改造资金支持、加大棉花仓储物流设施建设资金支持力度等建议。

"棉花质量好坏直接影响到交储和市场销售。在争取国家政策、资金扶持基础上,兵团也要进一步改进自身棉花购销工作,在提高棉花品质上下功夫。"兵团棉花研究专家建议。

从以往市场反馈信息来看,纺织企业普遍认为兵团棉花的色泽好、等级高、异性纤维含量少,在马克隆值、强度、长度等内在指标方面具有明显的优势,兵团棉花可纺性和可染性完全可以与美国棉花媲美。

然而,近几年兵团棉花质量有所下降,棉花一致性不高、异纤含量增多,如继续发展下去将危及兵团棉花品牌和声誉,这已经引起兵团的高度警觉。真正把棉花当成一种商品,既要注重数量、内在品质,也要注重包装效果,认真解决加工、包装等方面的问题,将兵团棉花做成行业标准,已经成为兵团各植棉师、团和相关部门的共识。

推广机采棉是兵团实现农业机械化、加快农业现代化步伐的重大举措,得到了广大职工群众的拥护。2011年,兵团棉花机采面积385万亩,今年预计可达450万亩至500万亩。

据兵团农业局相关人员介绍,解决由于机采而导致的棉花质量问题,树立兵团棉花品牌是当务之急。由于机采棉品种、脱叶剂、加工等方面存在问题,导致了兵团棉花质量下滑。兵团各级应该更加重视和加强机采棉各环节的管理,认真执行农业部门在机采棉打药、脱叶、采收、烘干等环节制定的行之有效的管理制度。

(与马钧禹、王海兵合作,原载2012年10月16日《兵团日报》)

R&D经费"短板"补齐刻不容缓
——详解兵团全面建成小康社会之创新指标

今年年初,兵团提出,到2018年将率先在西北地区全面建成小康社会,兵团R&D(指研究与试验发展,下同)经费支出占GDP(国内生产总值,下同)比重到2018年应达到2.5%以上。

据全面建设小康社会统计监测指标体系去年的监测评估情况显示,2012年,兵团全面建成小康社会进程估算达81.5%,走在西北各省前列。但是,对照全面建设小康社会统计监测指标体系,兵团全面建成小康社会的创新指标问题比较突出,尤其是研发经费支出占生产总值比重较低。如何补齐R&D经费这个"短板",加快建设创新型兵团,兵团上下都在思考着、努力着。

关键词之一:形势严峻
研发经费投入强度低于全国平均水平,位于西北五省末位

"民亦劳止,汔可小康"。"小康"一词最早见于《诗经·大雅·民劳》篇,意思就是轻徭薄赋,予民休养生息,让老百姓过上小安康乐的日子,是人们对美好生活的向往。

我国追求小康社会的步伐从来没有停止过。1997年,党的十五大提出"建设小康社会"的历史新任务。2000年,我国实现了第一步、第二步战略目标,全国人民的生活总体上达到了小康水平,人均GDP达到848美元,实现了从温饱到小康的历史性跨越。2002年,面对社会发展不平衡、城乡差距、区域差别扩大的现状,党的十六大提出全面建设小康社会的奋斗目标。

全面建设小康社会是用社会实现程度作为衡量标准,全面建设小康社会统计监测指标体系主要内容包括"经济发展、社会和谐、生活质量、民主法制、文化教育、资源环境"六个方面23项监测指标。

R&D经费是测度国家科技活动规模、评价国家科技实力和创新能力的重要指标。R&D经费支出与GDP之比,通常被称为国家研发经费投入强度,是评价科学技术与经济协调发展的重要指标,在很大程度上反映了一个国家或地区经济增长质量和经济发展方式。

根据兵团统计局公布的数据,2009年兵团研发经费投入强度为0.56%,低于全国平均1.7%的水平,位于西北五省末位;2010年测算值为0.86%,2011年测算值为0.89%,均小于1%,属于研发投入强度"弱"级水平,成为兵团全面实现小康23项指标中的"短腿"。

据测算,要率先实现全面小康目标,今年及以后3年,兵团研发经费投入强度必须达到每年递增0.3%以上,才能确保到2015年完成研发经费投入强度大于1.9%的目标,到2018年完成兵团研发经费投入强度大于2.5%的目标。

根据兵团经济目前的发展情况来看(不考虑价格因素),近3年兵团GDP年均增速将超过20%。GDP的高速增长必然要求R&D经费增长速度要更快,投入力度要更大,形势极其严峻。

关键词之二:剖析原因
创新投资理念不强,R&D增速明显滞后

据兵团科学技术发展局负责人介绍,研发经费投入强度的高低主要由认识和发展方式决定。"十一五"以来,创新型兵团建设取得长足进展,但是创新投资力度仍需加强。

主要表现在:部分师、企业对科技创新和研发的重视程度不够,在发展导向上习惯于硬件投入,对技术研发和人力资源开发等软件投入不够。同时,整个新疆仍处于投资拉动发展阶段,工作重心在确保重大工程建设或实现达产上,科技创新的内在动力明显不足,直接影响科技投入。

以2012年兵团各师本级财务科技拨款为例:最高的为八师1780万元,最低的为十四师26万元。

研发经费投入强度不仅取决于R&D经费投入,还受GDP增长的影响。

中央新疆工作座谈会召开后,连续几年兵团GDP保持了两位数的高增长。但是研发经费投入强度长期处于低位。2000年,兵团研发经费投入强度为0.19%,远低于全国1%的平均水平。2009年,兵团GDP为610.69亿元,R&D经费投入为3.39亿元。而西北龙头陕西省GDP为8286.65亿元,R&D经费投入为189.51亿元。兵团GDP为陕西GDP的7.37%,兵团R&D经费投入仅为陕西R&D经费投入的1.79%。兵团R&D经费投入明显不足。

R&D经费投入的来源主要是财政和企业。"十一五"期间,兵团本级财务科技拨款平均增幅达到20.28%。但是,2009年全兵团R&D经费中财政科技投入所占比例仍比2000年下降17.08%,表明兵团、师财政科技投入不强。

"十一五"以来,企业R&D经费占全兵团R&D经费的比例有所提高,但是从整体看,兵团企业科技创新活动还处于较低水平,尚未成为技术创新的主体,不仅开展R&D活动的企业数量少,而且R&D经费投入总量严重不足。2009年,兵团工业企业R&D经费投入1.61亿元,占主营业务收入的比例仅为0.49%,其中大中型企业R&D经费投入占主营业务收入的比例为0.69%,均低于同期全国大中型企业R&D经费占主营业务收入比例0.96%的水平。

另外,兵团R&D经费投入结构单一,主要由财政投入、企业自筹,未形成多元化投入格局。

关键词之三:寻求对策
加大财政和企业R&D经费投入,并纳入争先进位考核

兵团研发经费投入强度,如何由弱变强?

今年以来,兵团科技局等部门拿出具体举措,强化科技创新意识,加大财政和企业R&D经费投入。

今年兵团提出将R&D经费投入考核代替现有的农业科技进步贡献率考核,并列入师、团争先进位考核指标。

兵团将继续加大财政R&D经费投入。其实,兵团历来高度重视科技工作,兵

团本级科技三项经费持续多年按15%的比例递增,并设立科技援疆专项资金、企业技术创新引导资金等,但是科技投入强度与全面建成小康社会的目标比仍有较大差距。

兵团将从今年起,兵团本级财政科技拨款统一按每年不低于20%的比例递增,各师财政科技拨款增长幅度不低于兵团本级增速,确保兵团R&D经费投入的规模和强度逐步增加。

企业是科技创新的主体,今年兵团将R&D经费投入强度列入兵团国有大中型企业领导班子考核指标,争取到2015年兵团国有大中型工业企业平均研发投入占主营业务收入比例达到1%以上。

兵团还规定,兵团、师财政投向企业的R&D经费和企业必须配套的R&D经费比例不低于1∶2,引导和鼓励企业增加R&D经费投入。

另外,兵团还将拓宽R&D经费来源渠道,在兵团本级财政科技拨款新增经费中,设立科技与金融结合专项资金,引导和扶持有条件的师市开展科技与金融结合试点工作。

目前,兵团已经在条件成熟的石河子市、十二师、五家渠市创新财政科技投入方式与机制,试点综合运用无偿资助、创业投资引导、风险补偿、贷款贴息、风险投资等形式,引导金融机构和创业投资机构面向科技型中小企业开展投融资活动,构建多元化的科技投入体系。

全面建成小康社会需要科技力量的支持,已经在农业技术上走在全国前列的兵团需要更加强劲的全方位的科技支撑。加大投入,由弱变强,兵团科技在行动。

(原载2013年11月19日《兵团日报》)

兵团节水技术走向全国的路有多宽?

7月的石河子垦区热浪袭人。在35摄氏度的高温下,聚集在兵团参加全国高效节水灌溉技术推广现场会的代表们,兴致勃勃地在棉花地、玉米地、线椒地里查看、探究,不时发出"太震撼了""太神奇了"的赞叹声。

经过十几年艰辛探索总结出来的兵团节水灌溉模式对解决我国水资源供需矛盾、改善生态环境、粮食安全有哪些重要意义?透过全国高效节水灌溉技术推广现场会可见一斑。

前 景

我国微灌、喷灌面积仅占8%,且区域发展不平衡,大多数省区水资源状况不容乐观,急需通过节水灌溉手段来解决。

"如果说50多年前兵团人是用青春乃至生命开辟绿洲、紧锁沙漠,那么新时期兵团人就是用科技实现了人进沙退,建设绿洲的梦想,让绿色在创新的思维中,不断延伸不断扩大。"

……现场会上,随着一部纪录片的播放,兵团人用科技发展现代农业,用智慧与自然抗争的历史徐徐展现在人们面前。

随后,各省代表无不对兵团节水技术大加赞赏。在现场会总结讲话中,国家发展和改革委员会农经司司长高俊才由衷地赞叹:"高效节水大有可为!"

高俊才认为,随着经济社会的发展,我国水资源供需矛盾日益突出,大力推广节水灌溉技术是落实科学发展观、转变经济发展方式的一项重要措施,既可缓解水资源供需矛盾,又能提高化肥、土地等利用效益并有助于改善生态环境;既是发展现代农业、提高农产品产量和品质、促进农民持续增收的现实需要,也是应对全球气候变化、提高农业抗旱减灾能力的战略性措施。

高俊才接受记者采访时说,兵团的节水技术之所以有生命力,不仅在于节水、节肥,还起到增产、增效,保护生态的重要作用。兵团近10年来发展膜下滴灌1000多万亩,资金投入的80%靠自筹和贷款,主要动力就是膜下滴灌的效益好。我国7大流域污染加重的根本原因之一是生态污染。30多年来,我国粮食增产87%,化肥用量增长545%,每亩化肥用量是欧美的3至6倍。化肥污染已经成为河流的公害,而兵团的节水灌溉可以节省化肥20%左右,生态效应很大。兵团节水模式在全国起到了示范作用,很有推广价值。

"农业节水水平是经济实力、发展方式、科技水平、管理水平及劳动力素质的综合反映。"高俊才说,目前我国农业用水占总用水量的60%左右,西北地区高达90%以上。全国9亿多亩有效灌溉面积中节水灌溉工程面积仅占45%,微灌、喷灌面积仅占8%,且区域发展不平衡,大多数省区水资源状况不容乐观。

甘肃省地处青藏、蒙新和黄土高原交汇处,大部分地区气候干燥,水资源短缺,生态环境脆弱。由于高效节水投入不足、农业种植结构调整滞后、节水工程缺乏有效管理等原因,截至2011年,全省管灌、喷灌、微灌累计仅有305万亩,占总节水灌溉面积的22.7%。

黑龙江省是我国著名的农业大省和重要的商品粮基地,拥有耕地2亿多亩,亩均占有水资源400多立方米,不及全国平均水平的四分之一,特别是近年来气候异常,旱情频发,水资源不足,已经是制约粮食增产和现代化农业发展的主要瓶颈。虽然近年,这个省节水灌溉取得成效,但是由于地方投入能力弱、规模化发展程度低、电力配套差等原因,目前节水灌溉面积仅占可灌溉面积的20%。

与会者认为,我国水资源严重缺乏的现状,急需通过节水灌溉手段来解决。兵团经过多年摸索总结出来的节水灌溉模式成为我国抗击旱魔的成功实践。

优　势

从1999年兵团出台"关于大力发展节水灌溉的决定"到"100万亩节水灌溉科

研报告",兵团对节水工程坚持科学规划,配套以项目支撑。从喷灌到滴灌的对比试验,从最初的棉花膜下滴灌到30多种作物的广泛运用,兵团科研人员进行了60多项课题研究。从运用成本2000多元到目前的650元,节水技术的本地化、国产化,使职工能用得起、面积能推得开。

经过10多年的实践,兵团逐步走出了一条借鉴与创新相结合的节水灌溉发展之路,探索形成了具有鲜明特点的规划、研发、推广、服务相结合的兵团节水灌溉模式。

从2009年起,兵团节水技术开始走向国内外。目前,在内地已经试验、示范、推广到十几个省区,覆盖了北方主要旱区,影响力在迅速扩大。

据各省区介绍,兵团模式不仅在于节水、增效,还有一个重要作用逐步显现,那就是推动了地方农业向规模化、集约化生产迈进。

各省区在推广节水技术过程中,许多人心存疑虑,认为农民一家一户的分散经营不好推广节水灌溉技术。

但是在新疆村镇,高效节水建设改变了传统的种植模式,推动了土地集约化经营,提高了土地产出率,促进了土地流转。

这是因为新疆很多县(市)实施了农民专业合作社联户经营和公司加农户的模式。这些模式将以家庭为单元分散的经营管理转变为以规模化为主的集中管理,解放了劳动力,提高了劳动生产率。

与会者在玛纳斯县乐土驿镇下庄子村看到,一片面积达1800亩的滴灌大田作物,是由乐源农业专业合作社管理的。据合作社负责人张学礼介绍,合作社于2007年成立,通过土地流转,农民以土地入股方式加入合作社,成为合作社社员(股东)。合作社对土地统一管理,保证社员每年不低于入股总额12%的收益。张学礼说,刚开始,只有9户农民入社,现在增加到268户。加上外出打工收入,每户农民每年平均有2万多元的收入。

黑龙江省在推进节水灌溉工程中,深入研究节水灌溉工程建后管理方法,创新管理模式,重点推行了四种模式,即种田大户模式、集体模式、合作组织模式、基层水利站模式,推动了农业种植从分散经营向规模经营的转变。

"农业种植从分散经营到规模经营,不仅在生产环节发挥了规模效益,而且在基层组织建设方面也起到了纽带作用。"各省区这样介绍道。

挑 战

"兵团节水技术是对传统农业的颠覆""任何新生事物都有一个从萌芽期到成长期、成熟期的过程,但它孕育着巨大的商机和无限的活力。"

前来参加现场会的各省代表参观了滴灌作物示范点后都非常感慨,很受启发。福建省发展和改革委员会农经处处长柳树青说,水稻可以那样种,如果不是亲眼所见是不会相信的。兵团的节水技术是对传统农业的颠覆,对南方同样适用。

代表们清晰地认识到,我国对水资源的高度重视给节水技术推广带来了历史机遇。去年,中央以1号文件专门印发《关于加快水利改革发展的决定》,以最高规格召开了中央水利工作会议。今年年初,中央又发出了新世纪以来中央指导农业农村工作的第九个1号文件,明确提出要"坚持不懈加强农田水利建设"。近日,国家发展和改革委员会、水利部、农业部、财政部联合印发了《关于大力推广节水灌溉技术推进农业节水工作的指导意见》。

面对发展节水事业的大好机遇,各省代表都信心满怀。但是,他们在发言中无不谈到在推广节水技术过程中遇到的问题。兵团发展和改革委员会副主任闫海燕在发言中说,根据兵团的实践,在全国推广应用节水灌溉进程中面临四个方面的制约,即——缺乏系统的产业支持政策。虽然国家已经出台了有关节水灌溉建设和设备补贴的政策,但在技术研发、工程建设、产业规范等方面缺乏全面的政策支持。

节水动力不足。囿于特定的自然环境和地域条件,干旱地区有发展农业节水灌溉的内生动力。而其他地区,特别是东南地区动力明显不足,部分地区对发展节水灌溉在改善农业生态和节水增效方面的认识尚不清晰,国家节水的战略意图和农民增收的意愿没能有效结合。

前期基础性工作相对滞后。大田作物灌溉是以膜下滴灌技术为平台,农艺技术和工程管理措施配套的综合性集成技术。目前,针对全国不同区域、不同条件和不同作物应用节水灌溉及配套农艺栽培、田间管理等技术的研究尚未全面展开,制约了节水技术的推进。

社会化服务体系尚不完善。各地现有水利基层服务体系不能完全适应大规模发展节水灌溉的要求,缺乏完整的研发及产供销体系支撑,缺乏及时、有效的技术服务,缺乏专业的组织机构保障。

山东省发展和改革委员会负责人在发言中也提到建设资金总量不足、水资源缺乏、部分地形复杂地区实现节水灌溉技术难度大、投资效益不高及节水灌溉的体制机制不完善等问题。

面对问题,各省区代表相信,任何新生事物都有一个从萌芽期到成长期、成熟期的过程,但是它孕育着巨大的商机和无限的活力。抓住时机,发展节水,让兵团节水灌溉模式在国内外生根、开花、结果,这才是当务之急。

(原载2012年8月13日《兵团日报》)

兵团距离全面建成小康社会还有多远？

党的十八大召开后,全面建成小康社会成为各级党政和社会各界关注的焦点和热点。党的十八大根据我国经济社会发展实际,提出了确保到2020年实现全面建成小康社会的宏伟目标,并赋予了新的内涵。从"建设"到"建成",一字之变,意义有别,中国全面建成小康社会已进入"倒计时"。

刚刚结束的兵团党委六届十一次全委(扩大)会议提出,到2018年率先在西北地区全面建成小康社会。

那么,兵团如何率先在西北地区实现全面建成小康社会奋斗目标？兵团有哪些优势？制约因素是什么？通过怎样的路径来实现？

关键词之一:实现程度

社会和谐、生活质量、民主法制、经济发展、文化教育和资源环境六大方面实现程度均呈上升趋势。2012年,兵团全面建成小康社会进程预计达到81.5%,走在西北各省前列。

2003年初,国家统计局开始研究建立全面建设小康社会统计监测指标体系,经过反复运行、征询、修改和完善,2007年,形成了一套比较成熟和完善的监测指标体系——《全面建设小康社会监测方案》。2008年开始,国家统计局在全国31个省(自治区、直辖市)和兵团开展全面建设小康社会监测工作。至今,部分省、区不仅在本级开展了小康监测,而且已推广至地(市)、县级,兵团统计局也已要求从今年开始在各师进行小康监测。

"十一五"时期,兵团小康实现程度年均增加2.3个百分点,比"十五"年均加快0.7个百分点,最快的为2008年至2011年,年均增加为3.0个百分点,分别比"十五"

和"十一五"快1.4和0.7个百分点。

六大方面实现程度均呈上升趋势。自实行监测以来,社会和谐、生活质量和民主法制三大方面实现程度均超出总体水平,成为推动兵团全面建设小康社会的主力,经济发展、文化教育和资源环境三大方面实现程度低于兵团总体小康实现水平。与2000年相比,总增长幅度最快的是经济发展方面,11年提高29.5个百分点,生活质量方面次之,提高27.0个百分点,民主法制方面居第三位,提高26.4个百分点。文化教育和资源环境方面总增长幅度较低,11年分别仅提高4.0和5.9个百分点。

兵团在西北地区排名让人欣喜,2000年排名第二位,低于陕西省,2011年超过陕西省,排名第一位。

兵团党委六届十一次全委(扩大)会议提出的"两个率先、两个力争"就是兵团全面建成小康社会的路线图和时间表。按照兵团"十二五"规划和目前的进展情况,到"十二五"末,兵团就能实现生产总值、城镇居民人均可支配收入和农牧工家庭人均纯收入较2010年翻一番。在此基础上,如果再继续保持"十二五"的发展势头,到2020年,可望实现生产总值、城镇居民人均可支配收入和农牧工家庭人均纯收入比2010年翻两番,为全面建成小康社会打下坚实基础。

根据对全面小康六大类23项指标的监测评估情况,2011年,全国实现程度是82.2%,自治区是67.3%,兵团是78.6%。2011年,兵团的23项指标中,城镇人口比重、失业率等13项指标实现程度超过90%。2012年,兵团全面建成小康社会进程预计达到81.5%,走在西北各省前列。如果按照近几年小康进程平均增速3.0%来计算,2018年实现程度将达到99.5%,可提前2年基本建成小康社会。

关键词之二:制约短板

从目前看,兵团全面建成小康社会的"短板"主要在五个方面,分别是研发经费支出占生产总值比重、第三产业增加值占生产总值的比重、文化产业增加值占生产总值比重、居民文教娱乐服务支出占家庭消费支出比重、单位生产总值能耗,2011

年这五项指标实现程度分别为35.6%、56.6%、15.9%、57.6%、32.7%,反映了兵团第三产业比重偏低、职工生活质量不高和发展方式粗放。

在全面建成小康社会进程中,既要继续巩固提高达标程度较高的方面,更要着力提升达标程度较低的"短板"。

兵团全面建成小康社会存在的主要制约因素有以下几个方面:

第一,转型发展任务艰巨。从产业结构看,兵团产业层次低,服务业特别是生产性服务业发展滞后,工业中高耗能行业比重较大。2011年,规模以上工业中,六大高耗能行业增加值占规模以上工业增加值的比重近六成,而高新技术含量较高的制造业所占比重很低。

第二,生活质量提升相对较慢。目前,兵团面临职工生活质量改善相对较慢、多元增收机制尚未形成、区域发展不平衡等问题。从增长速度来看,2011年,兵团生产总值增长速度比团场农牧工家庭人均纯收入高6.9个百分点,比城镇居民人均可支配收入高7.8个百分点;从收入构成看,农工家庭人均纯收入近四分之三是依靠农业生产经营获得,农工生活水平稳定提高难度较大;从区域发展看,南疆困难团场、边境团场和少数民族聚居团场发展相对滞后,生活水平较低,民生改善任务重。

第三,科技文化教育事业发展滞后。兵团科技创新投入不足,科技文教事业发展缓慢。监测结果显示,2011年,研发经费支出占生产总值比重0.89%,实现程度为35.6%。文化教育实现程度不足60%,在反映文化教育实现程度指标中,居民文教娱乐服务支出占家庭消费支出实现程度57.6%。文化产业增加值占生产总值比重一直不到1%,2011为0.8%,距离大于等于5%的目标值有较大差距,实现程度为15.9%。

第四,可持续发展面临挑战。2011年,兵团规模以上工业六大高耗能行业综合能源消费量比上年增长41.0%,占规模以上工业综合能源消费总量的89.1%。2000年至2011年兵团生产总值年均增长12.5%,而同期能源消费年均增长12.4%,经济呈现高投入、高消耗的特点。从监测数据看,单位生产总值能耗指标一直处于每万元2.5吨标准煤的高位,是监测目标值每万元0.84吨标准煤的3倍。

反映资源环境三项指标之一的国土绿化达标率一直维持在19%至22%的较低水平。

关键词之三：建成路径

兵团要在2018年全面建成小康社会,必须提高经济发展质量、推动产业优化升级、加大民生建设投入力度、繁荣文化事业、改善生态环境。

质量问题是经济社会发展的战略问题,关系可持续发展、职工群众切身利益和兵团形象。兵团要加快实施"十二五"规划,发挥规划对生产力布局的引导和约束功能。针对重大项目合理配置资源要素,加强科学论证,根据产业政策、产业布局和资源环境承载能力,有选择地招商引资,推动产业优化升级。加快推进服务业发展,不断扩大和提升以商业、旅游、运输为主的传统服务业的发展规模和水平,积极发展以现代物流、金融、信息、科技为主的现代服务业。加快推进城镇化建设、新型工业化进程。

保障和改善民生是一切工作的出发点和落脚点。一要改善人居环境。加快师域体系和垦区中心城镇总体规划,同步推进现有城市和重点团场城镇水、电、路、气、房基础设施建设,引导要素合理集聚、企业集中布局、土地集约利用。二要提高收入水平。推进职工收入与经济发展、劳动生产率同步增长,积极开拓职工多元增收长效机制。三要支持民生薄弱环节建设。重点向南疆困难团场、边境团场和少数民族聚居团场倾斜。

文化产业的实质就是通过智力换取财富。兵团要因地制宜,培育兵团特色文化,找准兵团文化产业发展的突破口。一要健全公共文化服务体系。加强兵团文化资源整合,进一步调整和优化公共文化服务体系布局,全力抓好各种重点文化工程、文化惠民工程和社区文化设施建设。二要推进文化体制改革。不断增强公益性文化事业单位活力,促使经营性文化产业更好地面向市场。重视加强兵团主流媒体建设。建立兵团骨干文艺团体,培育区内市场,开拓区外市场。三要发挥旅游对文化消费的作用。要利用文化展会等有效平台,展示军垦特色文化产品,将兵团文化资源优势转化为文化产业优势。

　　只有资源环境和经济系统建立良性循环,才能实现整个经济社会的可持续发展。一要强化节能减排目标责任。突出抓好化工、电力、冶金等重点领域节能减排工作,加强城镇污水垃圾处理、大宗固体废弃物综合利用重点工程建设,严格控制淘汰落后产能企业落户兵团。二要提高资源保障能力。坚持以水定地、以水定产业、以水定规模,适度增加城镇、工业用水,同时,做好矿产资源争取工作,形成强有力的现实和后续矿产资源保障能力。三要加大科技投入,最大限度实现资源循环再生使用,促进生态环境的良性循环。

　　（与马钧禹合作,原载2013年1月29日《兵团日报》)

皮墨垦区：南疆发展现代农业的样板

近日，记者采访了全国规模最大、技术设备较先进的自压式集中连片节水灌溉区——十四师二二四团。

这个在荒漠上建起来的皮墨垦区，探索出了可资借鉴的现代农业发展模式，多次受到中央领导的赞赏，成为南疆区域经济发展的样板。

节水技术滋润荒漠戈壁

从和田市出发，行驶约75公里后，记者来到二二四团。走在团部宽阔整洁的街道上，只见楼房高耸、绿意盎然，人们脸上挂着笑容。

二二四团政委郭耀峰告诉记者："10年前，这里还是一望无垠的沙漠，我们是在荒漠戈壁上建起了新家园。"

团场东面有个水面面积300亩的沉沙调节池，是团场职工群众生活、生产的生命之源。这个设计容量1000万立方米的沉沙池里的水是从乌鲁瓦提水库引来的，每年给团场分水1.37亿立方米。

沉沙池管理人员张玉民告诉记者，团场每年的用水量仅在9500万立方米左右。

位于沙漠边缘，为何团场的用水量不大？张玉民说，关键是团场使用了滴灌节水技术。沉沙池的水通过直径两米多的地下管道输送到连队，然后经过滴灌带输送给枣树，比常规灌溉节水50%以上。

建设之初，团场把所有节水技术都试用了一遍，刚开始用"小白龙"，后来上喷灌，发现喷灌需水量太大，最后改为利用地势自然落差、省工省力的常规滴灌。目前，团场所有耕地和林园都使用了滴灌节水技术。

高效节水技术，让荒漠变良田成为可能。经过10年努力，目前，二二四团耕地面积达19万亩，其中以红枣为主的特色林果面积达14万亩。

二二四团团长刘惠明告诉我们,皮墨垦区一期开发面积30万亩,经过几年努力,已完成投资近17亿元,建成了沉沙调节池、地下骨干输水管网等水利工程,新建了电力、交通、学校、医院等基础设施,在南疆大地连成了一片崭新的绿洲。

绿色果林阻挡风沙脚步

皮墨垦区开发建设之初,建设者为种什么而苦恼。最早来团场的职工什么都试着种,杏树、枣树、石榴、核桃、棉花、大芸都种过。

最后,在农业专家指导下,团场决定利用当地昼夜温差大、沙性土壤透气性好、昆仑山雪水灌溉等有利条件,大力发展能促进当地生态发展的林果产业——红枣。

经过两年试验,团场发现山西的骏枣在和田的性状表现较好,种出的枣子个大、润甜、果形好,于是团场开始引种骏枣。

最初,骏枣苗是在内地嫁接好运到团场,价格贵,经过长途运输的苗木移栽成活率不高。2005年,团场开始试验直播骏枣仁,第二年再进行嫁接。经过两三年试验,团场探索出一种新的种植红枣方法——直播建园。

可是,由于风沙肆虐,骏枣的嫁接成活率很低,常常是一场风过后,枣树的叶子都焦了,或者被风沙掩埋了。怎么办?当时,团场招聘了许多农学专业的大学毕业生,大家集思广益,设法防风沙保树苗。

后来,经过多次试验,形成了一套可行的直播建园种植模式,即头年种植小麦,次年开春播种酸枣,来年嫁接骏枣。目前,已经成熟的直播建园技术在兵团已被广泛推广。

采取直播建园,不仅枣树的挂果期提前了,当地生态环境也得到了改善。

一连职工武卫平说:"2004年我刚从河南来那会儿,几乎天天刮风。现在好多了。"目前,团场已经向沙漠腹地推进18公里,森林覆盖率达到76%。

目前,二二四团以红枣为主的林果面积达14万亩,成为兵团唯一以林果业为主的团场。团场实行"公司+基地+农户"的产业化运作模式,延长了产业链,致富了职工,发展了团场。2012年,二二四团实现生产总值3.8亿元,职均收入3万元。

一连职工顾四德承包了65亩骏枣园,他告诉记者,以前红枣几块钱都卖不动,成立公司、尤其是注册"和田玉枣"商标后,红枣价格噌噌往上涨,2010年他的收入达到27万元。现在,他在团场、和田市都买楼房了,小车也有了。在二二四团,像顾四德这样的职工有很多。

兵团精神,建设新家园的动力

在亘古荒原上建立一个新团场是国家战略,也是兵团发挥"三大作用"的具体实践。

要在荒漠上用双手建设一个新家园,广大建设者没有一种精神力量来支撑,是根本无法完成的。

我们采访了第一批来团场的职工和大学生创业者,倾听了他们的创业经历,在他们身上感受到了兵团精神。

职工孙春英和丈夫是2004年从河南老家到二二四团承包枣园的。刚到团场时,恶劣的环境吓住了她,她一度打算和丈夫打道回府。就在这时,一名来团场调研的原籍河南的兵团干部对她说,过几年二二四团肯定会好起来的。孙春英相信了这位干部的话,和丈夫留了下来。尽管面临很多困难,日子过得很苦,但是她以苦为乐,认真学习技术,参加培训,勤学勤问。现在,她成了技术管理专家。

到2007年,团场果然发生了大变化:风沙小了,环境好了,红枣价格也上来了,孙春英挣的钱也一年比一年多。孙春英说:"现在,我真庆幸没有回老家。你看我这50亩枣园,这几年每年纯收入五六十万元,楼房、小车都有了,比在老家强百倍。"

一连连长徐慎告诉记者,现在连队职工都抢着承包枣园。枣树嫁接时节,连队职工都成了周边乡村争抢的技术顾问。

现任团场农业科技发展中心主任的党学敏,是2003年从陕西杨凌职业技术学院应聘来的。他说,当年的团场很荒凉,没有人烟,连生活用品都要去和田买。自己一度感到很失落,也不敢把真实情况告诉家里人,怕他们担心。然而,他最终还是选择留了下来,因为,是兵团人坚韧不拔的精神深深打动了他。

党学敏在连队时,和职工一起栽下了一棵棵树苗。现在,这些树苗都长大了,每次看到它们,都会感到很亲切——这里长一棵树太不容易了。

2007年,党学敏考上了公务员,但是他没有离开团场,因为他已经习惯了这里的生活。如今,党学敏在团场结了婚,把父母也接来了,一家人其乐融融。

现在的二二四团年轻而富有朝气,团、连188名干部中,大专以上学历的占82%,平均年龄34岁。

经过10年磨砺,推广高新节水技术,建立人工生态环境,利用沙漠发展特色林果业,皮墨垦区开发建设模式已经成为南疆经济发展的样板,慕名前来参观考察的人络绎不绝。

无垠的绿色不仅带来了环境的改善,还造就了"和田玉枣"这个中国驰名商标。林果业带来的经济效益,不仅让兵团职工受益,而且辐射到和田地区,带动了区域支柱产业的形成。

站在发展的新起点上,二二四团又确立了新的发展目标:抓住拟建昆玉市的机遇,扩大土地规模,实行多种经营,拓宽职工增收渠道;大力发展二、三产业,努力把皮墨垦区建设成为和田地区又一个经济政治文化中心。

(原载2013年8月17日《兵团日报》)

兵团枣业：大风大浪往前闯

初冬时节，行走在南疆垦区，仿佛置身于枣儿的王国：园子里一筐筐红枣在装车，晒场上是一片红色的海洋，加工厂里一盘盘红枣被陆续运进烘房；空气中弥漫着枣儿的香甜味道，职工黑红的脸膛上露出舒心的微笑，人们说话三句不离枣儿。

21世纪初，兵团根据市场需求和自然禀赋提出调整种植业结构，在南疆大力发展红枣产业。10多年来兵团红枣产业跌跌撞撞，从当初弱不禁风的"小树苗"长成了屹立在市场风浪里的"参天大树"。

"舵掌得好，我们就敢大风大浪往前闯"

刚入冬的塔里木垦区胡杨金黄，红枣飘香。"团场舵掌得好，我们就敢大风大浪往前闯。"说这话的是二师三十六团五连职工胡卫江。穿过两旁栽满枣树的巷子，记者来到胡卫江家。

2007年，团场试种红枣。胡卫江极不情愿地在49亩原本种棉花的地里种上了从河南省引进的枣树苗。当时，胡卫江心里直打鼓，枣树四五年才结果，到时候收入能有保障吗？他没有想到，新疆红枣市场价格慢慢上涨，2010年，红枣每公斤卖到了50元；今年市场行情也不错，每公斤24元。这些年，胡卫江刻苦学习红枣栽培技术，培训笔记都记了几大本了。

胡卫江高兴地说："如果当时不敢试不敢闯，硬挺着不种枣，我可能还住在破旧的平房里。现在，通过种红枣，我在团部、库尔勒市都买了楼房，过上舒心的日子。2年前儿子要学驾照，我说学了也白学，没想到通过卖红枣很快就有钱买车了。"

在团部主干道边的一个枣园里，三十六团一连职工王仕火和妻子把石灰、硫磺和盐巴拌在一起,给枣树刷白防虫。

见来人了,王仕火还以为是收枣的客商,喊了一嗓子:"卖完了!"言语中透着豪气。

说起2009年由种棉花改栽枣树的事,王仕火说:"如果不是团场领导给我们分析市场行情讲优势,我们咋敢冒险种枣嘛!太感谢团场了!"王仕火满脸笑容,操一口四川话,说的都是肺腑之言,"以前种棉花一年也就挣两三万元,根本不够花。虽说棉花有国储兜底,种红枣走市场有风险,但是红枣产值比棉花高多了,冒这个险划得来。你看我这50亩枣园一年可以挣70万元,今年还完房贷还可以买辆皮卡车。"

"以前,职工觉得枣树结果慢,红枣价格也低,只在自家院子里小打小闹种几棵。2009年,兵团组织专家研究出了红枣直播建园技术,第一年播种,第二年嫁接,第三年就结果了。加上我们团气候干燥,无污染,种出的红枣品质好,销售价格也好。这几年职工种枣树的积极性高涨,技术推广很快。"三十六团五连指导员王艳芳说,"目前连队多数职工实现了'三个一',即一个园子、一部车子、一套楼房。"

"面对大风大浪,我们不能袖手旁观"

二师三十四团十一连职工陈立富今年收获的17吨红枣,每公斤卖到了19元。闲着没事,他和连队干部唠起嗑:"在红枣种植上,得承认走了弯路,我们知道团场是好心,在红枣幼苗期套种棉花可以增加收入。但实践证明这样做红枣不易形成木质化枣吊,不能安全越冬。你看2009年冬,枣苗冻死一半,2010年冬又冻死很多。最初几年,有的职工为补苗欠下一屁股债。后面不套种了,补的枣苗没有再被冻死。"

"二次枝不能留太长了,否则营养跟不上,坐果率不高。"在二师三十三团十九连职工胡中平的枣园里,枣树间一道道深沟里填满了羊粪,正在平沟的胡中平说起红枣种植技术头头是道,"长树不结果,结果不长树。你看,今年我的二次枝长度留得太长了，少结果四五吨，少收入8万元。"

解决技术上的难题可以靠培训和汲取经验，解决市场销售上的问题恐怕没那么简单。一些团场干部告诉记者："这几年，我们的职工都'坐过过山车'。"

"客商看好一户职工的枣园，说好先付一部分款，后面再打尾款，结果红枣拉走了，人找不到了。"

"那年秋季下雨，红枣得了黑头病，客商联合起来压级压价，结果大多数职工都亏损了。"

阿拉尔垦区种植红枣60万亩，是兵团最大的红枣种植基地。今年部分枣园发生炭疽病，来购买红枣的客商不如去年多，红枣市场价格也不如去年好，许多职工心里发慌。

"面对大风大浪，我们不能袖手旁观。发展产业仅依靠市场和资源还不够，还要提高产业层次，加强市场监管，建立产供销一体化体系。"一师副师长杨江勇说，"现在，我们已经建立了红枣标准化建园模式，园艺管理和病虫害防治都有了规程，各团都成立了红枣公司和交易市场，南疆最大的林果交易市场也开业了，红枣产业正逐步走向规范化。"

记者在一师一团采访时，正赶上大量红枣上市。在一团红枣交易大厅，进出的人群熙熙攘攘，全国红枣市场信息及每个连队的红枣销售数量、价格在电子屏幕上一目了然，职工、连队会计及客商三三两两在柜台前办理销售手续。

"有交易大厅好啊，公平交易，有安全感，不会出现上当受骗的事情，有纠纷还有人给解决。"一团十二连职工王益芳说，她销售了10吨枣，和连队会计、购枣老板一起来大厅办手续，3天后就可以拿到售枣款了。

"要保证大风大浪里不翻船，必须实现产业化"

在阿拉尔聚果堂商贸公司红枣加工厂，一团二十连职工肖林和工作人员一起分选红枣。"加工后一级枣每公斤可以卖到40元左右，而且可以存放，我把11吨红枣都拉来了。"在阿拉尔市,有肖林这样想法的职工不在少数。聚果堂商贸公司经理陈平华说,今年加工的红枣比往年多1倍。

十团七连职工张久民是该团金沙枣业合作社的社员。记者见到他时,他正在给合作社交枣。"我和合作社有协议,市场不好时,它必须收;市场好时,我可以自由选择。不过,不论市场好坏我都会交给合作社,毕竟合作社更可靠些。"

在和田市郎如乡附近,一望无际的红枣摊晒在戈壁滩上,至少有20万吨。"这些外来枣都是来'傍'和田玉枣这个'大款'的。"十四师二二四团政委郭耀峰一语道破天机。

在二二四团红枣交售场上,交售红枣的农用车排起了长龙,职工穿着棉大衣,三三两两边等边闲聊。凑近一听都是河南口音,"外面的枣进来了恁多,都来冒充和田玉枣,俺都有危机感了。"

"虽然团场出的价格比外面的低,俺也要先完成上交团场的任务,国家投资18亿元在沙包上建团场,修坝修渠种枣树,不容易!"

"俺这枣牌子好,都卖到北京王府井了,万一砸了,大家都没饭吃了,俺要把最好的红枣交给团场。"

眼下,二二四团枣园的红枣基本上都采摘完了,只有少数园子里风干的红枣像灯笼一样挂在枣叶已经落尽的枝条上。八连职工钟义平带着几个雇工忙着采收红枣。他说:"我收枣比较晚,想让枣再干些,品质更好些。我收的是名牌枣,可不能坏了它的名声。"钟义平说,"把红枣收回去,我先用自家的分选机筛选一遍交给团场,再由团场统一选出等级,最后按等级交给枣业公司。"

"团场种红枣效益好,对地方带动很大,我们的职工随便挑出一个都是合格的技术员。今年墨玉县一个老板包了2000亩地种红枣,聘请团场职工当技术员,月工资开到8000元。"八连指导员张国强说起连队职工特别自豪。

外来枣要"傍"的"大款"是获得中国驰名商标称号的"昆仑山"牌和田玉枣。面对外来压力,公司总经理舒继平信心满满地说:"我们要保护品牌,做到一袋枣一个'身份证',开发市场,延长产业链,提高附加值。"

"红枣现在是南疆职工的'摇钱树',要保证在市场大风大浪里不翻船,必须走产业化道路。经过多年培育,和田玉枣的品牌价值对产品价格支撑作用很大。"

兵团农业局局长孔军曾在兵团最大的红枣基地阿拉尔垦区工作过,他对记者说:"红枣产业在兵团大农业中的地位越来越重要了,2012年兵团实现红枣产值100多亿元,占园艺业总产值的70%,改变了兵团农业多年来'一花(棉花)独放'的局面。

兵团红枣之所以能红红火火发展起来,关键是市场需求起了决定性作用,同时也离不开兵团的行政引导和支持。"

(原载2013年12月21日《兵团日报》)

纺织业，亟待破茧化蝶
——对提高兵团农产品加工产值与农业产值之比的分析

农产品加工产值与农业产值之比，可以反映农产品的增值程度及其对GDP的贡献程度。比值越大，农产品加工的产值和效益就越大，农业产业化的水平就越高。

2005年，兵团农产品加工业产值与农业产值之比仅为0.33:1，经过7年努力，2012年达到0.54:1。而2011年全国农产品加工业产值与农业产值之比已经达到1.9:1，发达国家这个比值已经达到2:1或3:1。

为何兵团农产品加工业产值与农业产值之比增长缓慢？据兵团工信委副主任赵世民分析，兵团农产品中棉花是大头，几乎占总播面积的一半。导致农产品加工业产值与农业产值之比长期在低位徘徊的主要原因是棉花转化率低，直接影响兵团整体农产品加工业产值与农业产值之比的增长。

回望过去，兵团发展纺织业、加大棉花转化力度很有成效。国家2009年出台纺织工业调整和振兴规划后，兵团根据自身纺织产业发展阶段需求，先后出台《兵团棉纺织补助资金管理暂行办法》《兵团纺织产业奖励资金管理暂行办法》《促进兵团纺织产业健康持续发展的指导意见》等，从支持棉纺产业发展，逐步过渡到支持下游产业加快发展，推进了兵团纺织业快速发展。截至2012年底，兵团拥有棉纺环锭302万锭，占新疆总量的一半。

兵团的棉花种植规模相对稳定，棉花转化率随着棉纺规模的增加而增加，预计2013年棉花转化率可达到26.1%，较2009年提升近5个百分点。

但是这个转化率还处于一个较低水平。

提高棉花转化率要受多种因素影响。一方面棉纺产业是纺织上游产业，容易受下游市场需求变化的制约；另一方面，棉花价格占棉纺总成本的70%以上，棉花价格的波动对棉纺企业的影响极大。

据兵团纺织行业主管部门有关负责人介绍，2012年受欧债危机影响，国际市场需求出现一定程度下滑，我国纺织品出口增速大幅回落，国内市场竞争激烈，对处于产业链上游的兵团棉纺织产业造成了不利影响。而自2011年开始，国家对棉花实行的临时收储政策，在稳定了国内棉价的同时，也导致国内外棉价差不断拉大，来自印度、巴基斯坦等国的低价棉纱迅速冲击国内市场。由于新疆大多数纺织企业没有享受进口棉配额，难以有效降低用棉成本，生产运行更加艰难。

针对纺织行业困难局面，兵团在积极争取国家针对性政策出台的同时，于去年10月，出台了阶段性棉纺扶持政策，从棉纱生产补贴和纺棉优惠供应等方面给予兵团棉纺企业扶持，以帮助企业渡过难关。从去年第四季度的行业生产运营情况看，阶段性棉纺扶持政策在一定程度上缓解了企业遇到的困难，纺织行业生产出现了明显的企稳回升态势。

据分析，抛开国际市场和国内棉花政策等外部因素影响，兵团纺织产业自身也存在着产业层次低、产业链不完整、产业整体竞争力不强，易受棉花价格和下游产品影响、抵御市场风险能力差等劣势。加上新疆环境承载能力有限，污水处理成本较高，印染一直是制约新疆和兵团纺织产业向下游发展的瓶颈。但值得肯定的是，在各方面的努力下，现在一批企业已在延伸纺织产业链方面有所动作。

如何延长棉纺织业产业链？兵团"十二五"纺织业发展规划提出，要加大延长产业链力度，力争到2015年棉纺锭规模达到600万锭，从棉花到棉纱到棉布再到服装加工的加工转换率分别达到60%、30%和20%，纺织服装业销售收入达到350亿元。届时，纺织工业产值与棉花产值之比将超过1∶1。

为实现兵团"十二五"纺织业发展规划目标，2012年7月，兵团再次出台了延伸产业链的奖励政策，政策规定：

2013年至2015年期间，对选用先进无梭织机、高速电子多臂和高速电子提花机、针织圆机、针织横机等工艺设备的织布项目及采用先进针刺、水刺、防粘等工艺的无纺布项目，按设备投资额的12%给予奖励；对选用先进缝纫、裁剪制衣设备，拥有知名品牌的服装、家纺及配套产业项目，按固定资产投资额的12%至14%给予奖励;兵团还将对2012年销售排名前列的纺织企业给予奖励。

今年,自治区也出台了重点支持向纺织产业链后端延伸的举措,计划完成纺织工业固定资产投资45亿元以上,重点支持纺织、印染及后整理、针织(含袜业)、服装(服饰)、家纺、地毯等产业的各类项目发展。

据业内人士分析,今年以来受美国棉花种植面积减少的预期影响,国际棉价持续回升,目前国内外棉价差已缩小到每吨3000元左右,缓解了国内棉纺织企业的成本压力,自去年11月以来,出口连续保持两位数增长,纺织产业发展环境得到改善,新疆和兵团棉纺织业发展显现新的机遇。今年兵团农产品加工的产值和效益之比有望达到0.57∶1。

(原载2013年3月30日《兵团日报》)

科技创新，软实力有了硬指标
——专家解读《兵团党委、兵团关于深化科技体制改革加快兵团创新体系建设的意见》

5月31日，兵团科技创新大会召开。大会的召开犹如一股春风，为兵团实现"两个率先、两个力争"的目标注入了强大动力。

2013年，在兵团历史上注定是不平凡的一年。这年之始，兵团党委六届十一次全委（扩大）会议提出，到2018年率先在西北地区全面建成小康社会，比党的十八大提出的确保到2020年实现全面建成小康社会的宏伟目标还提前两年。欣喜和兴奋之余，兵团人在思考，如何确保宏伟目标的实现？现实中存在的科技创新短板如何补齐？

日前，兵团颁布了《兵团党委、兵团关于深化科技体制改革加快兵团创新体系建设的意见》（以下简称《意见》），传达出兵团高层"科教兴兵团"、突出科技对兵团全面建成小康社会的支撑作用的信念。

为此，记者采访了有关专家，对《意见》进行了深度解读。

关键词：短板投入与转化，成为"两个率先、两个力争"制约因素

当前，兵团正处于加快调整经济结构、转变发展方式和推进"三化"建设的关键时期，增强自主创新能力，加快推进创新型兵团建设，实施创新驱动发展战略，充分发挥科技对经济社会发展的支撑引领作用，是实现跨越式发展和长治久安的根本途径，也是兵团在西北地区率先全面建成小康社会的内在要求。

但作为快速发展中的兵团，科技事业发展中面临一些问题，这些问题与经济社会发展不相适应。人们发现,尽管兵团科技发展水平在全国不算差,但是单就研发经费支出占生产总值比重这项小康社会指标的实现程度仅达到35.6%而言,兵团人就应该看到自己和别人的差距。在科技发展方面,兵团还有许多功课要做。

专家认为,这些问题突出表现为:企业技术创新主体地位还没有真正确立,自主创新能力较弱,新技术、新产品研发水平不高;以企业为主的产学研结合不够紧密,科研单位服务企业能力不强,科技与经济结合问题还没有从根本上解决;区域创新体系尚不健全,科技中介服务机构发展滞后;研发投入仍然偏低,科技资源配置存在分散、重复、封闭、低效等问题;高层次、领军型创新创业人才匮乏,科技人员积极性创造性没有得到充分发挥;科研诚信和创新文化建设有待加强。

企业的兴衰是经济发展的晴雨表,科技的成果应该由企业来实现转化,实现其应有的价值。可是,在现实中常常看到,一项成果经过验收后就束之高阁了,至于能否带来经济和社会效益,无人关心,造成了科技成果和经济发展"两张皮"的现象,形成"关起门来搞科研,不问科研抓经济"的现状。

"两张皮"的现象说明什么?兵团科技局局长黄斌认为,说明以企业为主的产学研结合不够紧密,科研单位服务企业能力不强,科技与经济结合问题还没有从根本上解决。"这次兵团科技创新大会及《意见》要解决的核心问题就是密切科技与经济的结合,将科技成果尽快转化为现实生产力。"黄斌说。

关键词:倒逼量化评价,立足五年奋斗目标,软实力有了硬指标

《意见》提出,"十二五"末,科技支撑兵团经济社会发展能力显著提升,创新驱动发展格局基本形成,多元化科技投入机制初步建立。

全社会研发(R&D)经费投入占生产总值(GDP)比重由原来的1.5%提高到1.9%,科技进步贡献率由56%提高到57.5%。

企业成为研发投入的主体,大中型工业企业平均研发投入占主营业务收入比例达到1%,工程技术(研究)中心、重点实验室、技术(研发)中心等企业研发机构达到80家,形成一批具有核心竞争力的大中型企业和创新型企业。

区域创新体系进一步完善,高新技术产业开发区、科技园区、校(院)企共建研发平台取得重大进展,科技中介服务机构基本健全。高素质创新人才队伍初具规模,每万名就业人员的研发人力投入达到36人,万人发明专利拥有量达到2件以上,公民具备基本科学素质的比例达到3.1%。

《意见》提出,到2018年,兵团创新体系基本建成,自主创新能力显著增强,企业技术创新主体地位确立,区域科技创新平台完善,科技人才队伍满足经济社会发展需求,创新环境更加优化,全民科学素质普遍提高,全社会研发(R&D)经费投入占生产总值(GDP)比重达到2.5%,科技进步贡献率达到60%以上。

如何发挥企业的主体作用?《意见》中强调,要积极引导和支持企业加强技术研发能力建设,特别提出到2015年,兵团一类企业中工业企业全部建立研发机构,二类企业中工业企业建立研发机构比例达到50%。并逐步扩大企业技术创新引导资金和中小企业创新基金规模,支持有条件的企业牵头承担或参与重大科技项目;积极支持企业与科研院所和高等学校联合组建中试平台和产业技术创新战略联盟。

《意见》提出,到2015年,建成行业中试平台8个,产业技术创新战略联盟6家以上。培育高新技术企业30家和创新型企业50家,逐步形成创新型(试点)企业和高新技术企业集群。

关键词:支撑整合资源,加大对科技创新支持、服务和保障力度

5月26日,新疆农垦科学院南疆分院挂牌成立,这是兵团科技发展史上的一件大事,也是兵团在科技体制管理创新方面的大胆探索。

体制的创新需要行政的支持、服务和保障。兵团多年来形成了完整的科技体系,围绕兵团经济和社会发展关键环节,科技人员也解决了不少难题,但是科技与经济发展结合度还不深,服务经济社会的能力还不够。《意见》提出,要提升兵团科研院所、高等学校服务经济社会发展的能力。科研院所要根据兵团经济社会发展需求,加快体制机制创新,及时调整研究方向,提高与经济社会发展的结合度和支撑力。

高校是培育人才的摇篮,培育什么样的人才应该结合兵团实际,围绕"三化"建设这个重心设置专业,培养团队,服务社会。《意见》鼓励教学、科研人员在企业、科研院所之间双向兼职和流动,发挥科技资源、社会资源和技能优势为企业开展服务。支持科研人员和大学生创办、领办科技型企业,促进科技成果转化及产业化。

未来社会,新兴产业应该是创造财富的重中之重。兵团提出,到2015年,战略性新兴产业增加值占国内生产总值比重力争达到8%。如何实现这一目标?

《意见》提出,要围绕战略性新兴产业发展,支持企业以内引外联等多种形式,加强合作,强化先进技术的深度研发和应用,努力掌握关键核心技术,推动生物技术、新材料、装备制造业、电子信息、新能源、节能环保等战略性新兴产业快速发展。

为进一步完善促进全社会研发经费逐步增长的相关政策措施,加快形成行政引导、企业为主、社会参与的多元化科技投入体系。《意见》提出,兵团本级财政科技投入按每年20%以上的速度递增,要求各师财政科技投入不低于兵团增速。兵师财政研发经费投向企业的,企业要按不低于1:2配套。

关键词:激励机制创新,以重奖、收入分配激发科技人员创新活力

人才是自主创新的主体,是最活跃的创新要素,是建设创新体系的根本。在今年的兵团科技创新大会上,吴彬等5位获得科技贡献奖的科技人员受到奖励。近年,兵团每两年奖励一批作出突出贡献的科技人员。这是兵团大力实施"科教兴兵团"和"人才强兵团"战略,完善激励机制,不断优化科技创新环境,激发科技人员大胆创新的具体体现。

《意见》将完善人才发展机制,激发科技人员创新活力列为深化科技体制改革的重点任务之一。《意见》提出,要通过统筹实施国家高层次人才特殊支持计划、"千人计划"、兵团创新人才推进计划等各类重大人才计划,培养造就高素质科技领军人才和高水平创新团队,特别是注重35岁以下的优秀青年科技人才的培养、选拔和使用,培育和储备高端后备人才。

进一步完善科技人才评价激励机制,建立以科研能力、创新成果转化水平和服务基层能力等为导向的评价机制。

《意见》还特别提出,要进一步扩大用人单位自主权,对取得重大创新成果、在成果转化和服务基层工作中取得突出贡献的优秀科技人员设立特设岗位,增强对关键岗位、核心骨干的激励;健全与岗位职责、工作业绩、实际贡献紧密联系和鼓励创新创造的分配激励机制。

"今年兵团科技创新的步伐比往年任何时候都要快。"黄斌说。他进一步介绍,预计今年要建立创新型试点企业5家以上,挂牌兵团工程技术研究中心3家,培育产业技术创新战略联盟1家;加快探索建立兵团特殊体制下的以企业为主,兵师财政资金引导和社会资金参与的多元科技投融资模式;进一步拓宽科技融资渠道,确保全兵团研发投入占GDP比重较上年增加0.3个百分点;进一步强化兵团科技发展的顶层设计,建立兵地之间、部门之间、兵师之间的沟通协调机制,更好地发挥兵团组织化程度高、集团化特点突出、能够集中力量办大事的优势。

(原载2013年6月6日《兵团日报》)

两个翻番目标能否如期实现？

这几天，石河子垦区特别寒冷，可是八师一四九团职工严海先的心里像揣着一团火，他说："人均收入要翻番，自己要有打算才行啊。我主要靠棉花增收，去年纯收入6万元，但是棉花生产成本涨到了每亩1800元，今年打算采用多种措施把成本降下来、把产量提上去，然后再养些牛羊，这样才有可能到2015年实现收入翻番的目标。"据了解，党的十八大召开后，兵团像严海先这样打起增收"小算盘"的职工还真不少。

党的十八大报告提出，到2020年，全国国内生产总值和城乡居民人均收入将比2010年翻一番。

日前召开的兵团党委六届十一次全委（扩大）会议提出：到2015年率先实现国内生产总值和人均收入比2010年翻一番，到2018年率先在西北地区全面建成小康社会；到2020年，力争实现国内生产总值和人均收入比2010年翻两番，力争兵团经济总量占自治区的比重提高到20%。

要实现"两个率先、两个力争"目标，关键在于国内生产总值和人均收入"翻一番"和"翻两番"能否实现。有专家分析，如果兵团顺利实现上述目标，那么到2018年，兵团率先在西北地区全面建成小康社会和兵团经济总量占自治区的比重提高到20%都不是问题。

一个是经济总量指标，另一个是职工群众生活指标，两者同步实现翻番目标，对兵团人来说是翘首以盼的好事。

两个目标能否如期实现？

一

据兵团统计局分析，近年，兵团经济发展速度不断加快，兵团生产总值"十五"

期间年均增长11.3%,"十一五"期间年均增长12.9%,2011年为16%,2012年预计为18%。据此,兵团经济若"十二五"后3年按照16%增速测算,"十三五"按照15%的增速测算,到2015年兵团生产总值可实现翻一番(按可比价计算,下同),到2020年兵团生产总值可实现翻两番。

人均收入分兵团城镇居民人均可支配收入和农牧工家庭人均纯收入。兵团城镇居民人均可支配收入2010年为14559元,按照"十二五"规划,城镇居民人均可支配收入年均增长14%计算,2015年可基本实现翻一番,2020年可实现翻两番。兵团农牧工家庭人均纯收入2010年为8782元。2005年至2010年,农牧工家庭人均纯收入年均增长16.4%。按年均增长16.5%计算,2015年可实现翻一番,2020年可实现翻两番。

新疆"十二五"规划生产总值增速为10%,但从新疆的发展态势看,2011年增长12%,2012年预计为12%,到2020年新疆生产总值年均若按照12%的增速测算,兵团生产总值年均要达到15%以上,到2020年兵团经济总量可完成占自治区生产总值20%的目标任务;若自治区后5年生产总值年均增长13%,兵团年均增长须达到16%以上,可确保兵团到2020年占自治区生产总值20%的目标任务。也就是说,兵团经济总量要确保占新疆20%的目标,生产总值增长速度要高于自治区3个百分点。

二

虽然兵团生产总值、人均生产总值、城镇居民可支配收入、农牧工家庭人均纯收入到2015年基本可实现翻番目标,到2020年基本可实现翻两番目标。兵团生产总值年均增速只要高于新疆3个百分点,到2020年即可实现生产总值占新疆生产总值20%的目标。但是,要实现这些目标不是一蹴而就,要面临许多问题和压力。

在生产总值方面——首先,兵团经济属于投资拉动型,一旦投资不能保持高速增长,将对快速增长的兵团经济带来较大影响。据分析,兵团固定资产投资占生产总值的比重由2000年的41.7%提高到2009年的52.1%,2012年将达到80%以上,对经济增长起着决定性作用,但是投资效果系数由2009年的27.4降低到2012年的

22。虽然投资在不断加快，但转化为经济增长的带动力在逐步减弱，居民消费占生产总值的比重由2006年的45.6%下降为2010年的36.4%。

其次，兵团经济仍处于工业化初期水平。尽管"十一五"时期，兵团工业年均增长速度达21.9%，2011年为28.6%，实现了突破性进展。但是，在这一时期，带动力较强的为重化工、水泥、电解铝、钢铁、番茄酱、纺织、原煤、电力等，大多为传统产业和高耗能产业。实现传统产业升级和新兴产业发展还需要相当一段时期，实现工业化所面临的资源环境压力仍较大。

再次，兵团产业结构有待进一步优化。尽管"十一五"时期兵团产业结构实现了较大调整，由2005年的39.4∶25.2∶35.4调整为2011年的34∶38∶28，预计2012年工业提高两个百分点，达到32∶40∶28，但三次产业结构不够合理，第一产业比重过大，农业产业化程度不高，抵御风险的能力不足；第二产业比重实现较快提高，但高新技术产业少，重复建设、重复生产，降低了经济的规模效益、分工效益和结构效益；第三产业比例明显偏低，尤其是生产性服务业发展速度较慢，对经济增长的拉动作用和吸纳劳动力就业的潜力没有充分发挥出来。

在收入增长方面，难点主要是增加农牧工家庭人均纯收入。职工家庭增收渠道单一、农资及涉农服务价格上涨较快、职工整体素质较低是农牧工家庭人均纯收入难以增加的主要原因。

从收入结构上看，2011年，在兵团职工家庭人均纯收入中，经营性收入占74.6%，农业承包收入是主要来源。受土地面积和水资源的限制，农业表现出风险大、收益不确定的弱质性，以农业收入为主要来源的职工收入也具有增长的弱势性，影响了职工家庭收入增加的质量和速度。而兵团职工家庭经营二三产业及工资性收入比重偏低，仅占12.8%。

近年来，我国工资性收入是农民增收的一个重要渠道，在全国农民家庭人均纯收入中，工资性收入平均占到42.5%，经济发达的上海、江苏分别占68.7%、53.2%，而兵团仅占10.6%。团场二三产业发展滞后，难以较好地为职工提供打工机会，另外由于观念、技能、信息、区位及政策因素，职工走不出家门，外出打工机会少，也影响了收入的进一步增加。

三

"去年,经中央批准,兵团13个农业师由'兵团农业建设第×师'更名为'兵团第×师',这标志着兵团发展进入到新时期新阶段,从以农业经济为主转变为一二三产业全面发展的新经济格局。"兵团经济研究所所长潘新刚说,这也说明兵团实现两个翻番,有基础有优势有能力。

兵团采取哪些举措才能实现两个翻番?兵团发改委负责人认为,要加快构建以城镇化为载体、新型工业化为支撑、农业现代化为基础、服务业长足发展的现代产业体系,促进"农业经济"向"工商经济"转变。要在扩大开放领域中,积极承接东部和世界先进制造业和现代服务业的转移,积极融入新疆区域经济发展,主动加强与地方的联系,实现合作共赢。要大力培育以新能源和新技术为主的新兴产业;壮大以建筑材料、机械装备、电力、战略资源和农产品深加工为重点的优势特色产业。要加大服务业政策扶持力度,以生产型服务业、旅游、商贸和金融服务为重点,加快服务业转型升级;通过国内、国际贸易走出兵团,有效提升商业、旅游、餐饮、运输为主的传统服务业发展水平,带动现代物流、金融、信息、科技为主的现代服务业发展,实现第三产业跨越发展;要通过大企业、大项目,延伸产业链,建立配套产业体系,加速产业集聚,带动更多中小企业搞活做强。

兵团农业专家认为,人均增收关键在职工增收,要积极发展特色现代农业,大力推进小城镇建设,不断加强职业培训,切实转变思想观念,为职工增收提供产业、智力和理念支撑。

兵团经济人士展望,未来几年是兵团经济发展再上新台阶的重大战略机遇期。只要我们抓住机遇,迎难而上,就一定能实现两个翻番的目标。

(与马钧禹合作,原载2013年2月5日《兵团日报》)

新疆白酒,未来的路如何走?

春季,万物复苏,给人们以希望。可是对于白酒行业来说,今年这个春天无异于"严冬"。

往年,春节期间是高端白酒消费的高峰期,可是今年春节前高端白酒纷纷降价,有的商家还无奈地打出"买一送一""买二送一"的招数。

到4月初,记者采访了几家酒类专卖店,情形仍然不乐观。吕先生经营的酒品店位于乌鲁木齐西北路,以往摆放在货架正中间的高档白酒,如今让位给了二三百元的中端白酒。

吕先生说,前三个月,五六百元以上的白酒都没以前卖得好。没办法,只有降价。最贵的茅台系列,即便降到了千元一瓶也少有人问津。前两年可不是这样,那时即使是淡季每月也能卖出几十瓶高端白酒。

张长城的酒业经销公司在北京,他告诉记者,今年高档酒的销售比往年下降50%,中低档酒下降的不明显。

多家超市酒类采购部负责人认为,今年白酒销售遇冷是因为受"严禁酒驾"、严格征收消费税、"三公消费"限制、白酒塑化剂、军队禁酒令等多重因素的影响。

预计今年白酒行业销售量还会继续下滑。

发力中低端市场以自救

俗话说,酒香不怕巷子深,可是如今好酒不仅怕巷子深,更怕市场风云变幻。

新疆白酒行业今后的路应该如何走?4月9日,伊力特2013年经销商年会暨首届西部白酒营销论坛在乌鲁木齐召开,业内白酒专家、各省伊力特经销商集聚一堂,借助伊力特公司搭建的这个平台深度解读当前中国白酒市场的变化,就新疆白酒如何冲出"重围"、重整旗鼓,献计献策。

广东省酒类专卖局副局长朱思旭认为,从历史上看,1990年至1997年是我国白酒市场的"春秋战国"时期,1998年至2005年是调整期,2005年至2012年是鼎盛期,2013年是转型期。

为何说是转型期?朱思旭认为,白酒的发展与经济发展密不可分,中国经济转型势必带动白酒产业转型,目前政府推动的城镇化建设决定了中产阶级会逐渐增多,而中产阶级消费的特点是小酌温馨,讲品味、精致化。所以,酒企更要注重饮酒文化的引导,让消费者真心感受到产品跟自己的亲密程度。

据此,朱思旭建议白酒企业要坚定信心,顺势而为,限制高档酒的生产,加大中低档酒的生产,倡导饮酒文化教育,即适量饮酒、文明饮酒、科学饮酒。

中国《东方酒业》杂志社总编杨志琴认为,未来白酒市场营销呈现以下三大趋势变化:"腰部"(指中档)竞争进一步加剧,优质渠道资源的争夺进一步升级,厂商一体化进一步明显。

在高端白酒遇冷的情况下,新疆酒企更要注重产品结构的调整,发展"腰部",也就是中端白酒市场,因为中端消费群体占据大多数。

杨志琴认为,这是一个需要创新的时代,发展"腰部",营销方面要创新。新疆餐馆遍布了全国各地,在各个地方都很受欢迎,完全可将新疆的特色酒品引进新疆餐馆,实行多元化营销模式。

杨志琴还给出伊力特公司应对市场"寒流"的对策:

——在新疆市场进行二次武装,打造绝对第一品牌,在青海省、甘肃省打造样板,形成市场联动,力争用三年时间,打造"西北王"。

——在营销模式上,区内以直分销模式为主,周边以深度分销模式为主,直分销为辅,其他以多种模式灵活组合。

——在产品结构上,强化"腰部"优势,适度向上延伸,使得"腰部"产品进一步丰满,适度推出高端产品,提升品牌形象,抢占高端份额。

——在品牌建设上,要深挖英雄文化内涵,丰满英雄形象,用参与公益类活动等形式,让"英雄"形象变得立体化、形象化,让"英雄"在人们心中落地生根。

创新模式扎实做事

今年1月至3月,新疆高端白酒销量下降了50%,而中端白酒波动不大。自治区酒类专卖管理局局长、酒类流通协会常务副会长金小平在论坛上表示,看似销量滑落的背后,或许正是整个白酒市场数量和价格的理性回归,也是企业调整的一个机遇,对于新疆酒企来说,可更注重发展被称为"腰部"的中端酒品。

伊犁哈萨克自治州糖烟酒有限责任公司董事长白炳辉认为,任何产品都没有一个统一的营销模式,都要依靠天时、地利、人和,然后得出一套营销模式。

如今白酒销售市场的产品、结构、渠道都是重叠的,难免会在竞争中造成同类酒品相互打压。

新疆白酒经销商不妨改变以往单打独斗的分散经营模式,以股份制、合作制、产品相互代理制等方式,形成经销商联盟机制,将产品、资金、渠道都集中起来,形成规模。

伊力特系列白酒是新疆白酒行业的龙头老大,那么伊力特公司如何作为?伊力特实业股份有限公司董事长徐勇辉表示,面对复杂的市场环境,伊力特有信心以积极的市场战略应对挑战,同时抓住新的市场机遇,带领新疆白酒行业获得更大发展。

伊力特的信心从何而来?国家一级品酒师、伊力特公司副总经理刘新宇从优质的环境、原料、工艺、窖形窖泥、人才、质量检测等方面阐述了伊力特的优势所在。刘新宇特别强调,质量是公司的核心竞争力,公司依靠扎扎实实做实业才赢得了今天的辉煌,今后也会这样做,而且要做得更好。

经销商如何看待当前形势?他们有信心吗?经销伊力特产品十几年的上海某商贸公司负责人的一席话或许能代表大多数经销商。他说,无论是产品出售还是品牌营销,最终都是文化的竞争。像伊力特这样有文化内涵,又扎实做实业的公司不应该感到恐慌。我们对伊力特有信心。

在伊力特2013年经销商年会暨首届西部白酒营销论坛上,伊力特公司董事长徐勇辉和优秀的经销商团队共同为"伊力特英雄会"揭牌,这意味着伊力特英雄联盟成立了。这或许是伊力特公司对当前市场的一个积极回应。

(原载2013年4月18日《兵团日报》)

民生，永远唱"主角"
——从兵团重点项目开工看如何坚持民生优先

保障房、饮水安全工程、通连公路、团场文化活动中心、社区综合服务中心、残疾人康复托养中心……今春以来，兵团一项项民生工程建设项目陆续开（复）工。

把职工群众的期待作为奋斗目标

在今年新建的新能源项目中，六师北塔山牧场风电项目很吸引职工群众的眼球。该团场去年才结束建场61年来不通高压电的历史。今年实施的投资24.7亿元、装机规模297兆瓦的风电项目，再一次给这个团场建起了后发赶超的"高速路"。

位于喀什噶尔克孜河下游冲积平原上的三师伽师总场干部职工说起喝水问题的解决，都特别感谢兵团各级的民生关怀。原来这里的地下水矿物质含量高，对人体伤害较大。现在，这种情况有了根本改变，近几年通过饮水安全工程实施，投入1000多万元建成了高标准水厂，职工群众饮用水水质有了很大改善。

近年来，在兵团像伽师总场、北塔山牧场这样偏远团场，无论是团场面貌还是职工群众生活条件都有了很大改变和提高，这得益于兵团多年来从职工群众最关心、最直接、最现实的问题出发，坚持不懈地改善民生，扎扎实实地办实事。

记者从兵团发改委获悉，2006年到2013年，兵团民生投入占全社会固定资产投入比重从8%增长到23%，总投资从12亿元增长到334.5亿元，今年达到342亿元。今年开工建设的投资项目中，民生类占45%。

从每年重大项目投入方向可以看出，兵团始终注重提高民生方面的投入，尤其是2006年以来，把民生建设都装进"十件实事"这个篮子后，改善民生的力度更大、效果更显著。

兵团团场大多处于两大沙漠周边和边境一线,自然条件差,基础设施落后,拴心留人的条件不尽如人意。近年,兵团党委加大民生改善力度,始终坚持把职工群众对美好生活的期待作为奋斗目标,于2006年郑重承诺:每年为职工群众办"十件实事"。

"十件实事"工作领导小组办公室负责人介绍说,兵团每年都要组织专人深入到职工群众中调研、征求意见建议,同时在网络上征求意见建议,尽量让每个项目都能给职工群众带来实实在在的成效。这几年实施的养老院建设、社区设施建设及给旧房子贴保温板的"暖房子"工程等都来自基层职工群众的意见或建议。

民生项目投资更多,覆盖面更广

据兵团"十件实事"工作领导小组办公室介绍,自2006年以来,兵团民生建设项目的资金投入、覆盖范围都在不断增长和拓展。2006年,兵团财力有限,民生投入仅限于路、水、电等基础设施建设,后来伴随中央财政支持力度的加大和对口援疆资金的加入,兵团民生建设的资金来源渠道越来越宽广。

记者注意到,"十件实事"的内容在逐年增加,从最初的10项慢慢扩展到2012年的23项,2013年的42项,再到今年的60项。

兵团民生建设出现重大变化是进入"十二五"以后。据兵团发改委统计,在资金上,2011年至2013年,兵团民生资金投入年均增速达到40%,投资总额从十几亿元增加到数百亿元;内容上,在坚持建设住房、道路等常规项目的同时,兵团围绕城镇化建设将民生项目的范围拓展到社区文化活动中心和养老机构建设等项目的建设。民生项目投资更多了,覆盖面更广了,与群众关系更密切了。

2013年,兵团集中实施了公共服务补助、农机购置补贴、义务教育经费保障、低保救助、通营连公路、保障性安居工程等项目。在具体项目选择时,重点向边境团场和少数民族聚居团场倾斜。

各类住房建设是兵团最重要的民生工程,也是投资最大、任务最重、受益人数最多的实事,8年来,兵团累计建设各类住房60余万套;道路建设连续8年被列入"十件实事",累计建设通连公路13027公里。另外,近年来,兵团解决了120万人的饮水问题,加固校舍150栋,为247.6万人建立了健康档案,累计开展技能培训124万人次,职工群众生活水平逐步提升。

目前,党委决策、部门牵头、团场落实、社会参与的兵团"十件实事"长效工作机制已经形成。"十件实事"已经成为兵团民生工程的品牌。

民生建设贵在坚持

四师六十四团职工赵伊生是兵团民生工程的受益者之一。她告诉记者,自从他父亲去世后,兄妹几个人都忙,不能很好照顾母亲,母亲一人住一个大院子,很孤单,也不安全。2012年,团场养老院建好后,老人就住进去了。"在养老院,一天三顿饭按时吃,有啥事有人管着,我们可放心了。"赵伊生说。目前,兵团已经在基层团场建设了57家养老院及日间照料机构。

今年是兵团实施民生工程的第九个年头,民生增加到历史最高的342亿元,项目比去年增加18项。

据介绍,今年"十件实事"项目建设在完善提升城镇配套和公共服务能力上,将围绕南北疆城镇布局和发展,在继续完善社区、养老等公共服务基础设施建设的基础上,实施一批团场供暖及管网、给排水、道路等配套设施建设。另外,今年兵团新增了团场邮政服务网点改造、北疆团场小型清雪车配置、重点团场镇区公共活动场地建设等项目。

今年是兵团深化改革的重要之年。记者发现,改革创新元素也融入到了民生投入中。"十件实事"在实施内容和保障范围上有所拓宽,在资金投入方式上,兵团鼓励社会资本参与民生项目的建设和管理,尤其在文化、体育、社区、养老等领域,将充分释放民间资本的创造活力。

近年,在民生为先、安居为要、就业为本、富民便民为重的民本思想指导下,兵团拴心留人环境明显改善。

民为邦本,本固邦宁。在兵团,民生永远唱"主角"。

(与潘若愚合作,原载2014年5月9日《兵团日报》)

释放民间资本创富活力
——从兵团重点项目开工看如何挖掘民间资本潜力

在这个充满希冀的春天里,兵团十大建设领域70项重点项目相继开(复)工,在这批项目的投资过程中,民间投资功不可没。

深化改革,打破垄断,消除对民间资本的偏见

4月中旬的一天,记者在兵团首家现代服务业聚集园区——五家渠青湖生态经济开发区看到,金科家居世博汇、新疆地王总部基地、新疆亚欧国际汽车城等项目已复工建设。

青湖生态经济开发区管委会主任戴春智告诉记者,开发区自2012年挂牌以来,已有8家企业落户,总投资558亿元,均来自民营企业。民营资本为开发区建设带来了巨大动力和活力。

兵团发改委副主任乔永新告诉记者,2013年,兵团全社会固定资产投资1509亿元,其中民间投资占47%。今年,兵团计划全社会固定资产投资1870亿元,其中民间投资940亿元,占总投资的50%左右。

这一发展势头固然令人欣喜,然而我们还要清醒地看到,与全国相比,兵团激发民间资本活力的力度仍显不足。数据显示,2012年,全国民间固定资产投资占全社会固定资产投资的61.4%,而兵团只有42%。受传统思想观念和体制机制的影响,以前兵团的水利、公共服务、市政工程等基础设施建设和社会保障等领域,均未直接向民间资本放开,民间资本仅能进入工业、传统服务业等领域,其运作面临"玻璃门""弹簧门"和"旋转门"三重障碍。

"看着可以进去,真的想进去的时候,就会'碰壁',这就是所谓的'玻璃门';民间资本刚刚把脚挤进去,就被推回来,项目不能落地,这就是'弹簧门';明规放行,潜规挡道,项目在多个利益部门和单位间被推来推去,制造人为'梗阻',这就是'旋转门'。"乔永新进一步分析道,这三重障碍,是民间投资难以逾越的隐形"门槛",不利于良性的市场竞争,更不利于激发兵团经济社会发展活力。

如何营造良好环境,拓宽民间资本的投资空间,拆除"玻璃门""弹簧门"和"旋转门"？兵团有关部门人士认为,关键在于深化改革,转变政府职能,打破垄断,消除对民间资本的偏见。

中央新疆工作座谈会以来,民间资本参与兵团经济建设的力度逐年加大

在促进民间资本进入、让一切创造社会财富的源泉充分涌流的大背景、大趋势下,兵团也痛下决心,甚至不惜"壮士扼腕"。

2006年,兵团出台《拨款转增企业国有资本金管理办法(试行)》,规定凡兵团投资支持的项目,投入资本将计增国有资本金。对这一严重影响民间资本投资积极性的规定,民营企业纷纷提出异议。2013年,经兵团司令员办公会议审议,该《办法》最终被废止。

党的十八大和十八届三中全会明确提出,要"激发各类市场主体活力""毫不动摇鼓励、支持、引导非公有制经济发展",加大对民间资本和民营企业的扶持力度。与此相呼应,国家还出台了促进民营经济发展的42项"新36条"实施细则。

据兵团发改委有关人士透露,近期,兵团将出台《关于鼓励和引导民间投资健康发展的实施意见》,鼓励和引导民间资本进入能源、市政公共事业及社会事业、金融服务、商贸流通领域,实现项目投资多元化。

兵团发改委产业协调处处长邵卫东说:"20世纪90年代,兵团项目建设主要靠银行贷款,要筹集几亿元资金很费劲。现在,在国家差别化产业和对口援疆政策的支持下,兵团建设的几十亿元、上百亿元投资项目不在少数。"

据有关部门分析,2008年以前,兵团经济基本是国有资本一统天下。中央新疆工作座谈会以来,民间资本参与兵团经济建设的力度逐年加大,从"十一五"末的

15%增加到今年的50%以上,为兵团经济增长作出了积极贡献。

民营资本在煤化工、新能源及服务业领域有优势,需加强政策和资金引导

在各师经济开发区和工业园区,已经担当发展主角的民营企业比比皆是。

近年,石河子经济技术开发区每年经济总量在400亿元左右,其中,民营企业占30%左右;几大支柱产业中,来自浙江、江苏的民企占有70%至80%的份额。该开发区招商局局长田义对记者说:"我们在招商时比较关注民营企业,这是因为民营企业机制灵活,对市场的把握比较敏感到位。"

在阿拉尔工业园区,已于4月10日开工建设的天华阳光(二期)光伏电站项目系民营企业出资,该项目计划投资3亿元,建设30兆瓦光伏并网发电项目。2013年,该项目一期工程建成的30兆瓦大型光伏电站,已经成功并网发电。这是兵团首批并网的大型地面光伏电站。

该公司常务副总经理李洪浩告诉记者,公司看重的是当地丰富的土地和太阳能资源。今后,天华阳光将继续加大在疆投资建设规模,共促新疆成为中国大型地面光伏电站的最佳应用推广地区。

在兵团发改委提供的2014年十大建设领域重点项目开(复)工名录上,记者注意到,民营资本的投资力度,在煤化工、新能源及服务业领域明显占据优势。兵团发改委固定资产投资处处长苏新立说,随着民间资本大规模流入,需要加强政策和资金引导,以优化兵团产业结构。从去年开始,兵团每年拿出1亿元作为引导服务业发展资金,引导第三产业投资比重首次超过第二产业。今年,投向兵团服务产业的民营资本还将明显增加。

(与潘若愚合作,原载2014年5月8日《兵团日报》)

为老人建起温暖的家
——探析兵团养老机构发展系列报道之一

6月5日,阳光明媚,"八千湘女"之一、82岁的黄梦霞老人悠闲地在六师五家渠市养老院看着电视。她对记者说:"我住在养老院里,一天三顿吃的不重样,24小时有热水,能经常参加活动,还结识了好多朋友,比一个人孤零零地在家好百倍。太感谢党和政府了。"

据统计,在兵团有6354名老人像黄梦霞一样住进了温暖舒适的养老院。养老院成为他们可以托付晚年生活的温暖之家。

据资料显示,兵团65岁以上老人已达30多万人,占兵团总人口的12.04%,老龄化程度高于全国平均水平,已经进入老龄化的加速期。

面对滚滚而来的银发浪潮,如何提前应对,让兵团离退休老人度过一个幸福的晚年?

兵团党委高瞻远瞩及早谋划,从21世纪初就开始致力于养老服务体系建设。近三年,兵团共投入3亿多元用于养老机构建设,使得每千名老人拥有床位由2010年底的10.4张增加到目前的24张,养老机构建设进入加速发展黄金期。

"十件实事"助老人安享晚年

5月中旬的一天中午,记者来到二师二十二团养老院餐厅,看到几十位老人分别围坐在7张餐桌前,津津有味地吃着韭菜盒子。老人们有说有笑,有的还以饮料代酒碰杯祝福。院领导和几名工作人员忙前跑后,上菜倒水,整个餐厅其乐融融。

二十二团养老院建于1997年,是兵团最早的养老院之一。养老院成立之初,只能容纳十几名老人。2000年,团场投资扩建养老院,增加40张床位。2010年,受惠于兵团"十件实事"民生工程,团场再次对养老院进行扩建。目前,养老院总面积达到1574平方米，拥有床位84张。院长周国荣说，虽然养老院一再扩建，但是床位仍然供不应求，老人入住还需排队。

同样，兵团国资委直属单位云洋社会福利院也是"一床难求"。2009年，云洋社会福利院建成时只有100多张床位，近年先后扩建了两次，增加了100多张床位，但依然供不应求。

据兵团民政局统计数据显示，目前兵团108所养老院的入住率平均达到85%。其中，公办公管、公办民营中等规模以上的优质养老院入住率达到100%。

兵团民政局局长令勇说，从2006年起兵团以"十件实事"为抓手，大力推进以居家养老为基础、社区养老为依托、机构养老为支撑的社会养老服务体系建设。养老机构建设投资方式呈现出多元化发展态势，养老机构建设的数量、规模、床位大幅增长，养老事业迎来了发展的艳阳天。

养老机构发展促使儿女观念转变

"老头子，该出去晒太阳了……"4月底的一天早晨，入住二师孔雀河畔社会综合福利院的郭燕芹老人，推着老伴张建国来到院子里，一边晒太阳一边和大家聊天。去年入住福利院的张建国和郭燕芹老人都已经80多岁。张建国因患病生活不能自理，平时靠老伴照顾。虽然儿子、儿媳妇也一同帮着照顾，但是两位老人感到，儿女们要照顾父母，还要工作，有点忙不过来。听说养老院条件不错，老人反复考虑后提出去住养老院。儿女都反对，但老两口很坚决。无奈之下，儿女只能妥协，帮他们办理了入住手续。

入住二师综合社会福利中心老年公寓的李先生对记者说："刚开始，儿女们也是不同意我住养老院，怕别人说不孝顺。后来看到这儿条件比较好，服务也周到，从2008年起，我就和老伴住进来了。"

二师综合社会福利中心老年公寓以前条件并不太好，入住率不高。2013年，师市拨款改建，把一楼医院的部分床位改成养老院床位，并设立了"绿色通道"，老人足不出户就可以看病，床位也增加到了310张，现在入住还需要排队预约。

兵团民政局社会福利处副调研员何光龙说："过去，养老院的设施跟不上，服务不到位,老人不愿意去,儿女也担心被人说不孝顺,不愿意送老人去。现在,养老院条件好了,促使儿女的观念发生改变,养老有了新选择。"

养老院里传出欢快的笑声

住在七师一二三团银铃大家庭老年公寓的78岁老人王韶华经常和大家一起唱《感恩的心》,表达自己对养老院的感谢之情。

王韶华老人有3个孩子,都在外地工作。儿子想让老人和自己一起在乌鲁木齐生活,但老人不愿意,自己住进了养老院。"住进来才发现,自己的生活一下丰富多彩起来。"老人说,过去他很孤独,生活也很枯燥,在养老院学会了唱歌、打麻将、书法。现在,女儿要接他回家,他都不愿意回了。

今年五一国际劳动节,兵团二钢爱心养老院举办了一场精彩的文艺演出,居住在这里的100多位老年人在欢声笑语中度过节日。"这么多人聚在一起表演节目,我们心里特别高兴。""这里就是我的家,来了就不想离开……"魏春荣老人脸上洋溢着幸福的笑容。

据悉,越来越多的离退休老军垦把自己的晚年托付给养老院,在养老院工作人员的精心照料下幸福地度过晚年。

让"献了青春献终身、献了终身献子孙"的老一辈军垦战士幸福地度过晚年,是兵团党委的最大心愿。"十二五"期间,兵团新建养老院53所,新增床位4711张。目前,兵团、师、团三级养老院共有108所,床位11285张,社区老年人日间照料机构中心66个,每千名老人拥有床位24张,其中石河子、北屯已经达到30张。

今年,兵团计划投资7800万元,新建2个师养老院建设项目、11个社区老年人日间照料中心、10个重点团养老院建设项目(包括2个试点项目)、20个团场殡仪服务站建设项目。另外,今年新增的国家投资3000多万元的精神病福利机构项目已经开工建设。兵团还计划建设1家设施西北一流、拥有500张床位的兵团养老院。

兵团养老机构的迅猛发展犹如寒冬里的一把火,沙漠中的一泓清泉,久旱时的一场甘霖,让风烛残年的老人远离孤独和无助,幸福地度过晚年。

(与朱放宁、崔睿璇合作,原载2015年6月26日《生活晚报》)

多元化投资是方向
——探析兵团养老机构发展系列报道之二

6月中旬,石河子的王艳女士为了给83岁的母亲选择一家合适的养老院费了不少心思。看了一圈后,王艳说:"我比较看好公办民营的养老院,感觉它们各方面条件都不错。"

随着人口老龄化社会的加速,养老院受到广泛关注。从目前兵团养老机构的体制来看,养老院分为公办公营、公办民营和民办民营、民办公助四类。子女们选择送老人去养老院,初衷都是为了给老人一个更好的生活环境,让老人得到更好的照顾。在多日的走访中,记者发现,哪一种体制的养老院都有其优势和不足,唯有将政府主导、民间参与结合起来,方能克服政府公办的先天不足和民办带来的后天乏力。

公办公营养老院发挥兜底作用

今年5月,六师五家渠市养老院开业,高高耸立的两栋连体楼显示出公办养老院的雄厚实力。这家投资3000多万元、占地面积达1万多平方米、拥有360张床位的养老院,给五家渠市民带来了福音。

走进这家养老院,感觉就像到了家,餐厅、活动室、电脑室等设施应有尽有,从床头的呼叫器、马桶旁的把手到桌凳的设计,都体现出人性化管理的细致入微。院长王俊告诉记者:"这里的每一处设施都是经过精心设计的,我们的理念是让每一位入住老人都有家的感觉。我们的目标是让老人享受到老年健康管理、医疗护理、康复训练、临终关怀等多种服务。"

正在陪父母就餐的刘爱云女士告诉我们,她的父母刚入住时,她还担心父母会不适应,自己专门抽出两天时间陪陪他们。没有想到,这里条件比自己想象的好多了。

兵团有4家像六师五家渠市养老院这样的公办公营养老院。公办公营养老院以其过硬的设施和优质的服务,在老人中有很好的口碑。但是,这样的养老院数量有限、床位有限,常常要排队预约才能入住。这让许多老人望"院"兴叹。

兵团民政局社会福利处副调研员何光龙介绍说,国家建设公办公营养老院的初衷主要是,解决"三无"人员等困难群众的养老问题,发挥政府的兜底职能作用。

民办民营养老院渴望政府扶持

目前,兵团有民办民营养老院17家,情况各有不同。经营者们都极其渴望政府的扶持。位于八师石河子总场军垦社区的银铃养老院二分院,属于民办民营养老院。院楼是一栋租来的二层楼,楼前没有院子和活动场所,接收的均为失能和半失能老人。这家养老院在有限的空间内,作出了最佳的规划。比如,每个房间由透明的半玻璃墙体相隔,提高亮度的同时,也方便发现突发情况及时处理。

由于银铃养老院二分院是有一定规模的连锁养老院,资金上并不存在明显的短缺。但是,院长分析说,除去租金、人工等成本后,盈利是很微薄的,所做的一切更像一份公益事业。

同心养老院是奎屯市比较有名的民办民营养老院。该养老院只有一栋不大的旧楼,采光也很不好,房间没有电视,老人们看电视需要去大厅。即使这样,养老院的员工们还是尽力为老人们创造舒适的环境,在楼前腾出一片空地,作为老人们休闲、活动的场所,楼房各处也都打扫得很干净。

75岁的吕秀珍因高血压后遗症,偏瘫已经五六年了,她在同心养老院住了几年,很喜欢这里,不过她希望养老院的环境能更好。

同心养老院副院长刘增祥说,养老院是2003年开业的,有120张床位,现在已经全部住满。养老院位置选择在医院对面,就是为了方便老人就医。"我们会尽最大努力照顾老人,但最大的问题是条件不好,所租的楼是部队几十年前的老楼,没有任何外来资金支持,全靠自己。"

在民办民营养老院中,也有运作非常成功的养老院,比如石河子银龄养老院等。但完全依靠自身的力量,对经营者来说都有不小的压力。因此,银龄养老院的部分分院在探索公建民营或民办公助的路子。

政府托底、社会支持、民间参与是方向

在实践中,公办民营和民办公助这两种体制最明显的特征是:政府和民间资本共同参与,相互扶持,相互依靠,共同发展。如此,不仅能迅速增加床位,还能有效地改善基础设施条件,大有赶超公办公营养老院的趋势。

记者从兵团民政局了解到,近年来,兵团资助3家民办养老院,总投入540万元,新增床位450张。在政府的支持下,民办养老的生存和发展有了希望。

在受资助的3家民办公助养老院中,石河子市天福养老院已建成使用。住在这里的80岁的韩金兰老人开心地对记者说:"石河子几家养老院都没床位,等了几个月,听说新建的这家天福养老院在收老人,就住进来了。没想到条件还挺好。"

副院长朱爱霞告诉记者,该养老院于2014年1月开始试运营,一共180张床位,现在入住率已经达到50%左右。

在资金方面,公办民营养老机构的优势体现得淋漓尽致。公办民营养老机构在资金统筹方面有先天优势,国家、兵团本级和自筹资金与对口援疆资金的统筹使用,使资金实现了利益最大化,同时也减轻了团场的压力。国家民政部对公办民营养老机构给予一定的补助,包括床位数、配套设施等,也激发了经营者的积极性。

石河子银龄养老院在石总场开办的四分院是公办民营非常成功的个案。四分院位于北泉镇医院后面,这家新的养老院受益于兵团"十件实事"民生工程,于2014年3月开始运营。走进楼内,整洁、明亮。为方便行走不便的老人出入,五层楼均配有电梯,宽敞的活动室内有全自动的麻将桌、高档的按摩椅,还有儿童玩耍的滑梯等。这里的环境和条件绝不亚于公办公营养老院。住在这个养老院的82岁老人孙群觉得十分舒心。他告诉记者,这里,比在家里好多了,享福啦。

院长于兰说,这是石总场新建的养老院,目前有200多张床位,已经全部住满,护理人员60多人,基本都通过了从业培训,素质比较高。

实践证明,养老事业发展需要全社会的参与和支持,仅仅依靠政府或仅仅依靠民间资本都不现实。政府托底、社会支持、民间参与的养老服务多元化投资格局是养老事业未来可持续发展的方向。

(与崔睿璇、朱放宁合作,原载2015年6月30日《生活晚报》)

不经风雨怎见彩虹

——探析兵团养老机构发展系列报道之三

在走访期间,记者发现,某团场一家养老院,设有套间、标准间、餐厅、洗浴室等,基础设施也配套齐全,能容纳60位老人同时入住。然而,这家养老院建成3年却依然大门紧闭,无人入住。是什么原因,让这家养老院成为奢侈的"摆设"?

随后,我们走访了兵团、师、团三级多家养老机构,发现养老机构的发展之路并不平坦,存在需要转变观念、护工短缺、老人就医难等问题,而这些问题正困扰着兵团养老事业的发展。

观念问题:儿女"怕被说",老人"不愿去"

老人住养老院是一个不错的选择,但有些儿女怕送老人进养老院别人说自己不孝顺。也有些老人不肯去,认为自己有儿女,不应该去养老院,宁愿一个人孤独寂寞地守在家里。

某团场职工李建国,父亲去世早,母亲一人将4个孩子拉扯成人。几年前,李建国最小的妹妹也成家了。李建国是老大,开始和母亲住在一起。后来,母亲担心给儿子添麻烦,独自回到平房生活。虽然4个孩子每人每月给母亲200元生活费,也经常带着礼物回家探望,但母亲还是时常感到憋闷。

今年年初,李建国的母亲突然提出要去养老院,说养老院人多热闹。得知母亲是因为独自居住太孤独,才冒出想去养老院的念头,李建国坚决不同意。他提出兄妹几人轮流接母亲回家赡养。可母亲说什么也不愿意。她说:"你们上班的上班,上学的上学,每天还是我一人在家。"儿女们都不同意母亲去养老院,老人没办法,只能继续孤独地生活。

今年70岁的袁国兴老人育有一儿一女。几年前,老伴去世,女儿、儿子均已成家,他就和儿子住在一起。儿子在团场承包土地很少在家,儿媳妇在外打工,也见不到人。后来,随着孩子的出生,小两口更没有多少时间照料父亲了。

有一次,袁国兴的儿子去团场养老院办事,看见养老院的老人不但有专业人员照顾起居,生病可随时治疗,而且许多老人在一起也免除了寂寞,觉得不错,就萌生了送父亲去养老院的想法。

没想到,儿子的想法惹怒了袁国兴。他责怪儿子:"养你就是为了养老,还能享受天伦之乐。你把我送到养老院是什么意思啊? 嫌弃我了吗?"儿子见父亲发火了,只好放弃了这个念头。像李建国和袁国兴这样的观念在团场不是个案,可以说儿女的"怕被说"和老人的"养儿防老"观念是造成个别团场养老院入住率比较低,甚至开不了业的原因之一。

护工问题:收入低,较辛苦,人难招

"我的工资不高,每月扣除'三金',拿到手的工资仅是月嫂收入的一半,只好辞职了。"5月22日,曾经在兵团某养老院从事护理工作的李丽芳(化名)说。

我们从乌鲁木齐市几家职业技能培训学校了解到,参加月嫂和育婴师培训的人员比较多,而参加养老护理培训人员却寥寥无几。

乌鲁木齐市职业技能培训学校负责人告诉记者:"除了政府组织的培训之外,很少有人自费参加养老护理技能培训。"目前,在市场上,月嫂和育婴师的月工资在3500元至4500元,而养老护理员的工资则较低。收入低、工作辛苦是许多人不愿当养老护理员的主要原因。

在劳务市场上,护理行业十分热门,其中月嫂和养老院护工又是最抢手的。但我们调查发现,同样都是做护理工作,市场对月嫂的年龄要求基本集中在三四十岁,而这个年龄段的人基本不愿意做养老护工,即使一些有专业特长的年龄较大的护士也不愿做养老院护工,造成养老护工市场短缺。因此,现在养老院的护工多是四五十岁以上的人员。

兵团某养老院的院长很发愁:"我们一直非常缺护工。现在一个护工最少要护

理七八个老人,多的时候要护理十几个老人。这几年,护工的待遇一直在提高,即使这样,还是招不上人。"工作时间长也是养老院护理人员流动性大的原因。

5月31日早晨10点,记者来到兵团某养老院,刚刚上班12个小时、即将下班的护理人员、57岁的刘兰显得一脸疲惫,但随后她还要照顾和自己一起住养老院的患病母亲和双目失明的弟弟。刘兰说,每个班12个小时,要照顾10个老人,要是三班倒就好了。

记者走访时发现,条件较好的兵团公办养老院的护理人员基本都是本单位的在职职工或者是"4050"人员,流动性相对较小。而条件相对较差的民营养老院的护理人员流动性就较大。

就医困难:医养该如何结合

一天半夜时分,一位入住某养老院的老人突发疾病,而离养老院最近的社区服务中心步行最快也要十多分钟。养老院一边派人把老人送往市区医院、一边通知家属。还好,由于抢救及时,老人脱离了生命危险。

不少养老院担心老人就医问题,便将院址建在医院附近。比如奎屯市的同心养老院,在选址时选择了在伊犁州医院对面。该院副院长刘增祥说:"我们养老院没有医疗条件,在选址时就得考虑到就医方便的问题。"

石总场银龄养老院四分院也建在医院后面,为的就是方便老人就医。石河子市天健养老院则与石河子天健医院建在同一个院落,老人就医方便很多。

在没有任何医疗资质的养老院入住的老人,一旦生病,养老院连最简单的治疗都不能保证,只能送附近医院治疗。进入医院后,如果非急性的老年病,自然不能常待,一旦住院就会增加老人负担。如果回养老院,后续治疗就会很麻烦,老人家属就会在养老院、医院之间来回穿梭,不免怨声载道和纠结。

这个问题该如何解决呢?

不经风雨怎见彩虹。看来,在养老事业发展的征途中还有很多问题需要我们不断探索。

(与朱放宁、崔睿璇合作,原载2015年7月3日《生活晚报》)

在探索中加速前行
——探析兵团养老机构发展系列报道之四

任何一个新生事物的产生和发展,都要经过由弱到强、逐步成长壮大的过程。面对成长过程中出现的问题,顶层设计、统筹考虑是关键。

我们在采访时发现的养老院护工短缺、老人在养老院就医不便等问题如何解决?其实,这些问题解决了,"怕被说""不愿去"等观念的转变就是迟早的事了。我们就这些问题采访了相关部门。

学校参与解决护工短缺问题

在现实中,一方面,大部分养老院都存在护工短缺问题;另一方面,在各家职业技能培训学校,参加月嫂和育婴师培训的人员越来越多,而自费参加养老护理人员培训的却寥寥无几。

如何有效应对养老机构护工短缺问题?我们在兵团民政局了解到,2014年教育部办公厅、民政部办公厅、国家卫生计生委办公厅联合下发《关于遴选全国职业院校养老服务类示范专业点的通知》。通知中遴选的专业,包括高等职业学校老年人服务与管理、护理、家政服务和社区康复等养老服务相关专业;中等职业学校老年人服务与管理、护理、家政服务与管理等专业。

这个通知对于养老院是个喜讯。目前,兵团上报的职业院校养老服务类示范专业点有3家,均为中等职业学校,分别是石河子大学护士学校护理专业老年护理方向、石河子卫生学校护理专业老年护理方向、十三师职业技术学校家政服务与管理专业。一旦获批,这些学校即可招生,将有力解决养老院护工短缺问题。

医养结合解决就医难

调查中发现,大多数养老院没有医疗资质,老人看病非常不便。即使是有心将养老院建在医院附近,依然没有从根本上解决老人看病难的问题。有的患病老人甚至把医院当成了养老院,成了"常住户"。老人的"押床"无形中加剧了医疗资源的紧张程度,使真正需要住院的人无床可住。

据兵团发改委相关处室负责人介绍,解决这个问题的最好方案是实施医养结合新模式。即把医疗资源和养老资源结合起来,起到整合资源实现有效利用的目的,如此,可以有效解决老年群体医疗和养老两大难题。

2014年底,《兵团关于加快发展养老服务业的实施意见》(以下简称《意见》)出台。《意见》提出,兵团将积极推动医养融合发展,通过养老院设立医院、医院开办养老院、养老院与医院联办等形式,构建养老与医疗相互融合的服务模式;推动医疗卫生资源进入养老机构、社区和居民家庭,开展上门诊视、健康查体、保健咨询等服务;建立医疗机构和养老机构、社区老年日间照料中心及老年人家庭之间的医疗契约服务关系,为老年人提供医疗和康复护理服务,实现医疗卫生健康服务与老年人的快速对接。

《意见》还支持社区医疗护理和养老服务机构之间的有机整合,为老年人提供包括社区医疗护理、生活照料在内的一站式专业服务;支持有条件的养老机构设置康复医院、护理院或设立卫生所、医务室等医疗机构;对于养老机构内设的医疗机构,符合城镇职工(居民)基本医疗保险的,可依法申请纳入定点范围,入住的参保老年人按规定享受相应待遇;支持医疗机构利用医疗资源办护理院、老年病医院、康复医院。

兵团还将支持社会力量创办"医养一体化"的护理院、康复医院和提供临终关怀服务的医疗机构。

鼓励民间资本进入老年产业

我们在对各种体制的养老院调查后发现,大部分公办养老院由于基础设施过硬,管理到位,服务优良,成为许多老人的首选。但是,这些养老院床位往往很紧张。

如何让所有老人都享受到优质养老院的服务、实现每千人30张床位的目标、促进兵团养老事业健康可持续发展?兵团民政局局长令勇说,加大政府投入,鼓励民间资本参与、建立养老协会是未来发展的方向。

2014年,兵团投资2400万元新建8家重点团场养老院,新增床位480张;投资6050万元,新建2家师养老院,新增床位600张;兵团民政局对3家民办养老院给予资助,总投入540万元,新增床位450张。从这三组数据不难看出,加大公共资源投入,实施民办公助是促进养老机构发展的有效途径。

《意见》大力支持民间资本进入养老产业。《意见》指出,鼓励民间资本兴办养(托)老服务和托养服务等社会福利机构;为社会力量建设养老机构提供便捷服务,进一步降低社会力量建设养老机构的门槛,简化手续、规范程序、公开信息;鼓励个人建设家庭化、小型化的养老机构;鼓励社会力量对企业厂房、商业设施及其他可利用的社会资源进行整合和改造,兴办养老服务机构;支持社会力量兴办规模化、连锁化养老机构。

据了解,目前兵团正在筹划建立养老协会,有了协会,就能设立养老基金,取得社会人士对养老事业的捐赠。在一定程度上,分担政府投入资金的压力。

对于兵团养老机构未来的发展目标,令勇说,"十三五"期间,兵团将大力发展公办养老机构,重点支持南疆、边境、少数民族和贫困团场社会福利机构建设,充分发挥公办养老机构托底和引领示范作用,为"三无"老人、低收入老人、经济困难的失能半失能老人提供无偿低偿服务,到2020年每个师(市)要建一所床位不低于200张,重点满足"三无"对象和贫困家庭失能老人需求,集养护、康复、托管、临终关怀等医养服务和培训助能于一体的综合性公办老年服务机构;重点团场(城镇)要建一所床位不低于60张的养老服务机构。

(与崔睿璇、朱放宁合作,原载2015年7月7日《生活晚报》)

兵团情

兵团情

"我要做个好人"
——热心的哥李树红的故事

李树红,这名听起来像女人,其实这人是十足的爷们。2月底的一天,记者在石河子市政府门口见到李树红时,他头戴休闲帽,身穿夹克衫,显得很干练,一说话一口陕西腔,语速很快。

"今年过年我没有休息。现在,石河子冬天打车挺难的,我这样算是方便大家吧。"李树红的出租车是绿色的,车顶上"雷锋车队"4个字特别醒目。

"李师傅可是石河子的热心的哥,好多人都认识他。"农八师石河子市党委宣传部新闻干事周学川向记者介绍。

李树红出名得从一条路说起。前几年,石河子市客运中心进出的大小车辆很多,窄窄的正门常常被堵得水泄不通。一些司机师傅为方便乘客上下车独辟蹊径,从正门旁的便道进出客运站。可当时那条便道大坑连小坑不好走,乘客对此时有抱怨。李树红就亲耳听到一位来自上海的乘客说:"3年前路是烂的,过了3年路更烂了,石河子太落后了。"听了这话,李树红下决心要修好这段事关石河子形象的坑洼路。

他把自己的想法跟附近的商户一说,得到了大家的支持。砂石料买来了,搅拌机找来了,李树红开始修路。

可是路只修了50米,李树红手里的钱就花完了。正当这时,听说李树红是自费修路,人们纷纷伸出援手,有一家建筑公司还专门送来2000元钱。

2008年中秋节这天,一条长66米、宽12米的水泥路完工了。司机和行人都向李树红伸出大拇指。从此,李树红出名了,报纸见名电视见影。

跟着李树红,记者专门来到这条他付出过大量心血的路上。抚摸着路旁镌刻着"爱心路"仨字的石碑,李树红脸上露出欣慰的笑容。

179

"李树红的出名，还和外国客商有关呢。"周学川说。

那是2010年石河子贸易展销会期间，一位名叫乌拉姆的巴基斯坦客商将一个装有价值60多万元珠宝和护照的密码箱落在了出租车上。发觉自己遗失了密码箱后，没有记住车号的乌拉姆情急之下，举着寻找遗失物品的牌子，在石河子市客运站碰运气。

乌拉姆的运气不错。正在营运的李树红来回几趟都发现双手举着牌子、神情焦急的乌拉姆。于是，李树红热心地上前询问缘由，并带着乌拉姆到派出所、客运中心、交警指挥中心寻求帮助。一天过去了，两人一无所获。李树红安排乌拉姆住下，第二天，他拨通石河子交通广播电台的热线，将遗失信息播发出去。很快，乌拉姆的密码箱找到了，里面的物品无一受损。乌拉姆激动地拉住李树红的手，通过翻译说："好人，我一辈子都忘不了你。"

李树红做好事可不是一天两天。

"每年3月5日学雷锋日和高考那几天，我都免费载客。平时遇到残疾人和老人打车，我也不收钱。"李树红说，"好人终归有好报，我要做个好人。"

2010年，李树红被评为自治区城市出租汽车行业"的士明星"和石河子市"助人为乐好人"。

(原载2012年3月2日《兵团日报》)

"如果让我重新选择,我还选择昆仑山"
——记大学生蔡武基扎根牧场建功立业的事迹

横亘在南疆的昆仑山山脉蜿蜒曲折。8月,山雨将牧草润泽得丰美宜人,远远望去满目苍翠。

在这里已经工作、生活了13个年头的蔡武基深深地爱上了昆仑山。他仰望着高低起伏的山峦和青青牧草告诉记者:"昆仑山才是我学有所用的地方。"

13年前,蔡武基从甘肃农业大学毕业后,扛着行李一头扎进位于昆仑山的农十四师一牧场。当时,和他一起来的同学有6人。现在还有3人坚守在这里。

十几年里,专攻兽医学的蔡武基并不是没有机会离开山区。而是每次机会来临时,他都选择了留下。

"天下难事,必作于易。天下大事,必作于细。"老子的这句话是蔡武基的座右铭。1999年4月,从大学校园一路风尘来到偏远的牧区,蔡武基没有一句抱怨,自愿要求到最偏远的牧业二连当兽医。"我是农民的儿子,我对牧区有种家乡般的亲切感。"蔡武基信心坚定。

淳朴、善良的维吾尔族牧工格外喜欢这位大学生,家家户户都盛情款待他。蔡武基也把这里当作自己的家,和他们和睦相处。

语言不通是交流中最大的障碍。为了尽快学会维吾尔语,蔡武基衣袋里装着一个小本子,上面记录着维吾尔语。他走到哪里都拿出来和牧工对话,很快就能用维吾尔语和牧工交谈了。

"我已离不开昆仑山了"

蔡武基刚到二连不久,就经受了一次考验。

二连连续几年发生羊羔因腹泻引起重大死亡的现象,每年死亡羊羔1500只左右,绵羊繁育率只有70%,严重影响了牧工的收入。连队干部职工向这位刚来的大学生投去了期盼的目光。

蔡武基暗暗想,决不能辜负大家的期望。

为摸清腹泻原因,他仔细观察孕羊饲养、生产过程,羊羔发病时间、症状、羊圈消毒等情况,并对病羔进行编号,实施不同的救治方法,每天工作16个小时以上,人瘦了一圈。

经过大量细致的工作,蔡武基找到了羊羔腹泻的根本原因,并对症下药,彻底改变了二连羊羔年年大量死亡的现象。蔡武基摸索出来的经验在一牧场全面推广,《中国兽医学》杂志还刊登了这条经验。

二连牧工亲切地称呼蔡武基"阿不都·小蔡"。"阿不都·小蔡"在二连特别有威望、特别受尊敬。2004年,经过民主选举,蔡武基当选二连连长。

当了连长,蔡武基肩上的担子更重了。

2007年,一牧场出台政策,实行牲畜买断经营。蔡武基和其他连队的领导骑着马和毛驴穿梭在万亩草场上,走家串户给牧工讲解买断经营的好处。通俗易懂的"借鸡下蛋"的道理让牧工们豁然开朗。

二连制定出买断经营的具体方案,从银行贷款92万元,为34户贫困牧工家庭筹到了买断羊只的钱款。

由于举措得力,只用了10天时间,二连牧工将8235只羊全部买断,上交买断羊款245万元。

蔡武基记挂着没有资金买羊的牧工。了解到场里正在筹建畜禽加工厂,征得场领导同意后,他带领牧工养鸡。养鸡牧工平均年收入达到1.7万元。

牲畜买断经营,极大地调动了牧工生产积极性。二连羊只产羔数量从以前的5600只增加到7900只;存栏数从8000多只增加到1万多只;牧工平均年收入从9200元增加到2.1万元。牧工们欣喜若狂。

2009年,一牧场调蔡武基去经营状况差的一连任党支部书记、连长。蔡武基没有丝毫怨言,立刻赴任。可是,二连的牧工们不愿意了,几个牧工紧紧地抱住蔡武基哭泣，不愿意让他走。

"我这个以前拉骆驼的人，别人看不起，连长不嫌弃，经常来看我，指导我养羊。我舍不得他走。"二连牧工卡地说起连长蔡武基泣不成声。

蔡武基对记者说："作为一名兽医专业的本科生，在这里我的价值得到充分体现。我已离不开昆仑山了。"

"来到这里，我从来没有后悔过"

到一连后，蔡武基挨家挨户了解牧工的生产生活情况和他们的想法。他发现一连一些牧工担心买断羊群时贷款多，偿还的利息高，就把部分生产母羊卖了，一连两年卖了2000多只生产母羊，导致草场资源浪费，影响了牧工收入。

一连牧工吐米为了偿还10万元贷款，卖了250只生产母羊。蔡武基给他算账：10万元贷款，一年利息1.5万元，而花10万元买的羊可以产200只羊羔，可以挣7万元。吐米听后恍然大悟。牧工买买他吾拉感慨地说："蔡书记要是早来两年，我们的日子会更好！"

在蔡武基的带领下，一连用了一年时间补回了2000只后备母羊，一年就打了一个翻身仗。

蔡武基的工作并不总是一帆风顺。面对少数牧工的不理解不信任，他总是晓之以理，动之以情。

有一年夏季，牧工居马吐地在放牧中违反了该场有关规定，连队研究决定要处罚他。居马吐地不乐意了，召集亲戚围攻蔡武基。蔡武基平声静气地问居马吐地："如果你是连长，你怎么办？"居马吐地无言以对，带着亲戚走开。

后来，居马吐地弟弟的儿子生病，连队领导带着慰问品前去看望。居马吐地被深深地感动了，登门向蔡武基赔礼道歉，在工作中像变了一个人。

蔡武基千方百计帮助牧工解决困难。一连至授精站有8公里，都是山路，牧工要去授精站办事，只能骑马、骑驴。2011年，蔡武基带头捐款组织劳力，修好了这8公里"卡脖子"路。路修通那天，好多牧工激动地骑着摩托车在路上开来开去。

蔡武基提出"山上放牧,山下育肥"的发展思路,目前一连已在山下的场部建设育肥羊圈9座,可使每名牧工每年增收5000元左右。

……在对口援建单位北京市和兵团党委的关心、帮助下,现在一牧场山上的牧工搬出了地窝子,住进了彩板房,看上了电视,走上了柏油路,逐渐远离了贫困。

蔡武基获得过许多荣誉。去年他被评为"兵团优秀共产党员",今年6月,他代表农十四师去北京参加新疆基层党支部书记培训班。

蔡武基说:"中央对基层工作十分重视,对我们有重托,我们不能辜负。"

夕阳西下,昆仑山慢慢隐入夜幕中,牧场的夜晚格外宁静。

正在接受记者采访的蔡武基说:"来到这里,我从来没有后悔过,如果让我重新选择,我还选择昆仑山。"

(原载2012年9月27日《兵团日报》)

兵团情

可克达拉三姐弟的幸福生活

距离我国最西部经济开发区——霍尔果斯30多公里的地方,有一个闻名遐迩的小镇——可克达拉。它是农四师六十四团团部所在地,也是东方小夜曲《草原之夜》的诞生地。

农历龙年正月初一,可克达拉宽阔的大街上,人们衣着鲜亮、面带笑容,相互拜年祈福。

随着人流,我们来到退休职工王美莲家。只见她家门上贴着喜庆的对联、大红的"福"字,年味十足。

"新年好!新年好!我们来拜年了。"

进了屋,只见敞亮的屋内,电视机、茶几、饭桌都是崭新的,沙发也是流行的样式,簇新的窗帘映衬得两间卧室分外喜庆。

"第一次在楼房里过年,还有点不习惯呢。"女主人王美莲喜滋滋地说。

"住楼房比平房好吧?"

"那是!不用架火、倒灰、来回运煤炭了,屋里温度也均衡。真没想到,现在退了休日子是越过越好了。"王美莲一口安徽话。

王美莲是20世纪50年代带着父母、妹妹、弟弟从安徽支边来疆的,在六十四团扎根后,姐弟三人各自成家,过起了兵团职工的军垦生活。如今,三姐弟都年过半百,王美莲和妹妹王美娥都已退休,弟弟王运昌也57岁了。三家的子女都成家立业了,有的在团场工作,有的在外地打拼。王美娥去年还抱上了重孙子,四世同堂,其乐融融。

王美莲告诉我们,她们三姐弟的生活一天比一天好,都有楼房了,收入都提高了。今年过年她最高兴了。

大年初二,按惯例是走亲访友的日子。我们来到王美娥家。偌大一个院子,几

185

间砖房，院里栽有苹果树、杏树、枣树。王美娥6个子女都回来了，使本来宽敞的屋子变得拥挤热闹起来。

"看我姐买楼房了，我也动了心，去年就预订了一套81平方米的，今年秋天就能交工啦！"王美娥说。

王美娥告诉我们："因为姐姐是在学校退休的，前几年退休金比我高。现在好了，我的工资连涨几年，现在和姐姐差不多了，心里美得很！"

临出门时，王美娥拉着记者的手说："明年过年就在新楼房了，过来玩啊！"我们爽快地答应了。

沿着团部中心街道向南走，一片彩色楼房在阳光下特别耀眼，这是六十四团祥云小区。轻叩12号楼3单元102室的门，出门迎接我们的正是男主人王运昌。

吊顶、背景墙、射灯……室内装修一新，样式也很新潮。

"你这日子赶上城市人啦。"记者不禁替他高兴。

"是啊，我也没有想到这辈子能住上楼房。以前想着住个砖房就不错了。"王运昌说，这楼房有86平方米，花了13万元，国家给补贴了4万元，装修费都是子女出的。

王运昌的老伴营秀英抢着说："兵团的政策太好了，我这个'五七工'也可以拿上养老金了。去年，我回老家一说兵团的好政策，好几家亲戚都想来兵团，我就接来了两家。现在，他们在连队挣钱比老家多多了。"

新楼房住上了，工资涨起来了。王家三姐弟的日子犹如芝麻开花——节节高！

（原载2012年2月2日《兵团日报》）

医院里的男护工

护工，一般都是女的。我们在石河子绿洲医院却见到一名男护工。这个男护工的名气还挺大，很多住院老人点名要他。

正月十六，踏着皑皑白雪，我们走进绿洲医院老年护理院。在一间有电视机、桌椅的大房间里，只见半空中悬挂着一个手工制作的龙，七八个老人聚在这里看电视、唠嗑，他们的目光常常停留在一个穿白大褂、正在给一位老人理发的人身上。

"他是我们的干儿子，你们是记者，得好好表扬表扬他，这个人太好了。"老人们七嘴八舌说起来。

给老人理发的人叫高建刚，是该院的护工，在护理岗位上干了20多年。他对待老人像对待自己的亲生父母一样。有的老人临终时子女赶不过来，都是他送终的。老人们对他非常信任，有的老人把自己的存折交给他，让他帮忙存取钱。

今年84岁的王佩玲噙着泪水说："我有一儿一女，女儿瘫痪，儿子住得远，我和老伴来到这里度晚年。老伴走的那天，子女赶不过来，高建刚给他擦洗，穿寿衣，还披麻戴孝守灵。从此，我认小高为干儿子。"

房间里，有一对姐妹很特别。"我叫马金莲，老伴去世了。这是我的姐姐和姐夫。我来得早，感到这里服务得好，尤其是小高对我们比亲儿子还亲，我就把住房租出去，把姐姐、姐夫动员来一起住在这里。"

高建刚告诉我们，在这里最累的活是帮生活不能自理的老人洗澡。每次，要把老人抱进洗澡间，放在轮椅上，冲洗干净了，再抱回来，替老人换上干净衣服，然后洗下一位。每次做完这些，高建刚从头到脚都被汗水浸透。

有一次，高建刚给消化不良的胡毛娃老人洗澡，正洗着，老人大小便失禁，粪便溅在高建刚的身上，老人不好意思地掩面哭泣。高建刚柔声安慰老人，帮助老人洗好澡。

"你没有想过换工作吗?"

"没有。我是兵团子弟,深知父辈们建设石河子时作出的贡献,没有这些老人就没有石河子的今天,现在石河子有10万老人,他们都是功臣啊!"高建刚语言朴实。

老年护理院护士长倪娜对我们说,护理院刚成立时,护工走马灯似的换,高建刚能坚持到现在,真得很了不起。

采访结束时,高建刚请我们替老人们呼吁:他们特别需要子女的关心,希望儿女们多来看看他们,让他们的晚年多一点笑容和温暖。

(原载2012年2月10日《兵团日报》)

"我愿用毕生心血换来一粒种子"

——记新疆农垦科学院作物研究所副研究员李万云

已经入冬了,今年试验得出的材料要整理、分析,撰写试验报告;南繁已经开始了,要赶快去三亚加代、组配……这些天,新疆农垦科学院作物研究所副研究员李万云比平时更忙碌。

今年57岁的李万云,对自己从事了20多年的向日葵育种工作非常热爱,长年殚精竭虑,不辞辛苦。

"育种工作是辛苦事,我很幸运,育出了18个新品种。"李万云说。算上南繁加代,一个品种的育成至少需要七八年时间。

育种工作说起来很伟大,但是日常工作却很繁琐、很辛苦。因为是小块地试验,不能用机械设备,很多农活都需要自己亲自干,而且每天都要仔细观察、记录作物长势、特性变化等。李万云和同事们常常在北疆的试验地里从4月忙到10月,接着又去三亚南繁加代。

向日葵属于虫媒异花授粉作物,必须依靠蜜蜂授粉,因此隔离很重要,戈壁、沙漠地带是比较理想的隔离带。但是这些地方往往条件差,李万云和科研人员就住地窝子,与职工吃在一起。

由于常年劳累和精神压力,李万云积劳成疾。2000年单位组织体检时,李万云被查出血糖偏高。视事业如生命的李万云没有在意医生的嘱咐,结果两年后发展成了糖尿病。医生要求他立即住院治疗,可为了方便工作,他采用口服降糖药的办法控制血糖,不想却得了糖尿病并发症——痛风。每到授粉关键期,李万云常常一天一站就是七八个小时。晚上回宿舍后脱掉袜子,他的双脚已肿得像面包,疼痛难耐。可是休息一晚上,第二天他又下地了,助手们拦都拦不住。

长期的劳累和不规律的生活,使李万云又患上了急性肠炎,稍稍受凉就会呕吐,甚至昏厥。急性肠炎又引发了心脏病,现在李万云身上始终装着一瓶速效救心丸。今年,单位体检,李万云又检查出双肾结石。

身体的疾病常常令他疼痛难忍,可是为了育种事业,李万云始终没有把自己的疾病当一回事,寒来暑往,他总在育种路上寻觅着希望的种子。

今年2月中旬,记者在兵团南繁基地看到,李万云身穿白大褂,仔细端详着生长的向日葵,然后将性状表现好的套上尼龙袋。做这些时,他的眼神异常柔和,像是观察自己心爱的孩子。他说:"我现在生活在希望中,繁育的种子一旦被审定,希望就实现了。"

可喜的是,李万云多年的坚守没有白费。在向日葵育种方面,他提出了科学的育种思路:只有走远缘杂交的育种技术道路,产量才能有重大突破;将市场对品种需求与课题研究相结合;建立基本固定的亲本种子和制种基地,重视和抓好向日葵生产的种子安全等。

多年来,在李万云和同事们的努力下,新疆农垦科学院先后有10余个油料作物品种通过审定,所研究的新品种曾经覆盖新疆向日葵总种植面积的80%。其中"新葵10号"目前已成为兵团作物结构调整后的主栽品种,已累计推广120多万亩。其中,油葵AR2-1216和食葵AR7-6660是国内选育成功的第一个通过国家鉴定的白食葵杂交种,李万云所在的向日葵研究室也成为国家向日葵体系育种研究主要单位之一,李万云本人也成为自治区审定委员会油料专业组委员,为兵团、自治区经济发展、农业作物结构调整作出了积极贡献。

多年来,李万云本人先后获得国家、自治区、兵团科技进步一等奖4次,二等奖2次,三等奖2次,获得"兵团优秀青年科技创业奖"、"农业部有突出贡献优秀中青年专家"及"新疆农垦科学院优秀共产党员"称号。

李万云率领的科研团队每年都有审定的新品种,这可以说是奉献之后的必然收获。"我既然选择了科研,就一生无悔,我愿用毕生心血换来一粒种子。"李万云语气坚定地说。

(原载2013年11月26日《兵团日报》)

"我要做新疆的生态卫士"
——援疆干部段华心系兵团生态建设记事

2012年12月20日,国家林业公益性行业专项——"塔里木河湿地种子库研究"正式在北京启动。

"这可是兵团林业上拿到的第一个国家项目!"项目主持人、国家林业局援疆干部、新疆农垦科学院院长助理段华非常高兴地说。

作为兵团第四批中央国家机关援疆干部,自踏上兵团大地的那天起,段华就一直琢磨:"我能为兵团做些什么?"

渐渐地,随着时间的推移,笔直茂密的白杨,美丽坚韧的红柳,片片绿洲,条条阡陌,在段华心里扎下了根……

愿人生像胡杨那样多姿

2011年6月的一天,国家林业局有关领导找段华谈话,打算派他去兵团援疆。

当时,段华已在国家林业局下属的中国绿色时报社工作了19年,是报社的业务骨干。如果不援疆,他前程依旧光明。可是,在段华的脑海深处,一棵棵姿态优美的胡杨迎风起舞,在遥远的西域向他招手。让自己的人生像胡杨那样多姿!他义无反顾地选择了援疆。

从报社的业务骨干到援疆干部,跨度不小,加之兵团特殊的体制机制,段华一时颇感茫然。

学习、再学习!来兵团之前,段华恶补了有关兵团的知识,他把几大箱关于新疆和兵团的书籍从北京带到新疆。作为国家林业局第一批来兵团援疆的干部,如何为兵团林业发展出力是段华思考最多的问题。

从《亚洲腹地旅行记》到《兵团简史》，段华不仅从书本上了解兵团的性质、地位、作用，还从团场片片笔直的白杨树、茂密的防风林感受到，兵团是新疆的生态卫士。近60年来，兵团职工守护在两大沙漠周围，取得了防沙治沙、保护生态的宝贵经验。

"兵团不仅坚守着祖国的西部国土，还创造了戈壁荒漠变良田的奇迹。兵团是屯垦戍边的卫士，更是名副其实的生态建设卫士！"震撼之余，段华的援疆思路也变得清晰：做新疆的生态卫士，为兵团的生态建设献计献策！

两个国家级项目进展顺利，很快段华明确了自己的三年援疆目标：每年开办一次现代林业建设讲座；每年为兵团在国家林业局申报一至两个林业项目；写一本关于兵团林业方面的专著，促成兵团林业科学技术研究所改建成兵团林科院。

凭着对国家林业政策的熟悉，段华将帮助新疆农垦科学院策划的第一个项目锁定在塔里木河。

"通过阅读《亚洲腹地旅行记》《塔里木河传》，我知道100多年前的塔里木河流域新疆虎、黄羊、野猪等野生动物成群，各种鸟儿群飞，野生植物密布，生态良好，而现在塔里木河两岸水土流失严重。我想通过湿地项目的实施恢复塔河生态，为两岸职工群众造福。"段华说。

在段华的努力下，兵团第一个国家林业公益性行业专项——"塔里木河湿地种子库研究"顺利通过审批，已于2012年12月启动。

该项目以我国最大的内陆河——塔里木河的湿地为对象，通过对不同湿地类型种子库的全面调查，阐明其物种组成特征，探讨水文干扰对种子库形成的影响，揭示种子库在湿地植被维持与演替中的作用。

"塔里木河流域分布着自治区的42个县市、兵团的55个团场，是南疆优势产业经济聚集区。塔里木河湿地的修复，对新疆和兵团经济社会发展和环境保护具有重要作用，同时它的成果还可以应用于我国广大干旱、半干旱地区湿地恢复与保护工作中。"项目实施的重大意义，让兵团环保部门负责人激动不已。

珍稀树种盐桦，属国家濒危二级保护植物，在全球仅阿勒泰草原有少量分布。熟知林业知识的段华敏锐地发现，盐桦耐盐碱、耐寒耐旱、抗盐性强，对干旱、半干旱地区盐碱地造林,绿化荒山荒地具有重要的生态和经济意义,种植盐桦是保护生态的好途径。

这个发现让段华振奋不已,他立即带领新疆农垦科学院林园所的科研人员实地调研,足迹遍布阿勒泰草原,历经艰辛写出立项报告,很快得到国家林业局的批准,盐桦项目于近期启动。

"在他身上,有一种不畏难的精神,"经常接触段华的新疆农垦科学院林园所副所长陈奇凌敬佩地说,"因为没有搞过湿地项目,塔里木河湿地项目刚提出来时,我们都有畏难情绪,但段华很有信心,他带着我们去甘肃敦煌湿地保护区考察汲取经验,又多次到北京与国家林业局科技司等部门领导沟通。盐桦项目提出后,我们也是顾虑重重,但他说要善于借助国内资源,克服困难也要上。"

在段华的努力下,盐桦项目得到了国家林业局领导的肯定和支持。

现在,这个项目的前期工作进展比较顺利!

兵团与国家林业局的距离拉近了

段华去南疆考察过多次,认为南疆是新疆经济社会发展至关重要的地区,应该在科技力量方面给予加强,这也符合国家将南疆三地州作为新一轮扶贫攻坚重点的战略部署。

2012年4月,段华把一份将新疆农垦科学院南疆创新中心建成南疆分院的报告递到院党委书记尹飞虎的办公桌上,这与院党委在南疆建立分院的思路不谋而合。同时,段华还建议,"兵团林业科学技术研究院"建在南疆更好,时机成熟时可与中国林科院协商,加挂"中国林科院兵团分院"的牌子。

"兵团目前是全国唯一一个没有林科院的省级单位,这个建议对兵团林业的发展来说太重要了!"尹飞虎说。

"国家对新疆林业发展的支持力度很大,每年下发数十亿元项目资金。兵团应进一步与国家林业行政主管部门对接,争取各种支持。兵团林业科学技术研究院成立后,可根据兵团的特点,在林产品分析检验、林业科技信息、经济林研究、沙漠与绿洲生态经济研究、野生动植物保护研究、湿地保护研究、林业机械研究开发等方面做文章,实现职能作用的最大化。"段华说。

近1年多的时间里,兵团林业科研建设有了质的飞跃,这让陈奇凌很感慨。他说,以前我们与国家林业行政主管部门基本没有往来,林园所虽然挂兵团林业科研所的牌子,但是与其他省林科院相比,我们基本没有优势。段华来援疆后,多次到北京向国家林业局有关领导汇报兵团的情况,介绍宣传兵团防沙治沙的经验,兵团人在艰苦环境下守土卫国发展经济的意志和决心,得到了国家林业局领导的理解和支持。

多次陪段华一起去北京申报项目事宜的陈奇凌说,段华每次回北京都很忙,要向局有关领导汇报,要与相关处室沟通、协商,每一次回家都很晚。

2012年春天,段华80多岁的母亲由于眼疾要做手术,段华恰好在北京出差。可是,为了向局领导汇报项目上的事,段华没有时间守护在母亲身边,只是在临回乌鲁木齐前匆匆去见了老人家一面。

尹飞虎说,段华是国家林业局派到兵团的首位援疆干部,他的到来,进一步拉近了兵团与国家林业局的距离,申请到了兵团第一个国家林业局支持的公益类行业专项,使兵团林业科研事业的发展迈出了可喜的一步。

"援疆1年多了,可以自豪地说,我没有虚度时光,尽到了应尽的责任。等3年期满,我要交给兵团一份满意的答卷,给子孙留下更多绿色的财富,永远做一名新疆的生态卫士。"说起当下和将来,段华谦逊而自信。

(原载2013年1月4日《兵团日报》)

为了大地的丰收
——记农业机械工程专家、新疆农垦科学院研究员陈学庚

5月的绿洲大地生机盎然。田野上，一台台农业机械轰鸣而过，展示着农业机械化的魅力。

来自兵团统计局的一组数据让我们震撼：2011年，新疆棉花种植面积占全国的30%，籽棉总产占全国的40%，平均单产比全国高33.3%；兵团棉花单产161.3公斤，比世界排名第一的澳大利亚高出24公斤。而在1982年，新疆棉花面积仅占全国的4.9%、总产占全国的4%、单产比全国平均水平低7公斤。

由于新疆、兵团棉花的异军突起，全国棉花主栽区逐渐从黄河、长江流域转移到新疆。

是什么力量促使新疆、兵团成为全国重要的优质棉基地？兵团农业专家告诉我们，是地膜植棉栽培技术与机械化种植的有机结合，促成了这场意义重大的农业革命。其中，一系列农业机械的创新和推广，是棉花得以大面积种植的关键。这其中，新疆农垦科学院研究员陈学庚功不可没。

5月初，我们见到陈学庚时，他正在忙着课题研究的事。他衣着朴素，言语不多，但是，一说起农业机械便滔滔不绝……

在兵团棉花全程机械化发展历程中，他像一名主攻手，攻破了一个个"堡垒"。

新疆是典型的大陆性气候，降水量少，光热充足，夏季全年日照时间在2550小时至3500小时之间，丰富的日照增强了植物的光合作用，种植棉花等喜光农作物具有得天独厚的优势。

20世纪80年代初，王震将军在兵团视察时，倡议兵团引进日本地膜栽培技术种植棉花。随后，兵团开始小面积试验，取得亩产115公斤的好成绩。而1982年，新疆棉花单产仅34.1公斤。

人们从地膜植棉的好成绩中看到了棉花产业的广阔前景。

可是,铺膜是一项力气活,人工铺膜一天只能铺4分地,小面积示范还可以,大面积推广难度很大。况且,铺膜后,要靠人工在地膜上点种,进度慢、劳动强度大,许多职工手上磨出了血泡。

兵团从成立那天起,走的就是农业机械化道路,再难也要走下去。随着兵团的一声令下,各师相继成立了20多个铺膜机研发小组。

当时在七师一三〇团工作的陈学庚,率先研制成功悬挂式膜下条播机,可以进行播种铺膜联合作业,日工效达150亩。可是,这种机械试用不久,新的问题显露出来:膜下播种,出苗后还要人工放苗、给膜孔封土,要耗费大量劳力。更令人沮丧的是,如遇高温天气来不及作业,大片棉苗就会被"烫死"。

于是,陈学庚和他的科研小组又开始研发新的播种机。这次,陈学庚发明的膜上点播机有了巨大突破,迅速在天山南北推广开。

自此,陈学庚率领的科研团队开始活跃在兵团农业机械的舞台上,他们围绕兵团农业攻破了一个个难关。

1982年,陈学庚发明滚筒式膜上穴播器,在此基础上成功研制出2BMS—6铺膜播种机,该机作业时使畦面整形、开膜沟、铺膜、膜面覆土、膜上打孔穴播等多道程序一次完成,三膜六行机日工效达120亩至150亩,一台机具顶300个劳力。这套农机得到棉农广泛认可,很快在自治区和内地15个省区推广,"棉花铺膜播种机研究与推广"项目,获得1995年国家科技进步奖一等奖。

随后,陈学庚根据兵团发展精准农业的需要,研制成功了膜下滴灌精量铺膜播种机,将铺膜播种技术提升到一个新水平。这种机械每穴播种很精准,要单粒就单粒,要双粒就双粒,完全解放了劳动力。2006年以后,随着精量播种机的全面应用,植棉团场学校、机关再也不用停课、闭门去定苗了,这在兵团历史上可是破天荒的。

2008年,陈学庚申报的"棉花精量铺膜播种机具的研究与推广"项目获得国家科技进步奖二等奖。

铺膜技术与机械自动化相结合之后,极大地促进了棉花种植业的发展。2012

年,兵团棉花种植面积扩大到830万亩,占总播面积的一半,获得皮棉单产166公斤、总产138万吨的好成绩。棉花成为兵团经济的支柱产业,兵团植棉职工60%以上的收入来自棉花。

2009年9月,陈学庚获得"全国杰出专业技术人才"称号,光荣地出席了在北京人民大会堂举行的表彰大会。

陈学庚,一名中专生,一名在实践中琢磨出来先进农机具,进而服务人农业的农机专家,用自己的力量扛起了农业现代化的重任。

从修不好一台压面机,到成为我国农业机械化工程优秀专家,他实现了人生的跨越。

1960年,幼小的陈学庚从江苏泰兴随父母来到新疆。聪慧的他自小对机械很感兴趣。高中毕业后,他毫不犹豫地把所有的报考志愿都填上了机械制造专业。最后,他被兵团奎屯农校录取,毕业后分配到七师一三〇团修造厂工作。

刚上班,修造厂的司务长拿来一个报废的压面机让陈学庚修理。可是,陈学庚捣鼓了半天也没有修好。这件事对陈学庚触动很大,成为他刻苦钻研的动力。

在随后的工作中,谦虚好学的陈学庚得到领导的赏识,担任了技术革新组组长。在那个工业机械很落后的年代,年轻的陈学庚开始崭露头角。

当时国内市场上买不到用于测试发动机功率的水力测功机,许多拖拉机发动机修理完毕后无法测试功率恢复是否达到标准。

陈学庚听说二师二十九团修造厂新买了一台水力测功机,就与同事一起赶过去。

面对这台结构复杂的机器,陈学庚要求厂里拆开看个究竟。刚买来安装使用不久的新机器要拆开?

修造厂领导不太乐意,可是看到陈学庚等人心情急迫,最终还是同意了。陈学庚连夜绘制图纸,可是,几个月过去了,试制的样机制动力始终达不到要求。

原因在哪里?陈学庚和同事又一次赶到二十九团修造厂,提出再次拆机器的请求。这次,修造厂领导说啥也不同意了。无奈,陈学庚和同事只好围着机器仔细揣摩。最后,找到了问题所在。他们兴冲冲地回到团场,立马开始研制,很快水力测功机试制成功,制动力及精度均达到了要求。

此后,陈学庚先后研制出缸套离心浇注机、缸套粗加工卧式镗车、C620车床、龙门刨床、制砖机、大型顶车机等设备,他的名声越来越大,成为远近有名的革新能手。

随着地膜棉的种植,陈学庚的研究重点转向铺膜、播种、滴灌等机械的研究。

铺膜播种机的关键部位是穴播器。为了攻克这个难题,陈学庚费尽心血。有一天,陈学庚在实验室做实验,从早上干到深夜,连续工作了18个小时,可是仍然没有一点儿头绪。他又累又烦,索性回家睡觉,可是回到家躺在床上却睡不着,满脑子都是穴播器。也不知过了多久,他的脑子里突然涌出一个新点子,于是,他赶紧翻身下床赶到车间摸着黑干起来,一直到中午吃饭时,铺膜播种机关键部件穴播器的难题被攻破了。陈学庚回忆说,那顿午饭,他吃得太香了!

穴播器研制成功后不久,陈学庚的团队就研制出膜上点播机。这种机械先铺膜,后在膜上打孔点播,然后对膜孔进行盖土,多道工序一遍完成,效率高,使用方便,解决了人工放苗、封土的难题。

到新世纪初,植棉的机械化程度已经很高了,可是在播种环节还处于半精量状态。每穴2粒至5粒种子,每一亩地播5公斤至6公斤种子,出苗后还要多次定苗,要耗费大量劳力。在植棉团场,每到四五月的棉花定苗期,学校放假、机关工作人员全体出动,棉花地里人山人海。

陈学庚开始琢磨如何解决定苗问题。当时,兵团开始提倡"精准农业"技术,能否从精准的角度解决这个难题?陈学庚的思路一步步打开了。

时任新疆农垦科学院农机所所长的陈学庚,带领全所研究人员查阅了大量国内外资料,制订了多套方案,并进行一次次试验。

不久,在半精量铺膜播种机基础上研发的铺膜精量播种机试验成功,一次作业可以完成铺设滴灌带、铺膜、膜上打孔、精量播种等8道工序,使用这个机器可以想播一粒就一粒,想播两粒就两粒。陈学庚还根据不同作物技术特征研发成功13种系列新产品,满足了棉花、玉米、番茄、瓜类、甜菜等作物对精量播种的要求,填补了国内外空白。

在当时有钱买种、没钱买苗的理念占主导地位的年代,精量播种机推广起来很不容易。

陈学庚的团队在一师推广精量播种机时,还闹出这样一个笑话。

团长们担心一穴播一粒会出问题,就悄悄地作好准备,当上级领导来检查播种时装单粒盘,一穴播一粒,领导一走立马换双粒盘,一穴播两粒。结果,播一粒的苗齐苗壮;播两粒的,还要人工定苗。

神奇的播种效果,让团场干部职工心悦诚服。第二年,一师购进精量播种机1000多台,当年播种85万亩棉花。很快,精播机在南北疆推广开来。

到2012年年底,陈学庚团队研发的精量播种机系列已在全疆推广1.26万台,仅在兵团,棉花精量播种就节省地膜、棉种、人工费用31亿元。目前,棉花精量播种机已经推广到我国14个省区,并出口中亚5国和苏丹。

在重点突破棉花精量播种机械研发的同时,陈学庚团队还先后研发出耕整地、节水灌溉、中耕施肥等新机具,形成32种新产品。到2011年,各种机型累计推广3万余台,取得了显著的经济效益和社会效益。

近年,陈学庚根据多年的实践建立了以滚筒式穴播器精密取种、鸭嘴破膜打孔、切割土壤成穴、定点开启投种、种孔精确覆土为主要内容的"准、联、低、易"膜上精准穴播理论,将地膜覆盖栽培机械化研究和技术实践提升到了一个新高度,获得30项国家授权专利,代表专著有《旱田地膜覆盖精量播种机械的研究与设计》《铺膜播种机械和残膜回收机械》《精准播种》《新技术新机具》4部。

从囿于一台压面机的修理到创造出播种、耕整、节水灌溉、中耕施肥、田间植保5大类农业机械新机型,32个农机新品种,推广农机3万余台,创建膜上精准穴播理论,45年来,陈学庚将毕生精力和心血都贡献给了新疆农机装备事业。

(与蒋革合作,原载2013年5月28日《兵团日报》)

莞香花在昆仑山下绽放
——记援疆干部、三师图木舒克市发改委副主任陈俊

莞香花小巧玲珑，颜色淡黄，气味芳香，是东莞的标识之一。

虽然喀什与东莞远隔千里，但是莞香花却在昆仑山下绽放。有人说，是东莞援疆干部陈俊"带"来了莞香花。

"我的性格决定了越是硬骨头越要去啃。"

前不久，我们在喀什见到了陈俊，她没有我们想象的那么时尚和白净，但是娇小的身材充满活力，干脆利落的话语中充满睿智。

说起援疆，陈俊说："我和喀什有缘。2010年6月，我以东莞市政府经协办副主任的身份来喀什参加喀交会，这期间接到领导电话，说我符合援疆条件，让我考虑考虑。我的父母和爱人都很支持我，我就报名了。"

当时，陈俊并没有告诉正在上高二的女儿自己要去援疆。有一天晚饭后，陈俊和女儿在看电视，刚巧电视上公示了援疆干部的名单，上面有陈俊的名字。陈俊转身看女儿，她在默默流泪。

"我这人平时心肠比较硬，但是当时看到女儿的样子，眼泪就忍不住流了下来。"

有朋友劝陈俊，你现在任副处职务已经3年了，过几年拿到正处应该没有问题，何必跑那么远受苦？

陈俊说："这次援疆与职务无关，这次是政治任务。我的性格决定了越是硬骨头越要去啃。"

就这样，2010年8月6日，陈俊来到三师工作。

陈俊做事认真、细致在三师是出了名的。有援友私下对她说，我们东莞援疆项目实施的是"交支票"工程，他们干完了我们给钱就行，没必要这么认真，不然会得

201

罪人的。何况女同志来援疆打打擦边球就可以了。而陈俊不这么认为,她说,东莞的资金来之不易,要用在刀刃上。再说,援疆有10年,我们要交接好第一棒,做到"交支票"不交责任。

去年,图木舒克市启动了一个援建项目。项目计划由3部分组成,但在实施过程中出现了变更。巡查时,陈俊发现了这个变动,当即请项目建设单位给师市援疆办打变更申请。按程序,这个报告要经广东驻师市工作队同意,交广东省援疆前方指挥部,然后由前指呈报广东省发改委,最后呈报常务副省长签署意见。签署同意后才能认可项目的变更。

但是,由于前期工作已经做一部分了,项目建设单位来要钱,他们不理解这个程序,找到陈俊拍桌子:"师领导都同意了,你一个项目组长为啥不签字?"

拍桌子也没用,两个月后,他们拿到了省领导的批复才知道错怪陈俊了,赶忙来道歉。陈俊说:"像这种情况,我要是签字给钱了,万一省里不批就会很麻烦。"

陈俊经常说,南疆人民过上富裕生活对新疆的稳定很重要,我一定要尽最大努力让援疆资金发挥最大的效益。

五〇团夏河片区聚居着8000多名少数民族职工群众,这里基础设施条件差,住房条件更差。陈俊了解到这个情况后,主动请有关部门设计了4个具有少数民族特色的建筑方案,然后将方案拿到夏河片区,征求职工群众的意见。

最后,该团决定把夏河片区改造成新颖别致的胡杨新村。

走进胡杨新村阿仙姑的新家,我们看到,一套带院子共300平方米的新房有自来水、下水道、暖气,而阿仙姑只花了5.5万元就住上了这套新房。阿仙姑说:"我们特别感谢东莞人民的帮助。"

按规定,援疆项目5年做一次规划,如果进入不了规划,后期变更很困难。陈俊经过细致调研和听取师、市领导意见,说服相关部门将图木舒克气象站项目、幼儿园项目、夏河职工文化活动中心项目等重要民生项目都列入了5年规划。如今,这些项目相继完工,深受职工群众欢迎。

援疆工作启动3年来,东莞市已经给三师图木舒克市注入资金12.99亿元,帮助五〇团、四十一团等建设城镇化示范团场,援建项目得到中央、广东省及兵团主要领导的高度肯定。这其中,陈俊功不可没。

"丈夫和母亲先后患重病,我背负着巨大的心理压力,但是来援疆我永远不后悔。"

濒临塔克拉玛干大沙漠的喀什地区自然条件非常恶劣,常年干旱少雨,紫外线强烈,每年春季沙尘暴肆虐。这些对于男同志来说都是考验,更别说女同志了。

陈俊来喀什一段时间后,身上就开始发痒,皮肤干得像树皮一样。后来,她才知道在这里洗澡不能用沐浴露。三师领导与陈俊开玩笑说,等你脱了一层皮,像胡杨树那样就没事了。等皮肤适应了,陈俊也明显感觉自己的皮肤比在东莞时粗糙了很多。

爱美是女人的天性,在东莞时,陈俊会穿穿旗袍,做做美容,蹬一双高跟鞋,展示一下女性的魅力,可是在喀什,这一切都成了奢望。偶然回东莞开会,以前的熟人都差点认不出她了。

我们问陈俊,来援疆最大的牵挂是什么?她说,对亲人的牵挂,尤其对生病丈夫的挂念。

2012年国庆节前,陈俊回东莞评审喀什经济开发区兵团分区的项目,评审完就顺便回家,计划10月2日回喀什。没想到,发生了一件让陈俊揪心的事。

10月1日7时多,陈俊还没有起床,只听见"轰"的一声,好像有东西掉到地上,出来一看,丈夫倚靠在卫生间玻璃门上,口齿不清地说:"咋搞的,手脚没有一点力气。"

陈俊马上叫来救护车,把丈夫送到医院。陈俊说:"如果不是自己当时在家,送医院及时,丈夫可能命都没了。"

丈夫住院后,陈俊白天守着丈夫,夜晚就在电脑上处理援疆项目方面的业务。1个月后,丈夫的病情稍稍好转,他看到陈俊电话不断、一副神不守舍的样子,就催促陈俊回喀什。其实陈俊心里明白,丈夫非常希望她能留下,但又知道挽留也无用。

陈俊对丈夫说:"要不我提前回来吧?还可以照顾你。"丈夫说:"都去了两年多了,也不差那么几天了,我尽量照顾好自己,你也可以为自己的援疆梦画一个圆满的句号。"

11月初,陈俊把半身偏瘫、正在康复治疗的丈夫留在了医院,自己回到了喀什。就在陈俊返回喀什的前一天,丈夫又一次摔倒在卫生间。看到丈夫身体状况这么差,临行前,陈俊的眼泪止不住地往下流。

母亲生病,自己却不能在身边是陈俊至今愧疚的事。2011年,陈俊的母亲住进了医院,经诊断是脑梗塞,因为治疗及时,没有大碍。母亲住院后,陈俊正忙于项目验收工作,没有时间回去看望老人。面对亲人的责怪,陈俊特别内疚。好在老人现在恢复得很好。

2012年6月,陈俊的女儿要高考了。本来答应女儿回去陪她参加考试,但是由于工作忙抽不开身,陈俊失约了。女儿在电话里说:"别人的妈妈都捧着鲜花,在校门口等着孩子出考场,我出来时,连妈妈的影子都见不着,想想都伤心。""现在回想起来,我感到很愧疚。还好,女儿很争气,考上了西南政法大学。"给我们说起这些,陈俊的眼圈红了。

一边是繁重的援疆工作,一边是生病的丈夫和母亲,面对这些,陈俊告诉我们:"丈夫和母亲先后患重病,我背负着巨大的心理压力,但是来援疆我永远不后悔。既然来援疆,就要倍加珍惜这次机会,作出成绩,这样才能对得起家人、朋友、组织对我的支持和信任。"

陈俊,这朵绽放在昆仑山下的莞香花,经历了风吹雨打,愈加靓丽芬芳。

(原载2013年8月6日《兵团日报》)

兵团情

当代知识分子的楷模
——新当选的中国工程院院士陈学庚成功启示录

又一次走近陈学庚,又一次经历着铭心刻骨的感动。从不多的言语里感受到他对农机事业的专注、痴迷和挚爱,感受到他对科研工作的热爱、对社会的执着奉献,及对这个世界深深的感恩之情。

从一名中专生成长为中国工程院院士,陈学庚的事业取得了辉煌的成就,他的敬业精神、奉献精神、探索精神和高尚的学术道德,及忠厚谦逊的人格魅力给我们太多的启迪。

——采访手记

冬季里,石河子垦区的田野辽阔而空旷,萧瑟中孕育着新的希望。一条笔直的公路上,一辆越野车在疾驰。车内鸦雀无声,人们生怕打扰了一位老者的思索:新疆农业机械当前最亟待解决的问题是什么?全国农业机械当前最亟待解决的问题有哪些?这位习惯于在乘车时思考问题的老者就是新当选的中国工程院院士陈学庚。

从美丽繁华的江苏名镇到偏远落后的西部边陲城市,从一名中专生、农机"土专家"到中国工程院院士,陈学庚几十年始终执着于一件事——研究农业机械。陈学庚常说:"人来到世上走一圈,总要给世界留下点什么。这一件事情干好了,我这一生就值了。"

启示之一:一个人一生中,专注地做好一件事足矣

所有的志愿都填报机械专业,毕业后从最基层的修造厂工人干起,搞研发做产品做企业。陈学庚将全部心血倾注于我国农业机械事业。

1960年春天,13岁的陈学庚跟随父母从江苏来到兵团。还在上小学六年级的陈学庚表现出对机械的浓厚兴趣,看到拖拉机犁地,他就远远地跟着,机车驾驶员中途休息时,他就悄悄地爬上驾驶室,东摸摸西看看;看到机车远远开过来,他就定定地观察,直到机车离开。

陈学庚知道,不经过系统的专业学习是做不成大事的。初中毕业后,陈学庚执着地在报考中专的志愿表上只填写了一个专业——机械制造。最后,他如愿考入了兵团奎屯农校。

陈学庚原以为经过4年的专业学习,知识够用了,没想到分配到七师一三〇团修造厂工作不久,就被司务长拿来的一个报废压面机"打趴下"了。只有理论知识,没有实践经验怎么能行?

第二天,陈学庚主动要求下到车间当工人,从最基层干起。有人说他放着舒服的派工员不干,真是"傻帽"。

这个大家眼里的"傻帽"买来一大摞机械方面的书籍悉心钻研,遇到问题虚心向老师傅请教,慢慢地成了工厂的技术骨干。在那个工业机械很落后的年代,年轻的陈学庚开始崭露头角。

他先后革新制造出磨缸机、水力测功机、缸套离心浇注机、缸套粗加工卧式镗车、龙门刨床、制砖机、大型顶车机等设备。20世纪70年代中期,陈学庚在当地已小有名气,带动了团场农机具修理设备的革新。

随着荣誉的纷至沓来,陈学庚的职务也在升高,从机械厂技术员、副厂长、厂长,到团机务科科长、副团长兼总工程师、师农机服务中心主任。1992年2月,原本可以继续担任业务领导的陈学庚,选择来到新疆农垦科学院从事科研工作。

现在很多人问他,为啥非要搞科研?他率直地回答:"我喜欢这个,就想坚持干下去。和我同时干机械的很多人取得成绩后就离开研究岗位当领导了,我如果不坚持搞科研,可能也高升了,但是,我想一个人一生中应该专心致志地做好一件事。"

来自团场的陈学庚最清楚团场生产需要什么,眼看着研究所一摞摞科研成果鉴定证书被锁进了柜子,他心疼得直跺脚。"这些成果要是能在生产中派上用场该多好啊!"于是,陈学庚向院领导建议组建兵团农机推广中心,并不辞辛劳地为申报兵团农机推广中心四处奔走。

1992年4月中旬,在没有资金、人员和场地的情况下,陈学庚向新疆农垦科学院借款5000元,注册成立了兵团农机推广中心。

兵团农机推广中心成立初期,陈学庚白手起家,一手抓科研、一手抓成果转化。

20世纪80年代末,老旧中耕施肥机在兵团农牧团场保有量大,四连杆机构普遍变形、松旷,而且很不容易修复,农牧团场机务人员因为中耕施肥作业质量上不去受到批评,怨气很大。陈学庚来到新疆农垦科学院后,科研上的第一个目标就是组织力量研发新型中耕施肥机,将农牧团场中耕施肥作业质量提上去。

1993年,陈学庚率团队研发的新型中耕施肥机,通过成果鉴定,并开始应用于大面积生产实践。为尽快实现产业化,陈学庚背着图纸找到西安播种机厂、保定农机厂和疆内多家农机厂,寻求合作。这些大厂担心产量上不去,都不愿意干。怎么办?看准了的目标不能半途而废,干脆自己转化!先用新型机械部件为农牧团场改造老旧机具。

说干就干,陈学庚带着样品到团场找市场,花很少的钱就能改造老旧中耕施肥机的方案深受欢迎,几天下来,仅八师几个团场就与兵团农机推广中心签订了400台老旧中耕施肥机的改造合同。就这样,兵团农机推广中心成果转化初战告捷。后来,像滚雪球一样,科技成果转化率越来越高,兵团农机推广中心越做越大,效益越来越好。

2006年,在兵团农机推广中心基础上改制的新疆科神农业装备科技开发有限公司应运而生。蓬勃发展的科神公司不仅在石河子经济技术开发区占有一席之地,而且建立了自己的农机科技园区,该公司主要生产销售5大类32种机械,连续多年年产值达到6000多万元,产品销售到国内各省区和周边国家。

陈学庚46年倾注于农机事业的心血终于换来了丰硕的果实:获得国家专利32项,发表学术论文36篇,出版专著4部,主持完成国家级、省部级研究课题24项,获科技成果奖励21项,获得省部级以上荣誉称号13项,为新疆农业装备领域培养高、中级研究人员20余名。陈学庚带领的科神公司形成了以"创新研发+成果转化+推广服务"为一体的产业链,引领了新疆铺膜播种机械化技术的发展。2005年至2012年,兵团膜下滴灌精量播种推广面积超过4560万亩,增收节支效益巨大。

启示之二:一个致力于解决瓶颈问题,视难题为机遇的人,具有不懈的探索精神

看到职工手上磨出了血泡,他研发出了机械铺膜机;看到播种量太大,不仅浪费种子还要人工定苗,他研发出了精量铺膜播种机,实现了新疆棉花全程机械化生产中的两次提升。陈学庚始终在与新疆棉花全程机械化生产中出现的瓶颈问题较劲。

新疆具有典型的大陆性气候,降水量少,光热充足,全年日照时间在2550小时至3500小时之间,丰富的日照增强了植物的光合作用,特别适合种植棉花等喜光作物。

自治区和兵团从20世纪50年代开始种植棉花,可是单产一直很低,1982年,新疆棉花播种面积占全国的4.9%,总产量只占全国的4%,皮棉单产仅34.1公斤。

20世纪80年代初,在王震将军的倡议下,兵团引进了日本地膜覆盖栽培技术种植棉花。可是,铺膜是一项力气活,人工铺膜一天只能铺4分地,小面积示范还可以,大面积推广难度很大。况且,铺膜后,要靠人工在地膜上点种,进度慢、劳动强度大,为了铺膜许多职工手上磨出了血泡,苦不堪言。

看到职工血糊糊的手,陈学庚心疼不已,他暗下决心一定要研制出自动铺地膜的机械。他不知疲倦地投入到研究工作中。经过几个月加班加点的反复改进,陈学庚的团队研制出了可以先播种后铺膜的膜下条播机,日工效最高达到150亩。

可是,第二年条播机大量作业,弊病就暴露出来:需要大量人工放苗、膜孔封土,若放苗不及时,遇到高温天气,棉苗就会大片大片被烫死。"不行,得继续改进铺膜播种机。"陈学庚下定了决心。

有一天,陈学庚和同事们连续工作18个小时直到次日凌晨。"大家回家睡觉,天亮再干。"陈学庚命令说。可是,回家后他躺在床上,两眼望着天花板,没有丝毫睡意。突然,一个念头从大脑中闪过:能否在垂直圆盘上做个型孔呢?他翻身坐起,绘制出草图,然后披上衣服摸黑来到车间制作起来。

中午,从车间传出一个振奋人心的消息:铺膜播种机的关键部件鸭嘴滚筒式穴播器试制成功!此时的陈学庚已经30个小时没合眼了。

鸭嘴滚筒式穴播器的研制成功,加速了铺膜播种机的研究进程。随后研发成功的新型铺膜播种机,可进行联合作业,实现膜上打孔穴播,日工效120亩至150亩,地膜覆盖技术得以推广。

1985年至1994年,新疆机械化铺膜播种累计推广面积达到6890万亩。其中,兵团累计推广面积2627万亩,皮棉单产从1982年的38.6公斤上升到1994年的82公斤,机械化铺膜播种促成了新疆棉花产量第一次提升。

1995年,叶良中、陈学庚主持的"棉花铺膜播种机的研究与推广"项目获国家科技进步一等奖。

20世纪90年代后期,新疆棉花种植再次走到了十字路口:亩播种量4公斤至6公斤,大水漫灌,肥料利用率不到30%,人工收获成本高……棉花种植的成本犹如一个巨大的黑洞,将本来就较薄的利润几乎吞噬掉。这时,兵团提出"精准农业"的概念。

先进的农艺技术需要先进的机械支撑。陈学庚又一次看到了发展的机遇。这时,他已是新疆农垦科学院农机所所长。

当时,国内外精量播种机种类很多,但均不具备滴灌铺管铺膜、膜上打孔等多种功能。而此类机械的核心部件是气吸式穴播器,这个部件研制成功了,就成功一半了。

富有实践经验的陈学庚,面对难题毫不退缩。在如何将风机的气输送到穴播器这个问题上,外国做法通常是直接用气吸软管连接风机与气道,有12个穴播器就有12个气吸软管,设备像个庞大的蜘蛛网。陈学庚提出用梁架作为气道(梁架本身是空心的),当时很多人都认为不可行,结果一试验竟然成功了。

精准播种的理念是一穴一粒。在当时有钱买种没钱买苗的观念根深蒂固,人们都认为棉花精量播种不可行,风险太大。而陈学庚认为这是现代农业发展的方向。他先从精量播种机研究开始,每穴平均播种1.5粒到2粒。

精量播种机在六师新湖农场试验站连续试验了两年,可是由于空穴率高,棉种发芽率低,没有达到好的效果。但是,陈学庚没有气馁,最终攻克了精准播种中的关键技术,研制成功了膜下滴灌精量铺膜播种机,将铺膜播种技术提升到一个新水平。这种机械每穴播种精准,可以同时完成播种、铺膜、滴灌等8道程序,完全解放了劳动力。2006年以后,随着精量播种机的全面应用,植棉团场学校、机关再也不用停课、闭门去定苗了,这在兵团历史上可是破天荒的。

2008年,陈学庚团队申报的"棉花精量铺膜播种机具的研究与推广"项目获得国家科技进步奖二等奖。

2006年至2012年,科神公司棉花膜下滴灌精量播种机生产总量达1.26万台,精播的作物从棉花扩展到玉米、甜菜、打瓜等多种作物,精量播种技术在新疆每年推广应用面积超过2600万亩。该技术产品被推广至全国14个省区。

棉花膜下滴灌精量播种技术带动了新疆棉花种植模式的革新。2012年新疆棉花种植面积占全国36.6%,是1982年的7.5倍;棉花总产占全国51.7%,是1982年的12.9倍。新疆成为我国最大的棉花生产基地。2008年至2011年,兵团皮棉平均单产156.5公斤,比澳大利亚棉花产量高28.6公斤,是美国的2.6倍,棉花膜下滴灌精量播种技术促成了新疆棉花生产第二次飞跃。

很多了解陈学庚的同行都说,他就像一个主攻手,看到机会来了就要扑上去抢,他把帮助基层解决难题作为一件快乐的事。

科神公司总经理陈其伟说,老所长来自基层,熟悉大田的环境,自己又会设计图纸,常常是看完地里的情况回来就设计,接着就加工出样机了,速度很快,也很实用。面对困难,他从来不退缩,他把克服困难当作一件快乐的事。

启示之三:一个把科研论文写在大地上,把大田当实验室的人,最受职工欢迎

在团场、连队走一圈,就会发现许多问题,回来立即解决;一台样机生产出来,反复试验改造,亲自跟机观察。陈学庚研制的农机被干部职工亲切地称为"傻瓜

机子"。

陈学庚经常说,常用的农具是既简单又复杂的设备,说它简单,是因为它结构并不复杂,研究出来后仿造容易;说它复杂,是因为大田环境千差万别,土壤条件、气候条件等都不一样,同样的农机,在不同的区域和环境里发挥的作用都不一样。所以要想研究出农机职工认为好用、易操作、价格低廉的农具真是很难的事。他认为农机工作的环境是土地,操作农机的人群是职工,自己要把复杂的机械结构简单化。

要想生产出农机工人喜欢的农机,必须经常深入生产一线征求意见,寻找存在的缺点。为了做到这一点,每逢机械作业高峰季节,陈学庚就带着技术人员深入田间地头察看机械实际使用情况,把农机人员反映的问题和使用机具的经验一一记录下来,回到工厂,立即着手修改图纸,等下一批农机具生产时之前存在的缺陷就改过来了。遇到农忙季节,为不耽误农时,他会安排人员立即修改。

有两年,七师连续下雨,造成土壤板结,作物减产。陈学庚听说后,立即赶到地里察看实情。

当时,播种工作已经开始,陈学庚带领技术人员在最短的时间里研制出膜上膜播种机械。经试验,这种机械防土壤板结效果很好,第二年就在兵团推广开了。

团场职工有普遍共识,农机具出了问题,找到科神公司肯定会圆满解决,因为他们知道陈学庚最了解自己的心思。2006年春播期间,六师新湖农场和芳草湖农场出现播种机种孔错位的情况。陈学庚知道后,立即赶往团场条田。呼啸的大风扬起漫天尘土。陈学庚全然不顾,紧跟在农机后面察看播种情况。当发现是覆土装置有问题时,他安排人员连夜将所有农机上的覆土装置都卸下来,装了满满两大卡车,拉回工厂重新设计改装。第二天又拉回重新装上,没有耽误职工播种,也没有收改装费用。

当一个机型出来了,它适不适合生产实际,必须反复试验。陈学庚从来不因为自己是领导而不去实践,反而比一般人更关注样机的性能。

在一次试验中,样机很矮,必须与地面贴得很近才能观察到运转情况。陈学庚不顾自己年事已高,趴在地上察看,一趴就是半个小时。在大田一次次的反复试验中,陈学庚从来都是跟随农机边走边观察,常常浑身尘土,吃饭时连团场机关食堂服务员都投来疑惑的目光。

在基层采访中,很多职工对记者说,他们特别喜欢科神公司的农机,哪怕比市面上贵几千元都愿意买,如没有现货,他们也愿意等几天。因为科神公司的农机用起来皮实,更新还快。到石河子市去,他们习惯性地要去科神公司看看有没有新型农机销售,如果有,会提前买回来备着。

有一年,八师一四九团七连农机户陈继华发现自己买的科神公司的精量播种机上的开沟固定杆焊合工艺有缺陷,准备秋后给公司反映。没想到没过多久,新批次的农机已经改过来了。陈继华欣慰地说:"这样的更新速度仿造也来不及啊。"

陈学庚心里始终装着职工的利益。前几年改装农机的特别多。如改装一台膜上膜播种机只需3000多元,而购买一台需要2万多元。为了给职工省钱,他把零配件都放在团场,随时为职工改装。

在农机质量上,职工最有发言权。陈继华告诉记者:"科神的播种机太耐用了,用五六年大梁都不变形。我们连农机户用的播种机都是科神的,他们的产品信得过。"

科神公司副总经理温浩军说:"在每次用料制作之前,技术人员都要用尺子量钢板的厚度,如果厚度不够国家标准就退货。在科神公司,质量是第一位的。"

根据职工实际需要生产农机,根据具体环境的改变改进农机。这样,科神的农机越来越好用,职工越用越喜欢,越用越离不开。有一位师领导这样评价科神的精量铺膜播种机:"越来越高级了,越来越像'傻瓜机子'了。"从此,科神能生产出"傻瓜农机"的消息不胫而走,传遍天山南北。

启示之四:一个默默奉献、淡泊名利、勇攀高峰、谦和忠厚的人,具有共产党员的崇高思想境界

同行说他始终走在科技创新的前沿;同事说他在成果排名上总是充分考虑他人;老伴说生孩子时难产、大出血,他都不在身边,而在车间搞科研。

在同行眼里,陈学庚是一位永远冲锋在科技创新前沿的战士。几年前,有位师

领导找到陈学庚,说棉花66+10厘米的栽培模式脱叶效果不好,应该考虑改改。当年,陈学庚就开始研究试验72+4厘米超窄行播种机,并获得了发明专利。但是当时,兵团机采棉种植面积还较小,没有在生产上大面积推广。但是,陈学庚始终认为,棉花机械采收是必然趋势,在未来两三年内,这种模式肯定会有推广前景。

果然,今年,陈学庚研发的72+4厘米超窄行精播机在六师大面积试验,效果非常好,因为在超窄行种植模式下,两窄行棉苗呈三角形配置,具有生长空间大的优势,光热效果明显增强,脱叶效果、采净率及产量均较66+10厘米的栽培模式更具优势。

2014年,六师72+4厘米超窄行精播机订单将会达到200台至300台;七师一二五团也看好超窄行种植模式,初步确定2014年改造和定购100台超窄行精播机。

位于新疆农垦科学院附近的制造加工厂是陈学庚办公司开拓市场最早起步的地方。这里聚集了一批他从石河子机械厂、八棉、运输公司、团场修造厂等单位吸纳过来的制造技术人才。

说起老所长,2003年从兵团二运司调到兵团农机推广中心工作的郭新刚感触特别深。

"我从来没有见过这么认真的领导,一点架子都没有,经常晚饭后来厂里转悠,看看有没有问题。如果发现问题,他就会和技术人员一起解决。他还亲自设计图纸、制作样机。"

"老所长最喜欢别人问他问题,一有问题他就来精神,加班加点也要解决。他常说,不怕不会,就怕不问。"

科神公司的员工最怕与陈学庚一起出差,因为他的速度很快,往往顾不上游览身边的风景;为节省差旅费,住宿时从不一个人单住。

科神公司的员工经常加班,但他们从来不主动去要加班费,因为他们知道,老所长也经常加班,即使双休日、春节期间他的办公室也常常亮着灯。

陈学庚从事的农机研究,在许多人眼里没有一点吸引力。科神公司成立前,仅有30人左右的新疆农垦科学院机械装备研究所,曾在不到10年时间调走了10多个人。

然而，这一切从没有让陈学庚动摇过。"1994年，一个个体农机老板多次找到我，出30万元年薪请我去工作。当时，我一个月的工资只有300多元，家里孩子又小，正是需要钱的时候，但我毫不迟疑地拒绝了他。"陈学庚说，因为自己放不下在兵团的事业。"我是兵团培养的技术人员，我要把全部才华奉献给兵团。"陈学庚微笑着说。

陈学庚的家在农垦科学院家属院内，一套普普通通两居室的楼房内，摆设着很普通的家具。

陈学庚的老伴刘秀英在家照看着外孙。说起老伴当选院士的事，刘秀英说："全国那么多优秀人才，我们都没有想到他会选上，不过我们家老陈喜欢钻研，没有其他爱好，一辈子就喜欢农机，这是正事。即使当不上院士，我也很支持他。以前生老大难产、生老二大出血，他都不在身边，在车间忙他的工作。当了院士，他以后会更忙，这么多年了，我都习惯了。"

刘秀英给记者说，有几次陈学庚叫她一起出去转转，她挺高兴的，以为可以好好放松一下。

谁想到，陈学庚带着她转到家属院附近的棉花地就不走了，弯腰抠土察看起农机的播种情况。还有一年春天，一家人好不容易动员陈学庚一起出城看春天的风景。没想到，一遇到棉花地陈学庚就让停车，要去地里看看精播的棉花苗情好不好，长势如何。

今年已经66岁的陈学庚由于长年的劳累，身患心脏病、胆结石、气喘等多种疾病，但是他从来没有把自己当病人，不舒服了，就出去走走路，缓解缓解，衣服口袋里始终装着一瓶速效救心丸。

有人问陈学庚，搞农机研究苦不苦、累不累？陈学庚回答："从事农机研究工作既苦又累，但是为兵团农业发展解决问题了，为社会作出贡献了，乐在其中。"

隆冬时节，石河子垦区已经非常寒冷。陈学庚带着他的学生开车行驶在原野之间，他要挨个拜访团场农机户，征求他们对机械回收残膜的建议，这是他下一个要攻克的难题……

（与潘若愚合作，原载2013年12月28日《兵团日报》）

"兵团给了我创作的灵魂"
——访兵团荣誉军垦战士、著名军旅作曲家田歌

兵团成立60周年庆典期间,兵团荣誉军垦战士、著名军旅作曲家田歌接受了记者的采访。

采访田歌,绕不开也不能绕开的一个话题是《草原之夜》。这首被誉为东方小夜曲、委婉动听的歌曲到底是如何创作出来的?为何50多年过去了还保持着旺盛的生命力?

田歌说:"《草原之夜》这支歌是抒发军垦战士豪情的歌,反映了军垦战士的伟大精神,之所以能流行几十年,主要还是兵团精神的力量,作为我和张加毅来讲,我们都是一个技术工作者,只是把兵团人这种伟大精神、伟大心灵揭示出来。应该讲,没有兵团人就没有这支歌,功劳归功于伟大的军垦人。他们的精神是崇高的、美丽的,我本身也很受教育。"这些饱含感情的话语一出口,田歌眼睛里噙满了泪水。

20世纪80年代,《草原之夜》被誉为"东方小夜曲",还被联合国教科文组织收入国际音乐教材。

出生于音乐之家的田歌,是在音乐的摇篮里长大的。父母给他取名"田歌",意思要让他在田野里为祖国歌唱。1948年,田歌参军来到新疆当文艺兵,从此田歌和部队、和兵团结下了不解之缘。

田歌经常深入部队基层、深入兵团连队体验生活,来自基层鲜活的素材成为他创作的不竭源泉。为《草原之夜》谱曲一举成名后,田歌的音乐事业进入一个巅峰时代,而且越发离不开兵团这块热土的滋养。60多年来,田歌给兵团写了数百首歌曲,其中《我们来自南泥湾》和《情满伊犁河》还荣获中宣部"五个一工程奖"。

"人人都说江南好,我说边疆赛江南",这是脍炙人口的歌曲《边疆处处赛江南》

的开头两句歌词。也许鲜有人知,"文革"中因为这首歌,田歌差点成了"大骗子"。

田歌担任新疆军区歌舞团副团长时,有一天,四五十个知识青年来到田歌家门口嚷道:"让田歌出来,他是个大骗子,革委会要斗田歌。"田歌出来了。

"你是不是作曲家田歌?"

"是。"

"《边疆处处赛江南》是不是你写的?"

"是。"

"你不是大骗子吗?你说边疆这好那好,赛江南,我们来一看,完全不是。"

田歌说:"同学们,边疆确实很美,是赛江南,有的地方是通过伟大的军垦战士改造过来的,现在万古荒原都变了良田,还有没有变成良田的,不是请你们来了吗?你们要用光荣的双手改造,最后变良田。"最后,这帮年轻人笑了,解释说:"我们来就是要看看田歌长得什么样。"

离休回南京后,田歌前后十几次回到当年那个火热的可克达拉,每回一次,他都万分感慨:可克达拉的变化太大了,当年的盐碱滩、芦苇滩变成了学校、医院、住宅楼,真是像歌词中所说的——可克达拉改变了模样。

听说可克达拉计划建市的消息后,田歌非常高兴地说:"我早听说了,太好了!我盼望着那一天早日到来。"

(原载2014年12月2日《兵团日报》)

"兵团精神已经注入我的灵魂"
——记援疆干部、兵团党委组织部援疆干部办公室主任吕双旗

来自中央国家机关、对口援疆省市的上千名援疆干部,在兵团机关有个共同的"家"——援疆干部办公室,他们的"娘家人"就是中组部援疆干部、兵团党委组织部援疆干部办公室主任吕双旗和他的同事们。

走进这个"家",迎面装裱精美的"援疆干部之家"6个大字高悬在墙上。

吕双旗诚恳地说:"作为'娘家人',用真心、真情为兵团服务、为援疆干部服务是我分内事。"

3年前,吕双旗响应国家号召,离家别子来兵团援疆。虽未来过兵团,但曾在空军服役15年的吕双旗对具有部队传统的兵团并不陌生,他说:"来到兵团就仿佛到了家,尤其是兵团精神深深感染了我。"

身为中组部干部,3年来,吕双旗将自己的全部心血和热情都用于为兵团引进更多急需人才,组织兵团基层干部赴援疆省市轮训,服务援疆干部,让他们安心在兵团工作。

针对新一轮援疆干部人数多、涉及范围广、人员层次高等特点,吕双旗采取召开座谈会、基层调研等办法,积极探索援疆干部工作新模式。

目前,第四批中央机关和对口援疆省市的1000多名援疆干部活跃在兵团各行各业,是前3批援疆干部的总和。

"援疆干部是兵团宝贵的财富,他们不仅给兵团带来了资金项目,更带来了急需人才和先进理念。"吕双旗告诉记者,3年来第四批援疆干部促成435批次兵团与内地考察团互访,促成兵团与内地项目合作300多个,协议资金990亿元,促成内地专家来访600多次,授课300多场。

协调中央各个部委和中央企业及各对口援疆省市干部人才选派、安置、轮换,

占用了吕双旗很大精力。

2013年年底,兵团迄今最大一次省市援疆干部轮换工作开始进行。在人手少、任务重的情况下,吕双旗及早筹划、细化分工、分步实施,制订了详细的轮换工作方案,科学合理地分解任务,带领全处同志加班加点,使得交接、轮换、培训等工作顺利完成。现在回头想想,吕双旗说:"我们4个人完成了别人20多个人的工作量,我们也在发扬无私奉献的兵团精神。"

身为援疆干部,吕双旗对离家别子来兵团的援友们的苦衷感同身受。他常说:"尽管有时要作出牺牲、受点委屈,但是我始终做到3个不辜负——不辜负组织的信任,不辜负兵团的期望,不辜负援疆干部的希望。"

坐落在乌鲁木齐卡子湾兵团公务员小区的援疆公寓是兵团为援疆干部新建的。入住以来,公寓旁边仍有尚未迁建的水泥厂、钢铁厂,每到生产旺季,漫天的灰尘和无休止的嘈杂声严重干扰了援友们的生活。有的援疆干部不堪忍受就另寻住处了,吕双旗长期患神经衰弱,也曾有搬走的念头,但是作为援疆干部这个集体的班长,他不仅没有搬出去,还安抚其他援友,并多方协调寻求解决渠道。

吕双旗深深懂得一人援疆、全家援疆的道理。援疆干部孩子上学问题、家人生病住院,甚至他们的家人遇到困难,只要找到他,他都会尽力帮忙解决。

去年,一位援疆干部80多岁的父亲在外地旅游期间突发脑溢血昏迷不醒。

这名援疆干部第一时间打电话给吕双旗,请他帮忙联系医院、找对症药品,吕双旗毫不犹豫地立即拨打电话,为老人多方联系,电话打了十几个,最终老人住进了医院,得到了最好的救治。这位援疆干部特别感激吕双旗,俩人结下了深厚的友谊。

今年元旦,吕双旗买来凉菜和做饺子的各种材料,组织兵团的援友们动手炒菜、包饺子,大家欢聚一堂,像一家人一样愉快地度过了新年的第一天。

在援疆办组织下,援友们不仅有形式多样的聚会活动,还设立了援疆干部济困助学基金,开展了援疆生态林建设,开设了国家通用语言培训班等丰富多彩的活动。"活动多了,人心就聚起来了,就有家的感觉了。"吕双旗说。

吕双旗对援疆事业认真负责的态度赢得了很多人赞叹。已经连续两次援疆的国家财政部干部、兵团财务局副局长吴振鹏深有感触地说:"援疆办对我们生活上关心、工作上创造好环境,援疆办就是我们的家!"

国家环保部干部、兵团环保局副局长刘文祥说,吕双旗有大局意识,考虑问题很周全很细致。他把环保部自己选派的援疆干部也纳入援疆办的管理范畴,尽管环保部援疆干部只有8个月的援疆时间,吕双旗还考虑让他们享受其他援疆干部同样的待遇,环保部领导和同志们都很感谢他。

吕双旗对记者说:"我是军人出身,对工作高度负责是我的习惯,就像执行任务一样。"

忙完一天的工作,吕双旗的思绪总会聚焦到自己的小家。两年多前,为了圆自己一个梦,一个对西部大美新疆、梦幻新疆的梦,吕双旗离开身体柔弱的妻子和还在上小学的女儿来到兵团,将一切责任和义务都推给了妻子。

"每当想起这些,内心就很愧疚。"吕双旗眼睛有些湿润,"现在,我每天晚上都要和女儿视频对话,和她们娘俩聊聊天说说话。"

"我永远都不会忘记兵团,不会忘记自己是一名兵团人,兵团精神已经注入我的灵魂。"即将离开工作3年的兵团,吕双旗将千言万语汇成了一句话。

(原载2014年4月16日《兵团日报》)

昂首踏上援疆路　俯首甘为孺子牛
——记援疆干部、新疆农垦科学院副院长宋凤斌

　　隆冬的夜晚，万籁俱寂，新疆农垦科学院的办公楼里只有少数几间办公室亮着灯，副院长宋凤斌还在办公室忙碌着。在3年援疆岁月的最后一个冬季里，宋凤斌在和时间赛跑，他要在最短的时间内做最多的事。

　　一米八的个头，一口东北口音，说话干净利落，充满激情，一如他做事的风格。

　　2011年8月，宋凤斌带着对父母、妻子的无限眷恋，和对同事的依依不舍，对新疆和兵团的无限憧憬，从位于长春市的中国科学院东北地理与农业生态研究所（中科院东北地理所）来到兵团。

　　从东北黑土地到西北大漠戈壁，从歌曲《小白杨》到实实在在触摸到兵团和兵团人，宋凤斌受到了震撼："来兵团就是要当一名合格的'兵'。援疆是国家赋予我的使命，我不能碌碌无为。"在农垦科学院工作的800多个日日夜夜，宋凤斌始终牢记要用自己所长为兵团做更多的事。

零的突破

　　"我能为兵团做些什么？"2011年8月25日，在从北京飞往乌鲁木齐的援疆干部包机上，宋凤斌望着舷窗外巍峨的天山山脉，脑海里开始急速思考。

　　培训、调研、考察，3个月后，宋凤斌找到了感觉。他发现，新疆农垦科学院有个非常好的网络智能办公系统，科研处等项目管理部门可以适时地把国家各个部委，包括自治区和兵团项目的申请指南发到内部网上，主管领导和各个所都可以看到。宋凤斌在网上看到科技部2011年国际合作项目申请指南，他问科研处处长："以往我们的国际项目是怎么申请的？"得到的答复是："我们特别渴望承担国际合

作项目,但是建院以来在国际合作项目方面还没有实现突破。原因很多,其中主要原因是院里没有好的合作方,也没有这方面的基础。

宋凤斌曾留学日本,在德国和美国做过访问学者,赴十几个国家考察和交流过,具有丰富的国际合作和交流经验。在宋凤斌的建议下,农垦科学院瞄准兵团棉花、水肥高效利用方面的关键科学技术问题写项目建议书。同时,宋凤斌联系丹麦哥本哈根大学的教授参与项目,形成了中国和丹麦的国际合作团队。在短短一个月左右的时间里,农垦科学院就申请到了科技部的合作项目"基于ABA信号的滴灌棉花水肥调控技术合作研究",实现了农垦科学院国际合作项目零的突破。

说起这件事,宋凤斌幽默地说:"这是西北和东北恋爱的结晶。"当时,院里没有国际合作方面的经验,面对课题,科研人员无从下手。宋凤斌就亲自"操刀",从题目的拟定到摘要、核心内容的撰写,都亲自参与,项目建议书的每一段话,甚至每一个字、每一个标点符号,他都和大家一起仔细斟酌。

接着,宋凤斌利用与美国麻省大学的学术交流与合作关系,于2012年4月27日邀请美国麻省大学Stephen Herbert博士来新疆农垦科学院开展学术交流。农垦科学院与美国麻省大学自然科学学院签署了科技合作协议,拟合作开展的研究项目"生态因子与玉米超高产形成耦合机制合作研究"已准备就绪,择机申报国际合作项目并开展合作研究。

在宋凤斌的指导下,农垦科学院科研人员国际合作项目申报积极性高涨,仅2013年就申报成功2项国际合作项目。

"高峰论坛"的幕后英雄

2012年8月6日,由中国工程院与兵团联合主办,23位中国工程院院士参加的"2012绿洲现代农业发展战略高峰论坛"在石河子举行。

同时有23位院士来兵团,这在兵团历史上尚属首次。而这一历史性突破一定要感谢为高峰论坛出谋划策、付诸心血的幕后英雄——宋凤斌。

中国科学院和中国工程院有国家顶尖的科研团队,资源丰富,人才济济。如何将国家队的优势与兵团实际结合起来、促进兵团推进社会发展？2012年8月,刚到农垦科学院不久,宋凤斌和其他援疆干部一起向农垦科学院党委提出了邀请相关院士来兵团开展调研、考察及学术交流的想法,这与农垦科学院党委之前谋划的,邀请中国工程院院士来兵团召开高峰论坛,为新疆和兵团发展献计献策的想法不谋而合。这样,农垦科学院党委就把请示、筹备、协调"2012绿洲现代农业发展战略高峰论坛"的重担压在了宋凤斌的肩上。

作为"高峰论坛"主要承办方的农垦科学院,承担了几乎所有来往建议、函件及各类材料等的准备任务,而这些任务几乎都落在了宋凤斌的身上。作为材料组的组长,宋凤斌亲自撰写了17份各类材料,总字数达5万多字。

"压力太大了,有时整晚都睡不着。"说起那段时间神经高度紧张的状态,宋凤斌至今记忆犹新,"我手里随时拿个本子,有什么事要办,马上记下来。有时睡到半夜,突然想起什么,起身拿个纸片或纸壳赶快记下来,生怕忘了误事。"

"高峰论坛"召开期间,正好是暑期。在吉林省经济管理干部学院图书馆工作的宋凤斌的爱人来石河子探亲。宋凤斌从乌鲁木齐国际机场接到妻子后,就把妻子交托给了农垦科学院办公室主任,而他则陪同兵团领导踩点去了。

宋凤斌说,有23位院士出席的"2012绿洲现代农业发展战略高峰论坛",在兵团的历史上,甚至在新疆的历史上都是第一次,为了这样高水平的盛会,为了推进兵团现代农业发展,作为援疆干部没有什么放不下的。

学科建设的推动者

在采访中,宋凤斌提到一个概念——学科建设。他说,很多人会认为学科建设是大学的事。其实不然,在科研单位,学科建设也非常重要。学科建设是科研单位立足和发展的根本,学科结构调整是促进科技与经济结合的关键。

如何加快推进农垦科学院学科建设的步伐,宋凤斌经过认真思考,决定从最基础的研讨会做起。在农垦科学院党委支持下,"学科发展与产业开发战略研讨会"很快开办起来。宋凤斌说,研讨会的目的是总结农垦科学院主要学科领域科研工作的进展、存在的问题,分析学科发展和竞争态势,梳理面向兵团、国家战略需求的重大科学问题,进一步凝练学科发展与产业开发目标,完善和调整学科发展与产业开发布局,促进重大成果产出。

目前,农垦科学院已经成功举办了研究员群体、副研究员群体的"学科发展与产业开发战略研讨会"。2014年,将适时推出面向青年科技骨干的"学科发展与产业开发战略研讨会"。

在采访中,宋凤斌感慨最多的是,人生中有好多个3年,3年时间转瞬即逝。"留住时间的最好办法是只争朝夕。"

宋凤斌把上班前、下班后、双休日、节假日当作自己工作的黄金时间,很多文字材料及多个项目建议书都是在这些时段完成的。宋凤斌说:"援疆的机会很宝贵,我不敢浪费一分钟。"

一人当"兵"全家援疆,每个援疆干部的背后都有一个小家在支撑。宋凤斌来援疆的想法得到了岳父和妻子的大力支持。当86岁的岳父生病住院、当妻子遇到困难打来电话,宋凤斌的内心充满了歉疚。但是,只要他想到兵团人在边疆艰苦奋斗、戍边卫国的精神,身上就有一股使不完的劲,觉得再大的困难都能克服。

宋凤斌患有痛风,他不能长时间保持坐姿,必须加强活动,可是新疆地域辽阔,每次出差路程至少都是五六百公里以上,这可苦了宋凤斌,每次下飞机或下车,他的小腿都肿得像面包一样,走起路来一瘸一拐,但这些都没能阻挡住宋凤斌为兵团做事情的决心。

宋凤斌说:"我被兵团人的精神深深感染,这段经历必将影响我后半生的工作和生活。我会永远保留新疆的手机号码,将对兵团的记忆永远留在心灵深处。"

(原载2014年2月10日《兵团日报》)

老骥伏枥志在农机
——访新当选的中国工程院院士陈学庚

今年,中央一号文件提出,推进中国特色农业现代化要加快推进大田作物生产全程机械化,主攻机插秧、机采棉等薄弱环节,实现作物品种、栽培技术和机械装备的集成配套。积极发展农机作业、维修、租赁等社会化服务,支持发展农机合作社等服务组织。

近日,记者就目前兵团农业机械化发展中存在哪些问题,如何推动农业机械事业发展等,采访了刚刚当选中国工程院院士的陈学庚。

在陈学庚的办公室里,依然摆放着穴播器等机械样品。看着这些在一般人眼里毫无趣味可言的铁疙瘩,陈学庚的眼睛里闪烁出专注的光芒。

记者:您当选院士后有怎样的体会?

陈学庚:我对兵团感情深厚,从小学五年级来疆至今都在兵团生活与工作,已整整54年了,是兵团这一方水土养育和造就了我,兵团精神感召了我。我心中最强的感受是:感恩!院士的殊荣属于兵团。院士头衔给我注入了新的活力,给了我继续带领团队攻克一线难题的机会,我也明显感到压在身上的担子沉重,成绩不突出对不起兵团父老乡亲,我要在解决兵团大农业瓶颈问题上更加努力奋斗,以实际行动报答兵团的养育和造就之恩。

记者:目前兵团农业机械化发展中存在哪些主要问题?

陈学庚:中央要求兵团加快3个示范基地建设,农业机械化示范基地就是其中的一个。截至2012年,兵团主要农作物从耕到收综合机械化率已达91.3%,高出全国35个百分点,成绩突出。但在以下几个方面亟待加强:残膜回收关系到新疆农业生产可持续发展的战略问题,应放在首要位置去解决,研发先进适用的残膜回收机械是当务之急,解决农田残膜污染的最终途径是全面实现残膜回收机械化。

提高机械采收棉花品质,降低机采棉含杂率是要继续攻关的重要问题。棉花机采是一项复杂的技术体系,2012年兵团棉花机采面积达60%,但只是初步实现了棉花全程机械化,要实现真正意义上的全程机械化关键是要在提高棉花加工后的品质上下功夫,这个方面有很多瓶颈问题要解决。

新疆林果品质好,种植面积发展很快,但机械化程度较低,林果业及园艺作物机械化是个难题,今后攻关的重点目标应该是园艺作物的种植管理机械、林果收获机械、产后深加工机械。

畜牧业是新疆农牧业发展的弱项,今后必然要得到大发展。畜牧饲喂机械、牧草种植和管理收获机械是兵团应努力解决的重点方向。

兵团农业机械生产制造,有一定的规模,但是机械水平的研发和产业化方面还存在许多薄弱环节,今后应重点注意提高自动化水平,向欧美发达国家机械制造水平看齐。

评价一项研究成果对经济发展的贡献要看"产学研"相结合是否落到了实处,研究成果是不是尽快形成了生产力。我们应看到,兵团农机装备制造产业规模还很小、水平还很低,做大做强农机装备制造产业还需要下大力气去建设。

记者:今后如何推动兵团农业机械事业发展?

陈学庚:推动兵团农业机械事业发展必须在以下几方面下功夫。

通过支疆项目与合作开发项目为兵团培养高新技术领域的研究开发人才。进一步吸引国内有影响力的专家、学者参与农机装备研究开发,特别是农业信息技术、机电液一体化技术、特色林果业相关机械方面的研发,通过引进人才,培养、带动自有人才的成长。

下大力气培育能在本行业起到引领作用的龙头企业。通过不懈努力,目前新疆完全能够在棉花收获机械、棉花加工机械、品种齐全的田间作业机械和特色林果业田间作业机械、棉种加工机械、玉米及青贮饲料收获机械、番茄收获机械这几块占据优势。如果能以龙头企业为引领,逐步发展组建棉花收获机械、棉花加工机械、田间作业机械装备制造集团公司,如果能结合新疆本地、国内和中亚市场需求,制订锁定产品、锁定市场的研究开发、生产及销售措施,农机装备制造产业将是未来兵团经济发展的又一亮点。这样不仅可以改变兵团的产业结构,还可以带动一大批人就业。

推动兵团农机事业发展,关键是要有一支战斗力强的技术队伍。企业要兴旺,关键在创新,不断开发新产品。没有技术人才,创新、开发新产品都是空话。法国库恩公司专门从事犁耕机具生产的工厂只有200余人,而专业技术人员就达到40余人。有人认为,兵团农机装备制造产业上不去,是缺乏资金造成的。这种认识不全面。我认为人是第一要素,资金也是最关键要素,但重要性只能排第二位。要把农机装备制造业搞上去,需要技术创新队伍,需要高素质的技术工人队伍,这两支队伍要努力去建设。

推动兵团农机事业发展,制造基地建设是关键。要出好产品,仅靠人的吃苦耐劳精神是远远不够的,要靠科学,靠先进工艺,要不断用先进制造装备来武装,要舍得投入,要用制造汽车的装备手段去制造农机具。但资金投入不宜分散,应重点集中到几个骨干企业上,从基础设施建设到人才培养全面展开。技工学校相关专业可直接到企业办培训班,学生就地实习,这样可以培育企业装备和人才资源方面的较强实力,起到引领作用。

农机装备制造企业不宜小而多,太多、过小的企业只能产生游击队的效果。

加强知识产权保护力度,提高企业科技创新投入。知识产权保护不到位,将极大挫伤企业科技创新投入的积极性。农业机械产品,研究开发相当困难,投入也大。但研究成功的机具却不复杂,一个新产品出来有了市场后,大家纷纷仿造,有些连图纸都不要,按实物照搬,以低廉的价格抛向市场。如果企业从科技创新中没有得到应该得到的利益,企业科技创新投入积极性就会受到挫伤。这也是兵团机械制造企业发展不快的原因之一。侵犯知识产权的行为为什么得不到制止?其关键问题在于执法不严,单位保护主义思想严重,应引起政府部门的高度重视。

要凸显兵团农业机械创新联盟的作用。创新联盟应具有实质性的权益,不能只是个摆设。凡农业机械创新相关事宜,包括项目评审专家库的建立、发展规划、产品上国家补贴目录等重大事宜应充分听取创新联盟专家的意见。

应组织兵团农机装备企业走出去,把先进的制造技术引进来,不断学习才能不断提高。我们制造的产品外观质量、内在质量、使用可靠性与进口产品相比较，还存在很大差距。拿新疆市场来说，尽管我们的农机企业有技术优势、人才优势、地域优势、市场优势、价格优势，但在技术含量上，根本无法和国外制造商竞争。如果我们的农机企业掌握了具有先进工艺的制造技术，生产的农机产品能基本达到或接近国外进口机械水平，国外进口同类农机产品在新疆就站不住脚。以质取胜是市场竞争的普遍规则。这里所说的质量，不但包括产品要符合不断完善的技术标准、性能标准、环境标准，而且企业的生产管理和服务应达到相应的质量管理体系标准，成为占领国内市场、进入国际市场的必备技术条件。衡量一个产品质量最基本的指标有两个，一是安全性，二是耐用度。这两个都是硬指标，销售服务和售后服务也都是质量的重要组成部分。

"产学研"相结合是推动兵团农机事业发展的源动力。"产学研"相结合的最终目标是推动农机事业发展。兵团应立足新疆、面向全国、放眼周边国家，扎实起到国家农业机械化示范基地的作用，把对农业机械研究成果和专利技术的评价重点放在研究成果产业化和推广应用规模方面，将成果产业化作为检验成果水平的最重要指标。

记者：当选院士后，对自己今后的研究方向如何定位？

陈学庚：目前初步锁定两个目标：一是残膜回收，二是机采棉花品质的提高。这两个目标都是新疆农业生产可持续发展中亟待解决的难题。

在院士评审答辩会上，有院士提问："你认为应如何解决农业生产中的残膜污染问题？"这也是我感到焦虑的大事，当时我从3个方面做了回答：一是建议国家针对农田地膜覆盖栽培技术制定相应的政策和法规；二是下狠心研发先进适用残膜回收机械；三是加强对可降解膜的研究应用。残膜回收是最难啃的硬骨头，关键在残膜回收机械的研发上。兵团将我培养成长为院士，这副重担我理应带领团队去挑，力争2年至3年见成效。

记者：对推进全国农业机械化进程有何初步设想？

陈学庚：全国农业机械化发展处于初级阶段，水平较低，而兵团2012年农业机械化综合水平已达91.3%，高出全国平均水平的35%。

但是，我国全面实现农业机械化是必然趋势。

我以前对全国农业机械化的发展关注度不够，以后我要和同行们多协作，联合攻关，将兵团农业机械化示范基地建设的成功经验逐步推向全国。尤其在田间作业机械这一块要和全国农机界同行更加紧密合作，研究出好产品，解放大田劳动力，多为全国农民办好事。

（原载2014年2月18日《兵团日报》）

一个人一生中，专注做好一件事足矣

口述人：陈学庚

访谈、整理人：李秀萍

访谈地点：新疆农垦科学院

访谈时间：2014年4月6日

1960年春天，13岁的我跟随父母从江苏泰兴来到兵团。那时，我对机械就有浓厚的兴趣，看到拖拉机犁地，就远远地跟着；看到机车开过来，就定定地观察，直到机车离开。

心里总在想，这个铁家伙是怎么制造出来的？

这里面肯定有很多学问，不上专业学校，这个问题肯定解答不了。

于是，初中毕业后，我执着地在报考中专的志愿表上只填写了一个专业———机械制造。最后，我如愿考入了兵团奎屯农校。

原以为经过4年的专业学习，知识够用了，没想到分配到七师一三〇团修造厂工作不久，就丢了一次人———我连司务长拿来的一个报废的压面机都修不好。看来，只有理论知识，没有实践经验不行。于是，我主动放弃派工员的工作要求去车间当技术员。很多人说我放着舒服的工作不干，是"傻帽"。我想，我就当这个"傻帽"吧，只有实践才能学到真本事。

我买来专业书籍钻研，虚心向老师傅请教，慢慢地我开始崭露头角。在那个工业机械很落后的年代，我先后革新制造出磨缸机、水力测功机、缸套离心浇注机、缸套粗加工卧式镗车、龙门刨床、制砖机、大型移动式顶车机、多台C620车床等设备，名气大了，荣誉也多了。我从机械厂技术员、副厂长、厂长，到团机务科科长、副团长兼总工程师，师农机服务中心主任，一路顺风。

如果人生就这样走下去,我可能还会高升。但是,看到很多小有成就的同行,当了领导后专业都荒废了,我感到很可惜。我想我不能放弃专业,我一定要到专业机构去专门搞研究。一个很偶然的机遇,我调到了新疆农垦科学院,我的专业研究生涯才算正式开始。

我很兴奋,决心好好干一场。

新疆农垦科学院研究人才很多,成果也很多,但是我发现成果转化率却不高。我来自基层,知道基层需要什么,我非常心疼那些被束之高阁的研究成果。

1992年4月中旬,在没有资金、人员和场地的情况下,我向院里借款5000元,注册成立了兵团农机推广中心。这个中心为我事业发展进步提供了很好的平台。

2006年,在兵团农机推广中心基础上改制成立的新疆科神农业装备科技开发有限公司应运而生。蓬勃发展的科神公司不仅在石河子经济技术开发区占有一席之地,而且建立了自己的农机科技园区,该公司主要生产销售5大类32种农机具,连续多年年产值达到6000多万元,产品销售到国内各省区和周边国家。

我一生中只做了一件事,就是农机具研究和产品开发。就是这件事让我拿了一个国家科技进步一等奖、一个国家科技进步二等奖,促成了新疆棉花生产的两次提升。想想研究的艰难过程,我终身难忘。

1980年年初,石河子垦区从日本引进地膜覆盖栽培技术,在7.5亩地上种植棉花试验,对比结果比常规棉增产35%以上,轰动了垦区的干部职工,受到了王震将军的表彰。可是,人工铺膜一天只能铺4分地,而且铺膜后,要靠人工在地膜上点种,进度慢、劳动强度大,许多职工手上磨出了血泡。我看了心里很难受。尽管费了很大劲,1981年全兵团地膜覆盖栽培技术推广面积未突破2万亩。时任兵团司令员的陈实向全兵团发出号令,研发先进适用的地膜植棉机械。兵团各团场很快成立了10多个铺膜播种机研制组,我当时在七师一三〇团负责研制工作。

在膜上点种的穴播器研究难度很大,国内外没有技术供参照,但优势条件是兵团科技人员经常在一起交流,这对我帮助很大。

有一次,我和同事们试验取种机构,连续工作18个小时仍然没有结果,我们就回去休息了。

回家后，我躺在床上，两眼望着天花板，没有一点睡意。突然，一个念头从脑海中闪过：能否在圆盘上加工若干个型孔呢？我翻身坐起，绘制出草图，然后披上衣服摸黑来到车间制作起来。中午，铺膜播种机的关键部件鸭嘴滚筒式穴播器试制成功了！此时，我已经30个小时没合眼了。这件事为我以后的研究奠定了基础。

很多事情，看起来是不可能的，但是一试验就成功了，这可能与我实践经验丰富有关。

在如何将风机的气输送到穴播器这个问题上，外国做法通常是直接用气吸软管连接风机与气道，有12个穴播器就有12个气吸软管，设备像个庞大的蜘蛛网，不美观也没有足够的位置。我当时提出用梁架作为气道（梁架本身是空心的），当时讨论时很多人认为此办法不可行，对负气压的损失太大，结果一试验竟然成功了，现在连进口的气吸式精播机很多也采用这种结构。

大田环境千差万别，土壤条件、气候条件等都不一样，同样的农机，在不同的区域和环境里发挥的作用都不一样。要想研究出职工群众认为好用、易操作、价格低廉的农机很难。

我的经验就是多实践。一到春耕春播时，我就带着技术人员到田间地头询问、观察农机存在的问题，回来立即修改。我们研发生产的农机更新很快，小厂子模仿都来不及，所以职工群众都喜欢我们的农机，称农垦科学院的机子是"傻瓜机子"，这是职工群众的口碑啊！

经常有人问我，搞农机研究苦不苦、累不累？我的回答是："从事农机研究工作不苦不累是假话，但是为兵团农业发展解决问题了，为社会作出贡献了，乐在其中。"

农机制造是个技术活，技术好就有人高薪聘请。一个个体农机老板多次找到我，愿意出30万元年薪请我去工作。当时，我一个月的工资只有300多元，家里孩子又小，正是需要钱的时候，但我毫不迟疑地拒绝了他们。我是兵团培养的技术人员，我要把全部才华奉献给兵团。

我把时间和精力都奉献给了农机事业，最对不起的就是我的妻子了。妻子生大女儿时难产，我在车间搞研究，生二女儿时大出血，我还在车间搞研究。孩子都是她带大的,她跟着我没有享一天福。

我当选中国工程院院士是兵团培育、同事支持的结果。以后,我要更加努力,围绕兵团农业发展出现的瓶颈问题继续深入研究。现在,兵团主要农作物从耕到收综合机械化率已达91.3%,高出全国35个百分点,成绩突出。但是,残膜回收已经关系到新疆农业生产可持续发展的战略问题,研发先进适用的残膜回收机械是当务之急。我认为,解决农田残膜污染的最终途径是全面实现残膜回收机械化。如今,我的时间和精力都投入到这个问题的研究上。

一个人的时间和精力是有限的,专注做好一件事足矣。以前,我在农业机械方面做出了一些成绩,但这代表着过去,不能代表现在和未来。今后,我还要在培养团队人才方面多下功夫,使研究团队越来越强,解决大农业中农业机械方面的突出难题,为兵团现代农业发展再立新功。

(原载2014年6月8日《兵团日报》)

第一次中央新疆工作座谈会以来,数万名来自五湖四海的大学毕业生聚集在兵团这片沃土,充满自信地去完成中央赋予的艰巨而光荣的使命。

有平台,才有实现梦想的舞台

第一次中央新疆工作座谈会以来,数万名来自五湖四海的大学毕业生聚集在兵团这片沃土,充满自信地去完成中央赋予的艰巨而光荣的使命。

现如今,在兵团垦区的广袤大地上,一座座城镇、一个个工厂和一片片良田,都凝聚着新一代大学毕业生的智慧和汗水。日前,记者深入塔河两岸、昆仑山下,用心感受、用情体会新形势下扎根兵团、乐于奉献的当代大学毕业生的心声和他们别样的人生故事——

留在兵团的内地大学毕业生如是说——
这里有能做成事业的平台,有能实现梦想的舞台

在一师十团苗木中心南果北种园里,香蕉、火龙果、木瓜等果树茁壮成长;在无土栽培温室,利用组织培养方式繁殖生产的蝴蝶兰争奇斗艳;在设施农业展示区,有机草莓、高档花卉等郁郁葱葱。

这些农业科研成果凝聚了一个科研团队的心血和汗水。这个团队由来自河北农业大学、中国农业大学、中国农业科学院、西南大学及塔里木大学的毕业生组成。

在组培实验室,记者见到了这个团队里的骨干闫芬芬。本科专攻园艺、硕士研究生专攻果树种植的闫芬芬,2010年5月与一师签订了就业协议。来阿拉尔市考察后,闫芬芬决定毕业后到十团的苗木基地工作。

带着人生梦想,七八个高学历的年轻人开始谋划自己想干的事业。闫芬芬要做组培,王利杰要做南果北种,耿战军要做花卉繁育……每个人都提出了自己的想法,并付诸实施。十团很支持,资金到位很快。一年后,各项试验都小有成果,引起

了社会关注。

现在,该团苗木中心成立了3个部门,闫芬芬任设施园艺部负责人,组培是她的专项,3年来不仅带领大伙儿研究建立了十几个果蔬、花卉品种组培快繁体系,还申报了国家"星火计划"的项目,争取到项目资金300多万元。

【链接】自2008年以来,一师阿拉尔市共引进大学毕业生1507人,目前像闫芬芬这样仍在师团工作的大学毕业生有1276人。

与闫芬芬不同的是,来自湖南省湘潭市的段超来到了更加偏远艰苦的三师叶城二牧场。在位于昆仑山北麓腹地的叶城二牧场学校,记者见到了刚刚下课的段超。

2007年,毕业于湖北民族学院音乐教育学专业的段超,一心想当一名音乐教师,可是内地激烈的就业压力让她无法实现自己的愿望。

一个偶然的机会,听在叶城二牧场工作的哥哥说起那里缺教师的事,段超坚定地来到了这里。虽然听哥哥说过,这里条件艰苦,但是现实比起哥哥描述的还要苦很多。

段超说:"学校对我们很重视,只要有机会,就送我们出去学习培训。在教学方法上,我们有新想法也都能实现,做事的平台很好,施展才华的机会也很多。"

稳定下来的段超把毕业于湖南工业大学的男朋友阮军从贵州省召唤来,在该场领导的热心操办下,两人结了婚。婚后,阮军利用团场免费提供的圈舍和饲草地,发展市场行情看好的獭兔养殖。

【链接】目前,已经有7000多名像闫芬芬、段超这样的内地大学毕业生把根扎在了兵团。

为感恩留在兵团的大学毕业生如是说——
这里需要我,对我有恩,我要在这里扎根

5月的一天,上午一上班,记者就来到了十四师皮山农场牲畜屠宰场,没想到亚森·奴日已经在这里工作3个小时了。负责牲畜宰前检疫的皮山农场兽医站副站长亚森·奴日已经连续3年多保持这样的工作状态。

2010年，从塔里木大学动物科技学院毕业的亚森·奴日作为兵团选派生，远离在且末县的父母来到皮山农场兽医站工作。

上班第一天，站长刘新民带亚森·奴日来到屠宰场，体验工作环境。看到当时脏乱的工作现场，亚森·奴日心里很不是滋味，他认为这不是自己理想的工作，自己的专业是兽医。

刘新民看出了亚森·奴日的心思，利用各种机会给亚森·奴日讲述自己在一牧场工作的经历，还经常对亚森·奴日说，无论做任何事都要坚持、要认真踏实。慢慢地亚森·奴日想通了，在基层工作就是需要一专多能，既做检疫又做防疫，要从最基础的做起，不能好高骛远。

在刘新民的关心下，亚森·奴日进步很快，现在已经是一名成熟的畜牧工作者了，2012年，被皮山农场党委提拔为兽医站副站长。

【链接】"我要感谢老站长一辈子，他教我学会了做任何事都要认真、踏实。"亚森·奴日对记者说，"如今，这里的环境、条件越来越好，这里的工作也需要我，我舍不得离开了。"

2007年，来自江苏省沛县的符兵从陕西能源职业技术学院毕业后来到了十四师一牧场。从西安坐了四天四夜的火车来到和田，又坐上通往山区牧场的班车。看着窗外无尽的黄沙，符兵心里凉了半截。到一牧场后，符兵和其他4位大学毕业生挤在一间破旧的平房里。

性格坚强的符兵没有被眼前的困难吓倒，他在一牧场电视台工作不到半年就完成了别人一年的发稿量。

工作顺利了，自身价值也得到了体现。可是符兵还是不敢给父母说自己的工作单位。

2011年的一天，符兵的父母来了，其实就是来"逮"他回去的。到和田市接回父母后，让符兵没有想到的是，当日，一牧场领导在机关食堂摆了一桌特别丰盛的饭菜，宴请符兵父母，随后还派车带老人参观团场。此事感动了符兵，也感动了当过兵的符兵的父亲。符兵的父亲对符兵说："有这么好的领导，你就在这里好好干吧。"符兵这才松了一口气。

符兵说:"团场对我有恩,团场领导教我学会了做任何事都要从基层做起。我不能伤他们的心,我在这好好干,哪里也不去了。"

【链接】2010年以来,来自国家、兵团、对口援疆省市、少数民族聚居团场等各方面的支持大幅增加,一牧场通了柏油路,保障房栋栋矗立,学校条件也改善许多,面貌发生了很大改变。与此同时,大学毕业生的工作、生活待遇也提高不少。符兵和一牧场职工一样,享受国家优惠政策,购买了楼房,购置了私家车,在这里娶妻生子。

回乡创业的兵团大学毕业生如是说——
家乡变化大,做事的机会多,我们愿意回来

在库尔勒市见到陈琛时,记者采访的第一个问题不由得聚焦在为何放弃在北京市打拼争取的一切,回到家乡二师,并且到新建团场三十八团从零开始。

陈琛对记者说,有一次,偶然在网上看到兵团要新建三十八团的信息,他特别兴奋,如果自己回去会怎么样? 有了这个念头他就开始向父母、朋友咨询。

2011年,趁回二师父母家办喜事的机会,陈琛和妻子来到三十八团。在沙漠中矗立起来的崭新的团场让他们震撼。陈琛和妻子当即决定去三十八团工作。

年轻的团场需要年轻的血液。定期的联谊会、座谈会,不断外出学习、培训,逢年过节领导和同事的嘘寒问暖都让陈琛很感动。

"尤其是石门水库的动工让我找到了爷爷当年建设兵团的感觉。和小时候的团场比,现在团场变化太大了,做事的机会也很多。"陈琛信心满满地说。

现在,陈琛已经成长为三十八团政工办副主任。他说:"现在团场的条件越来越好了,留下来的大学毕业生也越来越多了,共同的事业让我们聚在一起奉献青春,留下人生的痕迹,等老的时候也不会后悔。"

【链接】陈琛的爷爷奶奶和父母都是兵团人,陈琛是兵团第三代。他们都有一个梦想:让兵团更加美好。

与陈琛一样,宋敏也是兵团第三代。他大学毕业后回家乡走上了自主创业之路。在今年五四青年节这天,在"我与兵团共奋进"兵团青年群英会暨"三化"建设

积极分子表彰大会上,宋敏捧回了兵团青年五四奖章,并被评为"兵团城镇化建设青年积极分子"。

宋敏出生于二师二十一团,爷爷奶奶和父母都是兵团人。在父母的鼓励下,2010年宋敏从新疆农业职业技术学院毕业后,直接回到二十一团当了一名技术员,后来又考上了大学生连官。本来,按照这条路走下去,宋敏也会和其他大学毕业生一样有一个不错的人生轨迹。

但是,一个有梦想的人总会有别样的人生。

当发现连队的旱厕没有人清理、也找不到人清理、严重影响了职工群众生活质量时,他看到了既能为家乡做点事又能自主创业的商机。

于是,和父母商量后,2013年宋敏辞去了安稳的工作,办理了营业执照,购置了吸粪车和高压清洗车。创业之初,资金不够,团场工会、团委给予了他贴息贷款支持。

通过近一年的运作,他尝到了创业过程中的苦与乐。

现在,宋敏又开始利用沼气试验生产叶面肥、有机肥了。今年,他计划注册生态农业公司和环卫公司,拓展经营范围,让梦想实现得更快一些,做一名新时代的"时传祥"。

【链接】2010年以来,兵团引进的大学毕业生中,兵团生源有3940名,占引进总数的26%。

(原载2014年7月14日《兵团日报》)

总书记的鼓励我终身难忘

口述人：陈学庚
整理人：李秀萍

4月29日，是我一生中最难忘的日子，中共中央总书记、国家主席、中央军委主席习近平在考察六师共青团农场时接见了我。

那天下着霏霏细雨。10时许，总书记来到农业机械停放场，他身材高大，穿着简朴，平易近人。共青团农场领导向总书记介绍我："这是我们兵团2013年新当选的中国工程院院士陈学庚，这台机具是他带领的团队创新研究的，一次完成8道作业程序，在新疆和国内多省区大量推广。"

听完介绍，总书记握住我的手问道："国际上有没有这类机具？"我当即回答："国际上还没有，是我们兵团科技工作者自主创新研究的。20世纪80年代前新疆棉花生产在全国占的比重微不足道，是兵团人将皮棉单产由1982年的38.6公斤提高到2012年的169.4公斤，新疆棉花总产占全国比例也由4%提高到2012年的51.7%。"

总书记又接着问："地膜植棉增产幅度多大？"我保守地回答："至少超过30%。"

其间，兵团党委书记、政委车俊对我说，把你的情况跟总书记说说。我太激动了，不知说啥，不由得冒出一句："我学历低，四年制中专毕业。"总书记立即对我说："英雄不问出处，谁是英雄，要在战场上见分晓。"

总书记的车缓缓离去了，我的心情久久不能平静。总书记接见我们，是对兵团和新疆科技工作者的最大关爱。

今后我要继续在机械化方面作出成绩，以优异成绩报答总书记的关爱。

（原载2014年5月7日《兵团日报》）

做兵团人　说兵团话　办兵团事
——记援疆干部、兵团党委组织部副部长郭灵计

让我怎样感谢你
当我走向你的时候
我原想收获一缕春风
你却给了我整个春天
……

4月里，隔窗望着淅淅沥沥的春雨，中央组织部援疆干部、兵团党委组织部副部长郭灵计在谈到援疆体会时，用诗人汪国真的《感谢》表达了自己内心的真切感受。

"有这么一段时间，来到兵团这个特殊的群体，经受特殊的历练，是一生中最有意义的事情。援疆，我无怨无悔。"

3年前，郭灵计主动放弃到内地省市工作的机会，在40多人的激烈竞争中顺利"上岗"，成为一名光荣的援疆干部，一名光荣的兵团人。

对兵团知之甚少的郭灵计，用情、用心、用智援兵团，在攻坚克难中经受历练和考验，在务实干事中树立了中组部援疆干部的良好形象。

郭灵计说："只有真正融入新疆、融入兵团，做兵团人，说兵团话，办兵团事，才能获得理解、认同和支持，才能真正接地气，汲取力量源泉。"

人才是各项事业的保证。可是，受观念、体制、环境等因素影响，兵团人才不仅总量不足、素质不高，而且结构及分布也不合理。"因为缺少人才，许多基层医院开不出处方，许多企业开工不足，一流设备生产出的是三流产品。"郭灵计对此夜不能寐。

郭灵计说，兵团要发挥新疆干部人才"蓄水池""中转站""大熔炉"的作用，必须

使自己池里的水先"蓄满""蓄优""蓄活"。他牵头组织6个调研组深入各师、团场、企业、连队,获得第一手资料,提出"抓两头,促中间"的工作思路,组织实施了"兵团英才"选拔培养工程和兵团特聘专家选拔管理工作,加大对大学毕业生的引进和培养力度。

围绕人才政策创新,郭灵计主持研究制定了《关于加强边境和少数民族聚居团场基层人才队伍建设的若干政策》等11个差别化政策的配套政策文件,多方奔走从国家财政部为兵团争取到了每年度2000万元的人才专项资金。

中国工程院院士陈学庚动情地说:"没有郭部长的鼓励和支持,就不会有我的今天。"去年,全国两院院士遴选期间,郭灵计帮助陈学庚制订了详细的参选方案,反复修改汇报稿,精心制作了幻灯片。

郭灵计的努力没有白费。在近3年时间里,兵团人才工作有了新起色,共实施各类人才项目和工程42个,吸引和招聘各类人才2.76万名,柔性引进两院院士、千人计划专家和国内各行业专家等高层次人才1370名。2011年以来,共有4237名到期大学生连官留在兵团继续工作,占到期大学生连官总数的93.6%。

今年年初,郭灵计长期调研提出的一些差别化人才政策得到中央专题调研组的认可,转化为国家支持新疆和兵团人才发展的具体政策。

作为兵团援疆干部总领队,郭灵计的办公室就是援疆干部的家。身为援疆干部,他对援友的辛酸苦辣感同身受。他制定的"六必报、五必访"成为援疆干部心目中最温暖的6个字。

在援疆干部这个集体里,他就像大哥一样关心关爱每一个远离家乡、远离亲人的援疆干部。援疆干部家属来探亲,他找机会看望;援疆干部生病住院,他嘘寒问暖;援疆干部亲人去世,他发唁电送花圈……郭灵计说:"我要凝聚起援疆干部的力量,为兵团事业添砖加瓦。"

援疆干部中的优秀代表——田百春、李兆奎用生命援疆、用真情援疆的事迹深深震撼着郭灵计。他哽咽着说:"援疆干部当如田百春、李兆奎。"

在郭灵计的组织、努力下,学习田百春、李兆奎的活动高潮迭起。为了完成田百春作为一名父亲的夙愿,他多方汇报、反复沟通,让田百春的女儿进入理想的大学学习。

"援疆干部抛家舍业来兵团工作不容易,他们的工作安排和事业发展关系着国家援疆之策能否持久下去。"郭灵计只要回北京,一定会去援疆干部派出单位沟通、汇报情况。对表现优秀、中期提拔的援疆干部,他总会不厌其烦地和派出单位沟通、协调、汇报,请他们从政治、大局的高度支持援疆工作。遇到去内地省市出差的机会,他总要挤出时间去看望对口援疆省市的援疆干部家属,争取各种资源帮助家属解决问题和困难。"灵计同志为了援疆干部的事,真是磨破了嘴、操碎了心、用尽了力,他是我们的主心骨。"国家财政部援疆干部吴振鹏深有感触地说。

"文章不厌千回改""删繁就简三秋树,领异标新二月花""平时我学领导,写前我问领导,写时我是领导",这几句话是郭灵计挂在嘴边的口头禅。作为长期从事政策研究的援疆干部,郭灵计借鉴在中组部工作的经验和做法,围绕提高组工信息质量和水平、开展重点课题调研、提高文稿和政策服务水平,建立制度、开展培训、带好队伍。

他提出调研工作要靠前服务、有为才能有位。

为了更好地提升干部研究能力和服务水平,他反复强调"好文章是改出来的",并经常亲自操刀,手把手地教、逐字逐句地推敲打磨,经常加班加到深夜。在郭灵计的带领下,兵团党委组织部调研室每年在中组部组工信息刊发信息30多条。

"援疆何惧身疲惫,梦中常忆慈母情"。身在万里之外,繁忙的工作之余,郭灵计最牵挂、最放心不下的还是82岁高龄的母亲。母亲身患多种疾病,行走不便,长年由姐姐照顾。两年多来,郭灵计每周一次的电话成为老人的精神寄托。

为了不让儿子分心,老人经常"报喜不报忧"。去年年底,母亲的两次病危让郭灵计心急如焚,可是为迎接即将来兵团的中央调研组,他工作繁重,实在脱不开身,只好每天打电话问病情。"母亲无病是最幸福的事情。"郭灵计感慨地说。

"援疆,我有3大收获:个人经历更加丰富,分管的工作作出了一些成绩;思想境界得到提升,兵团人的政治意识、大局意识、奉献精神是砥砺自己前行的不竭动力;结识了一批良师益友,兵团和自治区的各级干部职工,来自中央国家机关、中央企业,及各省市的援友,是我一生的宝贵财富。"郭灵计说,"无论国家重视与否、支持与否，兵团职工都把维稳戍边作为己任，这种使命担当和家国情怀值得全国人民学习。"

即将离开为之付出心血和激情的兵团，郭灵计利用调研和走访撰写了调研报告《关于维护新疆社会稳定和长治久安的几点思考》。"这个报告汇集了我对新疆社会稳定问题的思考和建议，算是我援疆的答卷。"郭灵计说，"我已经深深烙上了兵团的印痕，深深爱上了这片人美之地。援疆结束后，我会继续把援友们团结凝聚在一起，继续关心兵团、宣传兵团、支持兵团事业发展。"

（原载2014年4月14日《兵团日报》）

感谢您,为我提供了广阔的舞台

心里有许多话想对您说,可总是没有合适的机会,此次借您60岁寿辰之际,向您吐露心扉。

28年前,抱着对新闻记者职业肤浅的理解,我从偏远的边境团场考入新疆大学中文系新闻专业。从老师的授课和实习期间的安排中,我知道兵团有家报纸,叫《新疆军垦报》(就是您的前身),我特别期待去看看我们兵团自己的报社是什么样子,可是始终没有机缘。毕业后,我被分配到四师基层的一家工业企业当新闻干事。

从基层做起,从一点一滴做起是我最初的想法,但是当一名专业记者的梦想始终没有泯灭,我在心里暗暗下决心:一定要去报社当记者,实现自己的梦想!

在繁杂的工作之余,我向各地的报社投稿,一篇、两篇……渐渐见报稿件多了起来,有时地州报同一天的报纸能刊登我的两三篇稿件。当然,最令我激动的还是第一次给您投稿,虽然只刊发了短短的两百字,但对我是莫大的鼓舞,我至今还保留着那张报纸,那时您就像高远的灯塔照耀着我前行的道路,指引着我一点点实现梦想。

后来,我终于如愿以偿地进入四师伊犁垦区报社当上一名专业记者,当时我特别高兴,我知道是您帮助我实现了人生的第一个转折。

当了专业记者,算是入了行,我仍然没有懈怠,买来很多专业书籍仔细阅读,研读一些知名记者的文章,认真在实践中体会。慢慢地,我的稿件在您那刊发得越来越多了,不乏头题和连续报道,我采写的稿件也越来越多地获得兵团新闻奖和新疆新闻奖。

也许是我的勤奋和努力感动了您,1998年您给了我一个机会——调我驻四师记者站。能到兵团党委机关报工作是我莫大的荣幸。我毫不犹豫地冒着纷纷扬扬的大雪来乌鲁木齐报到了,第一次见到在报纸上常"见面"、耳熟能详的老师。我觉得自己很幸运,决心要走遍天山南北、广袤绿洲,见证兵团经济社会发展的心愿终于能实现了。但是,当时您的处境很窘迫,账号被查封了,采编人员的差旅费都无法报销,有的同事还劝我说,现在这个状况最好别来。但是,我义无反顾,您是我的良师益友,在您最困难的时候,我绝不能选择离开。如今,您的发展壮大让我无比欣慰,我的选择是对的。

一晃15年过去了,在您的教诲下,2007年我有幸获得了中国新闻奖二等奖,这是我获得的第一个中国新闻奖。

我激动不已,衷心感谢给予我帮助的您。2011年,我又幸运地获得第二个中国新闻奖二等奖。这两个二等奖来之不易,凝聚着许多同事、领导的心血,荣誉应该属于大家。

在您手下15载,我敬业勤勉,不敢有丝毫松懈,无论在编辑岗位还是记者岗位,都做到了笔耕不辍,获得了10个新疆新闻奖和兵团新闻奖一等奖或特别奖,2个中国新闻奖二等奖。

我庆幸选择了新闻记者这个职业,我也特别感谢您为我提供了广阔的舞台,是您把我从一个青涩懵懂的大学生培养成为一名党报的记者,是您把我从一个木讷寡言的职工子女培养成为一名能胜任各种采访任务的成熟女性。

在您的庇护下,我的人生很充实,有意义。感谢您——《兵团日报》!

"让我怎样感谢你?当我走向你的时候,我原想收获一缕春风,你却给了我整个春天。"汪国真的诗恰当地表白了我对您的心迹,就让我用加倍的努力表达对您寿辰的祝福吧!

(原载2013年8月5日《兵团日报》,为《兵团日报》成立60周年征文)

您是我们前行的标杆

田副总编辑,您走了,走得那么突然,看到兵团手机报上那个噩耗的瞬间,我的心开始剧烈颤抖,不敢相信这是事实。我在心里默念:绝对不可能,前两天不是还有消息说您创造了医学上的奇迹吗?我还等着您回来指导我写深度报道呢。这样想着,我已经泪流满面,喉间哽咽。

您是第一批来兵团日报社的援疆干部。从您身上,我看到了许多闪烁着人性光芒的高贵品格:驻港10年期满,马上主动请缨援疆。这不是一般人能做到的,您也有妻儿老小,您也需要休整调理,您有充足的理由不来援疆,可是您来了,为了圆一个23年前的梦。您说:新疆始终是我魂牵梦绕的地方。援疆,圆梦。

您以一名普通记者的身份,不辞辛苦四处奔波采访,短短4个月就写出了2万多字的文稿,令同为记者的我深感惭愧。

记得有一次,您召开重点报道编采讨论会,我作为记者部的代表参会,第一次聆听了您的教诲。您说,只要是有一定关注群、关注度的热点问题,都可以拿来做重点报道,选题选准了,就成功了一半。您站在全国的角度看兵团,角度新颖,分析透彻,让我受益匪浅。

我第二次来到您的办公室求教时,您和蔼地、不厌其烦地为我梳理兵团有哪些可以操作的重要题材。

离开您办公室前,我真诚地说:"谢谢!"您微笑着说:"谢啥,我们是同行嘛。"这句话至今还在我耳边回响,勉励我在新闻道路上不断前行。

与您一起采访过的同事都说,田副总编辑的工作作风太让人敬佩了,为了赶稿,经常一杯水、一个馕就是一顿饭。

您采访新疆军区政治部副主任、军旅作家李卫平少将,是因为他撰写了和兵团有关的《壮哉,沙海"老兵村"》《天山的女儿》等一系列撼人心魄的优秀作品;您采访九师,是因为边境师最能反映兵团的使命所在。

我知道,您要了解兵团,您要解析兵团的精神从何而来,您要化解一个疑问:这支队伍为何具有钢铁般的意志?

敬爱的田副总编辑,您得到答案了吗?我想,您肯定已经有答案了,不然您也不会写出"新疆是一块热土,兵团是一座富矿,沙海老兵村是当代中国人的精神高地"这样深邃的诗句。

您是一个忘我的人。即使病魔已经侵入身体,您还在坚持工作,若不是组织上坚持让您回京治病,您还会坚守岗位。

您是一个真诚的人。至今在我的手机里还保存着您诚恳的短信:"到兵团没有多久就给组织和同事、朋友添了这么多麻烦,真是不好意思。"您住院期间,还惦记着为报社年轻记者捐赠照相机等设备。

您是一个高尚的人。为了圆梦而来新疆,为了解兵团而融入兵团、爱上兵团,千方百计为兵团多做一些工作,哪怕献出生命也在所不惜。

敬爱的田副总编辑,您放心吧,身为兵团人,我热爱兵团,有为兵团奉献一生的决心。有您的精神激励,我会和同事们一起勤奋工作,认真写好每一篇稿件,在新闻的道路上努力前行。因为,您是我们前行的标杆!

(原载2013年4月3日《兵团日报》)

精品汇

新疆第一创举

——记新疆第一座私营大桥董事长何泰忠

1984年,当很多人还对"股份制"这个词眼很陌生的时候,老军垦何泰忠竟扯起一帮人马搞起了股份制大桥。也许他本人并没有意识到这一点,但历史已经很清楚地作出肯定:横跨伊犁河的喀拉塔木大桥是新中国第一座私营股份制大桥、新疆跨度最大的吊桥、新疆第一座过桥收费的桥、新疆经济效益最好的桥。最可贵的是其观念价值已远远超过其经济价值。

——采访手记

伊犁河风光旖旎,陶醉了多少文人墨客。然而,历史不会忘记,悠悠河水不会停止向人们叙说一个蒙有神秘色彩而又绝对真实的几经风雨、几经磨难、几经沉浮的故事,这就是老军垦何泰忠建造"中国第一桥"的事。

1984年,农四师投资1200万元的七十三团南岗水泥厂处于紧张的筹建中。筹备小组的何泰忠为了水泥厂的初期工程四处奔波,跑材料,筹资金。可是,有一个最大的难题摆在他面前,就是水泥厂所需的煤炭要从伊犁河对岸拉运,而靠仅有的两艘渡船运输燃料,远远不能满足需要。如果再购一艘船,当地又不允许,说是抢了他们的生意。如果从下游绕道去,则要多走100多公里。望着即将投产的水泥厂,团长伍龙生和何泰忠急得团团转,他俩天天跑到河边,望着拥挤不堪的渡口发呆。

有一天,何泰忠经过一个个不眠之夜的深思熟虑之后,在渡口带着热切而期待的心情向伍龙生说道:"我看只有建桥才是唯一解决难题的有效办法!"

"建桥?谈何容易!七十三团哪里有这么多钱?"愁肠百结的伍团长凝视着滚滚流淌的伊犁河水沉重地说道。

"我听说四川有个地方集资建铁路,我们干脆发动周围单位和群众凑份子建桥,然后收费分红。"

一席话说得伍龙生心头燃起了希望:"咱们好好筹划一下,立即向州政府打报告。"

1984年7月,何泰忠的报告盖上了州政府的大印,上级批准建桥了。

何泰忠,这位在刘少奇的家乡湖南宁乡长大,后来参军入伍,在"文革"期间被蒙冤10年的军垦战士,对股票这玩意也不懂,但他知道中国搞建设离不开交通。桥建好了,可以为周围四县两厂的建设带来便利,给人民生活提供方便。为了集中精力建桥,这一年,何泰忠提前退休了。

新生事物都有一个被理解和接受的过程。刚开始,人们认为过桥还要收费,太荒唐太离谱。附近的单位都没有集资动静。何泰忠决心搞个人入股。

1985年1月,何泰忠在七十三团、六十六团、察布查尔锡伯自治县、伊宁县、巴依托海乡等地贴出了醒目的广告,大意是:经伊犁哈萨克自治州批准,由何泰忠牵头,群众自愿入股修建喀拉塔木大桥。大桥建成后允许收过桥费,按股金的25%分红……

一时,伊犁河谷哗然,在当时人们的世俗观念里,只有国家建桥,哪有私人建桥?而对实行股份制,如同第一个吃螃蟹的人一样,遭来各种非议。但是,熟悉何泰忠的人都知道,他何止是在建桥,他要用余生为社会多做点实事。七十三团的父老乡亲不会忘记,他从"老牛班"出来后来到七十三团,看到团里人喝坑里的水,他带头搞起了自来水塔。团里的面粉黑得难以下咽,他又带头搞技术改造,让全团的人吃上了可口的白面馍。他的老战友鲁乐伦说:"老何这个人做事一向有底,我相信他所做的都是大好事。"有像老鲁这样一帮朋友的支持及老伴、儿子的理解,何泰忠拿出了全部补发工资,投入到建桥上来。

1985年2月的一个大雪纷飞的日子里,喀拉塔木大桥董事会宣告成立,何泰忠出任董事长,筹集股金47万元,84位入股者成为新疆大地上最早的股东。

1985年3月,初春的寒风还十分凛冽,可是喀拉塔木渡口却空前热闹,人吼车鸣,出现了热火朝天的施工场面。何泰忠看着一边是拥挤的原始摆渡,一边是待料的水泥厂,巴不得一晚上建起大桥,可是屋漏偏遭连阴雨。建桥,就意味着抢了渡船的生意。

那是一天清晨,当地一些不理解建桥意义的人骑着马奔跑而来,他们掀掉了帐篷,捣毁了设施,喝令停止施工,何泰忠找到了副州长梁金祥。

梁金祥听了情况汇报后,紧紧握住何泰忠的手说:"政府没有钱修桥,但是我们坚决支持你!"

在昭苏县当过"父母官"的吐拉洪,现任地区交通局局长,他深知两岸各族人民因交通不便而给生产生活带来的诸多困难。他往返奔波于两县一厂之间,代表州政府进行协调。

"吐局长,让个人建桥,也显得我们政府无能了。"有人想不通。

"个人集资办交通,是国家提倡的好事,对待新生事物只能支持,不能拆台。"吐局长的话坚定有力。

"那我们的船怎么办?"

在难堪沉寂中何泰忠感觉到领导的难处。

"船,我们买上。"两条船10万元,何泰忠快刀斩乱麻。

1985年10月12日,喀拉塔木钢索桥建成通车,伊犁河两岸彩旗飘扬,锣鼓震天,欢声笑语淹没在阵阵鞭炮声中,通车剪彩仪式热闹非凡。可是一周之后,桥上喜庆气氛还没有消失殆尽,一起车毁人亡的恶性伤亡事故又给大桥蒙上一层重重的阴影。

原来是伊宁县的一辆私人车拉煤超重,过桥时又正好熄火,车往后倒时,掉进了河里。这起伤亡事故在《伊犁日报》上披露后,地区交通局就下令大桥停止通车,社会上又一次掀起轩然大波。有人说:

"桥断了,淹死了人。"

"何泰忠被公安局抓走了。"

"大桥要拆掉了。"

风声鹤唳,捕风捉影,如此混乱的景象使本来决心就不够坚定的股东们动摇了,他们纷纷奔向何泰忠家。

"何董事长,孩子要上学没钱,你看……"

"我女儿要出嫁,嫁妆还没买,我要退股。"

还有一位入股者上告法院,与何泰忠对簿公堂,索回股金。

何家的门槛都被踩断了,老伴伤心得落泪,何泰忠被逼得不敢回家。关键的时候,老战友鲁乐伦出面走家串户做工作,晓之以理,动之以情。

何泰忠来到了地区交通局,面对交通局长吐拉洪和公路工程公司经理戴德祥,他痛苦难言,哽咽着诉说了大桥所面临的困境。吐局长被老何的认真精神深深感动了,立即责成戴经理帮助重新勘测,并查找事故原因。当时戴经理十分忙,为了早日使大桥通车,他春节都是在办公室里过的。他实地考察后,认为桥摆幅太大,建议改成柔性吊桥,又重新绘制图纸,经过核算,改建需30万元。

30万元从何而来呢?当老何面对5个从小跟他一起打土坯吃苦受累,如今又为建桥奔波的儿子时,他什么也说不出来。每一个子女都最能理解自己的父母。老大把30多只羊、2头牛卖了,老二卖掉了刚买不久的小四轮,全家又四处借钱筹集到8万元。何老得到了来自社会各方面的支持。老师长陈芝谱以个人名义在银行为大桥担保贷款5万元。吐局长说:"你们有困难,就暂时不收设计费。"伍龙生团长也把七十三团施工队拉到工地,让先施工后付钱。六十六团的一位叫何厚得的股东专门给何泰忠写来了信,鼓励他振作精神,重整旗鼓。领导的关切,同志们的支持,给何泰忠带来了力量和信心。

1986年5月,工程又开工了,困难仍然很大,当地供电单位不允许他们用电,老二何如就四处借发电机,甚至用人工制作钢绳,供发电用。何如还从六十六团拉去一支强壮人马,强行在10米高的空中安装索夹。12月28日,大桥改建竣工,摆幅大大减小,29日验收通车。

古老的渡口被雄伟的大桥所代替,事实使人们的观念来了个大转变。大桥通车后只收原来摆渡船费的80%,桥上车水马龙,好不热闹,每天通车数百辆次。以前摆渡船过河拉煤一天只能拉1趟,现在一天可以跑3趟。对面的萨尔玛煤矿,过去年产煤30万吨,还发愁卖不掉,如今年产70万吨也销售一空。

虽然柔性吊桥的摆幅比钢索桥要小多了,但是随着车流量的增加,摆幅仍在增大，负荷也不适应要求了。1990年，何如随同戴经理一起到四川、云南、贵州考察了大渡河沿线的50多座吊桥。回来后，董事会再一次向州交通局呈送了改建钢性吊桥（即钢桁梁吊桥）的报告，报告顺利批下来了。3个月后，一个目前大家所见的单跨126.7米、宽4.5米、负载30吨的钢性吊桥竣工了。

记者在何泰忠家中还看到了董事会发行的股票，有书页大小，上印有"股票"两个烫金字，这也许是新疆最早的股票了。

目前，董事会理事37人，每年召开一次股东大会，召开三四次理事会，民主选举董事长。股份共分256股，入股者126户，股金计126.6万元。大桥建成后4年就拿回了成本，现在每年可为国家上缴可观的利税，为股东挣回了比本金还多的红利。大桥有护桥工人13人，每年还留有一定的维修费用。

1986年12月，当大小车辆川流不息地在气势雄伟的钢桁梁吊桥上奔驰时，建桥人何泰忠却因脑血栓躺进了医院。有人说，何泰忠是积劳成疾，累垮的。还有人说，何泰忠是把自己最旺盛的生命年华贡献给了喀拉塔木大桥。体弱病重的何泰忠经董事会同意，把大桥交给了老二何如负责管理。但是他继续为人民造福的念头一直没有熄灭。他脑海里绘制着在惠远附近的伊犁河上再建一座大桥的蓝图。老何是读过私塾的人，"文革"中他的子女都因他而耽误了读书，每每想起这些，老何都内疚不已。今年，他向董事会建议并通过，将每年利润的5%捐献给希望工程，以寄希望于下一代。12月6日，第一笔1.5万元资金已汇入希望工程。

1992年重阳节，自治区交通厅副厅长朱马·沙比提站在大桥上激动地对大家说："把投资、设计、施工、管理全面推向市场，逐步转化为商品，国家、地方、个人一起办交通，这是何泰忠给政府闯出的一条新路。"

1993年1月，新疆各大报纸相继介绍了何泰忠这位新疆最早发行股票的传奇式人物的事迹。农四师副政委文献昌看了报道后，被何泰忠的事迹深深感动，怀着激情，奋笔题词：

林则徐开湟渠功垂千古

何泰忠修大桥造福边民

泰忠业绩

当歌当颂

11月22日,伊犁地委书记王伯良百忙中抽空专程来到何泰忠家,紧紧握住他的手说:"你为4个县的人民办了件好事,也为伊犁的建设事业出了力。你这种忠于人民、泰山压顶不弯腰的精神值得我们学习。"

王书记还建议在桥头立个碑,刻上"泰忠桥"3个字。

何泰忠,人称"何大桥",这雄岸刚劲的伊犁河上"中国第一桥",不就是一座镌刻着何泰忠丰功伟绩的纪念碑吗?!

（原载1993年12月31日《伊犁垦区报》,获兵团新闻奖一等奖）

获奖感言

新闻敏感助我一臂之力

这篇通讯是我在1993年看了另一家媒体刊发的一则短消息后采写的。当时,我想股份制在新疆还是凤毛麟角,怎么兵团就有一家股份制大桥呢?这背后肯定有重大的新闻。强烈的新闻敏感促使我赶快采访,而且的确捕捉到了一条大"活鱼"。

敏感,通俗讲就是指对外界事物反应很快。我们不提倡性格上的过分敏感,但是新闻上的敏感是做一名好记者的先决条件,因为新闻敏感越强烈捕捉新闻的能力就越强,写出的稿件质量就越高。

决策滞后　建期延长　溶剂厂濒临倒闭
预测超前　快速转产　酒精厂生机盎然

两条信息　两种决策　两种结果

本报霍城讯 一年前,六十一团玉米溶剂厂因严重亏损而成为该团的沉重包袱;如今,经过技改转产,玉米酒精厂又成为全团的经济支柱。这一反一正是创办企业中决策的滞后与超前,建设期的迟缓与快速造成迥然不同的结果。

六十一团是兵团玉米吨粮田团场之一,年产玉米1万多吨,因卖粮难而大量积压。

1986年,团领导获得一条玉米可加工成丁醇等溶剂的信息。当时,国内溶剂市场看好,团决定投资1700万元建一座年产5000吨的厂,3年可收回全部投资。建玉米溶剂厂不但可以解决卖粮难,而且农产品通过加工可以增加附加值,有利可图。

同年6月,团决定立项筹建玉米溶剂厂。两年后,破土动工时,国内石油化工行业已开始用合成法生产廉价溶剂,玉米溶剂市场开始疲软,团场不但没有停建,而是硬着头皮上马。从立项到投产整整花了4年半时间。企业投产时,由于粮食涨价,成本增加,到1992年,断断续续生产溶剂近2000吨,亏损400多万元,共负债2200万元,工厂被迫停产。农业上每年百万元左右的利润,还不够支付建厂贷款的利息,几乎把一个好端端的团场拖垮。

1993年底,团领导又获得一条信息,玉米溶剂厂可以改造成玉米酒精厂,团领导带队在两个月内3去江苏、河南等地考察,发现酒精价格好,市场潜力大。团场与河南南阳酒精厂达成用玉米、高粱等生产酒精的技术合作协议。工人们昼夜奋战3个月,投资230万元,技改一举成功,7月初正式投产,产品一上市,适逢热销,出现了先付款后提货排队待装的喜人局面。每日生产酒精23~25吨,日获利润万余元。

正确的决策不但救活了一个工厂,也救活了一个团场。农工不仅再无卖粮难之虑,而且与酒精厂相关的汽车队、钢桶厂、电站都有了转机。厂拟用酒糟生产饲料,这条生产线即将上马,这一项每天又可获利1万元,并将带动全团养殖业的大发展。

团领导如是说,办企业如赛跑,动作慢就会被淘汰,只有快速抢道才能跟上市场的"节拍"。他们表示,今后,企业要边生产边研制边开发,掌握占领市场的主动权。

(与李兴旺合作,原载1994年12月23日《伊犁垦区报》,获新疆新闻奖二等奖、兵团新闻奖一等奖)

获奖感言

对比出佳作

这篇消息最大的特点是从标题、导语到正文都运用了对比手法,凸显出事物发展是螺旋式上升这一规律,增强了文章的感染力。

此消息,我前后写了不下七八稿,都觉得太平,力度不够,最后决定用对比手法贯穿全文。古人说,"文似看山不喜平"。此消息能获得较好的宣传效果,大概与我"不喜平"有关吧。

现在看来,此稿在表现手法上略显单一,概述太多,现场细节描写等手法都没有用。新闻就是遗憾的艺术。

昔日"大战"硝烟弥漫　今日政府协调交售有序

今年伊犁地区甜菜交售无"战事"

本报伊宁讯　伊犁地区连续几年在甜菜收购中发生"大战",人们担心今年甜菜"大战"又会烽火连天,未料到,由于州人民政府出面协调,欲发的甜菜"大战"偃旗息鼓,使国家避免了巨大的经济损失。

伊犁地区有4家糖厂,特别是霍城县境内的伊犁州糖厂和农四师霍尔果斯糖厂相距仅60公里。两厂为收购原料,时常剑拔弩张。过去,两厂以隶属关系为各自的甜菜收购范围,出现菜农交菜舍近求远的怪现象。尤其是交售高峰期,在乌伊公路上时常可见三四公里长的运菜车队,使交通严重受阻。有的菜农也趁机掺杂使假,使糖厂蒙受很大损失。

今年,有一家糖厂日处理甜菜增加了1000吨,而全地区甜菜种植面积并未增加。人们担心甜菜大战将会更为激烈。

在96/97榨期开机之前,伊犁州人民政府发挥政府的协调职能,召开了由各糖厂及种菜单位领导参加的协调会。通过协商,就甜菜的收购价格、质量、优惠条件达成了一致意见,并按就近交售的原则,打破隶属关系,为各厂划分了收购范围。察布查尔锡伯自治县境内团场年产甜菜4万吨,往年要途经州糖厂多跑40多公里才能把甜菜运送到霍尔果斯糖厂,40多公里的单程运费就要多花140万元,今年就近交售后,节省了这笔费用。

在交售甜菜高峰期,记者两次前往现场观察。10月27日,记者在霍尔果斯糖厂菜场看到,有47辆运甜菜车同时在卸,甜菜切削得较干净,基本没有掺杂使假现象。霍城县三道河乡的一位名叫肉孜的拖拉机手告诉记者:"我已经拉运了5年甜菜,过去都是排队交售,多则三四天,少则一天。今年不用排队,四五个小时就把菜卸完了。"乌伊公路界梁子路段是去州糖厂的必经之路,往年运菜车在公路上要排数公里长队。11月15日,记者在这里没有看到运菜车排长队交菜现象。

霍尔果斯糖厂谢世英代厂长说:"由于节约了运费,提高了甜菜质量等因素,预计头两个月产糖吨成本要比去年同期下降近千元。"

令人欣慰的是,今年甜菜收购高峰已过,伊犁地区未发生甜菜"大战"。但是,今后要避免甜菜大战重演,除政府协调、监管外,最根本的出路在于各厂要建立自己固定的原料基地。否则,如果原料供应发生危机,谁又能保证甜菜大战不会"狼烟再起"呢?

(原载1996年12月6日《伊犁垦区报》,获兵团新闻奖一等奖)

获奖感言

为画好"眼睛"苦思冥想

20世纪90年代初,伊犁地区甜菜交售很混乱,各媒体都在呼吁:政府应出面管管。1993年,此内容的一篇报道还获得了新疆新闻奖二等奖。1996年,甜菜"大战"在政府的协调下情况大有好转。于是,我写了此稿。

此稿写完后,我大伤脑筋,因为甜菜"大战"报道得太多了,稿件的标题都比较雷同,为起标题我多日茶饭不思苦思冥想。有一天,一篇军事报道让我豁然开朗,"今年伊犁地区甜菜交售'无战事'"的标题在脑际间立刻闪现。为呼应标题,我在结尾刻意用了"狼烟"一词,显得更有"战事"的意境。

主题好,标题也要靓,因为标题是文章的"眼睛"。

兵团地方教材《可爱的兵团》付梓
兵团历史首次写入中小学教材

教育专家称：编写兵团地方教材对于教育青少年热爱祖国、热爱兵团，壮大屯垦戍边队伍有重要意义

本报乌鲁木齐讯 7月15日，随着四色印刷机的开机运转，兵团地方教材《可爱的兵团》在新疆希望印刷厂开印。等新学年开学时，兵团各中小学校的学生就可以读到《军垦第一犁》《人牛抬杠》《戈壁追匪记》等图文并茂的课文了。据悉，这是兵团屯垦戍边历史首次写入中小学教材。

兵团成立50多年来，创造了可歌可泣的辉煌业绩，兵团精神感天撼地。可是，一部分青少年却对兵团的历史、地位、使命知之甚少。为此，2003年底，在国家教育部的支持下，兵团决定发掘地方教育资源，编写兵团地方教材，对兵团下一代进行爱国主义和兵团精神的教育。

半年来，在区内外教育专家和教研人员的努力下，兵团地方教材《可爱的兵团》终于编写完毕。该教材以兵团史志资料为素材，具有科学性、思想性、可读性，突出了1954年兵团成立以来尤其是1981年恢复组建以来的辉煌成就，重点表现兵团人的可敬可爱和兵团事业的崇高神圣。

该教材分四套，分别适应小学低段、小学高段、初中段和青年段学习阅读。兵团教育局规定，从新学年开始，兵团各中小学校要在一年级至九年级每周开设一节"兵团社会"课程，将《可爱的兵团》作为"兵团社会"课程九年义务教育地方教材。青年段读本作为高中及以上各级各类学校政史类、思想品德类课程的辅助教材，也可作为兵团青年和青年职工的政治读物。各学校也可以《可爱的兵团》为教育资源，利用每周班、团、队活动之机，以主题班、团、队会的形式对学生进行了解兵团、热爱兵团、热爱祖国的思想政治教育。

永远在路上

据悉,兵团党委宣传部、兵团教育局、兵团团委、兵团少工委等单位将于今年9月至12月,结合教材使用情况,联合举办"我爱兵团"大型征文活动及"军垦杯"我爱兵团知识竞赛活动,进一步促进兵团青少年对兵团历史的了解。

(原载2004年7月20日《兵团日报》,获兵团新闻奖一等奖)

获奖感言

耳勤抓"活鱼"

当记者不是要有"六勤"吗?此稿属于耳勤得来的线索。1994年3月的一天,我听到在兵团教育局教研室工作的姐夫打电话说教材的事,就多问了几句。原来,他们教研室要出一本关于兵团历史的教材,我眼前一亮:兵团历史要写进教材了!这可是一条好新闻。于是,我拉着姐夫去印刷厂采访,最后写成此稿。

本来我计划等到秋季开学学生们拿到教材后再写,那时写可以有个新由头,可能更生动一些,但是我没有等,再说以付梓作为新闻由头也是可以的。

新疆头屯河农场与八钢集团公司共建和谐

立了13年的围墙终于拆除了

本报乌鲁木齐讯 一道长约2公里的围墙将相邻的农十二师头屯河农场和新疆八一钢铁集团有限责任公司分隔了13年。如今,随着围墙的拆除,建立了关系融洽、优势互补、和谐美好的区域新环境。

11月8日,头屯河农场钢城综合市场内车水马龙,人群熙攘。做了十几年家禽生意、家住头屯河农场的李小燕忙里偷闲告诉我们:"自从围墙拆除后,我每天少走2公里冤枉路,每月的营业额比以前多1000多元。"正在买菜的八钢工人王红燕对我们说:"围墙拆得好,我们买东西方便多了。"据了解,李小燕和王红燕的感慨道出了当地居民的心声。

居民们说的围墙修建于1992年,当年八钢在头屯河农场旁新开发了8栋住宅楼。出于安全、管理等方面的考虑,八钢沿新生活区修建了一道围墙,将两个单位完全隔离开了,使这两家同于1951年组建的单位出现了"隔阂"。

与八钢毗邻的头屯河农场,多年来利用优势大力发展果蔬园艺业和畜牧业,每年为拥有6万多人口的八钢提供了50%以上份额的农畜产品。

但自从围墙修建后,双方都感到不方便了。农场人每天要绕2公里路到八钢的生活区销售农产品。八钢管理者也认为生活区人员混杂,不好管理。双方多次就此进行协商,最终没有结果。

进入新世纪,共建和谐社会成为全社会的共识。2005年底,双方领导再次坐在一起,商议合作共建事宜,决定由头屯河农场在八钢生活区旁建设综合市场,八钢则拆除围墙及生活区内的小市场。当年底,立了13年的围墙终于拆除了,钢城综合市场也开业了,兵地关系揭开了新的一页。

综合市场经理党红兵告诉我们,市场自营业以来,人气很旺,每天的交易额在

10万元以上,不仅方便了农场人做生意,还吸引了北园春集团及昌吉市三工乡的农民入市。

据了解,目前头屯河农场和八钢建立了每月互访制度,双方就建立新型合作关系、共同开发钢材下游产品等事宜达成了共识。

(原载2006年11月17日《兵团日报》,获新疆新闻奖一等奖)

获奖感言

站在"天安门"上找感觉

记得人民日报驻新疆记者站站长王惠敏给我们上课时,说过一句话,很精辟很到位,至今印象深刻,即记者要"站在天安门上看问题,走在田间地头找感觉"。我的理解是,作为党报记者不仅要关心国家大事,还要反映现实情况,二者要高度契合。此稿就是"站在天安门上看问题,走在田间地头找感觉"的典型作品。

2006年10月的一天,闲来无事翻阅报纸,《新疆经济报》的一篇头题稿吸引了我的眼球,内容大概是讲十二师与新疆八钢集团共建和谐的事,其中提到推倒围墙等细节。我看了后,心中一喜,这不是我苦思冥想的建设和谐社会的最佳素材吗?

于2004年秋季召开的党的十六届四中全会,首次提出构建社会主义和谐社会的目标。如何反映这一宏大的主题,我颇费心思。八钢和头屯河农场"拆墙"的事让我茅塞顿开,有种"山重水复疑无路,柳暗花明又一村"的感觉。

此稿以小见大,将一堵墙与构建和谐社会、力推兵地融合联系起来,既有高度又不显空泛,算是我的得意之作。

兵团依靠科技再次突破植棉禁区
10万亩棉花成为世界高纬度样板田

本报和布克赛尔讯 11月底,从农十师一八四团传出喜讯:今年该团种植的10万亩棉花皮棉单产再上百公斤,连续7年保持了高纬度皮棉单产的世界纪录。

20世纪50年代,兵团人在玛纳斯河流域种出了高产优质的棉花,打破了外国专家关于北纬42度以上是植棉禁区的断言。从此,兵团人不惧神话,大胆实践,加快发展棉花产业。

位于北纬46°02′32″至46°23′30″的一八四团在世界第三大沙漠古尔班通古特沙漠的西北边缘,属典型的大陆性气候。该团从20世纪50年代开始试种棉花,由于气候复杂、缺少技术、缺乏水源、没有高纬度植棉经验等原因始终未获成功,到1997年,棉花面积仅有1400亩,皮棉单产仅66公斤,团场年年亏损,职工对植棉失去了信心。

进入新世纪,北疆重大水利工程的完工和团场南部水土开发一期工程的顺利完成,为该团探索高纬度植棉奠定了基础。在兵团农业部门和新疆农垦科学院专家的鼎力支持下,该团抓住机遇,大力探索高纬度植棉。

据专家分析,由于沙漠的热辐射效应对这个地区具有热量补充作用,近40年来,大于等于10摄氏度的年有效积温明显增加,7月份平均气温逐渐升高,全年无霜期延长,从而使得这个地区具备了种植早熟、特早熟陆地棉的气象条件。

近10年来,兵团植棉技术也逐年提高,科研人员繁育成功了生育期较短的新陆早7号、8号、10号等特早熟品种,成功推广了膜上点播、膜下滴灌、精量播种、超宽膜植棉等一系列先进实用技术和"矮、密、早"栽培模式,膜上精量播种机、采棉机、节水设备等先进农业装备也得到大面积推广应用,为高纬度植棉提供了技术支撑。农业专家将这些新品种、新技术、新装备集成运用到一八四团,使得该团在短短几年时间里,实现了植棉生产质的飞跃。2007年,该团植棉面积达到10万亩,皮棉平均单产达到100多公斤,从风险棉区变成了特早熟丰产棉区。

据了解,植棉使这个团耕地面积从万余亩增加到15万亩,种植结构从以粮为主转变到以棉为主,并带动了相关产业的发展,职均收入从3000多元提高到1.3万元,职工从人心思走转变为安居乐业,经济社会发生了巨大变化。

今年6月,中国农业科学院科技文献信息中心对一八四团高纬度植棉相关情况进行了国内外技术查新,结果是"未见与'新疆高纬度棉区(北纬46度)、种植规模10万亩、单产100多公斤'相同的报道"。据此,中国农业科学院植棉专家喻树迅说,以一八四团为代表的兵团高纬度植棉规模、单产及以现代农业为主体的棉花栽培技术体系均居世界领先水平,该团种植的10万亩棉花是世界高纬度植棉的样板田。

(原载2007年12月12日《兵团日报》,获中国新闻奖二等奖、新疆新闻奖一等奖、兵团新闻奖一等奖)

获奖感言

<h2 style="text-align:center">新闻是正常中的"反常"</h2>

新闻爱好者都知道,"狗咬人不是新闻,人咬狗是新闻"。这里说的是事物的反常,新闻就是正常中的"反常"。

我从一些资料中得知,新疆北纬42度是植棉禁区的神话,是被兵团人在20世纪50年代打破的。头脑中有了这个概念后,在朋友给我说,他们在北纬46度成功种植棉花,而且经过查新为世界水平时,我当时震撼的心情无以言表,只有赶快采访尽快发稿。

新闻就是这样,正常水平好比参照物,"反常"了,就有新闻价值。当然,这里所注的"反常"是超出一般常识和规律。此稿不足的是导语略显平淡。

兵团生物技术研究领域获重大成果

专家称,全国首例带有人肝细胞再生增强因子的转基因克隆羊的诞生,有利于迅速扩大优良种畜的比例,推进人体病损肝脏再生、修复的研究。

本报石河子讯 8月19日和22日是新疆农垦科学院两只黑色特殊羊羔出生4个月的日子。记者见到它们时,只见它俩身长黑毛,头顶"白花",体态优雅,体况良好。中国工程院院士刘守仁称,这是新疆农垦科学院畜牧专家研究出的全国首例带有人肝细胞再生增强因子的转基因克隆羊。

据了解,这两只黑色转基因克隆羊的诞生对优良种畜的发展和人体病损肝脏再生、修复的研究有重要意义。

据了解,兵团畜牧业有优良的种质资源优势,但用传统育种方式发展壮大优良种畜的速度很慢。如何加快优良种畜的繁育速度成为兵团畜牧专家多年研究的课题。

人体肝炎、肝硬化在我国发病率高、危害严重,而人的肝脏是为数不多的在受到物理、化学损伤后能够再生的器官。利用肝再生的特性缓解病毒对肝的损害,是医学上肝再生研究的热点之一。从人的肝脏本身寻求治疗严重肝病的有效物质,一直是人们梦寐以求的愿望。

兵团畜牧专家从转基因克隆羊的研究入手,试图通过带有人肝细胞再生增强因子的转基因克隆羊的研究,找到迅速扩大优良种畜比例、促进优良新品种的培育、有助于人体肝脏再生或修复的有效途径。

据专家介绍,与目前培育克隆羊的主要技术过程相比,培育这两只黑色转基因克隆羊的主要技术创新点在于,把从人的血液基因组织中得到的带有人肝细胞再生增强因子的基因片段,"融"进"供体细胞"。这是将转基因与克隆技术联合应用于转基因克隆动物生产的有益尝试。

据医学专家介绍,肝病患者如果从羊奶中得到含有人肝细胞再生增强因子的物质,可促进损伤肝细胞的修复和再生,这不失为一种安全、可靠、有效的治疗人类肝病的方法。

中国工程院院士刘守仁说,全国首例带有人肝细胞再生增强因子的转基因克隆羊诞生,是兵团生物技术研究领域的重大成果,填补了兵团乃至新疆在转基因克隆动物自主知识产权方面的空白。利用本研究成果的技术路线和方案,不仅能充分发挥兵团优良种质资源的优势,迅速扩大优良种畜的比例,促进新品种的培育,提高兵团优质种畜和优良基因的利用比例,而且能为转基因生物制药的研究、为肝病患者的治疗提供有价值的途径。

据悉,今年新疆农垦科学院计划将此项技术应用于优质超细和肉用种公羊的育种上。

(原载2008年9月5日《兵团日报》,获新疆新闻奖二等奖、兵团新闻奖一等奖)

获奖感言

科技新闻要讲究贴近性

科技新闻容易写得干巴,因为数据和专业术语太多。此稿尽力寻求科技成果与人的关系,这样会显得与读者贴近些。

2008年,新疆农垦科学院培育出了两只克隆羊,但是与世界上第一只克隆羊多利不同,这是我国首例带有人肝细胞再生增强因子的转基因克隆羊。这个成果似乎与人有关,我采访了医生,才知道这个成果对于肝病患者的重要性。

科技新闻要写得好看,贴近性是关键一招。

石河子市居民看病纷纷到社区

本报石河子讯 十一前夕,陪同父亲到石河子市63社区卫生服务站接种流感疫苗的张明珍对记者说:"卫生服务站离我家近,药品价格便宜,水平也不差,我们有个头疼脑热的就先来这里。"

据记者调查,在石河子市,同一厂家同一规格的所有药品,社区卫生服务站比大医院价格要低15%左右,居民都乐意在社区看病。

据了解,石河子市建立了比较完善的城市社区卫生服务体系,政府出资创办的社区卫生服务站实行药品零差率销售(即采购价销售),而且服务质量和水平都有提高,安全也有保证,居民得小病可以不出社区,有效缓解了居民看病难看病贵问题。

石河子市从1998年就启动了社区卫生服务工作,着手探索解决居民看病难看病贵问题。但几年后,就医条件差、公共卫生职能不到位、人员整体素质不高、财政投入不足、趋利现象严重等问题日益显现。

2007年,石河子市政府下决心消除阻碍社区卫生服务事业发展的"肠梗阻"。

近3年,政府投入2000多万元,建设了40个面积250至400平方米不等的社区卫生服务站,并将社区卫生服务人员工资和日常工作运行费用全部纳入市财政预算,对560种基本用药实行集中采购、统一配送、零差率销售。据悉,目前,石河子市每年社区卫生预算经费近千万元。

记者随机走访了3家社区卫生服务站,看到装修一新的服务站都建在社区内,居民步行只需5至10分钟便可到达,科室设置比较齐全,来社区就诊的居民络绎不绝。

石河子市卫生局副局长姬长海说:"石河子市共规划设置了50个社区卫生服务站,目前已启用40个,分别由石河子大学医学院第一附属医院和石河子人民医院托管,实现了小社区与大医院的资源共享,保证了医疗服务的质量和安全。"

调查数据显示,今年上半年,社区卫生服务次均处方费为19.93元,比2008年同期降低25.8%,仅为石河子市综合医院门诊的27.1%;小病患者首诊选择社区卫生服务站的比例为69.1%。

卫生部卫生经济研究所和中国社区卫生发展中心在今年初的一份调研报告中指出,石河子市立足实际,率先发展社区卫生服务的实践,走出了一条独具特色的创新之路,构建了安全、有效、方便、经济的和谐社区卫生服务体系,惠及了广大人民群众。

(与周密合作,原载2009年10月9日《兵团日报》,获新疆新闻奖一等奖、兵团新闻奖一等奖)

获奖感言

处处留心皆新闻

这篇稿件纯属是多一嘴问出来的。2009年9月的一天,我们在新疆农垦科学院采访八师石河子市原师长、市长余继志。我们采访完拟定的主题后,追问了一句,"您认为石河子有何重要新闻事实值得我们宣传报道?"我们这一问,余继志打开了话匣子,给我们说了石河子社区卫生服务体系建设的事,说居民看病都去社区。我一听,这是个好新闻啊!第二天就去采访。

作为记者,我认为只要做到眼观六路耳听八方就可以得到好新闻线索。

危楼背后的民生情

——走访农四师六十四团土坯楼

驱车进入农四师六十四团团部所在地,穿过繁华宽阔的水泥路面的主街道,路两旁掠过林立的楼房,右拐,便来到了团机关办公楼前。

"现在团里的办公楼是热门话题,听说准备拆除盖新楼?"6月6日,记者见到六十四团政委阿不都热依木时,提出了这个问题。"不拆,也不准备建,我们计划换个场所办公,把这个土坯楼作为团场的永久纪念。"

这座老办公楼是一栋二层土木结构的苏式风格建筑,1959年由苏联专家设计建设,现在已显得十分陈旧,楼外还有一道明显的裂缝。走进办公楼,只见一楼的地板砖不少已经碎裂,走路要小心翼翼才行;二楼的木地板多处朽烂,后来修补上去的看上去像一块块补丁。记者注意到,在二楼走廊顶部有一处窟窿,露出了里面的苇草,要不是木架子做的尖顶遮挡着,就露天了。

记者走进副团长周圣栓的办公室,周圣栓指着头顶上的窟窿自嘲地说:"外面下大雨,我这下泥巴。没办法,就把办公桌挪挪位置,用脸盆接泥水。"

同样,生产科的办公室也经常遭遇"水灾",副科长营道明说:"4月15日下大雨,办公室里漏得满地是水,文件柜里的文件都被淋湿了,地上还积了厚厚一层泥。"

"房顶的石膏板是1994年装修时吊装的,现在早过时了。"团党办主任李维功告诉记者,办公楼自1959年建成后,全面维修过两次,以后就局部修修补补,现在再修补都没有价值了。因为师安委会已经多次通知这是危楼,不让在里面办公。

难道团里就没有想过新建办公楼吗?团发改科科长李晓林解释说:"本世纪初,团场就想建新办公楼,可我们是国家级贫困团场,家底薄,有限的资金都用在发展经济和社会民生上了。"

李晓林告诉记者,2001年初,团场新一届领导班子上任后郑重承诺:4年内,如果团场的生产条件没有大的改善,如果职工群众收入没有明显提高,如果团场面貌没有大的变化,就集体引咎辞职。

在以后的8年间,团场筹措近3亿元资金,用于种植业结构调整、科技投入、发展少数民族经济、基础设施建设等,而新建办公楼的计划被一再延后。

2003年,团场经济状况稍有好转,于是作了投资400多万元建设职工文化中心兼办公楼的计划。当年,团场在沙漠边缘的三营推广节水滴灌技术,效果非常好,职工积极性也很高,就是推广资金比较紧张。团场当即决定,缓建办公楼,把资金投入到节水灌溉上。目前,这个团的节水滴灌面积已达到3万多亩。

3年后,团场再次把兴建办公楼项目列入计划。当年,为开发伊犁河北岸土地而修建的引水工程资金严重不足,团场把资金用于水利工程建设。新建办公楼的计划又一次搁浅。

2008年初,团场计划将团招待所改建成办公楼。可当时任团长的蒙立明在团中学检查工作时,发现学校食堂面积仅有25平方米,学校1000多名学生只能分批就餐。于是,他与团领导班子成员商议决定,再次缓建办公楼,将资金用于学校餐厅建设。目前,一座1300平方米的学生餐厅已投入使用。

坐在阴冷潮湿的会议室里,李晓林动情地说,至今,团机关办公楼也没有建成,但是就在这座土坯楼里,团党委决定投入450万元,用于团场医院门诊楼翻新、新建一栋住院楼及一栋疾控中心;

就在这座土坯楼里,团党委决定投入2913万元用于中小学教学楼、宿舍楼、餐厅建设;就在这座土坯楼里,团党委决定投入1.4亿元用于危房改造、解危解困房、廉租房建设,让职工群众住进宽敞明亮的新房;就在这座土坯楼里,团党委决定投入2822万元用于团部上下水、供电、供暖、通信、城镇道路、绿化等基础设施建设……

从团机关步行约十几分钟便到了团场医院住院楼,记者惊讶地发现,这个去年交付使用的住院楼还安装了电梯,为患者就医提供了方便;病房内干净整洁,有卫生间、呼叫器、衣柜、电视机等设施。因患胆囊炎在这里住院的三连职工张静兰告诉记者:"以前生病住院都去伊宁市,现在团场医院和城市医院条件一样好,我当然选择就近在团场住院。"

团医院院长高忠荣介绍说,这些年,医院软硬件都有很大改善,现在可以做早期宫颈癌筛查、艾滋病初筛等检查,及胆囊炎、阑尾炎、子宫肌瘤等外科手术,来就诊和住院的病人年年增加。

走进团中学,记者立刻被一栋栋楼房所吸引,团教育科科长兼中学校长卢广旭说,团中学在20世纪90年代就有教学楼了,至今已建起了教学楼、宿舍楼、餐厅等6栋楼房。在两栋学生宿舍楼前,卢广旭说:"这是前两年国家支持,团场配套资金建设的。"从我们身边走过的高三(4)班学生徐丹告诉记者:"2004年以前,学生宿舍是平房,挺冷的;2006年,住校生搬进楼房后,舒服多了。"

正是课间时间,团中心小学校园里很热闹,学生们在开心地玩耍。绕过崭新的教学楼,后面是一处正在施工的建设工地。"等这栋教学楼和那两栋宿舍楼完工,团场就要撤掉3个少数民族聚集单位的小学教学点,团场中小学就可以完全实现民汉合校了。"中心小学校党支部书记方新华介绍说。

走在六十四团丁字形的主街道两旁,最惹人注目的是一排排色彩艳丽、设计别致的住宅楼。李晓林告诉记者,到今年为止,团场已经建设18栋职工住宅楼了。

1956年从四川来新疆支边的张永莲,2006年仅花了4万元就住进了楼房,她一边照看外孙一边激动地对记者说:"我住过地窝子、土坯房,但是做梦也没想到能住上有暖气、铺地板的楼房。我哪里也不去了,就在这儿享受天伦之乐。"

(原载2010年6月12日《兵团日报》,获新疆新闻奖二等奖、兵团新闻奖二等奖)

永远在路上

获奖感言

化抽象为具体

可克达拉,即四师六十四团团部所在地,是生我养我的故乡。我每次回家探望父母必须要经过团场的办公楼。这幢楼具有苏式建筑风格。随着团场城镇化快速发展,团场面貌发生很大改变,可是始终不变的是破旧不堪的团场机关办公楼。经有关部门鉴定,它已成了危楼。于是我忍不住写了这篇稿子。

仅仅抽象地说它是危楼远远不够,我用亲眼看到的大量的现场细节描述说明办公楼的危险状况,并和学校、医院良好的条件作一对比,说明团场再三缓建办公楼是为了民生,同时用排比句说明大量资金投向也是为了经济发展和民生改善。

此稿,可以说是一篇以现场描写为主阐述主题的稿件。稿件以小见大,反映了团场党委深厚的民生意识。

兵团节水技术辐射我国北方主要旱区

今年,该技术推广至8个省区,面积达600多万亩

本报乌鲁木齐讯 7月20日,记者从河北省科技厅获悉,国家农业部专家对该省赵县、吴桥县两块麦田实打实收情况进行验收,实施新疆生产建设兵团微灌水肥一体化节水技术的麦田增产效果非常明显,亩产小麦达704.98公斤,刷新了河北省2010年创造的701.9公斤小麦高产纪录。

获得高产的吴桥县蒋控村农民孙玉良高兴地说:"真没想到,经历了冬春连旱,还能有这么高的产量。"经测算,孙玉良种植的8亩小麦,采用兵团节水技术后,亩产增加了200公斤,加上复播的玉米,两茬作物预计当年可增收6000多元。

"采用兵团的节水技术,可节水50%、省工50%、节肥20%、增产15%。"全国农业技术推广服务中心主任夏敬源说。

这是兵团在内地省区试验示范水肥一体化节水技术的一个缩影。

兵团团场大多地处河流下游或沙漠边缘,干旱缺水成为制约经济发展的主要因素。多年来,兵团通过引进、消化、创新,研究出农户用得起的喷灌、微灌节水技术,并将膜下滴灌技术广泛运用于大田生产,创造了我国农业节水史上的奇迹。

2007年8月,国务院总理温家宝在新疆考察工作时,对兵团节水技术给予充分肯定,希望兵团努力建成全国节水灌溉示范基地、农业机械化推广基地和现代农业生产基地。

近年,我国旱灾频发,每年因旱灾损失粮食300多亿公斤,国家有关部门认为,兵团节水技术值得北方旱区借鉴。

自2009年起,兵团在河北、河南等粮食主产区试验示范节水技术。"一定要把节水技术推广到内地去,我们有责任让内地农户用上好技术。"新疆农垦科学院水肥专家尹飞虎说。

兵团在河北、河南、甘肃等地实施的水肥一体化节水技术试验示范取得了良好效果。今年,这项技术已迅速辐射到8个省区,推广面积达600多万亩,其中黑龙江、甘肃、内蒙古自治区已超百万亩。

据了解,目前兵团已建成喷灌、微灌面积1100万亩,占兵团有效灌溉面积的63%;这一技术在新疆各地州推广1400万亩,在吉尔吉斯斯坦等13个国家和地区推广5万余亩;已经形成具有兵团特点的喷灌、微灌水肥一体化节水模式。

国家半干旱农业工程技术研究中心主任翟学军认为,如果全国一半的麦田推广这项技术,每年可节水200亿立方米,一年就可以实现国家制定的新增千亿斤粮食产能的目标,对确保国家粮食安全及农业可持续发展具有重要意义。

(原载2011年7月22日《兵团日报》,获得中国新闻奖二等奖、新疆新闻奖一等奖、兵团新闻奖一等奖)

获奖感言

"养"出来的好新闻

兵团节水技术很早就在内地推广了,但是由于推广面积较少,我一直没有下笔撰写,想等等看。

2010年,由于新疆农垦科学院一项国家项目的启动,节水技术在内地推广速度加快。我参加了该项目的启动仪式,在内地农村也感受到节水技术带来的显著效果,但是由于推广面积较小,仍然需要继续等待。到了2011年,兵团节水技术在内地的推广面积迅速达到600万亩,而且辐射我国北方主要旱区,这时我才动笔写。由于素材积累较充分,写稿时一气呵成。

新闻,有时需要等待,需要"养"。在时机不成熟时,也许是个"小"新闻,随着情况的变化,就会成为"大"新闻。

兵团生产出细度为头发丝十分之一的超细羊毛

与世界上最细羊毛相比仅差0.5微米

本报石河子讯 您见过世界上最细的羊毛吗？6月20日，记者在新疆农垦科学院见到一撮羊毛，与世界上最细的羊毛相比细度仅差0.5微米。这是兵团人自己生产的超细羊毛。

去年4月，新疆农垦科学院将5公斤这样的羊毛送到国家农业部羊毛与羊绒质量检测中心进行检测，结论是：

细度达到12.6微米至12.8微米，综合品质达到世界先进水平。

在新疆农垦科学院试验场，记者见到十几只细毛羊正在吃草，它们只只体大毛长，脑袋两边盘着螺旋形的大角，脖子上的褶皱就像围着几层厚厚的围脖。新疆农垦科学院院长助理石国庆告诉记者："12.6微米的羊毛就出自它们身上。"

"12.6微米（类似于150支纱）相当于头发丝粗细的十分之一，是我国目前最细的羊毛，可与澳大利亚羊毛相媲美，用它纺纱完全能生产出适应市场需求的轻薄、柔软、飘逸的高档毛纺产品。"被誉为"中国细毛羊之父"的中国工程院院士刘守仁说。

新疆是细毛羊的故乡，优质的天然草场非常适合细毛羊生长。以刘守仁为首的兵团细毛羊研发团队从20世纪80年代就培育出军垦细毛羊，结束了我国细羊毛依靠国外进口的历史。

多年来，科研人员利用冷冻精液、人工授精、胚胎移植、血缘嫡亲等先进技术，先后培育出军垦细毛羊、中国美利奴羊（新疆军垦型）、新吉细毛羊3个品种和超细品系、细型品系等9个品系；建成核心场、种羊场、生产场三级繁育体系。

新世纪以来,兵团加大了细型、超细型细毛羊品种的选育和研究,转基因、克隆等高新技术也开始运用到繁育工作中。2002年,兵团培育出国内首批超细型细毛羊,其羊毛细度在18微米左右。

2009年12月,兵团细毛羊繁育再次取得突破:4只利用转基因、胚胎移植及克隆技术培育的细毛羊在农垦科学院诞生。这项成果突破了常规育种无法实现的跨物种基因转移,对于选育超细型细毛羊品种、生产又细又长的羊毛具有重要意义。

目前,兵团生产的羊毛平均细度达到20微米、平均长度达到7.5厘米,均超过国际平均细度25微米和平均长度7.0厘米的超细羊毛标准,而且细度在19微米(相当于80支纱)左右的超细羊毛产量已占到总量的25%,羊只存栏总量达20多万只,其中核心群5500多只。

据了解,目前世界上所有细毛羊种质都已被兵团研发掌握。

(原载2011年6月22日《兵团日报》,获兵团新闻奖三等奖)

获奖感言

科技如果和人相关联就好看了

2011年6月的一天,我在新疆农垦科学院采访,听畜牧所所长说,他们生产出了细度比头发丝还细的超细羊毛,我听后眼前一亮。

一般来说,科技稿不太好写,写出来也不太好看,主要是因为专业技术语太多、数据太多。如何把科技稿写好让读者爱看、喜欢看,是我多年都在琢磨的事。在这篇稿件里,我把细羊毛和人的头发丝相比较,既形象又通俗易懂。这样比硬邦邦地说,细羊毛有多细,效果要好得多。

其实,每个新闻事实都有自己的特点,把那个最亮的特点挖掘出来,并做进标题,就算成功一半。这就是,业内人们常说的"题好一半文"。

兵团成为世界主要机械化采棉区

机采面积占总播面积的60%

本报乌鲁木齐讯 10月中旬,兵团棉花采收进入高峰期,一台台采棉机在棉田里驰骋。在一片棉田旁,农八师一四九团良种连职工王燕军高兴地说:"我这40亩地,往年60天才能采完,现在三五个小时就结束了。"棉花采收机械化让职工实现快乐植棉。

据悉,今年兵团种植棉花824万亩,其中机采棉预计500万亩左右,机采面积占总播面积的60%。据兵团农业局统计,今秋有1500余台采棉机在棉田作业。国家棉花产业技术体系研发中心机械化研究室主任、采摘机械化岗位专家周亚立称,兵团已经成为世界主要机械化采棉区之一。

据了解,1995年以来,兵团棉花单产、人均棉花占有量、商品率和出口率一直居全国第一。

优质的棉花资源一直是兵团的骄傲。可是,采收环节机械化程度低,棉花采收时节劳力紧缺等问题,严重制约了兵团棉花产业发展。

1996年,兵团引进国外采棉机,在农一师一团和八团实施机采棉高产技术栽培试验项目。之后,兵团又在6个师的25个团场新建和改建了机采棉清理加工生产线。

在项目试验过程中,兵团农业科技人员筛选出适合机采的最佳种植模式,研发出适应机械化采摘的棉花栽培措施。2001年,机采棉在兵团开始大面积推广。

机械采摘棉花极大地解放了劳动力,缓解了劳动力紧缺的状况,兵团采棉机的数量逐年增加,也吸引了美国农业机械生产公司的目光。目前,美国凯斯、迪尔两大采棉机生产企业都视兵团为十分重要的市场。美国凯斯纽荷兰机械(哈尔滨)有限公司新疆分公司已经在兵团累计销售采棉机500多台,美国迪尔(中国)投资公司累计在兵团销售采棉机700多台。

目前,美国凯斯纽荷兰机械(哈尔滨)有限公司新疆分公司已经在乌鲁木齐建设生产基地。据凯斯新疆分公司客户经理李伟介绍,今年兵团购买了233台凯斯采棉机,占公司全年销售量的三分之一。兵团已成为凯斯公司重要的市场。

据悉,到2015年,兵团80%的棉田将实现机采。

(原载2012年11月3日《兵团日报》,获新疆新闻奖一等奖)

获奖感言

有高度就有价值

兵团机采棉方面的稿件已经报道多次了,很难写出新意。但是,这篇稿子的视角不一样,从世界的角度看兵团机采棉发展,有高度。

从某种意义上说,有高度就有新闻价值,高度越高新闻性越强。以此稿为例,兵团在国内肯定是机采棉面积最大了,在国际上呢?本文用扎实的事实说明,兵团在国际上也是主要机械化采棉区。

有了扎实的新闻事实,新闻就有高度,有价值了。

兵团植棉机械化促成新疆棉花生产两次飞跃

新疆已成为我国最大的优质棉生产基地

本报乌鲁木齐讯 十一前夕,一台采棉机轰鸣着来到八师一三四团五连职工王军的承包地里,半天就收完了80亩棉花。

"以前种棉花,一年四季都在忙,还不挣钱。现在只忙两个月,其他时间出去打工,挣得还多。"王军感慨地对记者说,"现在90%以上的活都是农机干,种棉花越来越轻松。"

王军的感慨是新疆棉农的共同感受。

《中国棉花统计资料汇编》《新疆统计年鉴(2013)》和《兵团统计年鉴(2013)》数据显示,兵团植棉机械化技术和设备的研究、推广提高了新疆植棉机械化程度,促成新疆棉花生产两次飞跃。

新疆地域辽阔,光热条件好,昼夜温差大,干旱少雨,利于棉花种植。但是由于生产技术落后,机械化程度低,1982年新疆棉花种植面积仅占全国4.9%,总产量占全国4%。

地膜植棉机械化实现了地膜植棉技术的大规模应用,促成新疆棉花生产的第一次飞跃。

我国农业机械研究专家陈学庚说:"地膜植棉技术刚开始实施那会儿,一个劳力一天只能铺膜3分地,点种2分地。后来,兵团科研人员研制成功多类型棉花铺膜播种机后,功效大幅提高,职均管理定额增加一倍。"

地膜植棉机械化使兵团皮棉单产从1982年的38.6公斤增加到1994年的82公斤。1985年至1994年,新疆棉花机械化铺膜播种面积达到6890万亩。

膜下滴灌精量播种机械化实现了棉花矮密早匀和滴灌、精播技术的大规模应用,促成新疆棉花生产第二次飞跃。

20世纪90年代末,兵团提出基于机采棉条件下的棉花膜下滴灌精量播种栽培新技术,2003年研发成功一次完成8道作业程序、达到国际领先水平的棉花膜下滴灌精量播种机。

"滴灌好,以前浇水要打毛渠,累人还费水;现在开阀门滴水,省水还增产。"说起膜下滴灌技术的好处,王军赞不绝口。

精量播种为团场解决了大问题。如今,春播季节学校停课、工厂停工、机关关门,全民下地定苗的壮观场面不见了。

棉花机械化进程中,采收是"肠梗阻"。新世纪初,兵团开始示范推广机械采棉技术。今秋,约有1600台采棉机驰骋在垦区棉田,预计机采520万亩。目前,兵团主要农作物综合机械化率达到91.5%。

数据显示,2012年新疆棉花种植面积占全国的36.6%,是1982年的7.5倍;棉花总产占全国的51.7%,是1982年的12.9倍,新疆已成为我国最大的优质棉生产基地。

(原载2013年10月16日《兵团日报》,获兵团新闻奖二等奖)

获奖感言

善于用背景资料凸显新闻价值

这篇稿件是应陈学庚院士之约采写的。本以为只是一般性的稿件,没有多大新意。未曾想,找来历史资料一看,很具有新闻价值。

兵团植棉机械化在全国很有名气。历史资料显示,兵团植棉技术每上一个新台阶,都促进了新疆棉花的发展,但是,对新疆植棉发展的贡献却很少报道。

如果就单一的一项项技术是看不出来兵团植棉技术对新疆有多大贡献的,但是如果把背景资料串起来看,就可以发现其新闻价值。所以说,背景对新闻价值具有凸显作用,背景越"厚",新闻价值越高。

以人为本,提高幸福指数的前提
——兵团走内涵式城镇化发展之路系列报道之一

绿树环绕、柏油路宽阔,物质丰富、居民幸福,这样形容眼下的兵团团场小城镇不为过。

虽然2008年上海世博会已经渐渐远去,但"城市,让生活更美好"的主题带给人们的殷殷期盼却延续下来。

可喜的是,城市、中心城镇、一般城镇、中心连队——兵团"城镇化三年行动计划"为兵团职工群众描绘出了未来生活的美好蓝图,如今蓝图正在变成现实。

8月19日至23日,参加兵团城镇化、服务业暨扶贫开发现场推进会的与会代表见证了近年来兵团城镇化建设取得的成效。

一

如果说,以前兵团城镇化发展中只见新房不见新貌的现象普遍存在,那么从去年开始,兵团不仅有百万职工群众住进了新房,而且享受到了现代公共设施服务,生活幸福指数有很大提高,这一切源于城镇化建设理念从外延式向内涵式的转变,源于注重了以人为本。

职工王华居住在四师七十三团40多年了。记者在社区一站式办事大厅见到他时,他正在办理养老保险。他感觉团场近几年变化很大,"变化简直是翻天覆地的。"他说,"以前我住破旧的平房,现在住新楼房;以前我想换个工作得托关系,现在工业园区里每个企业都在招工,还可以挑岗位呢;以前办事得跑机关很多趟,现在有了一站式服务大厅,一次就能办完。"

王华由衷地说:"我感觉比以前幸福、快乐了。"

让职工群众幸福快乐地生活是城镇化建设的核心。

要提高职工群众幸福指数,必须统筹规划,这是四师七十三团的经验。10年前,这个团只有一条坑坑洼洼的街道,街道两旁是低矮的商铺,除办公楼外没有一栋住宅楼。如今的团场,职工住进了宽敞明亮的新楼房,而且建成了大广场、大绿地、大水面,团部小城镇像个大花园。

七十三团团长冷畅勤说,职工是兵团的根本,建城镇就是要让职工过上幸福生活。我们抓住灾后重建机遇统筹规划,实施人性化建设和管理,确保了团场职工生活质量的提高。

在七十三团城镇规划图上我们看到,该团提出"立足人性化、面向现代、面向未来"的理念,高起点、高标准、适度超前地建设"生态、宜居、宜业、特色"的城镇。昔日破旧的团场被国内多位一流设计师打造出立体生态养殖区、高效农业区、文化商务区、有机设施林果区、金岗循环经济产业园区、矿产牧业区,六区既体现了人与自然的和谐,产业之间的和谐,又规避了重复建设。

二

城镇的功能完善了,发展协调了,职工生活才能便利,而这需要更大区域范围内的统筹规划。在现场观摩时记者发现,位于石河子市区周边的团场服务类产业明显增加了,如北泉镇的华泰商业一条街、中盈义乌商贸城、红星美凯龙家居广场、中影影视文化广场等,这些项目投资规模大都在亿元以上。

据介绍,八师石河子市提出"北进南扩、东调西优"的师域发展思路,将石河子市区附近的团场纳入师域规划中。石河子地区服务业发展滞后,按师域统筹规划,石总场就在发展服务业上大做文章,补这个缺。而一四七团依托石河子市打造"三大基地",即食用菌种植基地、小商品物流集散基地和垦区最大的商品羊养殖基地,欲建设石河子的"后花园"。

以人为本、和谐发展还体现在不仅重视经济效益,而且重视集约高效,实现人、城镇和环境协调发展。记者看到,在很多观摩点,团场将撤并后的连队进行复垦实现集约经营,根据产业发展实际将连队划分成若干个专业区。如五师建立了64个产业区,组建了若干个专业合作社,让职工持有股份,增加了收入。

五师八十四团三连维吾尔族职工阿曼家里养殖的黄粉虫吸引了众多观摩者,别小看这些虫子,它们为主人带来了不菲收益。

原来,连队撤并前阿曼仅种几十亩小麦,一年收入就万把块钱。复垦后,团场将连队规划成牧业区,成立了能人牵头的合作社,阿曼加入了合作社,养殖了150只羊。在团场帮助下,阿曼还学会了养殖黄粉虫,同时还种植小麦。

这样,阿曼家的收入一年有10多万元。

三

城镇化建设体现在生活的方方面面。近年,在城镇化建设的带动下,很多团场建起了福利机构。

在一五○团老年公寓,今年74岁的退休职工刘家彬正安逸地享受护理工的洗脚修脚服务。他说:"我1961年从四川来疆,退休后就在团场生活,现在团场条件越来越好,还建起了老年公寓。我哪里也不去了,就在这里过晚年了。"

随便在公寓里走走,发现这里不仅日常生活用品、家具一应俱全,而且按照医院的配置设定设施,非常适合老年人生活。目前,这个老年公寓已经住进了32名退休老军垦。

与此同时,集养老院、儿童福利院、残疾人康复中心、残疾人阳光工程托管中心为一体的五师多功能福利中心也已经建设、装修完毕,等待开张。

走进一四九团植物园,绿色环绕、垂柳依依、大水面、小拱桥,各色树木送来阵阵凉风,各种小鸟聚集嬉戏,可以与首府的植物园相媲美。66岁的退休职工豆秀英边锻炼边对我们说:"俺来这40多年了,这些年变化太大了,特别是这植物园,每天来转转玩玩,感觉真好。"

城镇是人的栖息地,应承载人文精神和价值内涵,体现文化和个性。如何让兵团的城镇富有独特的文化内涵?设计师们的设计独具匠心。

单就拟建城镇名字来说,胡杨河市、双河市、可克达拉市、昆玉市都具有独特的文化内涵。五师拟在八十九团建双河市,双河不仅仅指本区域有博尔塔拉河和精河两条河,而且据史书记载,公元658年,唐朝在此区域内设置双河都督府,唐太宗李世民曾赋诗:"孔海池京邑,双河沼帝乡"。

兵团城镇化建设已经行驶在快车道上,人们期盼,以人为本的城镇化建设让每个人都能过上幸福快乐的生活。

(与马林合作,原载2013年8月27日《兵团日报》,获兵团新闻奖一等奖)

产城融合，城镇化的重要支撑
——兵团走内涵式城镇化发展之路系列报道之二

向广度推进　民生"红利"初显

"产业布局结构和城市形态功能相融并进""城市因产业而兴，产业因城市而旺"……在各师团城镇化建设规划蓝图中，"产业""城市"都是最醒目的关键词。

近年，随着城镇化的推进，越来越多的职工群众搬迁到场部居住。如何让这些职工既住得起楼房又能依托城镇增收？这些对兵团城镇管理者是个考验。

8月20日9时，十三师火箭农场七连职工卢翠萍与丈夫董天恕在小区门口吃完热乎乎的早餐后，就开始在自家的五金店中忙碌，几步之遥便是家的所在地——银河小区。这样轻松的谋生道路是干了几十年农活的卢翠萍夫妇以前不敢想的。"现在团场发展城镇化，职工对装修材料的需求越来越大，经营五金店一年可以收入十几万元，这可比种棉花轻松多了。"卢翠萍笑着说。

依托紧邻哈密市的城郊优势，近年来，火箭农场将城镇建设与产业发展紧密融合，高起点规划建设了特色餐饮一条街、文化产业园、商贸物流园、汽车4S店等，引导职工充分就业和自主创业。如今，越来越多像卢翠萍一样的农业一线职工成了城里人。

而且，令人欣喜的是，越来越多的职工思想观念发生改变，不再倾向单一的土地承包，团场富余劳动力从一产向二、三产转移。火箭农场场长赵来疆表示，产城融合就是要把产业、城市和人口进行合理的融合与提升。

"随着兵团产城融合战略的不断推进，兵团职工群众宜居宜业的新城镇梦想一定会变成现实。"兵团发改委主任朱新祥对此充满信心。

向高度跨越　打造新经济增长点

产业是城市发展的基础。现在,越来越多的师团主动将引进新产业作为城镇化建设的重要内容之一。

今年,在五师荆楚工业园里,新疆平云汽车有限公司第一批专用汽车成功下线,填补了兵团汽车产业的空白。

将城市规划与产业规划同步推进,是五师党委的战略决策。目前,该师充分利用设市政策机遇,在拟建的双河市域内,按照兵团级产业园标准规划建设荆楚工业园,并以招商引资为突破口,把资金、项目、产业向拟设市域集中。据统计,该工业园已累计签约在建的产业项目达55个,计划总投资163亿元。

一师阿拉尔市则提出"城市因产业而兴,产业因城市而旺"理念,着力构建产城融合的城镇发展格局,大力引进商贸物流、文化旅游、金融服务等新兴产业,南疆红枣交易市场、领先集团高档商贸服务区、昆岗古人类文化探秘等项目快速推进。

产城深度融合,不仅要根据自身的优势培育新项目,而且要因地制宜提升原有产业水平,弥补发展短腿。

八师石河子市按照"工业园区化、园区产业化、产业集聚化"的要求,将工业项目向园区集中,园区已成为城镇的新功能区,有力支撑了城镇经济增长。

为补齐石河子城市发展短板,石河子总场引进了华泰商贸城、中影文化影视广场和义乌精品城等一批商业综合体项目,基本形成与石河子市功能互补、错位发展、联系紧密的商业"新高地"。

一个个新产业、新项目、新机制,不仅传递着城镇化发展的新高度,更昭示着产城融合带来的发展后劲。

向深度发展　理念升级促转型

走产城融合之路,是兵团城镇化建设的必然选择。如今,这种理念不断升级深化，为师团经济社会发展创造了更广阔的空间。

走产城融合道路，并非只能依靠兵团自有城镇。今年，新疆瑞明万佳家居建材广场项目在奎屯天北新区奠基，这个总投资逾10亿元的项目还未完全建成，周边的房价就已成倍增长。七师师长王光强表示："天北新区具有明显的区位优势，所以我们将招商引资的重点放在三产上，为周边城市提供高层次、高品位的优质服务，大力发展商贸物流、综合服务、休闲旅游业。现在看来，这一思路完全符合天北新区实际。"

延续这一理念，七师在推进团场城镇化过程中，大力发展商贸服务业，引导职工从一产向三产转移，为促进职工多元增收搭建平台。目前，七师10个团场共有农贸市场和大型超市24个，批发零售贸易经营户3835个，从业人员达3.35万人，人均创业收入超过3万元。

这几天，刚竣工的八师一五〇团驼铃农机合作社热闹非凡，500多名农机户前来买店面、租摊位，筹划开办农机产品销售店、专业维修店。该团523户职工还自发成立分散养殖种植、统一销售的奶牛、生猪、果蔬等合作社。随着连队职工搬进城镇、住进楼房，原有的生产组织形式和生产方式发生了前所未有的变化，从个体经营向集约化、规模化、企业化转变，这也为团场现代农业产业转型提供了机遇。

五师八十四团在产城融合过程中，大力发展特色产业，走出一条立体生态农业的路子。引进生物昆虫养殖产业化项目，将职工分散养殖与龙头企业集中加工销售相结合，使职工人均增收1.5万元。

"在兵团城镇化率已达58%的今天，产业发展对于城镇化的支撑作用越来越重要。"朱新祥表示。从根本上讲，城镇化不是简单的人口比例增加和城市面积扩张，而是实现就业方式、产业结构、人居环境、社会保障等由"场"到"城"的重要转变，让职工群众享受到更加优质的城市生活。

（与马林合作，原载2013年9月13日《兵团日报》，获兵团新闻奖一等奖）

融合互动，服务业发展的新契机
——兵团走内涵式城镇化发展之路系列报道之三

社会产业结构演进规律表明，当一个地区人均年生产总值达到1000美元时，经济增长将由主要依靠工业转变为依靠工业和服务业共同支撑。

当前，兵团人均生产总值已经超过7000美元，高于全国和自治区水平。但是2012年兵团服务业比重只有28%，比全国低16.6个百分点，比自治区低7.2个百分点，成为"三化"建设和小康社会进程中的短板。

在推进"三化"建设的道路上，兵团各级利用服务业能直接推动城市基础设施建设、促进城市现代文明程度提高、消化吸纳大量劳动力、赋予城市新活力的作用，抓住与城镇化互动发展的新契机，大力发展城镇服务业。日前，参加兵团城镇化、服务业暨扶贫开发现场推进会的代表观摩了一个个现场后，对兵团服务业后发赶超、蓬勃发展的势头惊叹不已。

探索服务业发展新方式新途径

在城镇化进程中，兵团不断探索服务业发展的新方式新途径，为经济转型发展提供条件。

这几天，刚刚竣工的农机服务中心成为八师一五〇团最热闹的地方，团场500多户农机户纷纷前来买门面、租摊位，筹划开办农机产品销售店、修理店。一五〇团政委王建彬说："这是推进城镇化的必然结果。"

现在，各团场拥有的农机服务中心越来越多，城镇化不仅让职工住进了新楼房，而且带动了服务业的发展。不仅如此，团场职工也主动融入服务业的建设之中。目前，一五〇团已有百名待业青年自主创业，开始从事餐饮、零售、运输、家政等服务业。

如果说,零售、修理、餐饮等传统服务业利润不高,而大型商务圈带来的则是独特理念和巨大效应的叠加。

漫步在建设中的、位于七师天北新区的新天地·时代广场,一条宽阔整洁的星光大道步行街将中兴商贸城、万佳家居、瀚海物流、九州通药业等企业连接在一起,一个庞大的大型商贸物流集群已具雏形。今年年底,这个综合商业中心即将竣工营业,而西区的会展中心将于明年开张。

这一大型商贸物流集群的崛起,是七师错位发展、"退二进三"的成果。七师领导这样阐释:当前各地在城镇化进程中大都以工业带动,我们要独辟蹊径,大力发展三产,通过招商引资引进一批辐射能力强、税收贡献高、就业人数多的大型商贸物流企业来推动服务业快速发展,以支撑新区城镇化建设。

截至目前,天北新区第三产业项目总投资已达50亿元,建筑面积达250万平方米,预计可增加就业岗位5000人,年实现税收3亿元,为兵团探索第三产业发展、改善居住环境、提高职工收入积累了经验。

理念先行　发展现代服务业

发展服务业要有新思维新理念,发展现代服务业更要理念先行。

过去,环绕首府乌鲁木齐的十二师捧着金碗找饭吃,单一的经济结构、固步自封的思维理念造成团场职工收入低、居住环境差,成为都市里的村庄。

如今,十二师提出要放下架子为城市服务,要成为首府的菜篮子、米袋子、肉铺子……总之一句话,要围绕城市所需,运用市场经济调节手段,通过资本运作,促进大流通大市场建设。

十二师发改委负责人介绍说,目前,十二师通过企业重组加产业整合、社会融资加资本运作,已初步形成了大集团、大市场、大物流的三产格局,组建了国资(集团)公司、天恒基投资集团公司、中瑞恒远商贸集团公司和九鼎农业集团公司,重点建设了7个专业化市场。今年该师三产预计实现增加值52.15亿元,同比增长

248.6%,占生产总值比重将达50%。

服务业的发展极大改善了团场职工群众的生活,新楼房拔地而起,城镇建设与服务业互动发展,相得益彰。

今年3月27日,商户李霞从内地拉来的一车柚子在新疆九鼎农产品批发交易市场仅用一天就销售一空。当日,是该市场正式营业的第一天。

新疆九鼎农产品批发交易市场是十二师着力建设的七大市场之一,总投资32亿元,目前果品交易区、蔬菜交易区、粮食副食品批发交易区已竣工。该市场一期工程全部建成后,预计年农产品交易总量可达234万吨,年交易额可达200亿元,将成为服务乌鲁木齐、兵团各师,辐射全疆的农产品批发交易市场。

近年,十二师七大市场相继开张,成为首府城镇建设的组成部分。

在新举措新理念的支撑下,今年上半年,兵团房地产、金融、物流、旅游等行业发展提速,实现增加值增速较上年同期提高2.4个百分点,对兵团经济的支撑作用日渐增强。

龙头企业带动服务业发展

发展服务业需要龙头企业带动。

近年,在兵团城镇快速发展的带动下,一批服务业龙头企业崭露头角,它们具有现代服务业的经营理念和方式,在市场拼搏中大展身手。

伊犁恒信国际贸易物流有限公司是一家主要承揽国际贸易及陆运进出口货物的国有企业,公司大型机械设备出口业务占霍尔果斯口岸大型机械设备出口量的70%。记者在该公司霍尔果斯仓储基地看到,各种大型货车摆满了偌大的场地,一座储存量达万吨的冷库很是惹眼。

据公司总经理陈智介绍,公司着力打造一体化国际物流链,重点突破两头、强化中间,即业务一头突破到内地,一头突破到中亚,开辟内地—乌鲁木齐—中亚五国及周边国家物流运输渠道和网点。

随着口岸果蔬出口保持旺盛的势头,建设冷链物流是大势所趋。自2007年以来,公司先后建成1.45万吨保鲜库,推动了兵团自产果蔬的出口,也带动了口岸城镇建设。

发展服务业,最重要的是人气,库尔勒金三角可谓"人气冲天"。这个由二师金三角商贸集团公司经营的企业多年来一直长盛不衰,秘诀何在?一句话,敢于拼搏、敢于创新。

公司以招商引资方式,建设了德丰商厦连廊,打造了焉耆特色商业一条街。随着团场人口向城镇和市区集中,公司又在团场和城区建设连锁店、加盟店。今年,公司利用金三角优势地段,打造集商业、餐饮、观光、影院为一体的综合商业新模式,为城镇化建设增添了异彩。

多年来,由于受传统销售模式束缚,兵团存在大宗农产品销售难的问题。为破解这一难题,二师组建了新疆合源果业开发公司,并在全疆率先打造了大宗农产品电子商务交易平台。平台于2012年8月开盘,当年交易平台实现现货投资交易263.8亿元,实现农产品现货交收量近6万吨,交收金额4.15亿元,今年效益会更好。农产品交易场所的建设也促进了团场城镇化建设。

今年,合源公司与一师合作成立了阿拉尔和众商贸公司,大有整合兵团农产品销售领域的趋势。今年4月,合源公司在位于长三角的浙江嘉兴开设了兵团名优特农产品展示展销中心,为兵团农产品走向内地塔桥铺路。

兵团发展服务业信心满满。"十二五"规划提出,到2015年要实现增加值比重和就业比重增加4个百分点的目标。为实现这一目标,兵团将出台相关意见和规划,并于今年拿出1亿元作为服务业发展专项资金,促进服务业发展。

融合发展,互相促进。在城镇化发展之路上,服务业始终与城镇发展相伴而行。

(与马林合作,原载2013年9月24日《兵团日报》,获兵团新闻奖一等奖)

转型发展，激发连队活力
——兵团走内涵式城镇化发展之路系列报道之四

"没有连队的转型发展，团场城镇化就难以持续发展，职工多元增收也缺少支撑。要将连队的转型升级、功能转换作为推进转变经营方式的重要抓手，放在兵团城镇化的大局中精心谋划。"在日前召开的兵团城镇化、服务业暨扶贫开发现场推进会上，相关师、团场无不将连队转型发展作为一项重点内容展示，与会代表感受到了兵团城镇化发展的巨大潜力。

连队转型是兵团城镇化发展的内在要求。近年来，兵团各师、团场不断创新连队发展思路，在"转"字上破难题，在"变"字中谋发展，统筹推进团连规划，优化生产经营方式，建设产业功能区，力促职工增收致富，探索出一条新时期兵团连队转型发展之路。

统筹规划——致富增收宽平台

近年来，随着兵团城镇化的不断推进，连队职工群众向城镇聚集，"缺少人气"的连队如何发展、搬进楼房的职工群众如何增收致富成为各级党政的一道考题。

走进十三师柳树泉农场沙枣泉中心连队，只见一栋栋具有民族特色的砖混结构楼房，错落有致地排开，孩子们在新建成的连队幼儿园里欢快地玩耍。这里原是柳树泉农场最贫困的连队，以前，连队80%以上的职工住房都是20世纪五六十年代修建的土坯房，连队人均耕地不足3亩。近年，柳树泉农场集中整合沙枣泉周边5个连队，高标准建设职工住房664套，并同步投资新建小学教学楼、小区绿化景观、集中供热等民生工程，职工生活条件明显改善。

维吾尔族职工买买提·吐逊曾是连队有名的贫困户，仅靠5亩耕地养家，日子过得很艰难。为改变买买提·吐逊等少数民族职工的生活状况,柳树泉农场配套中心连队建设,筹集资金1000万元分两期推进股份制养殖小区项目建设。养殖小区由连队懂经营、善管理的能人牵头,棚圈产权归农场,职工可根据自身条件参股,围绕养殖小区选择种植饲草、管理圈舍等工作,年终还能享受股份分红。

"去年,我养羊挣了6万多元。"买买提·吐逊高兴地告诉记者。今年,买买提·吐逊一家依靠养羊收入,搬进了连队的新房。

重视规划引领,是兵团各师团推进连队转型发展的关键。在推进过程中,各师团将连队转型与扶贫开发、职工多元增收等有机结合起来,通过实施连队迁、改、转、建,创新连队经营机制,实现职工群众畜牧养殖增收、财产性增收、经营性增收、特色经营增收等。

养殖小区、设施农业基地、农机作业点、特色农家乐……如今,一批形式多样、符合当地实际的增收平台在连队如雨后春笋般发展起来,职工群众自觉进行结构调整的热情非常高。

转型创新——产业发展功能区

长期以来,农业是连队的传统产业,也是优势产业。转型发展,能使这一优势得到更好整合、释放吗?

丰收时节,当其他职工都在地里忙收获时,五师八十四团三连职工马军虎却在连队的旧房子里忙活着。

再过10天,他在旧房子里养殖的第一批黄粉虫就可以出售了。去年,八十四团引进了拓普生物科技昆虫养殖产业项目,一些职工利用连队的废弃住房,参与这个项目的投资。

马军虎还在旧房前建起了果蔬大棚,不仅可以育苗,还可以种植红枣。而在马军虎的房后,是连队成立的怪石峪牛羊养殖专业合作社。这个合作社集中养殖区占地152亩,是在原连队的宅基地上建设的,拥有圈舍50座,吸收了像马军虎一样的大田转移劳动力和山区禁牧转移牧工50户。一栋栋本该废弃的连队宅基地,现在成了职工眼中的"香饽饽"。

在激发传统农业潜力的同时,五师八十六团把连队转型的目光瞄准了服务业。坐拥城郊接合部的区位优势,今年,该团按照兵团、五师党委关于连队建设"三集中"要求,实施了连队整体搬迁,利用国家保障性住房和棚户区改造政策,推动连队功能转换,将置换出的建设用地用于发展商贸流通与物流业,实现了"退一(农业)进三(服务业)"。

为适应连队向生产作业点转变,七师一三〇团投资962万元,在十六连建起现代化农机示范作业点,规划总面积4.14万平方米,可停放大中型拖拉机60辆,农业机械120台(架)。

此举不仅解决了职工停放农机难的问题,也为团场发展现代化农业综合服务打下了基础。

思路一变天地宽。好项目大项目的支撑,使连队推行产业布局的科学化、产业水平的高端化、产业结构的优质化、产业发展的聚集化有了更大的作为。当前,越来越多连队在转型中,摆脱了只依靠种植业的思维,培育和形成了新的经济增长点,连队生产经营的潜力得到进一步挖掘。

连社合一——服务职工新载体

随着兵团城镇化的推进,人口开始大量向城镇、中心团场、社区集中,这种变化给兵团原有的社会管理模式带来挑战。

去年,兵团城镇化现场会后,兵团各师团按照团场内部政企分开、政事分开原则,将连队的社会管理功能和生产功能分离,通过社区管理社会事务,按照不同的生产经营专业化组织分别管理农业、工业和服务业的要求,进行了各种有益探索。

五师八十九团探索实施连队集并社区管理新模式,建立了"连社合一"综合服务中心和一站式行政服务大厅,为城镇居民集中提供社保、民政、劳资、法律等行政服务,并吸纳辖区单位、群团组织、居民代表参与社区管理,种种便民措施得到了职工群众的欢迎。

七师一二五团推进"三集中",民政、计生、城管、物业、治安联防等各职能部门均在社区综合服务中心集中办公,负责解决辖区内千余户居民日常生活、生产中的热点难点问题,同时,还将社区管理与农业连队职工思想政治工作、党员干部教育、公益事业、困难群体帮扶和群众文化活动等多项工作相结合,不仅方便了职工群众,而且提高了职能部门的办事效率。

(与马林合作,原载2013年10月8日《兵团日报》,获兵团新闻奖一等奖)

获奖感言

厚积薄发出精品

自2010年以来,兵团城镇化建设如火如荼,城镇化成为记者采写的热门题材。我也琢磨着写些啥,平时也特别注意收集这方面的信息和资料,尤其格外注意中央媒体对城镇化的宣传视角。

碰巧,兵团在2012年召开城镇化现场会的基础上,2013年又召开了现场推进会,力求城镇化质量更高,步伐更快。这次现场会让我豁然开朗,一下子找到了感觉,开完会立即与同事商量选题和构架,编辑部也特别给力,两天后一组4篇的连续报道开始刊发。这速度是少有的。这组报道后来受到中宣部阅评组的肯定。

我知道,如果没有前面多日的准备,就不会有这个连续报道的诞生。看来,厚积薄发出精品。

永远在路上

横穿大漠创奇迹　屯垦戍边一世情
兵团沙海老兵用一生执行一项使命

本报乌鲁木齐讯　12月22日,是解放军一兵团二军五师十五团横穿大漠、和平解放和田的日子。为缅怀用一生执行一项使命,青春留在大漠、子孙留在新疆、忠骨埋在兵团、一世屯垦戍边的老兵,第四届中国·新疆兵团沙海老兵节如期举行。

在老兵节开幕式上,当年横穿大漠进军和田的解放军战士、今年88岁的董银娃,在中国人民解放军进军和田纪念碑前,缓缓地举起右手庄严行礼。2013年11月,董银娃等9位老战士联名给习近平总书记写信,表达要为新疆社会稳定和长治久安继续作贡献的决心。

当年12月17日,习近平在回信中说:"长期以来,老战士们为屯垦戍边、建设边疆作出了重要贡献,谨向老战士们表示崇高敬意和诚挚问候,祝愿他们身体健康、生活幸福,以老兵精神激励更多年轻人为祖国边疆的长治久安和繁荣发展作出贡献。"

1949年,三五九旅七一九团改编为中国人民解放军一兵团二军五师十五团。当时,新疆虽然和平解放,但是在和田,国民党残余势力和民族分裂分子也加紧了武装叛乱的步伐。当年年底,刚刚抵达阿克苏,部队就接到命令:火速进军和田。

塔克拉玛干,维吾尔语,意思是"进去了出不来"。1949年12月7日,十五团1800多名官兵义无反顾地走进沙漠,15天徒步790公里,在"死亡之海"闯出一条前人没有走过的行军路线。22日,和田和平解放。

在兵团十四师四十七团纪念馆保存着一份已经解密的电报,"十五团住和田万不能调"。原来,1950年部队再次整编,组织要交给尚未调离的战士们一项更加艰巨的使命。"当时十五团还剩300多人,为了维护和田的稳定,上级让我们一定要留在和田。"今年88岁的老兵杨世福回忆说。

1954年,创造了沙漠奇迹的战士们成为屯垦戍边的兵团人。他们在大漠旁的四十七团营造绿洲,维护稳定,传承精神,与周边地方群众交往交流交融。

60多年过去了,老兵们如今大都已四世同堂,很多人不仅自己坚守在南疆,而且把子孙后代都留在了新疆,扎根在新疆。

王传德于11月2日去世。他的4个儿女,都在四十七团工作。外孙郭嘉洲从内地院校毕业后,被王传德劝回四十七团。"姥爷说,你回来吧,我们老了,没有人接班不行。"目前,郭嘉洲已经是连队副连长。据统计,2010年以来,已有2.5万多名大中专毕业生扎根兵团。

在大漠旁,有一个被称作"三八线"的地方,这里是老兵们约定百年后"集合"的地点。"我们的任务是屯垦戍边,一直到自己去世,任务就完成了。"杨世福平静地说。

(原载2015年12月25日《生活晚报》,获全国老年报纸协会好新闻评比一等奖)

获奖感言

沙海老兵,永远的新闻"富矿"!

在南疆有这样一批人,20世纪50年代为解放新疆、为平叛和田国民党残余势力和民族分裂分子武装叛乱,冒着生命危险横穿"死亡之海"——塔克拉玛干大沙漠。如今,他们扎根南疆,献身兵团。老兵精神得到了习近平总书记的肯定和赞许。

至今有多家媒体报道兵团老兵,我也写过多次,也许受老兵精神感染,总感觉写不完、不过瘾,想表达的还不到位。于是,2015年又有了写老兵的冲动。之前写老兵都是通讯,这次用消息题材。

我始终认为,这群老兵,最典型的"新闻眼"在于,他们来新疆是为了执行一道使命,为了完成这一使命用了一辈子,而且子孙后代接续履行使命。这种精神是何等高尚和伟大!

文章用典型的事例、翔实的背景,加上总书记回信选段,事实很充分很有力度,主题也很有深度。兵团沙海老兵是新闻"富矿",永远取之不尽!

新疆小伙千里寻债主
诚信父子传递正能量

5月5日,伊宁市塔乡第七小学一年级患重病的学生麦尔孜耶·吾许尔,收到同学的父亲扎克尔·买买提艾力送来的6000元捐款。这笔钱的捐赠者是河北商人杨生金和刘建青,他们原是扎克尔父亲的债权人,这钱是扎克尔还给他们欠款的一部分。

欠款如何成了捐款?在这背后有一个感人肺腑的诚信故事。

异国被骗生意亏本

"借钱的事都过去15年了,我没想再要,突然见到这位新疆小伙子来河北为亡父还债,很意外很感动,新疆人好样的!"在电话里,河北商人刘建青这样描述上个月见到扎克尔时的感受。

提到扎克尔的父亲买买提艾力,刘建青回忆起1992年和他一起做生意的情景。刘建青说,当时自己在保定市留史镇皮毛市场开了一家供应皮毛的门店,买买提艾力经常来店里拿货,一来二往,就认识了。买买提艾力只会说简单的普通话,刘建青在给他供货时,发现他很朴实,于是和他结成固定的合作伙伴。

当时在留史镇的新疆人不少,多数是奔着皮草批发生意来的,很多新疆人在这都扩展了生意,在皮草批发市场周边开起新疆民族风味餐厅或特产店,买买提艾力也开了一家新疆干果店。

1998年,买买提艾力多次跟刘建青提到皮毛生意不好做,没赚上钱。之后,他很长一段时间没有到刘建青店里拿货。1999年的一天,买买提艾力垂头丧气地告诉刘建青,自己做生意失败了,现在血本无归。

刘建青说,有长期合作关系的客户通常都是先拿货,后结款,像买买提艾力这样的老客户,货卖不出去可以退货。但买买提艾力说,货和钱都让人骗走了。他和买买提艾力一算账,买买提艾力还欠刘建青8万元货款。同时,买买提艾力还欠另外两位供货商的货款。

2001年,买买提艾力感觉身体不适,想转让干果店,清货时,还了刘建青1万多元。买买提艾力回到新疆后,还经常给刘建青打电话,念叨还钱的事,并先后又还了5万元。

买买提艾力的儿子扎克尔·买买提艾力回忆说,起初父亲在河北的生意还可以,但后来认识了一位哈萨克斯坦商人,这个人鼓动父亲到哈萨克斯坦"发大财"。不料,到了哈萨克斯坦,这个商人就骗走了父亲所有的钱和货,父亲身无分文,勉强回国。

弥留之际不忘还债

买买提艾力回到新疆后,身体状况已经很差。他和家人说了债务的事,于是家里卖掉在伊宁市的房产,又还了一部分债。房子卖了,全家人只好搬到乡下住,之前用的手机号也停用了,和债主们失去了联系。

扎克尔是家里的老二,也是家里唯一的儿子,他还有1个姐姐和3个妹妹。随着姐姐妹妹们都嫁人了,2006年,扎克尔一家开始重新做生意。后来,扎克尔娶了媳妇,还生了2个男孩。

2014年12月,买买提艾力的病情突然加重。扎克尔守在父亲身边。弥留之际,买买提艾力一直反复念叨"还钱"两个字。扎克尔问父亲钱还给谁?还欠多少债务?到哪里才能找到他们?买买提艾力断断续续地告诉儿子,15年前欠了3个合作伙伴共计2.57万元债务,债主的名字和各欠多少金额都记不清了。

扎克尔一听着急了,忙追问父亲欠条在哪儿。但父亲告诉他,没有欠条,大家就是靠彼此的信任做生意。

不久,买买提艾力去世了。扎克尔脑海中反复琢磨着父亲最后的遗愿,他觉得这不仅是父亲的遗愿,更应该是自己和所有新疆人做人做事的原则,大家只有都讲诚信才能互助互爱,自己一定不能因为找不到人就放弃还债。

赴冀贴告示寻到债主

今年4月,扎克尔前往河北寻找15年前的债主。扎克尔从来没有去过河北,自己普通话水平又较差,寻找起来很困难。14日,扎克尔好不容易找到了河北省保定市留史镇皮毛市场。在这一打听才知道,原先这里的很多商户都搬到了沧州市肃宁县尚村镇皮毛市场。于是扎克尔又辗转来到尚村镇皮毛市场。在这个市场,扎克尔挨家挨户问:有没有见过爸爸和15年前与爸爸一起做过生意的人,但整整一天都没有找到人。扎克尔没有放弃,继续寻找。

两天过去了,渐渐地大家都知道了这个维吾尔族小伙的目的。有位好心人给扎克尔出主意,可以在市场张贴告示寻人。扎克尔赶忙找到一位懂维吾尔语的热心人,请他帮忙写还债告示,然后把告示和父亲身份证复印件一起贴在市场门口。市场里的几位商人还帮扎克尔把告示发在微信朋友圈里。

4月16日,正在做生意的李满仓看到朋友圈里的告示,突然回想起了买买提艾力这个人,他主动联系到扎克尔。李满仓告诉扎克尔,当年买买提艾力欠他6200元,但这么多年过去了没想要这个钱了。最后,李满仓只收了扎克尔4000元,他告诉扎克尔,以后两家还是好朋友。

第二天,买买提艾力的另一位合作伙伴刘建青也给扎克尔打来电话说,买买提艾力还欠他货款1.65万元。事实上,刘建青和买买提艾力失去联系后,就一直没有再追问欠款的事,就没想再要剩下的尾款。刘建青见到扎克尔后,听到买买提艾力去世的消息十分悲痛。扎克尔留下他的银行卡号,承诺回新疆后,将钱转账给他。

扎克尔在河北停留了十几天，第三位合作伙伴一直没有出现，他只能返回新疆。

直到5月4日，杨生金拨通了扎克尔的电话。其实，杨生金早就知道扎克尔来还债的事，也知道扎克尔在找自己，只是觉得买买提艾力当年只欠自己3000元，15年过去了早都不想要了，所以就没有联系他。最后，杨生金还是被扎克尔的诚心感动了，就打电话委托扎克尔将这3000元钱捐给需要帮助的人。扎克尔突然想到儿子说校友得了重病，家庭很困难，于是便和杨生金达成共识，将钱捐给了伊宁市塔乡第七小学一年级学生麦尔孜耶·吾许尔，让爱心延续。

刘建青听说了杨生金捐款的事后，当即决定也委托扎克尔从还款中拿出3000元捐赠给麦尔孜耶·吾许尔小朋友。之后，刘建青收到了扎克尔1.35万元还款。

扎克尔赴河北替亡父还债的事通过各大媒体在社会上传开，读者纷纷夸赞扎克尔的诚信品质。有读者质疑，买买提艾力已经去世了，而且债主的姓名也未知，为何扎克尔还要如此执着地还钱？扎克尔说："做人要讲诚信，这方面父亲是我的表率，现在我要给两个儿子作表率，让他们知道金钱诚可贵，诚信价更高。"

（与崔睿璇合作，原载2015年5月15日《生活晚报》，获兵团新闻奖二等奖、全国老年报纸协会好新闻评比二等奖）

获奖感言

写新闻需要一双慧眼

作为记者，如何写出新闻价值高的作品？我认为这需要理论功底，需要实践的磨砺，更需要一双慧眼，能"辨别"出眼下的事实是否具有新闻价值。

诚信是社会主义核心价值观的重要内容，是中华民族的传统美德，也一直是记者追逐的题材。讲诚信的题材不少见，但是典型的反差大的较少。我有每天浏览当地各大报纸的习惯。有一天,我阅读《消费晨报》时发现一条不同凡响的稿件:一位少数民族青年还款、又替人捐款的消息,大概400多字。我眼前一亮,这是好素材啊!一名少数民族青年四处贴告示寻债主替父还债,体现了诚信美德,只可惜内容太简单了。我立即多方采访收集素材,写成通讯。

稿件写好后,我反复修改七八遍,从人物关系、段落结构、语言措辞等方面用心打磨,最终刊发获奖。如果没有平时对社会主义核心价值观的理解,没有发现新闻的慧眼,就不会有这篇稿件。

重塑兵团体制机制
提振维稳戍边信心

一场瑞雪给兵团垦区带来隆冬的寒意。可是,在兵团干部群众心里却流淌着汩汩暖流:一场历时两年并将进行到底的改革带来了丰收,带来了快乐,带来了兵团体制机制的重塑,并将提振兵团人进行维稳戍边伟大事业的信心。

作为共和国屯垦戍边的赤子,从王震将军率领十万解放大军进疆那天起,兵团的行进之路就注定是不平凡的、与众不同的。

兵团有着多年来在实践中探索总结凝练而成的党政军企合一的特殊体制,这一体制有其特殊的优势,在维护边疆社会稳定和长治久安中发挥了特殊作用。但同时也要看到,随着时代的发展,兵团在体制机制上存在的"五个不适应"问题越来越突出,需要重塑体制机制。在这样的时代背景下,兵团全面深化改革应运而生。

改革,改什么?怎么改?成效如何?两年来,兵团人以生动的实践给出了漂亮的答案。回望改革实践,其启示深刻。

改革,需要"第一个吃螃蟹"的勇气。古人云,"尊新必威,守旧必亡。"改革总会带来一片新天地。但改革的路途却是充满荆棘和坎坷。面对改革之初出现的方方面面的杂音和不自信,兵团以深入调查研究、实事求是的严谨态度,坚定改革信心;以"第一个吃螃蟹"的勇气,敢于突破;以狭路相逢勇者胜的胆识冲破阻力;以钉钉子精神抓好落实,直到抓出成效,让改革真正落地生根。纵观兵团历史,可以说,这次改革力度前所未有,是迄今为止,最全面最彻底的改革。

改革,需要科学的、管长远管根本的方法。改革本来就是前无古人的崭新事业,必须坚持正确的方法论,在不断实践探索中推进,既要勇于"破",还要敢于"立"。没有科学的管用的能"立"起来的举措就谈不上改革成功。取消连队干部身份，推行"两委"选举，取消团场法人资格，实施政企、政资、政事、政社"四分开"，团场机关干部进入公务员序列……这些改革举措在兵团历史上都是颠覆性的，具有非凡的意义。这些举措都是在试点的基础上，学习内地、地方先进经验，反复调研，经过几上几下的探索提出的，具有科学性可行性。可以说，直面问题直抵要害，使改革改到了位改出了成效。

改革，需要以增进职工群众福祉为出发点和落脚点。"人民有所呼，改革有所应"。职工群众关心什么、期盼什么，改革就要抓住什么、推进什么。人民群众永远是改革的"主角"。面对日趋活跃的市场经济，兵团取消了为职工群众所诟病的"五统一"，类似这样的改革举措维护了群众的利益，改到了根上，必然受到群众拥护，激发群众干事创业的积极性。今秋，众多改革红利充分显现，创新创业的源泉充分涌流。实践证明，这是一场职工群众拥护的、期盼的改革，改革增进了职工群众福祉。

古今中外的历史表明，改革启动不易，善作善成更难。可喜的是，兵团的改革已经初见成效，万里长征已经迈开了第一步。只要我们继续发扬钉钉子精神，一张蓝图改到底，防止徒陈空文、等待观望、急功近利，在改革攻坚阶段，继续以钉钉子精神抓落实、盯着抓、反复抓，直到职工群众满意为止，改革一定会取得全面的成功。

（原载2018年12月《当代兵团》上月刊，获兵团新闻奖三等奖）

获奖感言

言论要有感而发

言论写作不是我的长项，但是这篇言论我是内心里主动想写的，作为兵团30多年发展改革的经历者、报道者，我有话想说。

兵团的改革一直在路上，可以说没有改革就没有兵团的今天。但是始于2017

年的改革,我感觉是触及到了根本问题,是对体制机制的颠覆和重塑,使得改革力度更大、效果更好。要写好这篇言论,首先要从兵团历史说起,其次要敢于做第一个"吃螃蟹"者,再次要展现改革的效果,这三者缺一不可,否则立不起来。

言论的论据是决定是否成功的关键,最好有感而发。

尽锐出战　决战决胜

2019年秋天注定要载入史册：兵团南疆数百户少数民族群众欢天喜地搬进水暖电齐全、有簇新家具的新家，过上了现代文明生活。

"从刮风进沙、下雨漏水的草把子房搬进崭新的砖房，意味着当地群众摆脱穷根，走向现代社会。从某种意义上说，这一步跨越了千年。"长期关注南疆发展的石河子大学文学艺术学院教师王平说。

这是兵团与贫困斗争的一个缩影。

这是兵团与深度贫困决战的关键一招。

65年来，兵团初心不改，始终将发展经济、摆脱贫困、谋求幸福生活的责任扛在肩上记在心间。党的十八大以来，兵团贫困人口减少了15.6万，今年又将有6018人走出贫困。

"到2019年年末，一定要全力打赢脱贫攻坚战，实现贫困人口全部脱贫、贫困团场全部摘帽的攻坚目标。"2019年年初，兵团党委的承诺掷地有声。

决战正酣

兵团自1991年开始有计划地实施大规模扶贫开发，"十二五"时期有46个贫困团场摘帽，2016年有10个贫困团场摘帽，2017年有10个贫困团场摘帽，2018年有7个贫困团场摘帽。截至目前，兵团贫困团场减少至4个，贫困人口减少至2898户12209人，脱贫发生率降至0.81%。

国际经验表明，当贫困人口数占总人口10%以下时，减贫就进入"最艰难阶段"。虽然兵团贫困发生率低于全国的1.7%，贫困的绝对人口不算多，但是位于南疆的三师五十一团、四十四团，十四师二二五团3个团场的贫困率均超过或接近全国深度贫困县11%的贫困发生率,十四师皮山农场贫困发生率4.46%,也高于全国和兵团。兵团脱贫攻坚的任务依然很重、难度很大。

南疆三地州是我国"三区三州"深度贫困、集中连片特困地区之一,属于少数民族聚居地区。

兵团4个深度贫困团场的贫困人口占到全兵团的98.7%,是兵团脱贫攻坚工作中的坚中之坚、难中之难。面对贫困这一世界难题,兵团攻克堡垒的意志异常坚定坚决。

艰巨的任务需要非凡的意志和举措。最艰难的冲锋已经开始,只有尽锐出战才能决战决胜。

今秋,兵团4个深度贫困团场决战正酣!

兵团党委重新调整扶贫开发领导小组成员,实行"双组长制",兵团主要领导亲自挂帅;

调优配强三师五十一团、四十四团,十四师二二五团、皮山农场4个深度贫困团场领导班子;

将脱贫攻坚列为各级党组织书记述职评议考核重要内容;

争取国家城乡建设用地"增减挂"政策支持,提高扶贫资金额度;

北疆师市代管南疆贫困团场;

……

一张"贫困对象分布图"占据了五十一团扶贫办公室一面墙;一张巨幅脱贫攻坚作战图同样占据了皮山农场扶贫办公室一面墙。两地虽相继遥远,但是两张作战图上标注的是同一个内容——贫困。4个深度贫困团场已经成为脱贫攻坚的主战场。

各级书记抓脱贫,层层签订责任状,这是一场高度统一的战斗;第一书记驻连,干部结对帮扶,百企帮百连,这是一场不打胜仗不收兵的决战。

今年农历大年三十,万家欢乐之时,四十四团发出了脱贫攻坚的动员令:在8个月时间里要完成668户2917人的脱贫任务。"大半年来,我们每天都像打了鸡血一样高速运转。一句话:不脱贫决不收兵!"四十四团政委姜松斗志昂扬。

"兵团高度重视,一年给团场投入十几个亿,今年肯定脱贫!必须脱贫!"五十一团政委张勇信心十足。

"今年兵团一定能打赢脱贫攻坚战!"兵团扶贫办党组书记方诗国信心满满。

爱拼才会赢

南疆干旱少雨,年均蒸发量是年均降水量的30倍以上。

在这片充满异域风情的土地上,以维吾尔族为主的少数民族群众世世代代生活在这里,他们朴实善良。但是,由于相对封闭,文化程度低、缺乏劳动技能、人多地少、不懂国家通用语言等因素,致使他们摆脱贫困的道路异常艰难。

相对于改变种种贫困,人的思想观念的改变是最难的。

奴力姑·阿不都热衣木是四十四团财政局干部马平丽的结对帮扶对象。马平丽发现,每次去她家,她的大女儿麦尔哈巴都在干家务或者带最小的弟弟玩。而她这个年龄应该是坐在教室里读书的啊。

"让麦尔哈巴去上学吧!"马平丽拉着麦尔哈巴粗糙的小手心疼地对奴力姑说。

"麦尔哈巴要拾棉花。"奴力姑不同意。

经过做思想工作,奴力姑同意麦尔哈巴上学了,但麦尔哈巴又不同意了。原来女孩子知道害羞了,和比自己小很多的同学在一起上课不好意思。

但马平丽一直没有放弃,前前后后跑了3个月,还拉上团场、学校、连队的领导一起做工作,终于把麦尔哈巴入学的事儿搞定了。"去年秋季,看到麦尔哈巴坐在六年级教室里上课,我太高兴啦!付出的心血没有白费。"

就这样,少数民族家庭的孩子一个个走进了校园。

面对艰苦的决战,唯有足够的坚强意志才能打赢。

在皮山农场六连合作社板材加工现场,阿瓦妮萨·买买提正熟练地将一片片薄薄的板皮打包码垛,脸上露出满足的笑容,而她的两个小巴郎则在旁边玩耍。兵团编办驻六连"访惠聚"工作队队长李阳高说:"这是我们为她介绍的第三份工作。"

原来,六连建档立卡贫困群众阿瓦妮萨·买买提,一个人带着两个两三岁的孩子生活,还要侍弄土地,日子过得苦不堪言。

为了让阿瓦妮萨有一份收入,李阳高和六连领导铆足了劲为她找工作。第一次,介绍她当护林员,因为无法照顾孩子和管理土地,放弃了;第二次,介绍她去一家饭馆当服务员,同样的原因,也放弃了;第三次,推荐她去连队合作社工作,这次可合她意了,一个月可以挣3000多元不说,还能把俩孩子带在身边。老板善良,还允许她抽空去自家地里干农活。

阿瓦妮萨微笑着说:"这里离家近,能照顾孩子,挣钱也多,巴郎想吃啥想要啥都有钱买,生活越来越好了。"

一步跨千年

住房,是老百姓重要的民生之一。至今还住在草把子房的群众成为兵团党委最牵挂的人。让贫困群众住上新房、彻底改变连队贫穷面貌,是兵团的一件大事。

如今,这件大事办妥了!今秋,兵团南疆少数民族群众最开心的事就是在喜庆的鞭炮声中,成群结队地从几代人住过的草把子房搬进干净敞亮舒适的砖木结构新房!一片片色彩艳丽、规划整齐、独门独院的抗震安居新区成为南疆深度贫困团场最美丽的景致。

走进四十四团一连少数民族群众左热·艾合买提老人的新家,只见占地一亩的院子已经建好了围墙。60多平方米的新房内,簇新的沙发、茶几、席梦思床已经安放好,厨房、卫生间已经通了上下水,煤气灶、抽油烟机已经安装好,地上的瓷砖明亮亮的,墙上张贴着习近平总书记和南疆少年儿童簇拥在一起的照片、扶贫政策图解和扶贫明白卡。

今年66岁的左热和老伴以低保为生。以前家里有50多只羊,左热患心脏病、高血压后,卖牛羊治病,结果病没治好牛羊也没有了。老人住的是黑黢黢的草把子房,刮风进沙,下雨就漏,烧柴做饭时,烟味很大。不久,左热病情加重了,经常去医院治疗。

"现在好了,住上了新房子,用液化气做饭,不用担心房子漏雨、烟味大了。我是睡炕长大的,以前吃饭都在炕上,不卫生,现在在桌子上吃饭,多好!有生之年能过上这样的好日子,值了!真的感谢共产党啊!"老人告诉我们,8月份和80多户群众一起搬新家后,心情好多了,至今没有去过医院。

老人和我们说话时,时不时深情地看一眼墙上的照片。临走时,我们看到,院角堆放着地毯、火炉等。

在4个深度贫困团场连队新建居民区,一栋栋新房迎来了新主人。告别苦日子的人们开始谋划新生活。

在连队采访,听连领导说得最多的是,现在大家外出务工、就业的积极性高了,打扑克晒太阳的少了。

"以前大家觉得伸手要钱不丢脸,出门挣钱才丢脸;现在出门挣钱了,妇女有钱买新衣服了,再化个妆,幼儿园的孩子都要漂亮的妈妈来接。"四十四团三连党支部副书记、连管会连长阿依古丽·艾肯说起连队的变化乐滋滋的。

(与赵军合作,原载2019年12月《当代兵团》上月刊,获兵团新闻奖一等奖)

不屈不挠　激发动力

"久困于穷,冀以小康"是中华民族的伟大梦想,不甘于贫困、不屈于贫穷是中华民族的伟大品格,来自内心的不屈不挠是兵团人真心脱贫、奔向小康的力量源泉。

我要脱贫

深秋的南疆,胡杨披金、瓜果飘香,古老的文化遗址依稀透露出昔日古丝绸之路的辉煌。然而,严重缺水、春季的沙尘暴是人们最深的记忆。今日南疆贫困状况让全国人民深深牵挂。但是,南疆并不代表贫困。在这片神奇的土地上,不仅有沙漠戈壁的苍凉,更有胡杨的挺拔和不屈。

2018年,三师四十四团脱贫先进个人和三师五十一团"脱贫之星"披红戴花受到表彰。他们是不屈于贫困的兵团职工群众中的代表。

今年37岁的十四师皮山农场五连群众奥斯曼·间巴拜克尔,有3个孩子,妻子是连队保洁员,家里种了几亩地。2013年,奥斯曼得了肾结石,仅手术费就花了1万多元,本来就不富裕的日子更加难熬,2017年成为建档立卡贫困户,2018年开始享受低保待遇。

身体恢复健康后,奥斯曼时常外出打零工,日子过得还是紧巴巴的。但是,他知道连队还有比他更困难的人,心里暗暗萌发退出低保的念头。今年6月,他主动向连队申请不再继续享受低保待遇,他说:"靠自己的力量挣钱,最光荣!"

在南疆深度贫困团场,像奥斯曼这样的职工群众越来越多。"以前依赖思想严重,嚷着要吃低保,现在主动退出低保,要依靠自己的努力过上好日子。这个可喜变化是这两年才出现的,这与团场坚持扶志扶智分不开。"皮山农场扶贫办主任何观说。

面对贫困,南疆人民内心涌出一股股不屈的力量,这股力量不断升腾直至托起明天的太阳。

今年45岁的依马木·哈力克,是五十一团四连群众,一家5口人,种着十几亩地。13年前,妻子被查出患有癫痫病。从那以后,每年4000多元的医药费使这个原本就拮据的家庭雪上加霜。

近两年,面对家里3个孩子上学的开销,尤其是大儿子上高中的费用,依马木更是发愁。他知道,虽然现在上高中免费,但再节约,孩子的生活费也是少不了的。

2016年下半年,急需寻找脱贫门路的依马木找到自己的亲戚——兵团科技局干部徐斌,提出想养羊增加收入。面对眼前这个主动要求脱贫的维吾尔族中年汉子,徐斌二话没说,一口答应支持他养羊,并很快自费购买7只母羊送给他。通过3年多的精心饲养,依马木的羊已经增加到了20只。

思想的大门一旦打开,脱贫的门路就多了。从前"等靠要"思想严重的依马木尝到了勤劳致富的甜头,开始主动学习科学养殖技术。

2018年,兵团科技局驻五十一团四连"访惠聚"工作队举办科学养殖培训班,计划选择20户贫困户作为养殖示范户,并免费赠送鸡苗及部分饲料和饲喂器。

依马木主动报名争当示范户,将工作队赠送的50只鸡苗带回了家。没有专门饲养场地,依马木就在房屋后面靠着林带,拉起铁丝网,借来连队拆迁报废的木板,叮叮当当做了扇不太像样的圈门。

散养的鸡,肉质鲜美无公害,一公斤售价21元,一只鸡可以卖到60多元。因为鸡苗、饲料都是工作队免费提供的,依马木第一批鸡苗饲养70多天后售出,挣了2000多元。

"这50只鸡苗挣的钱,赶上了我以前一年的纯收入。"依马木难掩心中的激动,将2000多元收入一分不动全部投入到再生产中。

"今年,我养了800只鸡苗,其中包括工作队奖励的200只,养3个月,挣了2万元。然后又买了1000只鸡苗,再过几个月就可以卖了。现在,老板知道我的鸡好,都上门收购。"依马木一边喂鸡一边介绍说。

2018年春，工作队争取30万元资金修建了4座科技示范冷棚，免费交给住在依马木对门的连队种植能手米尔阿里木·木沙发展果蔬种植，同时协调塔里木大学科技特派员全程指导。当年，米尔阿里木的大棚获得纯收入4万多元。

渴望早日脱贫的依马木经常跑到米尔阿里木的大棚里看这看那，亲眼看见了种植大棚带来的可观收入，也萌生了种冷棚的念头，多次向工作队和连队党支部提出自己的想法。2018年9月，在工作队协调下，依马木在自家庭院里建起了一座冷棚。入冬前，为表达感谢，他把产出的第一茬菠菜送到了连队和工作队。第一茬菠菜挣了1000多元。

今年，依马木养羊、养鸡和种植大棚的收入预计可以达到5万元。

在团场脱贫致富表彰会上，"脱贫之星"依马木·哈力克深有体会地说："只要勤劳肯干，就一定能脱贫致富。今天的幸福生活来之不易，这一切都要感谢党的好政策。"

五十一团九连退伍军人、老党员阿不都热依木·买买提早些年做生意有一些积累。他不忍心看着身边的人继续贫困下去，他认为，自己一个人富不算富，大家一起富才算真正富。2018年3月，他利用自己做过生意、人脉广的优势，成立了劳务中介公司，带领群众外出打工。他和用工单位沟通顺畅，声誉良好，渐渐许多单位用工都喜欢找他。这里面，约30%都是贫困户。

阿不都热依木告诉我们，外出打工的人不仅学到了技术，开阔了视野，而且应用国家通用语言的能力也有了提高。"今年，九连建设项目多，在工地打工的都是我们公司介绍去的。以前，打扑克晒太阳，现在打工挣钱，连队群众也在变。"

至今，经阿不都热依木介绍的外出务工人员有400多人次，人均增收9000多元。

脱贫不忘感党恩

脱贫路上，有这样一些人，虽然因为各种原因导致家境贫寒，但他们不等不靠，主动改变，摘掉贫困帽子，用实际行动感党恩回报社会。

10月17日，是十四师二二五团拉依苏村群众买赛地·吐送最难忘的日子，他没有想到自己开办日间孤寡老人照料中心的事引起巨大反响，获得"全国脱贫攻坚奋进奖"荣誉称号。

买赛地从北京回来的第二天，我们来到他家，只见他抚摸着从北京带回来的奖状和奖杯，自豪地和围拢在他身边的亲戚朋友说着全国脱贫攻坚表彰大会暨先进事迹报告会的事儿。

"我要一直坚持下去，而且要做得更好。"我们从买赛地善良的眼神、平和的语气里看出了他做事的坚持。

出生于1964年的买赛地当过木匠、种过地、养过牛，是个地道的农民，他希望通过自己的努力让一家人过上好日子。然而，买赛地的女儿十几岁时患上了骨骼疏松症，不能正常行走，十余年的求医问药，让这个本就困难的家庭雪上加霜。他家2017年被识别为建档立卡贫困户。

在兵团商务局驻拉依苏村"访惠聚"工作队和村"两委"的帮助下，买赛地担任了生态护林员，每月工资1500元，解了燃眉之急，可是距离好日子还有很大差距。买赛地决心用勤劳的双手改变命运。

2018年年初，买赛地想发展养殖业但缺乏资金，工作队为他家送去200只"扶贫鸡"。4个月后，买赛地养的鸡售出了每只85元的好价钱，获得了上万元的收益。尝到甜头的买赛地申请扶贫贴息贷款，扩大养殖规模，如愿脱贫。今年，买赛地依靠贴息贷款政策购买了2000多只鸡苗、15只羊、2头牛，预计今年收入将达6万元。

如今，买赛地已经成了远近闻名的养殖能手，成为贫困户学习的榜样。

买赛地很小时，父母就去世了，所以富起来的他特别想帮助村里需要帮助的人。2018年年底，他开始义务照顾村里的孤寡老人，和他们同吃同住，妻子为老人洗衣服，女儿为老人做饭。二二五团党委、村"两委"知道此事后，决定在村里建设日间孤寡老人照料中心，买赛地强烈要求由他负责管理照料中心。

就这样，日间孤寡老人照料中心开在了他家里。现在，照料中心每天有40余名老人前来吃饭休息，买赛地一家人将这些老人当成自己的父母，无微不至地照料。

今年84岁的孤寡老人古丽吉米汗·吾斯曼就是其中之一。考虑到古丽吉米汗老人年龄大,腿脚不方便,买赛地干脆邀请老人在自家住下,成为家中一员。

说起为何要照顾村里的老人,买赛地激动地说:"党和政府让我有了今天的好生活,我现在富了,要回报社会,做一个感恩的人!"

古人云:"穷且益坚,不坠青云之志。"不屈不挠、竭尽全力乃脱贫攻坚战场上兵团人坚毅的品格。

(与赵军合作,原载2019年12月《当代兵团》上月刊,获兵团新闻奖一等奖)

探索创新　永不懈怠

深秋的南疆,棉花吐絮。暖阳下,三师五十一团四连群众玉素朴·吐尔在自家棉田里拾棉花。

"土地流转让玉素朴受益不少。"四连党支部书记、连管会指导员霍树仓告诉我们,玉素朴家有6口人,2个孩子上大学,2个孩子上小学。由于地块零散,他的地每年挣不了多少钱,生活压力很大。

2018年,中国农业科学院棉花研究所(以下简称中棉所)在连队实施示范基地建设,需要大片土地。在连队的宣传鼓励下,群众第一次听说了"流转"这个词。玉素朴将自己的10亩地,以每亩650元价格流转给中棉所,此外还为中棉所管理棉花67亩,每亩每年挣管理费180元。

"土地流转好,不用操心就可以挣6500元。不出连队,为中棉所打工又挣1.2万元。流转费提前给,自己种15亩地不用贷款了。收了棉花,我还可以出去打工。"玉素朴的国家通用语言说得不太流利,但是脸上始终挂着笑容。

霍树仓说,今年四连共流转土地1200亩,涉及127户群众,这其中有20户贫困户。有14户把自己的土地流转出去,又替别的单位或老板管地,两头挣钱。

在南疆,土地流转正悄悄改变着群众的"小农意识"。

"土地流转",在我国土地变革历史上是个新名词,从30年前小岗村包产到户到如今的土地流转,土地改革的每一步都步履艰难,而每一步又见证了人们与贫困作斗争的勇气。

凭借兵团团场综合配套改革的春风,南疆深度贫困团场也在尝试着"啃"下脱贫路上的一个个"硬骨头",用探索创新的方式解决脱贫路上的难题。

这是一场涉及集体经济的探索

集体经济是公有制经济的重要组成部分。兵团的集体经济大多集中在南疆的深度贫困团场。但是,集体经济弱小甚至可以忽略不计的状况成为职工群众脱贫路上的"拦路虎"。如何装满集体经济的"蓄水池"使之成为脱贫路上的"加油站"?人们思考着探索着,走出了一条创新之路。

"访惠聚"工作队给各类合作社注入资金,以分红的形式发展集体经济,帮扶贫困群众;

将搬迁废弃后的老办公室、花场、圈舍等出租给个人,租金纳入集体经济;

将连队整合后平整出来的土地承包出去,承包费用注入集体经济,贫困户承包免租金;

……

为了壮大集体经济,深度贫困团场绞尽脑汁,效果也是出奇得好。

10月30日,四十四团三连的16户贫困群众特别高兴,因为他们不出一分钱每户就分得红利3260元。这红利来自于兵团法院驻三连"访惠聚"工作队的运作。

2018年10月,工作队投资55万元改建废弃多年的托畜所,并促成牛鸽乐园养殖专业合作社成立。当年,工作队给合作社注入资金87万元,并规定年底拿出6%的红利和圈舍租金收益作为集体经济收入。一年过去了,合作社如期将5.2万元红利分给挂钩合作社的16户贫困户。

"下个年度我们将投入67万元注入图木舒克利民致富专业合作社,从事肉牛养殖项目,红利也将提高到8%,带动集体经济发展,也带动更多的贫困户脱贫。"工作队队长王多勇说。

这是一场围绕就业增收展开的战斗

就业是老百姓最大的民生,贫困群众的就业就显得格外紧迫。深度贫困团场相继拿出能让贫困群众就业的"杀手锏":成立劳动力服务管理站,实施"一户一就业"行动、劳动力转移就业行动、产业发展就业行动……一句话,就是要千方百计让贫困群众就业有收入、生活有保障。

十四师昆玉市提出"5000+1000+100+1"转移就业工程,力争2019年实现5000

人到辖区外进行季节性务工，1000人在师域内就业打工，组建100个施工队，确保有劳动能力的贫困家庭至少有1人稳定就业。

要就业无技能咋能行？于是，师市依托私企宏富康金属加工公司成立了宏富康民办职业培训学校。我们走进位于十四师皮山农场的培训学校，发现这里培训项目比较全面，可以培训电工、焊工、泥瓦工、木工等六七项专业技术，学员做的桌椅板凳等像模像样，市场销路不错。公司副总经理李建锋说："刚开始，连队组织大家来接受培训，都不来；现在，不用组织，自愿来学。学习电焊、泥瓦技术的多，就业率很高。目前，在连队新居民区打工的都是我们的学员。"

李建锋告诉我们，学校2017年培训学员100多人，2018年培训500多人，今冬预计培训上千人。

正在认真加工红枣分离器的五连群众达吾提·阿不都外力，家里有4口人，地少，日子过得紧紧巴巴。他来培训学校学习，公司看他勤奋好学，就留他在公司工作，每月有5000多元收入，生活水平提高不少，去年成功脱贫。

截至9月底，十四师昆玉市2个深度贫困团场外出务工人员达4200人，人均增收8000多元；组建了100个施工队，人均增收4000元以上。"一户一就业"目标可望实现。

上有老下有小，在家门口就业是很多贫困家庭的现实需求。于是，很多卫星工厂、卫星车间建在了连队，让贫困群众抬脚就可以进厂工作，既方便照顾家里又增加了收入。

隐藏在皮山农场二连的永联针织公司是利用闲置校舍建成的。一间偌大的厂房内，挤挤挨挨摆了上百台缝盘机，十几名维吾尔族妇女在缝盘机旁忙碌着。"现在是拾花季，大多数工人去拾花了。"公司办公室主任李园说。

正在缝盘机旁工作的布艾杰尔古丽·阿卜力孜告诉我们，她家有4口人，2个孩子还小，公婆都六七十岁了，丈夫在一家企业打工，一个月工资2500元，感觉钱不够花。自己也想打工挣钱，可是又不能走远。

"2018年来这里上班，拿计件工资，感觉不错，主要是能按时接送孩子，也方便照顾老人，每月还有1000多元的收入。"布艾杰尔古丽说。

走出家门就业对于贫困群众来说也是不错的选择。2013年投产的图木舒克市天华纺织公司属于劳动密集型企业，吸纳了周边数百名群众就业，成为五十一团和四十四团劳动力转移的好去处。

阿丽力热·艾妮，四十四团六连群众，以前在家里干干家务，有空打打零工，手上的钱始终不够花。今年，在团场组织下，她来到天华纺织公司做工，一个月可以挣4000多元。现在，阿丽力热结婚了，还在图木舒克市买了楼房。

我们在公司见到了美丽、阳光、一说话就笑的阿丽力热，她满足地说："现在挣钱多了，自己在家里的地位也提高了，和汉族工人一起工作交流，学会说国家通用语言了，日子越来越好了。"

这是一场关系到是否可持续发展的实践

产业扶贫是稳定脱贫的根本之策，被认为是最有效的、可持续的发展之路。兵团南疆4个深度贫困团场不约而同通过大力发展产业为贫困户提供就业机会，为团场发展提供动力源泉。

"我们不能为了脱贫而脱贫，要通过产业扶贫，确保脱贫户不返贫，确保边缘户不贫困，确保团场可持续发展。"姜松对产业扶贫有自己独到的见解。

四十四团位于图木舒克市城郊，有着优越的地理优势。围绕城市，这个团有自己的产业脱贫规划：

——发展林果业、养殖业、设施农业，打造图木舒克的"肉篮子""菜篮子""果篮子"；

——调整产业结构，种植樱桃、鲜食葡萄、色素辣椒等特色产业；

——培育22个合作社，带动568户贫困户持续增收；

……

位于库尔班大叔家乡于田县境内，于2018年挂牌的十四师二二五团，是兵团最年轻的团场，是兵团向南发展的重要支点。当团部建设还是一张规划图时，他们的脱贫攻坚行动已经全面展开。产业脱贫成为主要脱贫举措。

以前，二二五团6个村的耕地零星散乱，农作物种植普遍以小麦、棉花、玉米等传统作物为主，效益低下。去年以来，二二五团进行了土地综合整治，增加土地2600亩。经农业专家会诊，今年团场因地制宜种植了葡萄、花生、桃子、苹果、大葱、胡萝卜等高效农作物。

深秋，我们看到沿路种植的大片绿莹莹、长势良好的大葱、胡萝卜等正等待收获。团党政办主任伏彦武告诉我们，这里土质适合大葱、花生、胡萝卜等作物生长，和田市场也很大，做大做强应该没有问题。

面对南疆的深度贫困，只有永不懈怠、改革创新才能开拓出脱贫攻坚的千万条道路。

（与赵军合作，原载2019年12月《当代兵团》上月刊，获兵团新闻奖一等奖）

凝聚力量　无坚不摧

马平丽，三师四十四团财政局干部，有两家结对帮扶亲戚。在9月5日的走访日记中，她这样写道：

"幼儿园开学了，我这几天一直在催促我的亲戚奴力姑·阿不都热依木尽快把她的小儿子送去上幼儿园。今天，奴力姑来我办公室，说不知道咋办手续，我让她先带孩子去医院体检。我也与幼儿园园长联系好，今天下午奴力姑带上健康证、户口簿等证件就可以送孩子上幼儿园了。"

在5月25日的走访日记中，马平丽这样写道：

"今天，看到扶贫办发了一则信息，要各单位上报申请美食街摊位的人员名单。我想到了我的亲戚奴尔买提·于素普，他会烤肉。我立刻把这个好消息告诉他。"

……

四十四团扶贫办的档案资料显示，今年1至9月，马平丽去结对帮扶亲戚家走访共计41次，平均6天一次。

像马平丽这样真心帮扶少数民族群众的干部，兵团还有近10万人，他们和亲戚相互关心关爱、亲如一家的感人故事在天山南北广泛传播。

党的十九大报告提出，"要动员全党全国全社会力量，坚持精准扶贫、精准脱贫……"

在社会主义大家庭，脱贫攻坚从来不是哪一个人哪一个单位的事。社会主义制度集中力量办大事的优越性从来没有像今天这么突出。

面对4个深度贫困团场的2898户12209名贫困群众，兵团党委毅然提出，要举全兵团之力助推深度贫困团场打赢脱贫攻坚战。

脱贫路上，来不得半点马虎。

8月30日，距离打赢脱贫攻坚战最后期限还有4个月。在兵团机关会议室里，一场拾遗补缺的研判会正在举行。

"危旧房拆除进度较慢""低保告知程序、公示制度未完全落实""技能培训力度不够"……会上,有关部门负责人自我检视脱贫攻坚中存在的问题。

决战之际,全方位、立体式、大扶贫格局已经形成。

57个部门、大专院校、直属单位与贫困团场结对帮扶;

兵团水利局为三师五十三团贫困户免费发放土鸡苗1万只,建成2座蔬菜大棚;

兵团交通局帮助三师五十一团改造道路;

兵直党工委先后两次召开专题会为五十一团脱贫"把脉会诊";

290家企业帮扶99个连队,累计捐赠物资价值1000多万元;

兵团本级财政安排2400万元助力和田地区墨玉县、塔城地区和布克赛尔县和伊犁哈萨克自治州察布查尔锡伯自治县脱贫攻坚;

387个工作队1959名各级干部驻村驻连,开展"访惠聚"活动;

……

脱贫路上,从"访惠聚"工作队传出的感人故事一串串。

10月9日,五十一团四连群众塞明·麦麦提远远看见兵团科技局驻四连"访惠聚"工作队队长张永安,热情地上前问候,并迫不及待地说:"今年我的16亩地全部种了和示范田一样的棉花品种,长势非常好,预计每亩地能产500公斤籽棉,我太高兴了!谢谢张队长!"原来,去年塞明种植的棉花每株平均结棉桃7个,而示范田里的棉花每株能结棉桃14个。经过咨询,今年塞明种植了张永安推荐的新品种。

塞明说的示范田是中国农业科学院棉花研究所等单位在四连设立的优质棉高产高效技术集成示范基地。这个项目建成后,可以帮助南疆棉花产业提质增效。为了建成这个示范基地,张永安可是冒了很大的风险。

建设基地需要1200亩地,一时找不到集中连片的地,张永安就挨家挨户做工作,苦口婆心地劝说大家把地流转给中棉所。地好不容易集中起来了,由于播种晚了半个月,土壤墒情又不够了,出苗率仅有60%。看到地里稀稀拉拉的棉苗,张永安感到压力巨大。

这个时候,如果大家要求退地就前功尽弃了!张永安坐卧不安,一天往地里跑好几趟,向多位植棉专家求救,拉着项目团队研究对策……最终,由于采取了及时有效的技术措施,棉苗越长越密、越长越壮。

秋收时,示范田棉花单产比周边棉田产量增加30%,品质也提高了两个等级,受益的连队群众纷纷竖起大拇指。2018年年底,四连贫困发生率从2017年的11%下降到5.6%。今年全连新品种新技术推广面积已超过1万亩,在图木舒克周边推广2.3万亩,创造了科技助力精准脱贫的"五十一团模式"。

"我种了几十年地,第一次看到机器采棉花、第一次看到飞机(无人机)打药,工作队还给我们送技术、送种子、送农药、送化肥,我们的收入比去年增加了,谢谢张队长!"党员司马义·买买提说出了大家的心声。

今年10月,张永安获得全国脱贫攻坚创新奖荣誉称号。

2018年12月24日,一场特殊的种子款兑现仪式在十四师皮山农场一连举行,7家种植户分别得到6100元至8600元不等的种子款。领到钱的图尔洪·麦图迪高兴地说:"感谢杰尼尔公司让我增收了。"据介绍,加上之前发放的户均4000元,当年参与种植的群众,户均增收1.1万元,远远高于种植红枣的收入。

图尔洪说的甘肃杰尼尔种子有限公司是一家台资企业,于2009年在六师设立种子生产基地。2018年,经兵团党委统战部牵线搭桥,甘肃杰尼尔种子有限公司经过实地考察、土壤检测,看中了皮山农场土地无污染、病虫害少、利于制种的有利条件,决定在十连实施西瓜制种项目。但是,在十连的试验并没有成功。

这时,兵团党委统战部驻皮山农场一连"访惠聚"工作队队长李新武和公司负责人商量,能否在一连专门组织7户群众开辟15亩适合种西瓜的地块再试种一次,公司负责人答应了。

当年,工作队队员和公司人员一起克服自然条件恶劣、严重缺水,群众不懂技术、不懂国家通用语言等不利因素,经过4个月的努力,产出的种子全部达到出口标准。今年,甘肃杰尼尔种子公司在皮山农场开辟了2400亩制种基地,帮助21名贫困群众顺利脱贫,户均增收1万元左右。

为了让贫困群众早日脱贫,兵团"访惠聚"工作队冲锋在前,仅2018年开展实用技能培训2852场次,受训19.7万人次;投资2.39亿元,完成民生建设项目650个,引导成立专业合作社192个,群众实现就业1.02万人次。

对口援疆凸显社会主义大家庭的优势,更为脱贫攻坚助力。

13个内地省市对口援助兵团14个师,项目援疆、干部人才援疆、文化援疆、医疗援疆……援疆省市念念不忘的也是南疆贫困地区各族群众的冷暖。

皮山农场,毗邻塔克拉玛干沙漠,水资源奇缺,自然条件较为恶劣。

2010年,全国对口支援新疆工作会议在北京召开,这个偏远的深度贫困团场和北京结成了"亲戚"。自此,皮山农场一天一个样。

2013年,我们在皮山农场看到的是一个热火朝天的大工地,整合连队、建设新区,20多个项目同时开工。今秋,我们徜徉在宽阔的街道上,只见道路四通八达,楼房鳞次栉比,各类服务设施齐全,人人脸上绽放着笑容。"这一切都和北京的援建分不开。"皮山农场职工群众都这么说。

三年援疆路,一生兵团情。援疆干部的心里时时刻刻装着兵团贫困群众。

11月4日,是五十一团九连依力阿木·热西提等20名大学生难忘的日子。原来今年10月,辽宁抚顺援疆工作队总领队、九师党委常委、副师长杜鑫作为兵团"不忘初心、牢记使命"主题教育第三督导组副组长到九连检查指导工作时,了解到连队困难家庭的孩子好不容易考上大学,却又在为学费发愁的情况。杜鑫当即决定用抚顺市援疆工作队的工作经费资助九连20名贫困大学生,每人4000元。

单丝不成线,独木不成林。对口援疆为兵团贫困团场脱贫攻坚注入强大动力。自2010年以来,13个援疆省市共投入资金153.3亿元,其中90%以上用于民生领域。

岁月不居,时节如流。2019年,以维稳戍边为职责使命的兵团也绝对扛得起时代重任,实现千年梦想,创造人间奇迹。我们相信,秉承使命、不懈奋斗的兵团人终将彻底与贫困挥别。

(与赵军合作,原载2019年12月《当代兵团》上月刊,获兵团新闻奖一等奖)

获奖感言

重大题材不放过

重大题材不放过,而且要做好。这应该是每一个有社会责任感的新闻工作者的职责。

全面建成小康社会、实现第一个百年奋斗目标,最艰巨的任务就是脱贫攻坚,这是一个最大的短板,也是一个标志性指标。兵团党委提出,2019年兵团所有贫困团场要全部摘帽、所有贫困人口要全部脱贫。在这关键时刻,媒体做好脱贫攻坚报道责无旁贷。

怎么做?做什么?思考良久之后,决定做系列报道。经过精心准备、采访、写作、打磨,最终成稿。

重大题材,大家都在做,你做得就要有特色。这组报道之所以能得奖,在于题材宏大、语言凝练犀利、催人奋进,事实选择得当,经验总结全面,故事性强,有感染力,标题凝练,结构紧凑。

附表：

主要获奖作品目录（含编辑奖）

序号	年度	作品标题	奖项及等次
1	1993年	新疆第一创举	兵团新闻奖一等奖
2	1994年	两条信息 两种决策 两种结果	新疆新闻奖二等奖
			兵团新闻奖一等奖
3	1996年	今年伊犁地区甜菜交售无"战事"	兵团新闻奖一等奖
4	1997年	伊犁葡萄酒厂系列产品重新占领市场	全国企业报二等奖
		晶莹玻璃制品厂实事求是推进改革	中国地市报二等奖
5	1999年	盲目上马 巩留糖厂动工三年前途渺茫 受害不浅 团场职工集资千万何时偿还	新疆新闻奖二等奖
6	2001年	兵团微灌建设全国领先	新疆新闻奖二等奖
		走进十五开局年系列报道（编辑奖）	兵团新闻奖特别奖
		一花独放不是春	兵团新闻奖三等奖
7	2002年	兵团两项国债项目取得重大突破	新疆新闻奖编辑奖
		两千大中专毕业生踊跃赴农十师择业（编辑奖）	兵团新闻奖一等奖
8	2003年	兵团真诚善待四十万拾花工	新疆新闻奖编辑奖
		欲破巨浪乘长风（编辑奖）	兵团新闻奖二等奖
9	2004年	兵团历史首次写入中小学教材	兵团新闻奖一等奖
		历史的回声（编辑奖）	兵团新闻奖特别奖
		谁是屯垦戍边事业后继者	新疆新闻奖一等奖
		新疆生产建设兵团首次写入中小学教材	宣传兵团好新闻奖
		《兵团日报》要闻版（2004年7月9日）	新疆新闻奖优秀版面奖

序号	年度	作品标题	奖项及等次
10	2005年	环保专项行动在兵团（编辑奖）	新疆新闻奖编辑奖
			兵团新闻奖一等奖
		何以打牢屯垦戍边的基础	新疆新闻奖三等奖
		一项专利带动一个产业	兵团新闻奖三等奖
11	2006年	兵团红提葡萄首次出口欧盟（编辑奖）	兵团新闻奖二等奖
		立了13年的围墙终于拆除了	新疆新闻奖一等奖
12	2007年	兵团棉花站在十字路口（编辑奖）	新疆新闻奖一等奖
			兵团新闻奖一等奖
		农一师塔水处五拒投资为环保（编辑奖）	兵团新闻奖三等奖
		"昆仑山"崛起（编辑奖）	兵团新闻奖二等奖
		10万亩棉花成为世界高纬度样板田	中国新闻奖二等奖（18届）
			新疆新闻奖一等奖
			兵团新闻奖一等奖
		《兵团日报》要闻版（2007年11月30日）	新疆新闻奖版面三等奖
			兵团新闻奖好版面奖
13	2008年	大山作证（编辑奖）	兵团新闻奖特别奖
		兵团生物技术研究领域获重大成果	新疆新闻奖二等奖
			兵团新闻奖一等奖
		《兵团日报》2008年8月22日一版	兵团新闻奖好版面奖
		《兵团日报》做好做足民生新闻的探索	兵团优秀新闻论文奖
14	2009年	石河子市居民看病纷纷到社区	新疆新闻奖一等奖
			兵团新闻奖一等奖
		石大毕业生就业率连续八年超九成	兵团新闻奖三等奖
		兵团推进棉花产业发展系列报道（编辑奖）	新疆新闻奖三等奖

序号	年度	作品标题	奖项及等次
15	2010年	危楼背后的民生情	新疆新闻奖二等奖
			兵团新闻奖二等奖
		兵团产业结构发生历史性变化	兵团新闻奖二等奖
		小信箱体现大民生	兵团新闻奖三等奖
16	2011年	兵团节水技术辐射我国北方主要旱区	中国新闻奖二等奖（22届）
			新疆新闻奖一等奖
			兵团新闻奖一等奖
		兵团生产出细度为头发丝十分之一超细羊毛	兵团新闻奖三等奖
		与资本市场亲密接触	兵团新闻奖二等奖
17	2012年	兵团成为世界主要机械化采棉区	新疆新闻奖一等奖
18	2013年	兵团走内涵式城镇化发展之路系列报道	兵团新闻奖一等奖
		兵团植棉机械化促成新疆棉花生产两次飞跃	兵团新闻奖二等奖
19	2014年	残疾儿爬行孝母	全国老报协好新闻评比一等奖
		儿病逝诚信犹在　六旬母替子还债	新疆新闻奖三等奖
			全国老报协好新闻评比三等奖
		"访惠聚"活动成为兵团发挥特殊作用的重要举措	兵团新闻奖三等奖
20	2015年	新疆小伙千里寻债主　诚信父子传递正能量	兵团新闻奖二等奖
			全国老报协好新闻评比二等奖
		兵团沙海老兵一生执行一项使命	全国老报协好新闻评比一等奖
21	2016年	兵团10万名干部职工与少数民族群众结对认亲	兵团新闻奖二等奖
			全国老报协好新闻评比二等奖
		敬老月里话养老系列报道	兵团新闻奖三等奖
22	2018年	重塑兵团体制机制　提振维稳戍边信心	兵团新闻奖三等奖
23	2019年	镌刻脱贫攻坚的美丽画卷系列报道	兵团新闻奖一等奖

注：截至2019年度，采写或编辑的稿件共获奖项60多项，其中中国新闻奖2项，新疆新闻奖一等奖7项，兵团新闻奖一等奖和特别奖及全国老报协好新闻评比一等奖共计16项。

后记

一生的追求

想想这本书即将出版面世,心儿怦怦怦,跳个不停,好似怀胎十月即将分娩,那份激动、甜蜜和喜悦无以言表。

岁月如白驹过隙。仿佛转眼间,自己在记者这个岗位工作了30年!以前觉得30年是那么地漫长,可是如今岁月转眼已逝。幸运的是,在这30年时间里,做的是自己喜欢的工作喜欢的事。

记得小时候,看电影里有人背着相机拿着本本追着问东问西,觉得蛮有意思的。后来,在填报高考志愿时,懵懵懂懂地就填报了新闻专业,而且是第一志愿。现在回头想想,可能是命里注定要我吃记者这碗饭吧。

大概由于从小性格内向、木讷的缘故,从入学就读到走上工作岗位,我一直在怀疑,自己是否适合这个需要风风火火、快言快语、时时处处反应敏捷的工作?在实习时,注意到一些沉默寡言的记者,工作也干得很好,这才释怀,原来世界上任何事情都不是绝对的。

实践证明,也的确如此。现在的我还是以前的我,但又不是以前的我,职业改变了我的性格,滋养了我的性情,从不喜欢说话到逼着自己说话,到畅快地表达。记者这个职业改变了我的人生,让我的前半生丰富多彩而有意义。

记得大学毕业后,组织上把我分配到了位于伊犁河谷的新疆伊力特实业股份有限公司(当时是新疆伊力酿酒总厂)党办室从事宣传工作。当时,企业刚刚开始红火,买酒还需托人批条,工资待遇也比其他单位要好。尽管我在努力工作着,我写的新闻稿经常在各大报纸、电台刊播。可是,脑海里经常有个声音在提醒自己:既然学新闻专业就一定要实现记者梦。于是,我斗胆给当时分管文教卫生行业的四师副政委文献昌写了一封长长的信,表达了自己要去新闻单位工作、要走遍四师山山水水的决心和信心。是这封信改变了我的命运,也让我坚信,命运是掌握在自己手里的,只要你有足够的信心和决心。

从此,我在新闻的大海里尽情地遨游,经常兴奋地行走在天山南北,或大漠、或边境、或田间、或车间……

记者这个行当让我拓宽了视野、如沐春风,从伊犁垦区报社、兵团日报社、生活晚报社到当代兵团杂志社,一路走来,我实现了人生的梦想,也兑现了给师领导的承诺,走遍了兵团的山山水水,见证了兵团的发展壮大,对人生、对兵团也有了更多的思考。

我是兵团二代,来自可克达拉草原,《草原之夜》是我最爱听的歌曲,父母是建设兵团的老一代军垦战士,他们上世纪50年代来疆,在兵团奋斗了半个多世纪,退休后也没有回到那个出生的地方。为什么?因为他们早已把兵团当故乡。从可克达拉考学出来之后,我对兵团有了更高层次的认识。身为兵团人,自己能为兵团做点什么?我特别感谢记者这个职业给了我平台和机遇,让我有机会实现自己的理想和回馈生我养我的兵团。

从当记者的第一天起,我对自己说,一定要当个好记者。到现在,我也不知道自己算不算好记者。但是,我默默地努力着,一个事实接着一个事实采访,一篇稿件接着一篇稿件写作,一个版面接着一个版面编辑,永远在新闻的"路上"奔波着忙碌着,"5加2""白加黑"是家常便饭,为了一句话、一个标题、一个细节,往往茶不思饭不想,一动不动坐一天、一篇稿件修改数十次是常有的事,行李包和相机永远都放在门边,随时准备出发。孩子经常问我,妈妈能不能不出差?我忍不住泪流满面,"不行啊,妈妈是记者,有新闻就得出发。"在采访路上挂点滴,不顾危险穿越南疆恐怖分子猖獗地带,得知于田发生7.0级强震,第一时间给领导发信息要求去地震灾区采访……这些都是30年间的点点滴滴。也许从这些点点滴滴中可以看出我对新闻事业的执着和担当。

30年间,我撰写新闻稿件近百万字,获奖作品60多项,被称为"获奖专业户"。有人说,我的新闻敏感强,适合当记者。这样说,也对,也不对。对,是因为捕捉新闻的确需要新闻敏感,新闻敏感强就能抢到好新闻、"琢磨"出好新闻;不对,是因为如果心里没有责任和担当,对记者这个职业没有敬畏,没有把兵团事业和个人梦想结合起来,即使新闻敏感再强,也当不好记者。要担当就要奉献,这是对等的。习惯于开开会、抄抄材料、拼凑稿件的记者不可能是个好记者。

记者就要永远在路上。近5年来,随着单位、岗位的调整,把关的责任重大,出去采访的机会少了,但是我以我的经验传帮带,鼓励年轻记者功夫下在平时,鼓励他们要热爱记者这行而不是仅仅视为一项工作或者获取报酬的饭碗。

我给自己也规定,每年至少下基层采访一次,践行"四力",接接地气,让火热的生活带给自己写作的灵感、增强把关的底气。

2015年1月,一本盖有中华人民共和国国务院印章的大红证书悄然送到我的面前。我的心那一刻剧烈跳动起来,这可是国务院颁发的政府津贴证书啊!欣喜之余,我不敢轻狂和自傲,心里明白,自己距离优秀记者还差很远。

在这里,我特别感谢党组织和各级领导及各位同行的厚爱,是他们的教诲、指导、包容让我成长为一名称职的党报、党刊记者。我会永远牢记他们对我的帮助和教诲。

永远在路上

  当我跨入55岁的门槛,有人说需要总结一下了。我认为总结不是目的,而是为了更好地前行。所以,这本书取名为《永远在路上》。这本书凝聚着我半生的心血和汗水,也是对我的检阅,如果能对年轻朋友有点帮助,那是特别欣慰的事。

  感恩时代、感恩兵团!永远在路上!

(2020年6月23日于乌鲁木齐)